パシヨン

川越宗一

Passion

Kawagoe Soichi

PHP

パシヨン　目次

序章　主の孫

一

焼き払われた城下の町に運び込まれた大砲が、次々に火を噴いた。

城の二ノ丸まで進出していた軍勢は金鼓を打ち鳴らし、銃と火矢を放ち、本丸の塀や門に殺到する。乾いた冬の風に巻き上げられた硝煙と砂塵が、城を包んだ。

頭は白、残る黒地に「南無妙法蓮華経」と大書した馬印を掲げる寄せ手の大将は、加藤主計頭清正。二年前に薨じた太閤秀吉から肥後の北半を与えられていて、天魔波旬も打ち殺すほどの戦さ振りは天下に轟く。

攻められる本丸には、喊声ではなく玲瓏たる歌声が満ちている。

――ああ、み国のなんと輝かしきことか。（O quam gloriosum est regnum）

――かしこにて全ての聖人はキリシトと喜びを共にせり。（in quo cum Christo gaudent omnes Sancti）

ラテンの詞を解する者こそほとんどいないが、妙なる語感と厳かな節回しは霊魂に刻まれている。

城は宇土城という。加藤清正と肥後を分け合って南半を領する小西摂津守行長の本城であり、広大な城郭と三層の天守、賑やかな城下町を持っていた。その軍兵は先の唐入り（朝鮮出兵）で全軍の先鋒を務め、尚武の気風は加藤家に一歩も譲らない。

小西家はまた、主君行長と家臣領民のほとんどがキリシタンだった。物頭たちはデウスの加護を叫んで兵たちを叱咤し、城下から逃げ込んできた民衆は十字を切りながら矢玉や礫を運ぶ。

小西の士、益田源介も手槍を担いで奮戦している。重い鎧を着込んだ全身には汗と疲労がまとわりついていた。

あっ、と誰かが叫んだ。加藤の兵たちが瓦を葺いた城壁の上に姿を見せ、幾人かはもう内側に飛び降りている。駆ける源介は躊躇せず槍を捨て、抜刀した。

「小西摂津守家中、益田源介！」

絶叫し、手近な相手に斬りかかる。

「加藤主計頭家中――」

返ってきた名乗りは、突然の轟音に掻き消えた。源介も土煙交じりの衝撃に突き飛ばされ、慌てて上体を起こす。大筒の弾が当たったらしく、すぐそばの城壁が砕けていた。飛散した破片は周囲の兵を敵味方の区別なく叩きのめしていて、無事であるのは自分だけだった。壁に空いたばかりの大穴から、加藤の旗で満ちた二の丸と焼尽した町が一望できた。

思わず仰ぎ見た先で、天は冴えた青色に抜けていた。畏怖と感謝が源介の内に湧く。

「御主デウスよ。ご加護、かたじけのうござる」

そこへ同姓の従弟、甚兵衛が、源兄、と呼ばわりながら駆け寄ってきた。齢が五つほど上の源介を昔から慕ってくれている。

「大事ないか。動けるか」

轟音の余韻が塞ぐ源介の耳に、間近にいる甚兵衛の声は遠く聞こえた。

「すまぬ。大丈夫だ」

よろめきながら立ち上がった源介のそばを、小西の兵たちがすれ違う。穴から突入してきた加藤勢はたちまち押し返されてゆく。

「ああ、手柄が行ってしまう」

嘆く従弟に、源介はあえてすごんだ。

「心配してもらって申すのもなんだが、間違えてはならぬぞ。我らの役目は殿のお帰りまで城を守りきること。己一人の手柄に逸ってはならぬ」

主君行長は遠く上方にいる。豊臣家の年寄衆筆頭でありながら政を私する徳川家康を討つため、志を同じくする石田三成の挙兵に加わっていた。

吉報を待ち続ける宇土に現れたのは、同じ豊臣家の恩を受けながら徳川方についた、加藤清正勢の不意打ちだった。源介ら留守居の士卒と城下の民衆は、ひと月近く続く籠城戦の中にあった。

「そうかもしれぬが、手柄を立てずにどうするのだ」

甚兵衛が口を尖らせる。次の来襲に備えての矢玉や礫の補充、怪我人の搬送が始まっていて、周囲は騒がしい。

「死に急ぐな。戦さはまだまだ続くのだ」

「この戦さはね。けど次はないよ」

妙なことを甚兵衛は口走った。

「考えてごらんよ。俺たちの殿さまが討とうとしている徳川どのは、日本でいちばん大きな大名だ。殿さまが勝てば、戦さを起こせるほどの大名はいなくなる。敗ければ、もう誰も徳川どのに逆らえない。だからどちらでも、戦さは絶える」

己が任を放擲して天下を論じる従弟の賢しらさが、源介の気に障った。

「だから、いま戦うというのか」

「その通り。それに俺たちはキリシタンだぜ」

「――だからどうした」

「相手は正しき教えを知らぬ異教徒だ。遠慮はいらないだろう」

若さゆえか、戦さにのぼせる性質なのか、それとも信仰の熱が視野を歪めているのか。危うげな従弟になんと言ってやるべきか源介が考えていると、伝令が喚きながら走っていった。

「今日の戦さは終いじゃ。終いじゃ」

討死した遺体の収容のため、加藤勢が明日の日の出までの矢留め（休戦）を申し入れてきた。伝令はそう告げていた。

「今日は終わりか。仕方ない」

甚兵衛は苦笑し、持ち場へ戻った。去り際の表情には、いつもの青臭い快活さが戻っていた。

刀を鞘に納め、生き残った安堵に深い息を吐くと、身体から昂ぶりと力が抜けた。急に鎧が重くなる。

「つらいな」

源介の口からかすれた声が漏れた。籠城の疲労は、骨に沁みるような鈍痛になっている。

火除けの泥を塗りたくられた宇土城の天守を、赤い夕陽が照らしていた。

本丸のそこかしこで、粥を炊いた大釜が湯気を噴き上げていた。器を携えて列を成す人々の顔は明るく、笑い声があちこちで上がっている。

「なんだか賑やかねえ」

列の中ほどにいる源介の横で、妻の絹も和やかな目をしていた。

「矢留めゆえな。久しぶりに夜襲を気にせず寝ていられる。俺もやっと鎧を脱げた」

源介は軽くなった肩をぐるぐると回した。籠手と臑当も取りたかったが、さすがに戦さの最中であり、そこまで寛ぐことはできない。

「鎧を嫌がるなんて、武士としてどうなのかしら」

笑う妻の目に責めるような色はない。源介は笑みを返し、同時に寂しさを感じた。その名の通り艶やかだった黒髪はひどく傷み、光を失っていた。寄せ手に包囲された城中で、髪を梳る暇もなく怪我人を手当てし、死体を運ぶ。気が滅入って当然の籠城戦で、それでも絹は朗らかに振る舞ってくれている。

「ね、末」

絹は三歳の娘を抱き上げた。

「今日くらいは、父上を許しておやりなさいね。ずっと励んでおられたのですよ」

末は、母と同じ目の高さから源介をじっと見つめてきた。頬はまだ幼子らしい張りのある丸みを保っている。いずれ城内の糧が尽きれば、という不安がよぎる。

「やあ、これは末どの。手前の不覚悟、どうかおゆるしくだされ」

源介は頭を垂れた。剽げるつもりで角張った言い方をしたが、声には切実さが籠ってしまった。

妻は覚悟の上であろうが、幼い我が子まで戦さに巻き込んでしまった。下っ端の士分にすぎぬ源介に何ができたわけでもないが、悔いは尽きない。

「ゆるす！」

無邪気な声が弾けた。源介の頰は緩み、また歪んだ。

「お赦しをたまわり、忝うござる」

冗談めかして応じながら、泣き出したくなる衝動に耐える。

罪人とて、ものを思う心くらいはある。生きるがゆえに重ねた罪は人を自責と後悔に沈める。赦されることによって、人は生きてゆける。

赦しを行えるただおひとりであるデウスさまは、人を赦さんと思し召して御子キリシトを地上に遣わされた。キリシトは自らのお命で全ての人の罪を贖い、その後は司祭が赦しのご名代を務めている。我が子を御主や御子、司祭に擬しては僭越も甚だしいが、弾けるような末の声は源介にとって、まさに赦しだった。

この娘はきっと健やかに育つ。長じた末の姿をこの目で見たいと源介は願い、それまで生きていられるようデウスに祈った。

「ゆっくり食え、今日はご苦労であった」

源介たちが並ぶ釜では、籠城の総大将を務める小西隼人が柄杓を振るっている。行長の弟という立場に驕らぬ為人で、戦さとなれば刀を振るって陣頭に立つ。

他の釜でも隼人の妻子や宿老など、いずれも家中で高位の者たちが立ち働いている。そのような小西の家風を、源介は好んでいた。

ただし源介と従弟の甚兵衛は、小西家では外様にあたる。

ふたりを出した益田の一族は、もともと肥後南西の海に浮かぶ天草の一島、大矢野島の地侍だった。天草は国内外との交易が盛んで、キリシトの教えも早くから広まった。荒波に揉まれて不羈の気風を培った天草の人々は、天下の権を握った豊臣秀吉に服せず、肥後を預かったばかりの加藤清正、小西行長の軍に敗れた。源介はまだ十歳をふたつほど過ぎたばかりで戦さには出ず、鉄砲傷を得て帰ってきた父を看病した。

兵乱のあと、小西行長は益田一族をはじめ、天草の侍たちを家臣として召し抱えた。異例の温情であり、行長が熱心なキリシタンであるゆえの身贔屓などと陰口も叩かれたらしいが、源介は素直に感謝した。そのままなら牢人となって食い詰めていただろう。

宇土城下に移り住んですぐ、父は先の鉄砲傷がもとで亡くなった。源介は慌てて元服して家を継ぎ、絹を娶った。病弱だった母は絹を迎えてすぐのころ、安堵した顔で亡くなった。

以来、源介は端役ながら小西家の士として精勤している。主君の行長と話したことは何度もないが、話すときは決まって名を呼んでくれ、そのたびに小西家への忠心を新たにした。

同時に、信仰が小西家への愛着を育んだ。

キリシタンは日本で肩身が狭い。豊臣秀吉は司祭と信徒二十六人を長崎で磔刑に処した。世人もキリシタンを邪宗と罵り、南蛮の手先と憎んでいる。

行長は秀吉子飼いの重臣という立場を生かして、領内での信仰を黙認させた。長崎で逼塞していた司祭を頻繁に招き、秀吉が薨じてからは堂々と布教を進めた。小西領のようにキリシタンが安らかに暮らせる地は、日本にほとんどない。

天には御主デウスとキリシトが待つ天国があり、地には主君行長を戴く小西家と自分の小さな一家がある。源介の生きる世界はありていに言って、そのような形をしていた。多少の労苦や理不尽、戦さこそあれ、生きる甲斐のある世界だった。

「おう、益田源介か。励んでおると聞くぞ」

いつの間にか小西隼人が目の前にいた。源介と絹がそれぞれの器を差し出すと、隼人はなみなみと粥を注いだ。

源介たちは少し歩き、空いた場所に腰を下ろした。夫婦で代わる代わる末に食べさせ、合間に自分の口へ匙を運ぶ。

陽が沈むとほうぼうで篝火が焚かれた。夕餉を終えた者たちは本丸の一角に集う。源介一家も集まりに加わり、末と戯れながら時を過ごした。

「皆さん、よくお集まりくださいました。それでは始めましょう」

百人くらいが集まったところで、人影が前に進み出た。首元までぴったり閉じた黒の長衣、淡い褐色の髪と髭、透き通った瞳、不思議な訛り。コンパニヤ（イエズス会）の司祭だ。

「もはや私たちの手元にはパンも葡萄酒もありません。聖体拝領を行えぬこと、まこと残念に存じまする。ですがご安堵めされ。デウスは私たちの痛みを決してお見捨てになりませぬ」

司祭の朗々とした声は決して大きくないが、よく通った。

宇土城には五人の司祭がいる。彼らは城に留まって毎晩ミイサを行い、葡萄酒にパンを浸したキリシトの血肉を、籠城する信徒たちに授けた。葡萄酒とパンが尽きてからも、ミイサめいた集まりを主催して信心と士気を鼓舞している。

「アゴスチイノどのにも必ずやデウスは御恩寵を賜りましょう」

小西行長を洗礼(バウチズモ)の名で呼び、司祭は胸の前で両手を合わせた。

殿はきっと家康を討ち取っている。外界から孤立した宇土の衆は、ただその報(しら)せだけをひたすらに待ち、苦しい籠城を続けていた。

「うたいましょう。我らの信心を表し、捧げましょう」

聴衆は一斉に立ち上がった。司祭は大きな身振りで拍子(ひょうし)を知らせる。放たれた歌声はぴたりと揃(そろ)い、篝火に煽(あお)られ、火の粉とともに夜空を駆け登った。

源介は声を張りながら、目をやった。絹はのびやかにうたい、その裾(すそ)を摑(つか)んで立つ末は、天をじっと見上げている。

死は怖くない。だが、もし戦さに敗れれば、住まうこの地が加藤清正の手に渡れば、どうなるのだろう。小西領でなくなった肥後で、キリシタンは信仰を全(まっと)うできるのだろうか。

できぬとして、道はふたつある。棄教(ききょう)して地獄(インヘルノ)で永遠に苦しむ。もしくは、殉教(マルチリヨ)。

どちらも、絹と末には選ばせたくなかった。想像するだけで源介は身が裂かれるような苦痛を覚える。

——勝たねばならぬ。

城を、小西家を守り抜くことは、源介にとって家族を守ることと同じだった。うたいながら涙が零(こぼ)れた。

翌日の黎明(れいめい)。起床を命じる太鼓が打たれた。城中の者たちは跳(は)ね起き、持ち場へ走る。配られた小さな餅(もち)ひとつを食いながら鉄砲に火薬と弾を詰め、礫を積み、熱湯を沸(わ)かす。

受け持ちの場の準備が完了したことを告げるよう組頭に命じられた源介は、総大将自らが守る城門へ向かった。

城壁の外では加藤勢の夥しい足音が止まない。内に籠る小西勢も士気はすっかり回復している。おそらく今日の戦さは激しい。源介は唇を引き締めた。

たどり着いた城門には士卒がひしめいていた。なぜか、浮足立つような気配がある。

「確かに竹原半介、雪野平兵衛のご両名」

城門の瓦屋根に攀じ登っていた侍が、振り返って叫んだ。

何が起こっているか分からぬまま、源介は手近な城壁の狭間（銃眼）にとりついた。目を凝らす。加藤の旗を背負った武者どもに囲まれ、くたびれた旅装の男ふたりが城門の前に立っていた。

「竹原半介でござる」

城門の前に立つふたりの片方、背の高いほうが怒鳴った。その声は嗚咽に歪んでいて、聞き取るのに苦労した。

「それがしは我らが殿、小西摂津守さまのお側に侍り、上方へ参っておった。事の次第を宇土の皆々さまにお伝えせんと思って雪野どのと帰国の途上、加藤の虜囚とあいなりし。悔しゅうてなりませぬ」

そこまで言った竹原は、後ろから二度ほど小突かれた。

「小西の者ども、よくよくお聞きあれ。そもそもこたびの戦さは――」

曰く、徳川家康は豊臣家の年寄筆頭でありながら、同じ年寄の上杉景勝に難癖をつけ、討伐を呼号して諸大名から兵を集めた。家康の専横を憎んだ石田三成は天下のために兵を挙げ、その義に感じ入った小西行長らが加わった。城中の誰もが知っている経緯を、竹原は主君の大義を確かめるように話した。

「両軍」

竹原の声が高くなった。傍らの雪野が顔を歪ませ、俯いた。宇土城の内も外も静まり返っている。

「美濃関ヶ原にて戦さになり、徳川どのが勝ち申した。殿は勇戦むなしく捕らえられ、謀叛人として京にて」

斬首。

叫び終わった竹原はその場に崩れ落ちた。

二

ゼス・キリシトの御出生以来一六〇〇年、慶長五年の十月二十日。

主君、小西摂津守行長の死を知った宇土城は、加藤清正の軍に降った。防戦を指揮していた行長の弟、小西隼人は籠城者の助命と引き換えに切腹した。

少々の猶予をもらった小西の者たちが宇土城を出たのは、その二日後だった。

源介は焼け野原となった宇土城下を茫然と眺めて歩いた。たどり着いた武家地の一角には、あるはずの家がなく、冷たくなった大小の燃え屑で埋まっていた。振り返っても見通しのよい焼け野原だけがあり、加藤の旗が翻る宇土城がよく見えた。

「小屋でも建てよう」

源介は声を絞り出し、鎧を脱ぎ捨て、焦げた木切れから使えそうなものを拾い上げた。

「ちょうどよかったわ」

絹が源介の左にしゃがみ込んだ。手伝ってくれるらしい。

「あの家、狭かったから」

源介は顔を上げた。絹の目は真っ赤で、だが光は失っていなかった。

「そうだったな」

笑い返そうとした源介の背に、どすんと何かがぶつかった。

「おうち、おうち」

じゃれついてくる末の感触と楽しげな声は源介に力をくれた。

両隣の家からも廃材を拝借し、無理やり組み上げ、泥を作って隙間を埋める。焼け落ちた小さな家よりなお小さい、膝を曲げれば親子三人で横たわっていられるくらいの小屋ができた。

材料探しのついでに何か残っていないかと探った。家財道具はほとんど焼けていたが、ほぼそのままの姿で妻の櫛を見つけたときは安堵した。

加藤勢が肥後の全域を制圧したころ、宇土城下には大小の仮小屋がひしめくようになった。源介は、毎日どこかがおかしくなる小屋を泥や廃材で補修し、炊き出しに並び、足りぬ薪や菜を採りに山へ行き、絹と交代で末の面倒を見て暮らしていた。

忙しいときはよかったが、暇ができるとよくない。敗北の恨み、城を守れなかった悔い、天下のために兵を挙げた主君行長が謀叛人として斬られた理不尽への憤り。それらの感情が綯い交ぜになって胸を灼いた。

そんな源介を、従弟の益田甚兵衛が足繁く訪ねてきた。

甚兵衛は老いた両親とやはり小屋を作って暮らしていたが、敗北の失意からは早々と立ち直っていた。退屈しているのか三日ほどの間隔で「源兄、いるか」と現れ、愚にもつかない話をして帰っていく。耳聡いところがあるようで、来るたびに宇土の外の話をあれこれと聞かせてくれた。

天下の権は、関ヶ原の決戦を制した徳川家康が一手に握ることとなった。建前だけは豊臣家を主君として立て、歯向かった大名の所領を削り、要所に徳川の家臣を配し、日本を造り変えてゆく。加藤清正は実力で奪った小西家所領の支配を公認され、肥後一国の国主に収まった。

新しき世が刻々と姿を現し、冬の寒さはいや増していった。

「源兄、いるか」

師走に入ったばかりの夕刻、いつものごとく甚兵衛がやって来た。外で夕餉の煮炊きをしていた絹と愛想よく話し、末と少し遊び、それから小屋に入ってきた。源介は内から壁の隙間に泥を塗っていた。

「今日は話がふたつある」

言われた源介は泥のついた手を拭い、床代わりの筵に座り直した。甚兵衛は草鞋を脱がず尻だけ筵に置き、上体を源介のほうに向けてきた。

「まず小西家のことだ。殿のお子がたについて、加藤の侍から聞いてきた」

「なんだと。どうしておられる」

源介は身を乗り出した。

小西行長には十二歳の嫡男と、それぞれ夫を持つ女子がふたりいた。

「聞いた話だ。俺は悪くないぞ」

妙な断りを入れてから甚兵衛は話し始めた。曰く、石田方の総大将だった毛利輝元は勝者である家康の歓心を買うため、行長の嫡男を捕らえて斬った。女子のひとりは夫妻で大坂にいて、以後の行方は知れない。

「マリヤさまは」

源介がもうひとりの女子の名を挙げた。幼いころからキリシトへの信心が篤かったマリヤは、対馬の大名宗義智に正室として嫁ぎ、男児を産んだばかりだった。

「宗義智はマリヤさまを離縁したらしい。その後の世話もせず、お子ともども対馬を追い出したんだと。行方は分からねえ」

「お子は宗家の嫡男であろう。なぜ追い出すのか」

昔はな、と甚兵衛は肩をすくめた。

「いまとなっては、徳川に弓引いた逆臣の血筋ってことだろうな。堺代官をしていた殿の兄君も捕まって殺されちまった」

小西の家は瞬時に消滅してしまったらしい。源介は震え、落涙した。そこまでの罪が主君にあるとはとても思えなかった。

「で、ふたつ目の話だ。先に訊くが、源兄はこれからどうするつもりだ」

甚兵衛の問いに、源介は答えられなかった。もともと今後の当てなどない上に、いまは主家の不幸を儚むのが精一杯だった。

「どうだ」

なぜか甚兵衛は力強い。まだ二十歳(はたち)にもならぬのに、年嵩(としかさ)の源介よりずっと堂々としている。

「決めておらぬ」

正直に答えた。「ならちょうどよい」と甚兵衛は笑った。

「加藤家は小西の侍を家臣として召し抱えるつもりだそうな。どうだ源兄、一緒に加藤家に仕えないか」

「なにを莫迦(ばか)な」

さすがに源介は声を荒らげた。

「加藤は主家の仇(かたき)ではないか。だいたい殿の不在を狙(ねら)って攻め込むなど、強盗(ごうとう)よりあさましい。俺とて武士の端(はし)くれ。あのような禽獣(けもの)の家臣になどならぬ」

甚兵衛はなだめるように両の掌(てのひら)を向けてきた。

「加藤清正は法華宗(ほっけしゅう)を好み、キリシタン嫌いで名が通っている。まだ加藤家にキリシタンを禁じる素振りはないが、今後はどうなるか分からない」

「それがどうした」

「もし加藤の家臣にキリシタンが増えれば、信仰を禁じたくてもできまい。大名などと威張(いば)っていても、手足となる家臣がおらねば、ただの人だ」

「その理(ことわり)は分からぬでもないが、しかし加藤は」

源介が渋ると、甚兵衛は急に声を潜(ひそ)めた。

「お絹さんと末を食わせる当てはあるのか。源兄がしっかりしないでどうする」

妻子を引き合いに出されては、意地を張り通せなかった。渋々、仕官を約して甚兵衛を帰らせる。入れ替わるように絹が入ってきた。

「ごはんよ。やっぱりお米が少ないけど」

絹は、湯気の立つ小さな鍋を襤褸(ぼろ)切れで摑んでいる。いまできたのではなく、甚兵衛との話が終わるのを待ってくれていたと源介には分かる。

「加藤に仕える」

決意を伝えると、絹は何も言わずに微笑(ほほえ)んだ。俺は妻に支えられている、と源介は思った。

加藤家に仕官した小西旧臣は、旧小西領の検地(けんち)を命じられた。統治の根幹ながら抵抗や虚偽(きょぎ)が絶えない難事でもある。きつい役目だったが、源介は妻子の顔を思い出しながら勤めにいそしんだ。

その間に宇土城下で敷地を拝領し、やはり小さいがまともな家を建てることができた。

仕官から数年が経った秋、新たな検地に基づく年貢の徴収も落ち着いたころ、加藤の家臣に主命が下った。

――キリシタンは法華宗に改めよ。さもなくば加藤家から放逐(ほうちく)する。

突然の通告に、宇土城の内は騒然とした。

三

キリシタンの信仰を禁じられた源介は、動じなかった。多少の蓄えもできたし、信心への不安を感じながら勤める必要は、もうない。山や木々が色づき始めたごとく、自分の人生も新たな時期に移るのだ、と考えた。

同時に、検地が終われば小西の旧臣を放り捨てる加藤家には嫌悪を覚えた。そんな悪辣な主に仕えずに済むのなら、そのほうがありがたいとさえ思った。

勤めが終わる刻限も待たず、源介は城から下がった。秋の風が清々しかった。

「あれ、早かったわね」

絹が家の庭で洗濯の盥を使っていた。

「おかえりなさいませ、父さま」

妻の背後から末が飛び出し、駆け寄ってきた。もう六歳になっている。その頭を撫でてから、源介は絹に向き直った。

「加藤家より」

殿、とは呼ばなかった。源介にとって殿はこの世でただひとりだった。

「達しがあった。家中のキリシタンは法華宗の門徒になるか出ていけ、とのことだ」

「ちょっと待って」

絹は洗い終わった衣を丸めてきゅっと絞り、立ち上がった。

「で、どうするの。おまえさまは」

決めていたはずの答えがすぐに出なかったのは、絹の両手が見えたからだった。水の冷たさのためか指の節々が赤くなっていた。

「加藤家を出る」

絹は驚く素振りも見せず、源介を凝視してきた。

「教えを棄てれば天国に行けぬ。加藤家にもほとほと愛想が尽きた。他に道はない」

「新しい仕官の口はあるの」

源介が口ごもると、絹は「ふふん」と笑った。

「畑仕事は慣れています。おまえさまと一緒になる前は百姓でしたから」

妻には一生頭が上がらぬな、と思った。ただ、その将来に悪い感触は何もない。

翌日、宇土城に登った源介は上役に退転の書状を叩きつけた。帰りの城門辺りで甚兵衛に出くわした。

「源兄、済まぬ」

従弟は深々と頭を下げた。

「まさか加藤が、これほど早く俺たちを外しにかかるとは、さすがに見抜けなかった。源兄をまた路頭に迷わせてしまった」

源介は眉をひそめた。唐国の張良や諸葛亮のごとき智者を気取っているのだろうか。

「おまえが決めたことではあるまい。俺は三年近くも禄をもらえただけ儲けものだと思っている」

源介が言うと、甚兵衛は瞠目した。

「まさか加藤家を出るのか、源兄」

「ああ、先ほど願い出た」

「なんだ、先に言ってくれよ」

甚兵衛は拗ねたような顔をした。

「けどまあ、そうするしかないだろうな。もう少し時宜を見計らうつもりだけど、俺も加藤の禄を返上するつもりだ」

見計らう、という言葉に源介はやはり賢しらさを覚えた。

「源兄はこれからどうするんだ」

「八代へ行く」

宇土から歩いて一日弱ほど南に八代の地はある。海運の要地で、長崎にあるコンパニヤの教会と も連絡があり、キリシタンをまとめる慈悲役もいる。加藤家による検地で何度か訪れたから、源介は多少の土地勘を持っていた。ひっくるめて、新しい生活には誂えたように都合がよい。

「おまえは時宜とやらが来たらどうするのだ」

「大矢野島に引っ込むかな。うちは両親が齢だし」

「それもよいかもしれんな」

源介は賛同してやった。

ふたりの故郷、大矢野島のある天草はいま、肥前唐津の寺沢家なる大名が飛び地として治めている。司祭の来島を認め、教会の再建を援助するなど、寺沢領天草はキリシタンに好意的だった。

「デウスに祈ろう。お互いに」

源介はそんな言葉で、危なっかしくも愛おしい従弟に別れを告げた。

冬の空は澄み渡っていた。

勤めの引継ぎや家財の処分に思いのほか手間取り、源介が妻子を連れて八代へ出発したのは十二月になってからだった。

かつての戦さの気配がすっかり消えた宇土の城下を抜け、枯れ色に乾いた田や野っ原を突っ切ると、海に出た。砂浜沿いの道を家族三人で行く。風さえなければ冬の海辺は暖かい。子連れであるし、急ぐ旅でもない。源介はゆっくり歩いた。

「やつしろって、どんなところ」

絹に手を引かれる末が何度も問う。初めての旅が楽しいらしく、跳ねるような足取りだった。

「いいところだ、きっと」

問われるたびに源介はそう答えた。やがて日が傾き、海が金色に輝き始める。道は広くなり、ぽつぽつと人も増えてきた。

日が暮れる前には八代の町へ着ける、銭(ぜに)を払えば泊めてくれる家が幾つかあるから今夜はそこを頼ろう、などと源介はぼんやり考えていた。

「なにかしら、あれ」

絹の声に源介は目を凝らす。遠くの道外れ、枯草に覆(おお)われた緩い丘に人が群れている。

「少し急ごうか」

丘が刑場であることを知っている源介は、末の手前もあり直接は答えなかった。さっさと通り過ぎてしまいたい、と足を速める。

近付くにつれて様子が判然としてくる。丘に集まった群衆は口々に悪態を叫び、竹矢来(たけやらい)で隔(へだ)てられた内には十字に組まれた磔刑の台が五つ立っていた。

磔刑は、絶命するまで二本の槍で何度も突き上げられる。その苦痛はすさまじく、よほどの重罪でなければ用いられない。強盗の一味であろうか、と源介は勘繰(かんぐ)りつつ目を凝らした。

磔台(はりつけだい)に縛(しば)り付けられていたのは老若の女四人と幼い男児だった。荒っぽい悪事を働けるようにはとても見えない。何の罪かと不審を覚えるより早く、誰かの声がはっきり聞こえた。

「伴天連なんぞ拝むからだ」

荷を背負ったまま源介は駆け出していた。丘から少し離れて、墨染の衣をまとった僧がぽつねんと立っている。その背中に「もし」と声をかけた。

「あの者たちは、いかなる咎で磔に」

振り返ってきた四十絡みの顔には、不気味なほど表情がなかった。

「加藤さまの仰せに背き、伴天連の教えを棄てなんだお侍がふたりおられましてな。ともに今朝、首を斬られ申した。磔にされているのはその母御と奥方、お子だそうで」

源介は耳を疑った。加藤家のキリシタンへの態度がそこまで強硬になっていたとは知らなかった。

「しかし、子供まで磔とは」

広げた両手と足を磔台に縛られた男児の齢格好は、末と変わらない。我が子が、我が身が突かれるような痛みを源介は覚えた。

「むごいことではございますが、仏罰でありましょう」

信じられぬことを僧は言った。その顔はすでに赤く染まり、憎しみに歪んでいた。

「キリシタンは寺を毀し、経を焼き、み仏の像を砕きました。かく申す拙僧が開いた寺もキリシタンに襲われ、もうございませぬ」

丘の周囲は騒がしい。聞こえてくる悪態は耳を塞ぎたくなるほど汚い。僧は語り口こそ静かだったが、悪態と同じ熱っぽい暗さがあった。

「磔の五人が何を為し、あるいは何を為さざりしか、拙僧は存じませぬ。ですが報いが咎なき他人にも及ぶほどの悪行を、キリシタンどもは為したのです」

源介は知っている。目を背けてきたが、確かに知っている。

キリシタンが安らかに信仰を全うできた旧小西領では、それゆえに寺社仏閣の破壊が頻発(ひんぱつ)していた。宇土での籠城戦でも従弟の甚兵衛が危うい戦意を見せていた。キリシタンは時に、異教徒やその信心に禍々(まがまが)しい表情を向ける。

かたや目の前の僧は、理不尽でしかないはずの磔刑を仏罰と言って憚(はばか)らない。集まった衆も同じ思いで騒いでいるようだった。

異教徒はキリシタンに信仰を毀される。キリシタンは異教徒に迫害される。同じことが繰り返される。止めるべき連鎖(れんさ)とは分かるが、どう止めればよいか凡下(ぼんげ)の源介には分からない。誰にも分からないのだろう。そのうちに誰も止められなくなってしまう。

磔台それぞれの左右に立つ刑吏(けいり)たちが、一斉(いっせい)に槍を打ち合わせた。刑が始まる合図に群衆は歓声を上げた。

「万事叶(かな)いたまい」

磔台の上から男児が叫んだ。透き通った素直な声だった。

「天地(あめつち)を創りたもう御親(おんおや)デウスとその御一人子(おひとりご)、我らの御主(おんあるじ)ゼス・キリシトをまことに信じ奉(たてまつ)る」

男児は使徒信条(クレド)を唱えていた。教えの枢要(すうよう)をまとめた信仰の宣言で、ラテン語のままでうたうことも、こうして日本の語(ことば)で唱えることもある。

「この御子、聖霊(スピリツ・サント)の御奇特(ごきどく)を以(もっ)て宿されたまい、童貞(ビルゼン)マリヤより生まれたもう」

同じく磔台にある四人の女たちも整然と唱和する。

殉教。

つらい言葉が源介の胸をよぎった。

五人の使徒信条を踏みにじるように、群衆の罵詈雑言はいっそう荒々しくなった。

「末期の経じゃ、聞いてやらぬか」

怒鳴ったのは、いま源介と話していた僧だった。だが、その叱責は興奮する群衆に届かない。

「聞かぬか。聞いてやらぬか」

僧は何度も叫んだ。歯噛みし、地団駄を踏み、丘の上を睨む。それから手を合わせ、読経を始めた。さっきまで憤りに赤く染まっていた僧の顔は蒼褪め、憎しみを宿していた目からは涙が零れていた。

ああ、と源介は胸が詰まった。この僧も、どうしてよいか分からないのだ。恨みや怒りが身を焦がし、だが消えゆく命は憐れであり、立ち現れた事態の帰結には無力を嘆くしかない。僧なりのやり方で、救いを祈るしかできない。

衆生の救済と極楽往生を説く仏道の経。デウスの救いで天国に召されんと願うキリシタンの使徒信条。ふたつが刑場に絡み合う。

御子ゼス・キリシトは、御主デウスと人との和解のため、磔刑に処された。

ならば人と人は、どうすれば和解できるのか。ゼス・キリシトのごとき身を捧げる誰かを待つしかないのか。そうであってもなくても、いま刑場で磔台に縛られた五人に死すべき罪や使命があるのか。

「咎のお赦し、肉身よみがえるべきこと、終わりなき命とを、まことに信じ奉る」

アメン。五人が使徒信条を締めくくった瞬間、気配を感じて源介は振り返った。絹がいる。その腰辺りの高さに、末のあどけない顔があった。

「見てはならぬ！」

源介が末の頭に覆いかぶさるより早く、引き裂くような五つの悲鳴が上がった。僧の読経は力を増し、絹の押し殺した泣き声が重なる。

受難（パシヨン）だ。

末の頭を抱きながら、源介は泣いた。

これは受難だ。誰にとっても。

四

波が高く、船はひどく揺れた。

荷と人が雑多に詰め込まれた船倉（せんそう）は狭く、酔った誰かが嘔吐（おうと）し、そうでなくとも黴（かび）か何かの悪臭が立ち込めていた。昼は薄暗く、夜は真っ暗になるから、揺れとあいまって不気味ですらあった。

八代を出航して二昼夜、水夫（かこ）が荒っぽく怒鳴って到着を告げた。客たちは死人より青い顔でぞろぞろと急な階段を昇り、甲板（ふたて）に出ると生き返ったように燥（はしゃ）いだ。

源介は声こそ上げなかったが、溢（あふ）れる爽快（そうかい）な光にはつい目を細めた。船縁（ふなべり）から見上げた空は晴れ渡っている。冷たく吹きつける潮風（しおかぜ）さえ、陰気で息苦しい船倉から解放された証（あか）しと思えば、心地よく感じられた。

「綺麗（きれい）な町ねえ。それに大きい」

嬉しそうな絹の声に、源介は「そうだな」と短く、だが感慨（かんがい）を込めて応じた。

船はやや沖合に錨（いかり）を下ろしている。陸地は光る甍（いらか）と漆喰（しっくい）の壁に覆われている。

海に突き出した町の端は、白い波が砕ける低い崖（がけ）になっていた。その上には茂る木々の濃い緑が膨（ふく）らみ、十字架（クルス）を掲げた三層の楼閣（ろうかく）があった。

岬の教会、と呼びならわされているらしい。コンパニヤによって営（いとな）まれ、日本で最も大きいという会堂は噂（うわさ）通りの荘厳（そうごん）な姿をしていた。

「そら、末」

源介は愛娘（まなむすめ）を抱き上げた。

「長崎だぞ」

自らを励ますつもりで、源介は町の名を教えた。

外（と）つ国との交易で栄える長崎は、二万を超える住民のほとんどがキリシタンだという。小西家の遺臣が多く住み、また信徒の互助の会である慈悲組（ミゼルコリヂヤ）も熱心に活動している。

八代で磔刑に遭遇（そうぐう）した源介は、無辜（むこ）の者を子供まで処刑する加藤の領内では生きられぬと悟った。とはいえ暮らしを立てる当てはどこにもない。とりあえずは八代の町に入り、現地の慈悲役に相談した。長崎はよそ者を拒（こば）まぬし、岬の教会を訪ねれば世話してくれる人に繋（つな）いでくれよう。そう勧められ、藁（わら）にもすがる思いで一家で船に乗った。

「これから我らは、ここに住むのだぞ」

「ながさき」

しおらしく言う娘の顔に、表情はない。

末は磔刑を見て以来、一切笑わなくなった。穏やかに暮らしたい。ただそれだけの願いが叶わない。一家は住まう場所を、娘は笑顔を失った。源介はやりきれぬ思いに囚われる。

「よい所ですね、おまえさま。ここでやっていきましょう」

絹の声は柔らかく、だが輪郭ははっきりしている。「やっていけそう」などと曖昧な言い回しもしなかった。

「そうだな。ここでやっていこう」

妻と子に己は生かされている、と改めて源介は思い知った。

渡し舟で大小の船の間を抜け、桟橋から陸へ上がる。荷の上げ下ろしで騒々しい港を抜け、市街へ入る。

供に槍を持たせた侍、裸のような恰好の奴、艶やかな衣服を着た商人、何やら訳がありそうな怯えた目つきの者。様々な人間が往来に同居している。うたうような唐国の話し声が飛び交い、南蛮人も多い。黒や褐色の肌の人はどこの国から来たのだろうか。

身分の上下、洋の東西、過去のありよう。それら一切を問わず、長崎はあらゆる人々を受け入れているらしい。片隅でよそ者のキリシタンが家族三人でひっそり暮らすくらい、何の咎めも受けまいと源介には思えた。

賑やかな町を抜け、茂る常緑樹に挟まれた坂を上り、拓けた一帯に出る。

船から眺めた岬の教会が、目の前にあった。静かで、崖下の海から届く潮騒だけが低く響いている。

「人がいないわね」

絹が不安げに左右を見回す。源介たちは長崎で身を立てるための相談に来たのだから、人がいないと困る。

「飯でも食っているのだろう」

昼にも食事を摂(と)る南蛮人の風習を口にしながら、源介は歩き出す。誰かに出くわすだろうと考えて三層の楼閣に近付く。開け放してあった扉を抜けると、大勢の信徒が集まる場であることを示すように大きな式台があった。

「おお――」

目を移した源介は思わず声を上げた。

広大な空間があった。板敷の床は綺麗に磨かれ、天井は高い。窓から差し込む陽光が、空間の最奥(さいおう)にある巨大な祭壇を浮かび上がらせている。祭壇の中には童貞マリヤの白い像があり、上には磔にかけられたゼス・キリシトの像が金色に光っていた。

荘厳な美しさに、源介の右手が動いた。

「父と子と精霊の御名において(イン・ナウミネ・パアチリス・エッ・ヒイリイ・エッ・スピリッスサンチ)。アメン」

額から胸、左肩、右肩へと手を動かしながら文句を唱える。絹も、源介に並んで十字を切った。

「誰かいる」

末がぽつりと言う。源介は思わず娘の顔を確かめ、やはり表情がないことに落胆(らくたん)しながら、さらに目を移した。

祭壇の前に大小ふたつの人影が立ち上がっていた。親子だろうか。

「お祈りでござったか。お邪魔をしてしまい、申し訳ござらぬ」

大声で詫び、源介は急いで草鞋を脱いだ。荷を脇に下ろし、乾いた手拭いで足を拭って板敷の広間に上がる。

「手前ども、キリシタンでござる。長崎には先ほど着いたばかりで勝手が分からず、取るものもとりあえず教会へ参った次第」

今後を相談できる相手を見つけねばならない。ぶしつけを承知で自分の事情を話しながら、源介は大股に歩み寄った。

人影のひとりは女性だった。齢は三十に届くまい。地味な小袖と一つに束ねた長い髪。飾り気のない姿は清楚さを感じさせた。もうひとりは末より年少に見える男児だった。

「手前、益田源介と申します」

女性の前に立ち、源介は一礼した。

「長崎に移り住まんと八代より罷り越した次第でござる。これなるは妻の絹と娘の末にて」

源介の声に合わせるように、妻子が隣に並ぶ。女性は静かに目礼し、「八代」と呟いた。

「先ごろ、殉教があった地でございますね。その栄誉は長崎まで聞こえています」

「さよう。かくもむごき仕打ちが行われては暮らせぬと思い、長崎へ参り申した」

「わたくしも、長崎に移って来た身です」

初対面の源介を拒絶も怪しみもせず、女性は静かに応じた。

「して、あなたさまは」

訊くと、女性は微笑んだ。

「マリヤと申します。夫に離縁され、対馬からこの子と移って参りました」

何と応じてよいか分からぬまま、源介はただ話を聴いた。

「亡き父が」マリヤなる女性は続ける。「コンパニヤと多少のご縁をいただいておりまして、いまは教会にある修院（カーザ）で世話になっています」

源介は想像を巡らせた。コンパニヤとて一般の信徒の衣食までは面倒を見られない。亡き父とやらは教会に多額の寄付をした富豪（うとくにん）か、あるいは領地で布教を援助した大身（たいしん）の侍であろうか。たぶん後者だ。武家の出を思わせる女性の物腰から見当をつける。

対馬で離縁された所領持ちの武家の娘、マリヤ。

そこまで思い至った源介は、はたと女性を見つめた。

「立ち入ったことで申し訳ございませぬが、もしや」

まさか、と思いながら問う。

「もしや、あなたさまのお父上は」

「小西行長」

答えは、下から聞こえた。

「母上の父上は、小西行長じゃ」

それまで黙って立っていた男児が、強い調子で言う。その目にしかと見据えられた源介は、叫び出したい衝動を必死で堪（こら）えた。

初めて会ったマリヤは、源介の知るマリヤだった。

ならば、マリヤを母上と呼ぶこの男児は小西行長の孫だ。霞（かすみ）のごとくこの世から消え、おそらく絶えたと思っていた小西の血筋は、源介の眼前で確かに続いていた。

「おじいさまは、弱くなんかないぞ」

男児の声に、源介は身を斬られるような痛ましさを感じた。マリヤさまも御曹司（おんぞうし）も、すんなりといまの暮らしを手にしたわけではあるまい。対馬の宗家に離縁されてから長崎に落ち着くまでの行く先々で、ひどい侮辱（ぶじょく）に遭（あ）ったのだろう。

様々な思いがよぎり、つい立ち竦（すく）んでしまった。

ふふ、と幼い声が足元から聞こえた。末だ。

「笑（わろ）うてくれたか」

信じられぬ事態が重なり、源介の胸は千々（ちぢ）に乱れた。しゃがみ込んで末の肩を摑む。

「何ぞ善（よ）きことでもあったか」

末は笑ったまま、こくりと頷（うなず）いた。

「父さま、うれしそう」

「俺が、か」

訊いてはみたが末の言う通りだ。源介はゆっくりと端座（たんざ）し、両の手を床に置く。

「それがし、小西家中、益田源介にござる。今度こそ小西の御家を」

震える喉（のど）を叱咤しながら、改めて名乗った。

「誓って、護（まも）り参らせまする」

見上げた先は涙で滲（にじ）んだ。主君の血を引く母子はじっと源介を見つめている。

背後の祭壇では、聖母と御子の像が光に浮かんでいた。

第一章　天国（パライゾ）の門

一

坂はたいそう急だった。

まだ年が明けたばかり。薄曇りの空から吹き下ろす風も強い。そこらの草がざらざらと不穏な音を立てている。短くなった袴（はかま）は冷気で膨らみ、寒いはずの足はむしろ火照（ほて）りを帯びる。

「ねえ彦七（ひこしち）、やめて。ぼくは大丈夫だから」

南蛮（なんばん）商人の子、ガスパールの声が背後から追いかけてくる。

「もういいんだ、本当に」

「よくねえっ」

彦七は叫び返し、ぐるりと振り向く。

「お」と、思わず声が出た。大小の船を浮かべた海と、家屋がひしめく陸地、十字架（クルス）を掲げた幾つもの教会。彦七が住まう長崎は一望の下（もと）にあった。

ガスパールが追い付いてきた。首元辺りまである赤い髪が風に揺れている。

「彦七。やめておくれ。莫迦（ばか）にされたのはぼくだ。きみじゃあない」

「なら、おまえがもっと怒れよ」

苛立(いらだ)たしいほど優しいガスパールを叱(しか)ってから、彦七はため息をついた。

「おまえ、何を食ったらそんなに大きくなるんだ」

ガスパールの顔はいつの間にか、坂の上にいる彦七よりも高い位置にあった。彦七は並より少し背が低く、対してガスパールは体格が良い南蛮人の中でも図抜けている。同じ十三歳ながら黒い外套(がいとう)とズボン、白い脚絆(きゃはん)に包んだ身体は大人と変わらぬ大きさと迫力があった。

であるのに気が弱く、ガスパールは普段から周囲に何かと侮(あなど)られがちだった。

にしてもだ。彦七は憤(いきどお)りを思い返しながら下界の一角、町外(まちはず)れにある禿山(はげやま)のような丘を睨(にら)んだ。

そこは西坂(にしざか)といい、十五年ほど前に豊臣秀吉(とよとみひでよし)の命で二十六人の司祭(パードレ)と信徒が磔刑(たっけい)に処された。いまはキリシタンが絶えず訪れる祈りの地となっている。

信仰心の篤(あつ)いガスパールは以前から足繁(あししげ)く西坂へ通っていた。生まれる前に起こった大殉教に強い印象を持っていて、長崎に住んでいるのはデウスの導きとまで思っている節があった。

そして今日の先ほど。いつものようにガスパールが西坂の丘へ行き、独り祈りを捧げていたときだった。

「骨でも探してるのか、あいつ」

少年たちが嗤(わら)いながら通り過ぎていった。

西坂を訪れるのは敬虔(けいけん)なキリシタンばかりではない。外(と)つ国で高く売れる殉教者(マルチル)の骨を探す不心得者も多い。むろん何も見つからず、代わりに拾った石を天川(マカオ)や呂宋(ルソン)で売るのだという。

少年たちが残した一言は、言ったそばから忘れる程度の他愛ない悪意だったかもしれない。ただガスパールにとっては身を裂かれるような侮辱(ぶじょく)だった。その場ではなんとか堪(こら)えたが、帰る道の途中で泣き出してしまった。

彦七は、養父に命じられた勉学から逃げ出して長崎の町をぶらついていた。持っていた一枚きりの鐚銭で買った餅を食っていて、大柄な身体を丸めて歩くガスパールとばったり出会った。挨拶のつもりで気軽に声をかけ、仔細を聞いたとたんに餅を呑み込み、駆け出した。

――慶三郎たちだろう。

彦七はすぐに見当がついた。派手な悪さこそしないが、いちいち他人につっかかる面倒な集団がいる。彼らは長崎を見下ろす山の一角に佇む廃堂を溜まり場にしていた。

「喧嘩はよくない」

坂の中腹で、ガスパールは悲痛な声を上げた。

「ゼズスさまも、そうおっしゃっている。だからやめて」

「喧嘩になるとは決まってねえ。それに、キリシトだって怒るときは怒るだろ」

とは言ったものの、彦七はゼス・キリシトが宣うたお言葉の逐一は知らない。日曜のミイサでは司祭の説教を聞き流すばかりだった。

「だいたいおまえ、このままだと西坂へ行くたび骨泥棒って言われちまうぞ、それでいいのか」

「そんなことはないけど」

ガスパールは立ち止まり、俯き、小さな声で言った。

「だってぼくの親は〝コンベルソ〟だ。しかたがないよ」

コンベルソとは、ユダヤ教徒からキリシタンになった者をいう。ユダヤ教徒を蔑む南蛮のキリシタンは、同じ宗旨になったはずのコンベルソを豚などと呼び、やはり蔑む。日本のキリシタンにもなぜか同じ感覚を持つ者がいる。

「それの何が悪いんだ。だいたいおまえは、骨探しなんかしてないだろう」

言いながら彦七はますます腹が立ってきた。

「生まれのために莫迦にされるなんて、あっていいものか」

言葉に力が籠ってしまった。照れめいた感覚をごまかすために勢いよく踵を返すと、大人以上の膂力を持つガスパールが後ろから羽交い絞めにしてきた。彦七の足は地を離れ、空しく宙を蹴る。

「おまえ、本気で喧嘩したら俺なんかよりずっと強いぞ」

「あいつら、十人くらい、いたよ」

「えっ」

彦七の怒りは急速に冷めていった。相手は十人、こちらは二人。たぶんガスパールは手を出さないだろうから彦七ひとりだ。喧嘩になればまず勝てない。人数くらい先に確かめておけばよかった、などと今さら後悔しても、もう遅い。

「九人くらいなら片手で片付けられるんだがな」

羽交い絞めにされたまま、彦七は強がる。

「十人は？」

「久しぶりに両手を使うことになりそうだな」

彦七はガスパールの腕を振りほどいて着地し、歩き始める。勇ましく張った薄い胸の内でどうしようかと思案しているうちに、坂を上り切ってしまった。

朽ちた堂がある。かつて唐国の船乗りが女神の像を祀っていたが、より海辺寄りに新しい堂が建てられ、こちらは打ち捨てられたのだという。その周囲で寝そべり、あるいは車座になり、草を千切(ちぎ)ったりしている少年たちはざっと見て二十人はいるだろうか。

「人数、増えてないか、おい」

彦七が睨みつけた先で、ガスパールの目には怯(おび)えと悲しみが入り混じっていた。覚えのある顔を見つけたらしい。

「誰だ、何の用だ」

敵意剝(む)き出しの誰何(すいか)を合図に、二十対(つい)の視線が一斉にこちらを向く。彦七は思わず身を硬くした。

「おや、これは彦七さま。かような所にお運びとは珍しい」

ひとりの少年が立ち上がった。着流した紺の着物は色褪(いろあ)せ、胸元はだらしなく開けている。へりくだった物言いを使っているが、顔には嘲笑(ちょうしょう)の色があった。

「よう、慶三郎」

一つ年上で顔見知りの、一団の頭領(とうりょう)格に向かって彦七は虚勢で応じた。

「何のご用で。御曹司(おんぞうし)」

呼ばれ方に彦七は嫌みを感じた。ままよ、と声を張る。

「おまえらの中にガスパールを莫迦にしたやつがいるだろう。謝れ」

首を傾(かし)げる慶三郎に、「ぼくのことだ」とガスパールが細い声で言った。慶三郎は初対面らしいガスパールを胡乱(うろん)げに眺(なが)め回してから、口の端を嗜虐(しぎゃく)的に歪(ゆが)めた。

「そなたは味方に恵まれておらぬな。知っておるか。この彦七さまは徳川(とくがわ)さまに弓引いて敗れ、首を刎ねられし小西行長さまの孫ぞ」

　とつぜん祖父を侮られ、彦七は戸惑いと怒りで言葉を失った。

　彦七の祖父、小西行長は関ヶ原の戦さに敗れて斬首された。行長の娘マリヤは対馬の宗家に嫁いでおり、夫の幼名を取って彦七と名付けられた子を産んだばかりだったが、関ヶ原の結果を知った宗家はマリヤを離縁した。マリヤは彦七を伴って長崎へ移り、数年後に病死してしまった。以後、彦七は心ある小西家の遺臣に養育されていまに至っている。

「行長さまは時宜を悟る知にも、戦さに勝つ勇にも欠けておられた」

　慶三郎はなおも言う。

「その行長さまの孫が、そこにおわす彦七さま。祖父そっくりの知勇に欠けたるお人よ」

「てめえ」

　彦七は慶三郎の襟に摑みかかった。

「俺はともかく、おじいさまを莫迦にするな。おじいさまは天下と義のために戦ったんだ」

　彦七に孤児たる我が身を嘆くつもりはない。時折り寂しくはなるが、己で決着をつけるつもりだった。嗤われるのも己の器量の問題だ。

　だが、祖父の面目だけは守りたかった。でなければ時運つたなく斬首された祖父が、そのため夫に捨てられた母が、哀れに過ぎる。

「なにが天下か、義か」

　慶三郎の顔が変わった。ふやけた嘲笑は失せ、怒りを剝き出しにしている。

「おかげで私の父をはじめとする小西の臣は、ほとんどが牢人となって路頭に迷っているのですぞ。無謀な戦さで御家を滅ぼしておいて、なにが主君か」

　だいたい、と慶三郎は続ける。

「我が父を朝鮮から連れ出したのも行長さま。どこまで他人に迷惑をかけるのか」

　長く朝鮮に在陣していた小西の家中には、朝鮮を故地とする者が少なくない。行長自身も現地で孤児となった少女を養育していた。慶三郎の父は朝鮮の武人で、小西行長から士分の待遇を得て妻ともども日本に渡った。故郷を捨ててまで人生を託した小西家が瞬時に消え失せてしまうとは、当時は誰も想像できなかっただろう。

「離してくだされ」

　慶三郎が彦七の腕を振り払った。その襟の隙間で小さな十字架が揺れた。

「お帰り願えませぬか、彦七さま。でなければ私はあなたを殴ってしまう」

　長崎には小西家の遺臣が多く住んでいる。大半は彦七を主筋と敬してくれているが、慶三郎のごとく小西家に恨みを持つ者もいる。行長が徳川家康に歯向かわなければ、彼らが路頭に迷うことはなかったからだ。

　暗い視線を感じるたび、彦七は戸惑う。いまも慶三郎に何と言ってよいか分からない。分からぬまま意を決して口を開いた。

「殴れよ。それで気が済むなら」

　彦七にできることはないが、小西遺臣たちの鬱屈を受け止めてやれるのは、小西行長の血を引く自分だけであるはずだった。

　慶三郎が不審げに眉をひそめた。見守っていたガスパールは「彦七、まるでゼズスさまのよう」

などと目を輝かせている。

「そんな偉いもんじゃねえ、俺なりに足りねえ頭で考えただけだ」

彦七は一歩踏み出した。

「そら、慶三郎。殴れ。いまでもいいし、いまだけじゃなくてもいい。気が向いたらいつでも何度でも構わねえ」

慶三郎は端整な顔を歪め、しかし動かなかった。意外と生真面目なのか、主筋の彦七に殴れと言われて困っているらしい。

「何もしねえなら、先にこっちの用件だ。ガスパールを泥棒扱いしたやつと仲間を出せ。俺がどこの誰であっても、そいつらがゆえなく他人を侮ったことは変わらねえ。謝ってもらうぞ」

「それは」慶三郎の目が鋭くなった。「なんのお話で」

「ガスパールは西坂で祈ってたら、骨泥棒呼ばわりされたんだ。おい、言ったやつの顔、覚えてるか」

彦七の問いにガスパールは首を横に振った。背後から声が聞こえたということだから、それはそうだろう。声に思わず振り向いて、その場にいた十人の顔だけ何となく覚えていた、というところか。

「誰が言った。出てこい」

吼えたのは慶三郎だった。おずおずと手が上がる。慶三郎が「出てこい」と再度言うと、怯えた様子の少年が前に出てきた。

「申せ」慶三郎の声は役人の詮議より厳しい。「この者が骨を探しておるのを見たのか」

「いえ、でも」

少年はそっと答えた。

「こいつの家はコンベルソです。泥棒でもおかしくないと思って」

ウッとガスパールが声を詰まらせる。彦七は摑みかかろうとしたが、先に慶三郎が身体を乗り出した。

「見たのか、おぬし」

見てませ、とまで答えた少年の痩せた顔に、慶三郎の拳がめり込んだ。少年はそのまますっ転び、彦七は思わず顔を歪めた。

「あれは痛いな」

彦七はつい少年に同情した。ガスパールも目を丸くしている。慶三郎は背後の仲間たちに向き直り、声を荒らげた。

「我ら、身は卑しくとも心まで卑しくしてはならぬ」

凜々しく言い放つ慶三郎に感心しながら、彦七はその背後にそっと立った。

「ちょっといいか」

なんですか、と振り向いた顔を目がけて彦七は思い切り跳躍する。顎の下から綺麗な頭突きを食らった慶三郎はよろめき、踏ん張り切れずに尻餅をついた。

「俺はさっきおまえに、俺を殴れと言った。それは今も変わらねえ」

彦七は慶三郎を見下ろして怒鳴った。

「だが、殴り返さねえとは言ってねえ。おじいさまを莫迦にした報い、これからたっぷりくれてやるぞ」

「よろしい」

慶三郎は飛び上がった。彦七は両の頬桁を殴られつつ、慶三郎の胴を抱き込み、押し倒す。加勢に駆け寄ってきた少年たちが「争いはいけない」と叫ぶガスパールの巨体に跳ね飛ばされる。

それからの喧嘩は敵も味方もなかった。誰も彼もが目の前の誰かに見境もなく襲いかかり、叫び、押し倒され、殴り、蹴り、引き倒した。

どれくらい時が経ったか分からない。最後には、その場にいたほとんど全員が地べたに倒れていた。目覚めたように勇猛さを発揮していたガスパールだけが、巨木のように突っ立っている。

「なあ、慶三郎よ」

寝転がったまま彦七は呼んだ。目の前には薄曇りの空が広がり、天の御国とやらはどこにも見当たらない。

はあ、と気の抜けた返事がした。彦七は少し笑った。

「気が済んだか」

答えは返ってこない。そうだろうな、と彦七は思う。慶三郎の気が済んでも済まなくても、彦七は己の生まれから逃げられない。なら、せめて胸を張って生まれに向き合っていこう。そんなことをぼんやり考えた。

傾いた陽が眩しく輝き始めた。

「晴れてきましたな」

やっと慶三郎の声が聞こえた。

二

豪壮な表店の漆喰壁が造る長崎の往来は、日暮れを迎えても人が多い。

彦七はガスパールと別れ、細い路地へ入る。表とは打って変わって、貧相な小屋や長屋が雑然と肩を寄せ合う陰気な景色の中を、油断なく左右を見回しながらさらに行く。

蹴れば破れそうな板塀にそっと耳を当てた。向こうに人の気配はないと確かめ、念のため小石を拾って投げ入れる。ころりと石が地に落ちた音の他、やはり何も聞こえない。それからやっと彦七は両手を上に伸ばした。数度小さく飛び跳ね、次いで大きく跳躍し、指先を塀の縁に引っ掛けて攀じ登る。

ひらりと飛び降りた狭い庭には、やはり誰もいなかった。彦七はほくそ笑み、忍び足で庭を横切る。縁側に腰を下ろし、脱いだ草履を叩いて懐へ入れ、そこでフウとため息をつく。

「あれ、やっぱり」

女性の声に慌てて振り向く。

「おかえりなさい。彦七さま」

彦七を養ってくれている夫婦のひとり娘、末がそこにいた。にこにこと笑い、着物は貧しい暮らしぶりを引き写したように短く、色褪せている。炊事の最中だったものか前掛けで手を拭いている。

「なんで分かったんだ」

おそるおそる問う。彦七とふたつしか齢の変わらない末が、老練の剣豪のようにも見えた。

「石の音」

得意げな答えが返ってきた。

「いつもその音がすると、彦七さまは籠っていたお部屋から出てきた顔で、台所に水を飲みに来たり火鉢にあたったりするのよ」

末の鋭敏さに驚嘆しつつ、彦七は肩を落とした。

日中、彦七は自室で勉学するよう命じられている。こっそり塀を越えて抜け出して外をぶらつき、また塀から帰ることを繰り返していたが、その手口はあっさり末に暴かれてしまった。

「どちらへ行ってらしたの」

「どこにも」彦七は言った。「ずっと部屋で書見してた。気晴らしで庭を見に来た」

「へえ。気晴らしを。この庭を見て」

末は笑顔のままで彦七を着々と追い詰める。庭は猫の額どころか、猫すら額に皺を寄せて呆れそうなほど狭い。すぐそばに板塀が迫り、じめじめとして薄暗く、見るだけで気詰まりしてしまう。

「それに、そのお顔」

この辺り、と末は自分の目元を指差した。

「まるで喧嘩でもしたみたいに赤黒くなってる」

「部屋で転んだんだよ」

「ふうん」

やはり末は笑ったところで、大人の忙しい足音が割り込んできた。

「こちらにおわしたか、彦七さま」

末の父、益田源介だった。かつて小西行長に仕えていた牢人で、彦七を養ってくれている。その小袖と袴は、娘の着物と同じくほうぼうが傷んでいる。

「どうされたのです、そのお顔」

苦労のためか心配症ゆえか、あるいは鬢の若白髪のせいか、三十五歳という齢のわりには老けて見える源介は眉をひそめた。

「部屋で書を読んでいたら、こけた」

彦七は敢然と答えた。もはや言い張るしかない。

「なるほど。ともかく手前とともに来られませ」

嘘とは分かるが責めるに足るほどの証しがない。源介はそんな顔をして踵を返した。針の筵を歩くような気分で彦七はついてゆく。

家は、これも狭い。四つの間が田の字に並び、表に土間、脇には竈を据えた走り庭、そして例の猫も呆れる裏庭がくっついている。便所と井戸は付近の家々と共用のものを使っていた。

「そういえば源介」

表へ向かう途中で彦七は訊ねた。

「立ち退きの話はどうなった」

この家は借家だ。大家は近ごろ、同じく所有する両隣の家の敷地を合わせた大きな長屋への改築を企んでいるらしい。

「ご心配は無用でござる」

源介の声には殺気があった。かつてひと月にわたる籠城戦を戦い抜いたという男はいま、店子の生活を顧みない非道な大家に敵愾心を燃やしているらしい。

「あら、彦七さま」

走り庭で竈の前にしゃがみ込んだまま、絹が振り返ってきた。源介の妻で、何くれとなく細やかな気遣いをする。ささやかな自慢だという艶やかな黒髪は頭に巻いた手拭いに隠れている。

「お帰りなさい。夕餉はもうすぐですからね」

戻ってきた末に菜の載った俎板を指差しながら、絹が言った。

「どうも」

彦七は妙な返事をした。益田家の全員に見透かされているようだが、ただいま、と応じてしまうと外に出かけていたと認めるようなものだし、かといって適切な言葉が見つからなかった。

「お待たせした」

源介が土間に向かって言い、客間の縁に座った。彦七はその横に腰を下ろしかけたところで「あれ、ガスパールじゃないか」と声を上げた。

つい先刻まで一緒にいた大柄な少年が、晴れやかな表情で土間に立っていた。

「あなたが彦七どの」

ガスパールの隣から初老の男性が口を開いた。胸元で持っている大きな丸つばの帽子も衣服も、黒一色。彼は覚えていないらしいが、彦七は二度ほど顔を見ている。ガスパールの父、ピント氏だ。

「息子に先ほどの話、聞きました。遅い刻限とは思いましたが、お礼、申しに参りました」

日本で育った息子には及ばぬながら、流暢（りゅうちょう）な日本語だった。彦七は慌てたが、黙っていろとも言えない。

彦七がガスパールの誇りのために丘へゆき、勇敢に戦ったという逐一（ちくいち）をピント氏は話し、褒（ほ）めそやした。彦七にとってはありがたくもあり、大きな迷惑でもあった。源介は神妙な顔で話を聞きながら、合間には鬼より恐ろしげな眼光を彦七に寄こしてきた。

「あなたは息子の名誉を守ってくれた、まことの勇者。心から感謝しています」

「いやそんな。俺は当然のことをしたまでで」

彦七は照れと恐怖を覚えながら手を振った。

「それでね、彦七。ぼくもさっき父に聞かされたのだけど」

ガスパールの声は悲しげだった。

「ぼくたち家族は、あさっての船で天川（マカオ）へ引っ越す。お別れだ」

ピント氏が説明を継いだ。キリシタンが正しく信仰しているかを詮議する母国の代官が巡回していて、もうすぐ長崎にも来る。コンベルソにとっては何かと面倒なので、いっそ移住しようと決心したという。

「暇なやつもいるもんだな」

代官について彦七は率直に呆れ、「けど引っ越すようなことなのか」と首を傾げた。

「異端審問官（インキジドル）、と申しましたかな。その代官とやら」

源介の問いにピント氏は「さようです」と答えた。その詮議は拷問（ごうもん）を伴い、冤罪（えんざい）も多く、裁きは火刑が珍しくないのだと続けた。彦七は納得するどころか耳を疑った。

人目を忍んでの出発になるので見送りはご遠慮願う、と告げてから、ピント氏は嘆くように首を振った。

「日本を離れることがなければ息子を、セミナリヨへ入れることも考えていたのですが」

セミナリヨとは長崎の東、有馬の地でコンパニヤ（イエズス会）が運営している学校だ。卒業後は教会の活動を助ける同宿になるか、司祭を養成するコレジヨに進むことができる。

「神学の勉強はどこでもできるから」

セミナリヨで学びたかったらしいガスパールは無念そうに目を伏せてから、表情を改めた。

「彦七、本当にありがとう。ぼくはきみに会えて良かった」

「おう」

彦七は鷹揚に応じて手を振りながら、戸惑った。天川は遠いし、その後も代官の執念に追われてガスパールの一家は流浪するのだろう。たぶん今生の別れになる。唐突さとそれゆえの素っ気なさが、とても寂しかった。

「デウスさまのお気が向けば、また会おうぜ」

不遜にも聞こえる言い方になってしまった。ガスパールは「うん」と応じ、父と連れ立って降りたばかりの夜闇に出ていった。

感慨に浸るより先に、尋常ならざる気配が彦七を圧した。

「来なされ、彦七さま」

抜き身を思わせる源介の声に従い、ともども板敷の居間へ入る。絹か末が気を利かせてくれたものか、隅の行灯に火が点っていた。源介はその淡い光をしみじみとした目で眺めてから、ぴしりと床を指差した。彦七はそっと足を折る。

「彦七さま！」

源介の怒号が耳を打った。

「情けなや。お立場もわきまえられず、勉学も放り出して下々の者と喧嘩とは」

家が揺れるのではないかというほどの大音声はいつものことだし、手を上げられたことはない。それでも、彦七にとって源介の叱責はこの世でもっとも恐ろしい。

「これでは、天国のマリヤさまもきっと悲しまれまするぞ」

卑劣にも聞こえる物言いは、主家への偽りない忠心から発せられている。母マリヤを前にして泣きじゃくっていた源介の姿を覚えている彦七は、うなだれるしかない。

嫁いだ宗家から離縁という形で捨てられた母マリヤは、産んだばかりの彦七と十字架のついた数珠だけを抱いて各地を転々とした。乳児を連れ、財産も何もないマリヤは、他人の世話になるしかなかった。見下すような憐憫やあからさまな侮りに耐えて過ごし、その過程で彦七の記憶も始まっている。行く先々で浴びせられた祖父への遠慮のない悪口は、思い出すたびにうんざりする。

彦七が四歳のとき、母子は長崎の修院に落ち着いた。祖父に仕えていたという益田源介の一家と出会ったのは、その年も暮れようとするころだった。母は必要がなければ身元を明かさなかったらしいが、幼い彦七が白状してしまったため源介には知られてしまったらしい。

源介はコンパニヤを介して信徒の世話を受け、一家で長崎に住みついた。またマリヤと彦七を何くれとなく助けてくれた。

数年して、マリヤは修院の寝台で息を引き取った。もともと強くなかった身体を流浪の数年が痛めつけていたらしい。彦七は孤児院に入るはずだったところを、源介に引き取られた。

「小西の御家は再興されねばなりませぬ。その暁（あかつき）には彦七さまが立派なご当主になられるよう、しかとお育て申し上げる。手前はさようマリヤさまにお誓い申し上げたのです」

ありえることなのか彦七にはさっぱり分からないが、源介は小西家を大名に戻そうと熱心に取り組んでいる。志を同じくする仲間を増やし、徳川将軍の御料（ごりょう）（直轄領）ゆえ長崎に多い公儀の役人たちとも頻繁（ひんぱん）に会っていた。

仲間たちはこの源介宅に集まり、彦七の顔を聖画のごとく拝（おが）み、ぴたりと障子（しょうじ）を閉めた客間で何事かを談じ合う。といっても狭い家のこと、彦七は障子越しの密（ひそ）やかな声を夜な夜な聞かされ、そのたびに何とも落ち着かぬ気持ちになった。

天下のために命を捧げた祖父行長を、彦七は誇りにしている。勇気も器量もない身だが、祖父の義心に恥じぬ人間になりたい、と常々思っている。

同時に、血筋にまつわる息苦しさもまた感じていた。牢人に身を落とし、また信仰を全（まっと）うしにくいキリシタンである小西の旧臣たちが、安住の地を求める感情はよく分かる。ただ、彼らが小西の家を語り、彦七を仰ぐたび、自分が自分でないような妙な気分になってしまう。

彦七は行長の立派な孫でありたいと思っている。周囲にとって彦七は行長の立派な孫である。言葉にすればさほど変わらぬ両者は、彦七にとってまったく別の存在だった。

「聞いておるのですか、彦七さま」

聞いてるよ、と答えるより先に彦七の腹がグウと鳴った。源介は顔を歪め、がばりとひれ伏した。

「申し訳ございませぬ。手前が不甲斐なきばかりに、彦七さまには貧しきお暮らしを強いておりまする」

「いや貧乏はいいんだけど、そのさ」

長いお説教のせいで夕餉がなかなか出てこないのだ、とは彦七は言えない。源介は怖いしうるさいし面倒なのだが、彦七をいつも心底から案じてくれている。そのありがたさは身に沁みている。沁みてはいるが腹も減っている。解決しがたい葛藤に彦七が深く悩んでいると、走り庭から絹が上がってきた。

「はいはい、そこまでになさいな、おまえさま」

絹は末とふたりして、てきぱきと膳を並べてゆく。

「彦七さまをしかとお育てするのなら、まずちゃんと食べていただかねばなりませんよ」

妻には決して抗わぬ源介は、上体を起こして背筋を伸ばし、「うむ」と頷いた。

安い赤米に麦を混ぜた強飯、味噌を溶いた菜の汁。豪勢にはほど遠いが待ちに待った夕餉が彦七の前にも置かれた。

「ほら、おまえさま」

座った絹に促され、源介は再び「うむ」と頷く。

「御父と御子と聖霊。三つにてご一体のデウス、我らとこの糧に――」

源介の言葉にみなで声を揃える。

いろいろ面倒があれど、この狭い借家が彦七は好きだった。

三

そもそもの建て付けの悪さと、出ていけという家主の意向に揺らぐ益田家の戸が、がらりと引かれた。昼下がりで、彦七は土間の隅にある水瓶に柄杓を突っ込んでいた。

「源兄、いるか」

益田源介の従弟、益田甚兵衛が二刀を帯びた旅装でゆらりと入ってきた。

「これは彦七さま。ずいぶん大きくなられた」

甚兵衛は益田一族の故地である肥後天草の大矢野島に家がありつつ、源介と同じく小西家再興の企みでうろうろしている。焼き締めた鬼瓦に手足をつけたような源介と違い、柳のような軽やかさがある。

「励んでおられますかな」

挨拶の続きで問われた彦七は「それなりに」と半端な嘘をついた。町をぶらついて庭から帰ってきたばかりだった。

それはそれは、と甚兵衛は框に腰を下ろし、遠慮のない目つきでしげしげと彦七を眺めてくる。何のつもりか知らないが、叢に潜む蛇のような薄気味の悪さがあった。

「まいど前触れなくやってくるの、おぬしは」

奥から出てきた源介に、甚兵衛は「よう」と手を上げた。

「どうだ、源兄。変わりないかい」

「心配されるまでもない。そう申すおぬしこそ、今日は何用か」

「いい話を持ってきたんだ。手紙でもよかったんだが、早く聞かせたくて長崎へ来た」

「場所を変えるか」

源介は上げた右手をくいと傾けた。彦七にも己にも厳しい謹厳な男だったが、外で呑む酒だけを唯一の楽しみにしている。

「いや、いい。日が暮れる前に寄りたい先があるし、このまま彦七さまにもお聞き願いたい」

甚兵衛は草鞋も脱がぬまま応じた。源介は顔に無念を浮かべながら座った。名指しされた彦七は嫌な予感を覚えつつ、水瓶の前に留まった。

「有馬どのが、彦七さまを養ってくださるそうだ」

甚兵衛の言葉に、予感が当たったと彦七はうんざりした。大人たちはいつも、彦七について彦七抜きで考える。

「有馬どのとは、晴信のことか」

源介は眉をひそめていた。

有馬晴信は長崎の東、有馬の地を治める大名だ。熱心なキリシタンでもあり、かつて日本人少年四人をエウロパ（欧州）に派遣した。その領内には多数の信徒がいて、ガスパールが行きたがっていたセミナリヨもある。

そうだ、と甚兵衛が応じるや否や源介は怒鳴った。

「有馬晴信といえば、加藤と同心して小西家を攻めた悪逆非道の者ではないか。さような人非人に、なぜ彦七さまを助けてもらわねばならぬ」

「仕方ないよ。背に腹は代えられない」

　甚兵衛はさらりと言う。

「有馬どのは大御所の側近と仲が良い。おかげでもうすぐ、鍋島家の領分になっている旧領も取り返せるそうだ」

　大御所とは前の征夷大将軍、徳川家康のことだ。駿府に隠居しつつも引き続き政に携わっている。

「まあ有馬どのなりに、同じキリシタンだった小西家を攻めた後ろめたさがあったんだろう。念願の旧領回復のついでに彦七さまも預かって、昔のしこりをすっかり綺麗にしちまいたいとでも思ったんじゃないか。そこを狙って、懇意にしている有馬の家臣伝いに話を持ち掛けたのは俺だがね」

　甚兵衛は細い顔を意地悪く歪め、さらに続けた。

「小西家を大名に戻すまで世話してくれるかは分からないが、何かと後ろ盾にはなってくれるだろう。彦七さまのお暮らしも、この家におられるよりずっと、ましになる」

「いまだってちっとも不自由してねえよ」

　彦七は思わず口を挟んだが、源介は「仕方あるまいの」と目を伏せた。さっきまでの怒りはすっかり失せていた。

「儂のような牢人がお育てするより、大名である有馬の元に行かれたほうが、彦七さまにはよかろう。甚兵衛、よくやったの」

　彦七は急に寂しくなった。不自由してないと言ったのに、どうして聞いてくれないのだろう。それこそ不自由だ。

「異論などなかろうが、いちおう皆と議して決めるとしよう」

「源兄は慎重だな。あと留意すべきは有馬どのの野心だ。彦七さまを捨てた対馬の宗家には恩を売れるし、殿の世話を受けたコンパニヤとも繋がりを太くできる、くらいは考えているはず。お預けした彦七さまをいいように使われぬようにせねば」

「あのさ」

彦七の口から出た声は、思ったより強かった。そのまま、すたすたと歩いて大人たちの前に立った。

「俺のこと、勝手に決めないでくれないかな」

「勝手とはなんです」

源介が悲痛な顔を彦七に向けた。

「我らは御家と彦七さまのために尽くしておるのです。世の中は複雑にて、まだお分かりいただけぬこともあり申そう。どうか、我らをお信じくだされ」

「疑っちゃいないけど、俺なりにものを思うことはできるんだ。勝手に決めるのはおかしくないか」

源介の説く理屈に、彦七はいつも抑えつけられてきた。だいたい、容易に理解できぬほどややこしい世の中にしているのは他ならぬ大人たちではないか。大人がしっかりしていれば、ガスパールだって理不尽に逐われることなく有馬のセミナリヨに行けたのだ。

そう、有馬には住み込みで学ぶセミナリヨがある。彦七は天啓を得たような気分になった。

「では、彦七さまはどうされたいのです」

子供をあやすような口調で甚兵衛が問う。

「有馬へ行く。けど有馬へは行かない」

奇妙な言い回しになった。不自由からの脱出にうってつけの思いつきを、脱出と知られず説明するため、彦七は言葉を選び直した。

「俺はセミナリヨで学びたい。だから有馬の地へは行くが、有馬家の世話にはならない」

源介と甚兵衛は目を丸くし、互いに視線を交わし、同時に首を傾げた。

「彦七さま」甚兵衛は苦笑していた。「セミナリヨがいかなる場所かご存じですかな」

「知ってるよ、俺は学びたいんだ。源介だっていつも学べって言うだろう」

「あのですな」

甚兵衛は大袈裟(おおげさ)にため息をつき、それから話し始めた。

セミナリヨでは日本の読み書きとラテンの語(ことば)、歌と楽を教えられる。六年を年限とし、その後は修道生活を送る修道士(イルマン)になるか、在俗で伝道を補佐する同宿を務める。学業に優れるなら長崎か天川(マカオ)にあるコレジヨへ進み、司祭にもなれる。

「つまりセミナリヨとは教会のための学校。御家再興を志しておられる彦七さまが行く場所ではありませぬ」

まただ。彦七の頬が悔(くや)しさに引き攣(つ)った。彦七は、普通なら自ら得る志まで他人に決められてしまう。わがまま放題に生きたいとは思わないし、小西の血筋を捨てるつもりもないが、牢獄同然の境遇もご免(めん)こうむりたい。

「セミナリヨか。よいお考えかもしれぬな」

意外な言葉は、黙していた源介から発せられた。

「寺へ入る者が皆、僧になって終わることもあるまい。九郎判官（源義経）は鞍馬寺で育ち、また足利将軍も僧であったお方が多くおわした」

「おい、源兄」

「だいたい有馬晴信は小西にとっては仇敵。同じキリシタンなれど、彦七さまをお預けするなど口惜しゅうてならぬ。それに我が家は、彦七さまをお育てするにはいささか狭い」

源介の目には慈しむような光があった。

「分かってくれたか」

彦七は満足した。それから、いたかったはずの益田家を出る選択をしてしまったと気付いた。

朝を告げる鐘の音が二月の澄んだ空へ抜けていった。

楼閣の形をした教会堂の最上、三層目には裾の広がった南蛮の鐘が揺れている。下界の波音が淡くさざめき、海辺の崖に建つ岬の教会は厳かな静けさの中にあった。

「お寒うございませぬか」

源介に尋ねられ、彦七は胸を張った。

「平気だよ。もう子供じゃねえ」

脚絆と手甲という旅装で、腰には短刀を帯びている。

今日、彦七は有馬のセミナリヨへ旅立つ。ちょうど有馬にほど近い加津佐に用のある司祭がいて、その人に送ってもらう手筈になっていた。

「子供ではない。そうでしたな」

噛み締めるような口調で源介は言った。

「彦七さまも、もう十三歳。元服なさってもおかしくないお齢でございます」

「そうそう。そうなんだよ」

「有馬まで船ならすぐですゆえ、おりおり彦七さまの様子を拝見に参りまするぞ。行かれる以上は励まれませ」

「うん。待ってるよ」

源介への答えに偽りはない。旅立ちは別れでもあり、期待と寂しさが入り混じる。

「甚兵衛はよかったのかな」

有馬家に養われるという話をふいにしてしまった彦七は、気がかりを口にした。

――源兄がいいってんなら止めはしませんがね。

セミナリヨ行きを志願した日、甚兵衛はそれだけを言い、ぷいと立ち去ってしまった。

「あれは己が才を恃みすぎるところがございます。儂からよう言うて聞かせますするゆえ、どうかお気になさらず」

源介の言葉に彦七が頷いたとき、人の気配が近付いてきた。

「よう、慶三郎」

彦七が手を上げた先で、整った眉目が不機嫌そうに歪んだ。

セミナリヨ行きに当たって源介は一つだけ条件を付けた。小西旧臣の子弟から学友を付ける、というもので、近習を兼ねた監視役を同行させたかったらしい。彦七は「当人が良ければ」と慶三郎を指名した。

「おひとりで行かれればよいものを」

しっかり旅装を整えておきながら、慶三郎はぶつくさと不平を口にする。

「なぜ私がご一緒せねばならぬのです」

「おまえ、俺を殴りたかったんだろう。有馬へ逃げたなんて思われたら、いやだからな」

「――それはどうも」

指名した理由を隠さずに伝えると、慶三郎はなお不貞腐れた。

「皆さま、もうお揃いでしたか」

朗らかな声とともに、教会堂からふたりの男が現れた。声をかけてきたほうは、コンパニヤの司祭であることを示す黒い長衣に身を包んでいる。もうひとりは胴服に裁っ着け袴という軽快な出で立ちで、大きな木箱を背負っていた。

「旅の無事を祈っておりましたが、かえってお待たせしてしまいましたな」

「これは原どの。こたびは世話になり申した」

一礼する源介の横で、彦七は思わず司祭を見つめた。挨拶に続いて大人たちが始めた雑談によると、彦七のセミナリヨ行きを周旋してくれたのが原だったらしい。

「こちらが彦七さまでござる」

「お初にお目にかかりまする。原でございます」

原司祭は細身かつ小柄で、髪は短く刈り込んでいる。少し額が広い。四十絡みの顔には薄い髭を蓄えている。

「もしかして」

彦七の口から挨拶とは別の言葉が衝いて出た。

「ローマで教皇さまに会われたという原マルチノどのですか」

さようです、という答えと微笑みが返ってきた。

かつてコンパニヤの発案で四人の少年がローマまで旅し、教皇と謁見を果たした。そのうちのひとりが原マルチノだ。壮挙は今でも語り草になっている。

「ただ」と原は続けた。「あのころの私は、時勢と大人たちが用意してくれた船に乗っていただけなのです。無事であったのはひとえに友人たちの助けとデウスの御恩寵のため。私だけの力で何か成し遂げたわけではありません」

原の謙虚さに打たれながら、彦七は言った。

「うらやましいです。俺も海を渡ってみたい」

「デウスは人に、自らの道を歩む力をお与えになりました」

原の難しげな話に、彦七は首を傾げた。

「我らはその力を、『自由』と呼んでおります。そうはいっても、人は気ままに振る舞えるものではありませぬ」

「悪魔がおるゆえですか」

慶三郎が口を挟んだ。原が「さよう、よくご存じですな」と応じると、得意げな鼻息が聞こえた。

「悪魔はもっぱら、自由につけ込んだ誘惑をもって、人を罪の奴隷にいたしまする。世のありようも往々にして自由を阻むもの。悪魔と厳しき世に打ち勝ち、己が本願を選び取る。さすればそのとき、デウスは御恩寵を賜るかもしれませぬ」

彦七は赤面した。海を渡りたいというふとした願いも、セミナリヨ行きを望んだのも、煩わしさから逃げたいという一心でしかない。原が説く「本願」にふさわしい覚悟も決意もない。

「されど、ひとりの人間にできることは少のうござる。選んでから過ちを悟ることもあり申す。抗えぬ難を避ける必要もありましょう。ときどきで、己のできる限りを尽くすことが肝要」

彦七の思いを見透かしたように原は続け、さて、と一同を見渡した。

「皆さま方を、これなる木村セバスチアンどのが有馬までお連れいたします」

それまで黙っていた男が一礼した。その胴服も裁っ着けの袴も襤褸切れに近く、綻びや接ぎがそこら中にある。清貧を尊ぶキリシタンの教えを押し固めたような出で立ちだった。

「木村どのは、私とともにセミナリヨで学ばれました。天川のコレジヨに進み、ご同輩とともに日本人で初めて司祭となられた。いまは九州の各地を巡ってキリシタンの信仰を励ましておられます」

日本人初という紹介に、木村セバスチアンは照れも驕りも見せない。その顔は風雨に動じぬ巌のごとく険しく、言い換えれば欠片ほどの愛想もない。

「あなたが彦七どのか」

その木村に呼ばれ、彦七は思わず身を硬くした。

「セミナリヨに入るのであれば、もはや我らの教え子。儂はあなたをどこぞの貴人としては扱わぬが、よろしいか」

「はい、俺からもそう願います」

おそるおそる彦七は答えた。木村が「では参ろう」と素っ気なく言って歩き始める。突然の出発に彦七は慌てたが、ついてゆくしかない。

「お風邪など召されませぬよう」

静かに見送ってくれる原マルチノの横で、源介が人目も憚らず叫んだ。

「顔と口は毎朝きちんと清められませ。夜更かしは禁物でござるぞ。食事に文句を言うてはなりませぬ。恨みは忘れ、恩を施されませ。悪口はなりませぬぞ」

いつもの小言だ。そのいちいちが彦七には嬉しく、もう懐かしくも感じられた。何度も振り向き、そのたびに「わかった」と返す。

今生の別れなどではないし、おりおり会いに来てくれると源介も言っていた。なのに胸は震え、寂しさがせりあがってくる。

教会は崖上にあるから道はすぐ下り坂になり、源介の姿は見えなくなった。左右に樹木が茂り、道に落ちた木漏れ日が揺れる。木箱を背負ってどんどん進む木村を小走りで追いながら、彦七は手の甲で目尻を拭った。

「私だって家を出て寂しいのですぞ」

隣で慶三郎が拗ねたように言った。

四

長崎から有馬まで、船なら二日とかからない。てっきり港へ行くと思っていた木村の足は、山のほうへ向いていた。陸路なら四日ほどになろう。

「寄るべき先があるゆえ」

長崎の町中でそう告げたきり、木村は木箱を背負って黙々と歩く。数歩後ろを彦七と慶三郎が並んでついてゆく。賑やかな市街を抜け、乾いた田と小屋しかない鄙びた景色を過ぎ、緩い山道へ入った。

「追剝にでも遭ったらどうするのでしょう。船ならば、さような心配はなかったのに」

慶三郎はささやき、腰の脇差を誇示するように胸を張った。

「私ひとりだけなら何とかなるのですがな。普段から剣術の稽古も怠っておりませぬゆえ」

「そのときは頼むよ。俺は剣が、からきしだめだ」

彦七は素直に頼んだ。源介には毎朝鍛えられていたが、ちっとも上達しない。拳のほうがずっと使いやすい。いまも小刀を帯びてはいるが、箸か楊枝を削り出す程度の心得しかない。

追剝ほどの容易ならぬ事態が出来するか彦七には分からなかったが、考えれば不用心な気もしてきた。先を行く木村は見る限り寸鉄も帯びていない。あの大きな箱に刀か何か、護身の武具が入っているのだろうか。

「ところで彦七さま。あのですな」

慶三郎の口調が急に頼りなくなった。

「その、末どのは、あの、その」

「末がどうした」

「つまりですな」

要領を得ぬ慶三郎の顔には甘ったるい赤みが差している。ほほう、と彦七は内心でほくそ笑んだ。

注意深く思い返す。セミナリヨ行きに応じたあと、慶三郎は母と兄に連れられて益田家にやってきた。「お供を仰せつかって光栄でございます」などと神妙な口上を述べて源介に喜ばれ、両家族での宴めいた夕餉となった。もちろん末もいた。彦七にとってはいつも通りの笑顔が、初めて会った慶三郎には聖画のごとく眩しく見えたのだろう。

その末について、彦七は許嫁や想い人の話を耳にしたことはない。そのことを教えてやるか、あるいは答えをぼかしてからかってやろうか、などと意地悪く考えていると慶三郎が「そのっ」と声を上ずらせた。

「末どのは、彦七さまと一緒になるのでしょうか」

「莫迦言うな！」

思わず叫んでしまった。ちらりと木村が振り返ってきたから、「いや、なんでもありません」とごまかした。

「なんで末が俺と」

声を潜めてから、確かにそう見えなくもあるまいと気付いた。ただ、末を含めて益田家の誰にも、婚儀めいた話を出してくる気配などなかった。

「源介はそんなこと考えねえよ」

末以外の人物を、あえて彦七は挙げた。

源介は小西家の再興を念願し、彦七を育てた。ただ切実な忠義と後悔によるものであり、大名の義父になりおおせようという企みのたぐいでは絶対にない。もし周りにそう思われているなら、彦七にとっても不快極まる。

「では、他にお相手は」

慶三郎が思いつめたような眼差し(まなざ)で問いを重ねてきた。

「良いやつがいるとは聞かねえな」

正直に答えた。ただ、末も十五歳だから嫁入りの話があってもおかしくない。気立てはいいし、よく笑うから、人にも好かれる。嫁ぎ先に困ることもなさそうだ。

「益田家の子は末だけだ。源介も婿はよく選びたいかもしれねえな」

絹は娘の意思の他、拘り(こだわ)がなさそうだ。源介は娘のためなら鬼も悪魔も斬る(き)だろう。

「幸い、私は次男です」

その願いが叶う(かな)か、彦七には知る由(よし)もない。


山を抜けて海に出ると、五人の男たちに出くわした。いかにも怪しく、引っ提げ(さ)た白刃(はくじん)を夕陽にぎらぎらと光らせていた。

慶三郎が「本当に出た」と震える声で呟く。彦七は「出るところには出るもんだな」とむしろ感心してしまった。木村セバスチアンは立ち止まったまま黙している。

男たちはどう見ても追剝だった。

「背負う荷を置いていけ。あと餓鬼どもも」

頭らしき大柄な男が低い声で言う。その顎も月代も毛がぼうぼうに繁っている。仲間たちも風体は似たようなものだった。

「言う通りにすれば、おぬしの命は取らぬ。どこなりと行くがよい」

「この子らはどうするつもりだ」

木村が淡々と問う。そういえば朝にざっくり旅程を教えられて以来、彦七は久しぶりに木村の声を聞いた。

「売る」答えは端的だった。「奴隷を欲しがる者は日本にも外つ国にも大勢いるからな」

交易が盛んな長崎では、奴隷の売り買いが隠然と続いている。

「なら、そなたらにやれるものは何もない」

木村は傲然と言い放った。

「儂の荷は待つ者の元へ届けねばならぬ。子らは大事な預かりもの。どちらも渡せぬ」

立派だ。しかし正気か。彦七はそう思った。こちらは丸腰の木村と少年ふたり。対して追剝は抜刀した大人五人。勝ちようがない。

かちりという音がした。慶三郎が脇差の鯉口を切ったらしい。刃物が不得手な彦七は、両の拳を硬く握って身構えた。ともかく黙って売られるわけにはいかない。

「残念だ」

頭の言葉を合図に、周りの四人が飛びかかってきた。

「ちと数が多い。おぬしらは自分で何とかせよ」

木村は低い声で少年ふたりに告げ、荷を背負った丸腰のまま前に出た。

「抗わぬおつもりですか」

慶三郎の問いに答えず、木村は無造作に腕を伸ばす。斬りかかってきたひとりが刃を振り下ろすより早く襟首(えりくび)を摑んで投げ飛ばし、ふたりめは蹴手繰(けたぐ)りにしてすっ転ばせた。

その膂力と身のこなしに驚く暇(いとま)が、彦七にはなかった。木村を潜(くぐ)り抜けて男ふたりが駆け寄ってくる。その片方の足元を目がけて彦七は飛び込んだ。刀が空を切る音と擦(す)れ違い、そのまま臑(すね)の辺りにぶつかって、もろとも地面に転ぶ。暴れる膝に顎を強く打たれたが、彦七は夢中でしがみつき、男の右腕に嚙(か)みついた。悲鳴とともに刀が落ちる。

「慶三郎っ」

「ご心配なく」

慶三郎は脇差を半身に構え、鋭い斬撃(ざんげき)を立て続けに繰り出していた。相手の男は長刀を振り回しているが、慶三郎の技量と気迫に明らかに圧(お)されていた。

「怯(ひる)むな」

それまで悠然としていた追剝の頭が怒鳴った。

「どうせ地獄(インヘルノ)へ堕(お)ちるのだ。ためらうな」

頭は刀を振り上げる。両手を広げて前に出た木村が、袈裟懸(けさが)けに斬られた。

彦七は声が出なかった。しがみついていた追剝の男も驚いたのか、動きを止めた。慶三郎の相手も同じだろう。

木村セバスチアンは倒れなかった。両手を広げたまま巨木のごとく屹立（きつりつ）している。

「儂は司祭だ」木村が叫んだ。「そなたらキリシタンであろう。聖体（エウカリスチヤ）は受け奉（たてまつ）っておるか。告解（コンヒサン）はしておるか」

斬り下げた姿勢のまま、頭は木村を見上げた。

「しておらぬなら儂がして進ぜよう。だから刀を捨てよ。罪を重ねるな」

「いまさら、どうにもならぬわ」

数歩引いて刀を構え直した頭の声は、上ずっていた。

「我らは数多（あまた）の旅人から物を奪い、人を捕（と）らえては売った。人を殺（あや）めたるは今日が初めてだが、もはやデウスも赦（ゆる）し給わぬ」

「信じよ。人を原罪（はじめのとが）から、生くるがゆえに重ねる罪から解き放たんと思（おぼ）し召し、デウスはキリシトを遣（つか）わされた。その愛（ごたいせつ）を信じよ」

斬られたはずの木村の声は大きく、確かだった。

「我らを見捨てておいて、なにが愛かっ」

頭は狂おしく絶叫し、木村の胴を横から薙（な）いだ。木村は斬らせたまま、頭の肩から抱きついた。

「赦しを乞え。和解を試みよ。そうする者をデウスは決して見捨てあそばさぬ。それを伝えるために儂ら司祭はおる。諦（あきら）めるな」

木村は懇々（こんこん）と説き、獣（けもの）のように唸（うな）る頭と揉（も）み合っている。

見入っていた彦七の身体が跳ね飛ばされた。それまでしがみついていた男は地を這（は）い、木村の足元に額づいた。他の追剝たちも駆け寄り、木村に向かって額づいた。

「ご無礼、どうかお許しくだされ」

「告解申したい。聴いてたもれ」

「聖体をお授けくだされ」

「天国へ参りたし。我らをお救いくだされ」

男たちは口々に哀願する。

「そなたは」

木村の問いに、揉み合っていた頭は動きを止めた。その手から刀が抜け落ちた。木村が腕を放すと、頭はゆっくり両膝を地につけた。

「まだ、赦されますかのう」

「悔ゆれば、改めれば、赦される」

木村ははっきりと答えた。

「そのためにデウスはゼズスさまを、ゼズスさまは儂ら司祭を遣わされた。儂がそなたらの告解を聴き、聖体を授けよう」

彦七は地にへたり込んだまま茫然としていた。木村は二度斬られてなお生きている。灼たかな奇跡を目の当たりにして涙すら零れた。離れて立つ慶三郎も、両手を合わせながら木村を凝視している。

「だが、その前に」

木村はまだ背負っていた荷を下ろし、立ったまま腕を袖の中に入れ、ばさりと胴服を脱いだ。彦七は泣きながら、つい笑ってしまった。

　じゃらり、という音とともに、木村は鎖帷子を脱ぎ捨てた。

「斬られはせなんだが、胴を打たれて肋が折れた。手当てをしたいゆえ、少し待ってはもらえぬか」

　彦七は跳ねるように立ち上がり、木村の背から抱きついた。慶三郎が「よかった、生きておられた」と叫びつつ、さらに上から抱きつく。

「揺らされると、痛い」

　木村は無愛想に言った。


　廃寺に夜が訪れている。月の輪郭を薄い雲がぼんやり滲ませる空に、星はほとんどない。

　彦七と慶三郎、木村の背にあった箱は焚火を囲んでいた。少し離れて立つ古い堂の前には、追剝たちが背を丸めて座っている。

　堂の中には木村セバスチアンがいる。追剝をひとりずつ呼んで告解を行っている。いまは五人目で、歓喜や罪の自責、その他様々な感情が綯い交ぜになっているのか、すでに告解を終えた四人は揃って茫然としていた。

　慶三郎がそっと呟いた。

「哀れなものですな」

「仕える家なり朋輩なり、住まう村なり縁者なりに囲まれておるが、人にとって尋常なのでありましょう。生きる糧もその甲斐も、孤独の中にあってはどうにもなりませぬ」

追剥たちは頭が牢人で、あとは流行り病や鉄砲水による流民だった。身寄りを失ったキリシタンである、という共通点が流浪の道々で出会った彼らを結び付けたらしい。ただ生業も財貨も、それらを得る伝手もない。慣れぬ手で山菜や雑魚をとり、人を見れば物乞いをして食い繋ぎ、やがて困窮し、彼らは次第に追い詰められていった。

何より、生きるがゆえに重ねる罪を告白し、赦しを得る告解を長く行っていなかった。司祭しか行えぬ秘跡だったが、世から孤立した彼らには人里の教会へ立ち寄ることも憚られた。天国に召されると信じて野垂れ死ぬか、腹いっぱいになって地獄へ行く。どちらかしかない、と彼らは思い至った。

どれほど悔いても告解をしなければ天国に行けぬ、という理解が教会の教えに適うものか、彦七には分からない。だが信徒の輪から、司祭の教えから隔絶された五人の男たちは、もっと分からなかっただろう。分からぬまま彼らは盗みを、次いで追剥を働くようになったという。

「私も暮らしは楽ではありませぬ」

慶三郎が言った拍子に、焚火がぱちりと爆ぜた。

「せめて人倫とデウスの御心には背かじと誓っておりまするが、あの者らのごとく堕ちてしまわぬという自信はとてもありませぬ。親きょうだいがおり、失せたとはいえ小西の御家があり、人の繋がりがあり、教会がある長崎で育ったゆえ、堕ちずに済んでいるのかもしれませぬ」

「孤児だった俺も同じだ。源介や他のみんなに援けられて今日までやってきた」

「人は、独りでは生きてゆけぬようですな。我が身を振り返れば、私はどこかで、小西への恨みがあったから生きていられた気がいたします」

「恨んでいいんじゃねえか。それでおまえが生きていられるなら」

「お戯（たわむ）れを」

慶三郎が吐き捨てるように言った。

「戯れたつもりはねえよ」

否（いな）んでから彦七は首を傾げた。慶三郎の恨みは、小西の血を引く彦七にしか受け止められぬであろう。かといっていまの彦七に何ができるわけでもない。何かせねばならぬはずだが、殴り甲斐のある元気な面（つら）を見せつけてやるほか、すべきことが見つからない。

「なぜ笑っておられるのです」

「分かんねえけどさ、分かんねえのが悔しいし、おまえとは仲良くしていたい。考えているうちに、こんな顔になった」

慶三郎は怪しむように眉をひそめる。それから目を逸（そ）らし、「終わったようですな」と言った。

堂の戸が開いていた。

出てきた木村は彦七たちのところまで無言で歩き、置いていた箱の蓋（ふた）を取った。深紅（しんく）の液体が入った硝子（ギヤマン）の細い瓶（びん）が取り出されると、追剝の罪を告げたばかりの男たちはため息を漏らした。

木村は箱を台にして、銀の器（うつわ）に葡萄酒（ぶどうしゅ）を注ぎ、キリシタンたちがパンと呼ぶ小さな薄焼きの煎餅（せんべい）を並べた。その間に彦七と慶三郎、五人の男たちは誰が言わずとも木村の前に集まっていた。

「そなたらの罪は赦された。天国は心貧しき人のもの、とキリシトは宣（のたも）うた。ゆめ忘るるなかれ」

木村はパンを摘（つま）み上げて葡萄酒に浸した。前触れなく始まったミイサは、あっという間に説教まで終わってしまった。

「キリシトのお身体なり」

木村が宣言し、最も近くに立っていた慶三郎が一歩踏み出した。「アメン」と唱えたその口に、濡れたパン、つまり聖体が授けられる。彦七も同じように拝領した。いつもの儀式に何の感慨もなく咀嚼し、木村の前から離れ、振り返る。

そして、彦七は恥じた。

焚火の赤い光に照らされた男たちは手を合わせ、涙を流している。動かす口元からは呻きのような嗚咽を零す。木村は紛れもない聖体、ゼス・キリシトの血肉を、彼らがどれだけ盗みや追剝をしても得られなかった歓喜を、生きる悦びを授けていた。

翌朝、旅は再開された。

先頭を木村セバスチアンが行き、数歩遅れて彦七と慶三郎、という並びは前日と同じだった。ただし、今日から五人の男が加わっている。木村は彼らを赴任先の教会まで連れてゆくことにしたのだという。男たちは切実と恍惚を溶き混ぜたような顔で黙々とついてくる。

木村は足取りこそしっかりしていたが、時折り立ち止まって小さく呻いていた。折れた骨が痛むらしい。山道に入ってからの昼餉で休んだおり、追剝の頭だった男は飯を食わずに付近の繁みに分け入り、手頃な木の枝を整えて杖を作ってきた。

「ありがとう、孫右衛門」

木村が名を呼ぶと、頭は「とんでもありませぬ」と嬉しそうに言った。

その日は二か所、次の日は三か所の集落を巡った。いずれもキリシタンが多く、木村は一人ひとりの罪を聞き、手短にミイサを司式して聖体を授けた。

険しい山間、あるいは山々が周囲と隔てた海辺。立ち寄る先はいずれも往来に難儀する場所にあった。きつい道のりに彦七は毎日へとへとになったが、つらくはなかった。骨が折れたままで重い荷を負い、行く先々で人々の信仰を励ます木村の背を見ると、不思議と力が湧いた。慶三郎も文句ひとつ言わず、黙々と歩いていた。

「彦七、慶三郎」

有馬に着くはずだった旅の四日目。海と温泉嶽(雲仙岳)の裾に挟まれた道の上で、木村セバスチアンが振り向いてきた。数歩後ろにいたふたりは小走りで木村に並んだ。

「有馬はまだ先だ。寄るべき村もあるゆえ、着到は二日ほど遅れそうだ。許してほしい」

慶三郎は口を引き結んだまま彦七に目を向けてきた。いちおう近習めいた役と自認しているらしく、主に任せるといった様子だった。

「俺たちは急ぎませぬ。木村どのこそ具合はどうですか」

「痛みは引いてきておる。そのうち治る」

この程度の怪我は何度もしているのか、答えは素っ気なかった。男ふたりを軽々と引き倒す膂力と技、鎖帷子を着込む周到さなど、表情の薄い司祭は過酷な旅に慣れているらしい。

「孫右衛門から、これももらった」

木村は足を止めぬまま右手を上げ、杖を示した。彦七は思わず凝視した。無愛想だと思っていた司祭の唇の端が微かに、だが確かに緩んでいる。初めて見た木村の笑顔は、たいそう奇妙だった。

「なぜ木村どのは、かくもご苦労されているのですか」

彦七の問いにすぐには答えず、木村は考えるように目を上げた。

「シャビエル師を存じておるか」

「フランシスコ・ザビエルさまのことですか」

さよう、と木村は頷く。

「シャビエル師が日本にキリシトの教えをもたらして六十有余年。今では四十万を超えるキリシタンがおる。だが司祭は五十人に満たぬ。ローマから遠いだの、もっともらしい理由はいくらでもあれど、哀れなのはキリシタンよ」

木村はこれまでになく饒舌だった。

「罪を得たままでは天国に行けぬが、世の理不尽は人に罪を強いる。デウスのお赦しを賜る告解は司祭にしかできぬのが教会のお定め。だが」

じゃり、と木村の足音に力が籠った。歯嚙みした音にも聞こえる。

「その数五十に届かぬ司祭が、どうやって四十万人の罪を聴くのじゃ」

「とても、できませぬ」

慶三郎がため息交じりに言った。

「日本では天国を知ったときから、その門が閉ざされておるのだ。かくも惨きことがあろうか」

「だから、進んでご苦労されているのですか」

彦七が問うと、木村は立ち止まった。歩いてきた平坦な道は海に沿って真っ直ぐ続き、山へ入る脇道が左にある。

「儂にできることはごく僅か。だが皆無ではない」

木村は左の脇道へ入った。道はすぐに上り坂になった。やがて険しくなるのだろう。木村はただ歩く。

「司祭が励むだけ、信仰を全うできるキリシタンは増える。孫右衛門たちを自ら罪に歩ませたがごとき絶望を減らせる。ならば儂ら司祭は教会でふんぞり返ってなどいられぬ。こちらから訪ねてやらねば」

鎖帷子を着込むほど危険で、骨が折れても休めぬほどきつい旅を、木村は「訪ねる」とごく簡単な言葉で表した。

「司祭が足りぬ。本山のあるローマから遠いゆえ、日本で育てねばならぬ。ひとりもいなかった日本人の司祭はいま、十一人を数える。まだまだ足りぬが、増えておる。充分に増えるまで儂は励まねばならぬ」

彦七よ、慶三郎よ、と木村は続ける。

「人は自由じゃ」

長崎を発つ日、見送ってくれた原マルチノも自由を説いていた。

「万事叶い給うデウスは、かく人をお造りになられた。ゆえに人は自らの本望を知り、行く道を選ぶことができる」

ちらりと木村は振り返った。少しあとに続く孫右衛門たちは黙々と、だが前を向いて歩いている。もはやデウスの愛を見失わぬ、と堅く誓っているような顔つきだった。

「人を完全に救い給うのはデウスにしかおできにならぬが、儂にできることもあると思った。ゆえ、儂は司祭になった。そなたの申す通り苦労しておるかもしれぬ。だが、儂は自ら選んだ道を歩いておる。悦びこそあれ悔いはない。答えになったかの」

冬の寒々しい山の中で、彦七は首に滲んだ汗を拭った。それほどに旅は厳しく、木村が歩む道は険しい。

「俺は小西行長の孫です。まわりの大人は、小西の家を再興するために俺を育ててくれました」

つまらぬことを申したらただではおかぬ、とでも言いたげに慶三郎が咳払い(せきばら)をした。構わず彦七は続けた
「家の再興が正しいかどうか、分かりません。けど、皆の望みをふいにしてもいけないと思うし、行長の孫でよかったとも思っています。俺はどうすべきか、ずっと迷っています」

長崎では誰にも言えなかった悩みを、彦七は打ち明けた。旅に恥を掻(か)き捨てるつもりではなく、木村なら何か教えてくれるかもしれぬと思ったからだ。

「そなたらが参るセミナリヨは、日本のキリシタンにとって光のようなものじゃ。司祭を育てる学校ゆえな」

だが、それだけではない。木村は力強く言った。

「人が生きる道は幾つもある。自由とは常に選び続けることであろう。選ぶには、そこに道があると知らねばならぬ。選んでも、歩き方を知らねば歩けぬ。つまり知るとは、学ぶとは、自らをより自由にするためのもの。セミナリヨは司祭の卵を産む鶏でも、融通の利かぬ機械(からくり)でもない。生徒に生きるための智慧(ちえ)を授ける場所。そして学(がく)は、人を自由にする」

木村は立ち止まり、彦七をじっと見下ろした。

「彦七よ、学べ。そして自由になれ。デウスがお創りたもうた通りに。自らの道を見出し、選ぶた

めに」

それから木村は後ろを振り向き、「少し休もう」と声を張った。孫右衛門たちが手を振り返してくる。

「学びます」

救った人と救われた人たちの間で、彦七なりに誓った。

五

目覚めても、やはり闇の中だった。

まだ日が出ていないからだ。分かっていてもつい失望してしまう。

慶三郎は、夜着を掛けて横たわったまま開いた眼をじっと凝らした。何が見えるわけでもなく、胸の内に過去だけがぐるぐると回った。

父は朝鮮国の武人だった。弓射を能くしたが好機と上役に恵まれず、卑官に留まっていた。日本の軍勢が来襲すると上役も兵も遁走した。父は、慶三郎の兄を腹に宿したばかりの母に別れを告げ、故郷を我が物顔で進む異国の軍勢にひとり立ちはだかった。ありったけの矢を放ち、矢が尽きると刀を抜いて吶喊した。あっけなく捕らえられ、引き出された敵将の前で斬首を乞うた。その勇を愛した敵将、小西行長から家臣に誘われたとき、身重の妻を戦乱の地に捨てて死ぬわけにはいかぬと思ったらしい。

小西の家中は朝鮮人が多く、父母は言葉と慣れぬ食事の他は、さして苦労をしなかったという。

行長は召し抱えた朝鮮人を戦争の矢面に立たせず、勘定役か領地の警固に当てた。父は自慢の弓を使えぬ寂しさと、同胞に刃を向けずに済む安堵を覚えながら、小西の禄を食んで暮らした。
慶長四年、慶三郎は夭折した長兄から数えて三人目の子として生まれた。足掛け八年にわたって朝鮮を荒らした戦争が太閤の死によって終わった翌年のことだ。日本の元号から我が子に名を付けるほどには、父は住まう地に親しみを抱いていた。キリシトに帰依し、また主君からの恩をよく母に語っていたという。

さらに翌年、父は大坂屋敷の在番を命じられて上方へのぼり、流れに呑まれるように関ヶ原に出陣した。戦場では弓を鳴らして主君を守り、最後の一矢を射たところで鉄砲に兜を撃ち抜かれた。父なりに本懐だったはずだ、と慶三郎は信じている。

母は、侵略者が土地の者に何をするかを朝鮮国でよく見ていた。宇土城の陥落を見届けると早々に家を引き払い、二歳の慶三郎を抱き、八歳の兄を連れて長崎へ移った。

朝鮮人は長崎にも多く住まい、そのほとんどが他の町民と同じくキリシタンだった。コンパニヤはお膝元の長崎で奴隷の売買を許さず、道理やポルトガル王から出させた勅令を駆使して、南蛮の人買いが日本人から買った朝鮮人を解放していた。

母がどうやって息子ふたりを養ったか、慶三郎は聞かされていない。訊くこともなかった。ただ、夜は狭い長屋に兄とふたりきりで寝ることが多く、目覚めると母が沈痛な面持ちで朝餉を炊いでいた。助けてくれる同郷人がいなければ、もっと重苦しい生活だったかもしれない。

母は信仰に支えられていた。つらい生活もデウスさまの思し召しと考えていて、十六歳になった兄が「岬の教会」で堅信の秘跡を受けると涙を流した。

兄は働き者だった。故国にも士分という身分にも拘泥せず、農家の手伝いや港の荷役に精を出して母を助けた。二十歳を目前にして嫁も取った。貧しいながらも堅固で、母に孝行もできる暮らしを作り上げた。

「天にはデウスさまがましまし、地には生きる場所がある。充分ではないか」

かく言う兄の顔と首は老人のごとく深い皺が這い、また赤黒く日焼けしていた。

慶三郎は、兄のようには考えなかった。士分でありながら、なぜかくも零落せねばならぬのか。そんな憤懣がずっと胸に滾っていた。屈折した誇りの裏返しとは分かっている。両親を異国へ連れ去った太閤秀吉への恨み、家族を路頭に迷わせた小西行長への憎しみであるとも分かっている。分かっていて、なお憤懣は晴れなかった。逆境に立ち向かう母と兄の姿は眩しく、家にも居づらくなった。

その間にも、肥後にいられなくなった小西の遺臣たちがぽつぽつと長崎へ逃れてきた。慶三郎は父の旧知という人に刀の扱いを教わり、合間には同じ鬱屈を抱える同年代の少年たちとそこらをほっつき歩いた。どこへ行っても闇の中だった。

二刀を手挟み、侍烏帽子をかぶり、折り目の付いた素襖を翻して登城する自分を想像する。もはや小西家はないのだから詮なきことだ。父の姿を想像する。そもそも記憶にないのだから詮なきことだ。益田末の顔がふいに思い浮かんだ。闇に呑まれた自分には不釣り合いだろうから、やはり詮なきことだ。

今、慶三郎は有馬のセミナリヨにいる。どうして来てしまったのだろうと問いを立てれば、闇を抜けたかったからだと即答できる。不貞腐れている自分に、もうほとほと飽いていた。

か細い忍び足と衣擦れの音があり、淡い明かりが灯った。起床の刻限が近いのだろう。

慶三郎はゆっくり起き上がる。頭を撫でると、剃ってから伸びた短い髪が掌を刺した。白い夜着の襟を整え、ふと見下ろす。

「まったく」

つい苦笑した。遠くの燭台から届く光に、小西彦七のだらしない寝顔が浮いている。慶三郎と同じ毬栗頭をしている。

いつでも殴れ。この小憎たらしい御曹司は言っていた。いまならいくらでも殴れる。ただ、殴ってどうなるものでもないとは慶三郎にも分かっている。己の鬱屈は己で決着をつけねばならない。殴りはしないが、これくらいはいいだろう。そう思い、慶三郎は腕を伸ばした。


違和感が彦七を覚醒させた。

「おまえ、なんで俺の頬をつねってるんだ」

「お目覚めいただこうと思いまして」

理由にもならぬ理由を使い、慶三郎は薄闇の中でにやにやと笑っている。

「いつか仕返ししてやるからな」

慶三郎の手を払い、彦七は身体を起こした。

ぼんやり見渡す。五十名ほどの生徒たちが一堂に寝起きする有馬セミナリヨの宿坊は、だだっ広い。ところどころに灯された燭台が仄かな明かりを放ち、ささやかな呻きや恨み言、夜具の衣擦れがさざ波のように立っている。生徒は皆、若いか幼さを残し、頭は丸く、揃いの青い帷子に着替えながら、やはり起床時刻の早さに苦労している。しゃんとしているのは慶三郎の他、数人ほどしかいない。

「それにしても、早すぎるだろう」

毎朝の例で彦七は毒づく。

起床は南蛮の時計（ときはかり）で四時半と定められている。就寝は八時。一日の三分の一は寝ていられる勘定だが、寝るにも起きるにも早すぎる。

木村セバスチアンに送られた彦七と慶三郎がセミナリヨに入り、ひと月と半分ほどが経つ。決まりとのことで初日に髪を剃られ、青い帷子を渡され、振り子で動く時計の針に合わせて生活していた。

その時計は一日に五分（ミノトス）ほどずれるのだという。早まっていたのなら本当はそれだけ長く寝ていられるのではないか、と損したような気分になる。

「そら起きろ、デウスさまをお待たせすると飯抜きだぞ」

粗野な大声と足音が堂内に響き渡った。生徒の世話に当たる同宿のひとりで、とにかく声がでかい。

「あいつはなぜ、いつも朝っぱらからあんなに元気なんだ」

彦七はぼやいた。慶三郎にしか聞こえないように言ったつもりだったが、同宿は耳が良いのか、

「ほう」と大袈裟に唸って近付いてきた。

「今日はすんなり起きたか、マンショ」

セミナリヨでは洗礼（バウチズモ）の名で呼ばれる。マンショとは自身でも忘れがちな、彦七の洗礼の名だ。ち

なみに慶三郎はシメオンという。

「おまえ、髪が伸びるの早いな」

目の前に立った同宿は珍しげに手燭を掲げてきた。牛のように大柄で、眼はぎらぎらと輝いている。他人の髪に文句をつけておきながら、自身は緩く波打った蓬髪を肩まで伸ばしていた。

「そろそろ、また剃ってやらにゃならんか」

同宿は嗜虐的な笑みを浮かべた。セミナリヨに来た初日、有無を言わさず彦七と慶三郎の髪を剃ったのは、この男だった。

「渇水さんは剃らないのですか」

彦七はむっとしながら訊ねた。同宿は苗字を岐部、洗礼名はペイトロという。もっぱら、渇水なる号で呼ばれていた。

「やっといい具合になった。剃るなんてもったいないこと、するものか」

岐部ペイトロ渇水は得意げに答えた。同宿もたいていは髪を剃るし、剃らぬ者も司祭のように短く整える。渇水のような蓬髪を彦七は見たことがない。

「いい具合、とはどういうことです」

彦七が首を傾げると、渇水は空いた左の指で毛先を愛おしげに摘み、胸を張った。

「ゼズスさまみたいだろ」

彦七は喉まで出かかった言葉を呑み込んだが、

「とてもそうは見えませぬ」

代わりに慶三郎がさらりと言ったから慌てた。

セミナリヨは、肥前（ひぜん）有馬を治める有馬晴信がコンパニヤに寄進した地にある。

北には丘陵がそそり立ち、そのまま有馬氏の居城に通じる。南は街道を挟んで海が広がり、引き潮のときは干潟（ひがた）に変わる。東西は板塀を巡らしていて、内には果樹園と菜園、式典や運動に使う広い庭、生徒の宿坊と司祭館（カーザ）、会堂がある。

教授はコンパニヤの司祭と修道士（イルマン）が務め、同宿が補佐をする。土曜（サバト）の午後と日曜（ドミンゴ）、式日は休みとなる。

生徒は五十人ほど。文机（ふづくえ）と小振りな長持（ながもち）、宿坊に一畳半ほどの広さを与えられて寝起きする。半分は日本人、もう半分はポルトガルやスペイン、明国（みんこく）、慶三郎のごとく朝鮮にゆかりがある。

毎日の朝はミイサで始まる。起床後、衣服を整えた生徒たちは二列に並び、まだ薄暗い庭を通って会堂へ向かう。

「なにがゼズスだ、あの野郎」

「悪口はならぬ、と源介どのが仰ってましたな」

彦七が列の中で騒々しい同宿を呪うと、隣から慶三郎がちくりと刺してきた。

「悪口じゃねえ。見てくれは内心の表れだって言ってるんだ」

言い合っているうちに、板葺（いたぶ）きの切妻屋根を掲げた会堂に着く。エウロパの様式で建てられ、やはりエウロパの倣（なら）いで土足のまま入る。

蠟燭（ろうそく）が灯された堂の中にはセミナリヨ院長のコーロス司祭が待っていた。長く異国での伝道に身を捧げた人で、日本のコンパニヤ司祭の間でも一目置かれている。その苦労を示すように身体は細く、白くなった髪は乏しい。

院長の司式でミイサは厳かに行われた。生徒たちは歌をうたい、説教を聞き、聖体を拝領する。

「さて、皆さん」

ミイサが終わったあと、コーロス院長は達者な日本語で話し始めた。

「今日の夕食は、久しぶりに牛の肉が出るそうです。楽しみにしていてください」

彦七の喉が鳴った。隣の慶三郎は苦しげに呻き、生徒たちの騒めきにも悲嘆が少なくない。彦七がむしろ例外で、日本で育った者のたいていは獣肉になかなか親しまない。

「牛肉、おいしいですよ。日本ではなかなか食べられないご馳走です」

院長は悲しげに俯き、身振りで散会を指示した。堂の外は黎明の光と微かな波音に満ち、空は濃紺から淡い青色に変わりつつあった。

「いい一日になりそうだな」

彦七は目を細め、「あったかくなってきたなあ」と続けた。四月も半ばであり、外気は朝から柔らかい。

「武士の子が暑いだの寒いだのと申すは不心得」

慶三郎の嫌みを、彦七は聞き流した。

宿坊に戻った生徒たちは雑巾や箒で手早く掃除を済ませ、文机を並べる。時計の針が六の字を指すより僅かに早く、大人たちが宿坊に現れた。

「では、今日も学びを進めましょう」

ラテン語の教授を務めるフェレイラ司祭が宣言した。黒い長衣に身を包み、青みがかった灰色の瞳には思慮深げな光を宿している。赤い髪と髭を端整に整え、一日に五分もずれる時計よりずっと正確そうに見えた。

生徒たちは入学の時期がまちまちなため、学びの進み具合も揃っていない。ゆえに幾つかの組に分けられ、年次の古い生徒はフェレイラ自ら、初学の者は同宿のうち学のある者が教える。

「今日も俺がとくと教えて進ぜよう」

蓬髪をこれ見よがしに振り乱し、岐部渇水が彦七の組についた。これで教え方が下手なら文句も言えるのだが、そうでもない。自身もセミナリヨで学んでいたという渇水は、個々人の学力に合わせて巧みに、あるいは根気よく字と音を授けてゆく。声が大きい他は見事な教えぶりだった。

「さて、シメオン」

昨日に講じた内容をなぞり、一人ひとりに与えた課業を見て回ったあと、渇水は慶三郎を指名した。

「使徒信条（クレド）を申してみろ」

はい、と慶三郎は跳ねるように立ち上がった。

「我は神を信じる（Credo in Deum）。全能の父にして（Patrem omnipotentem）――」

すらすらとラテン語の使徒信条が流れてゆく。彦七と違って慶三郎は万事をわりとそつなくこなすし、また勉学も苦としない。

慶三郎が言い終えると、「うむ」と渇水が唸った。

「見事なり、シメオン。次はマンショだ」

やはり洗礼の名で呼ばれた彦七は、おそるおそる腰を上げた。

使徒信条はキリシタンの信仰を端的にまとめたものだ。日本語に訳されたものは彦七も覚えているが、ラテン語となると勝手が違う。早口でまくし立てるような、日本の一音の半分しか言わぬ発音がたいそう難儀だ。

「くっ、ええと、くれ、くれど、いん」

やはり言いにくい。遠くにいるフェレイラ司祭も心配そうな目を向けてくる。面倒見が良いのはありがたいが、全身が強張(こわば)ってしまう。

「焦(あせ)るな。間違(まちご)うてもよい。ゆっくり申せ」

珍しく静かな渇水の声が、強張った彦七の喉を緩ませてくれた。

「クレド、イン、デウム、パツレム、オムニポテンテム」

細かいことはいいや。開き直ると言葉がすらすらと出てきた。

「ようできた！」

言い終えると渇水が叫んだ。褒められてうれしかったが、唾(つばき)が三滴ほど彦七の顔に命中した。

「異国の言葉を学ぶにはな」

渇水は生徒たちに向き直り、吼えるような大声で説いた。

「まずは慣れ親しめ。とにかく覚えて唱えろ。そのうち何となく意味が分かってくる。文を綴(つづ)る規則やらは、あとからじっくり学べばいい。文法(グラマチカ)だの品詞(プレポジサオン)だのを知らずとも、みんな生国(しょうごく)の言葉は話せているだろう」

ただ、と渇水は続ける。

「文法を知ってから日本の語(ことば)を眺めると、これもなかなか興味深い。ロドリゲス師はそれだけで分厚い本を一冊書いた。学問てのは眠てえもんじゃなくて、目が覚めるくらい面白くて、本にせずにはおれぬほど人を焚きつけるもんなんだぞ」

彦七にはまだ学問の面白さを理解できない。ただ、渇水の為人(ひととなり)はどうやら面白い部類に入りそうで、そんな人がいるセミナリヨも面白い所かもしれない、とは思った。

「よいかな」

フェレイラ司祭がにこやかな顔で現れた。

「マンショといったか、きみのラテン語は渇水が言う通り、とてもよろしい」

彦七はますます得意になったから、「ただ」と続いた先生の言葉を聞き逃しそうになった。

「拙(つたな)いところもある。たとえば、きみが発するトゥの音は、よろしくない」

フェレイラはまじまじと彦七を見つめてくる。

「トゥ。言ってごらんなさい」

「――ッ」

そっと彦七が言うと、フェレイラの顔が曇った。

「トゥ」

「ツ、ト、ウ、ツ、ツ」

「トゥ」

「もういいでしょう、フェレイラどの」

彦七の身がすっかり硬くなったところで、渇水が声と身体を割り込ませてきた。

「発音は遅かれ早かれ、誰でもできるようになります。小さな躓(つまず)きをいちいち気にしなくてもいいでしょう」

「壮麗な宮殿は確固たる礎の上に建つものだよ」

「その礎のだいたいはできてるって、俺は申してるのですよ。マンショの発音で、じゅうぶん通じます。いまは根を詰めて一つ一つこなすより、分かる喜びに達するまでたくさんのことを学ぶほうがいい。不得意に悩むより、得意な何かを見つけるべき段階です」

蓬髪を揺らして言い立てる渇水の声は、なんだか喧嘩の前触れのような不穏さを帯びてきた。

「だいたい生徒たちは、まだ聖書も読めないんですぜ。あれはラテン語で書いてあるんですから。細けえことをいちいち気にしてちゃあ、いつになっても教えの髄も肝も分からねえままです」

「渇水。きみの考えは分かった」

フェレイラ先生の眼が、険しくなった。

「だが日本の言葉は、音韻がラテン語と違いすぎる。悪い癖は柔軟な年少のうちに直しておきたい」

渇水は「悪い癖」と顔をしかめ、荒っぽい声でまくしたてた。何を言っているか彦七には聞き取れないが、見事な発音のラテン語であることは分かった。

先生も同じ言葉で応じる。不遜な同宿は眦を決し、謹厳な司祭の顔は刻々と赤くなり、問答は激しさを増してゆく。

やがて、フェレイラ先生は渇水を指差して叫び、憤然と宿坊を出ていってしまった。渇水は肩をすくめ、生徒たちには勝ち誇ったような笑みを向けた。

「自習してろってよ」

生徒たちは歓声を上げた。好き勝手に話し込み、走り回り、騒ぎ、燥ぐ。渇水はいちいち咎めず、ただし真面目に自習したい生徒がいれば声をかけ、根気よく付き合っていた。慶三郎は黙々と教本を読み始めた。

彦七は文机に足を突っ込んだまま寝転がり、隅で大きな図体を晒している時計を睨み続け、遅い朝餉となる九時きっかりに飛び起きた。

腹を満たして休んだあとは日本語の読み書き、歌や楽器の稽古が続く。日本風に合わせたものか昼餉はない。三時からは再度のラテン語の授業があったから生徒たちは心配したが、フェレイラ先生と渇水は午前の喧嘩が嘘のように仲が良かった。

その日の夕餉には院長の予告通り、焼いて一口くらいに切った牛肉が出た。彦七は「人助けがしたい」と箸を伸ばし、慶三郎の膳から牛肉を一切れ摘んだ。

八時、生徒たちは床に就く。

彦七はどうしてか寝つけなかった。眠くなれ、と念じるほど目が冴え冴えとしてしまう。観念して身体を起こした。障子越しに月明かりが落ちていて、宿坊は全き闇ではない。身体に掛けていた夜着を羽織り直し、そっと立ち上がる。隣で心地よさげに寝ている慶三郎を憎々しく眺めてから、寝息の中を抜けた。

裸足のまま外に出る。欠け始めた月が中天に輝いていた。宿坊の内よりずっと明るく、足元も危なげない。彦七は平坦な庭をぺたぺたと歩き、果樹園へ行く。爪先を伸ばして丸々と膨らんだ枇杷を捥ぎ、立て続けに三つ食った。指をねぶり、さてどうしたものかと思案する。

海のほうへ歩いた。波の音が心地よかったというほか、とくに理由はない。

「おっと」

潮騒がだいぶ近付いてきたところで、彦七は腰を落とした。

汀（みぎわ）の辺りに人がいた。浮かんだ影は両腕と箒のような長い髪を振り乱している。

大雑把（おおざっぱ）なあの男ならば、見つかっても咎めてくるまい。それに伝えるべきことがある。彦七は気を取り直して歩み寄った。

「渇水さん」

そっと呼び、振り向いてきた形相（ぎょうそう）に彦七はたじろいだ。

「どうしたんです」

月光に浮かんだ顔は歪み、涙と鼻水でてらてらと光っていた。人目のない夜の海辺で手足を振り回し、声を押し殺して泣いていたらしい。

「マンショか。どうした」

渇水の声は裏返っていて、吃逆（しゃっくり）が一つ二つ混じっていた。

「はい、マンショです。あの」

彦七は背筋を伸ばした。

「今日のラテン語の授業、俺をかばってくれてありがとうございました」

「それを言いに来たのか、おまえ」

問われた彦七は「いや、まあ」とごまかした。

「マンショをかばったつもりはねえよ。正しいと思うことを言ったまでだ」

ぐしょぐしょに濡れた顔と弱々しい声で、それでも岐部渇水は傲然と答えた。

「それで、どうして渇水さんは泣いてるんです」

渇水は袖でごしごしと顔を拭く。「座れ」と足元を指差し、先に自分からどさりと腰を下ろした。その隣に彦七はちょこんと座った。

緩い潮風に蓬髪をなびかせ、渇水はしばらく髭のまばらな顎を撫でていた。満ちた潮は月光を受けて干潟を覆い、砂を洗っている。

「コレジヨに行きてえって願いを長崎に出してたんだが、却下された。今日、コーロス院長から伝えられた」

長崎とはコンパニヤの日本本部であろうと彦七は見当をつけた。渇水の声は大きくなかったが、いつもの通りの太さを取り戻していた。

「俺はセミナリヨを出てから毎年、願いを出してる。今回で六回目だ」

「てことは六度却下されたと」

「殴るぞ、おまえ」

渇水は苦笑した。拭き残った鼻水こそ光っていたが、いい顔だな、と彦七は思った。

「けど、なんで却下されるのです。渇水さんはあんなにラテン語ができるのに」

フェレイラとのラテン語の問答は立派で、渇水が学問に励んでいることは瞭然(りょうぜん)だった。

「毎度、素行が悪いって言われるな」

「よく分かります」

「俺だって分かってるよ」

それから渇水は身の上を語った。豊後の信仰篤い国人の子として生まれた渇水は、司祭を熱烈に志願してセミナリヨへ入った。あくまで本人曰くだが優れた成績を修めたのに、いちいち教師に歯向かう荒っぽさが煙たがられ、司祭を育てるコレジヨへの進学は認められなかった。

渇水は仕方なく、在俗で教会の仕事を援ける同宿となった。またゼズスさまの言という「人もし渇かば我に来りて飲め」なる聖書の句から、渇水の号を名乗った。

以後、渇水は教会のない地方を巡りつつ、コレジヨ入学の願いを毎年書き送った。だが、赴任先のことごとくで司祭と喧嘩になるから評価は悪くなるばかり。押し込められるようにセミナリヨ付きを命じられていまに至る。

「つまりは司祭のだいたいに、俺は嫌われてるのさ」

「フェレイラ先生も」

「あの人は、ただ生真面目なだけだ」

渇水は首を振り、くっくっと可笑しげに肩を震わせた。

「フェレイラどのは偉ぶってるんじゃない。万事に頭が固くて、正しいと思ったことを曲げられないんだ。だから俺と人前で真っ向から議論してくれる。俺はあの人と反りは合わねえが、志は同じだ。正しきを説くのに遠慮も立場もない。それに、あの人は俺に恩もくれた」

フェレイラ先生は、渇水のコレジヨ行きを推薦した数少ない司祭のひとりだという。

「コレジヨ行きの推薦も承認も、司祭たちが決める。嫌われちゃあ不利だとは分かっていても、是は是、非は非としか俺は言えねえ」

渇水は右腕をひょいと振った。投じられた小石は、水音も立てず潮騒に潜っていった。

「一人ひとりの司祭は徳も学もある人ばかりだ。けど、コンパニヤって集まりになると、とたんに愚かになっちまう。上長の意向、会の定め、前例。そんなもんを盾にとって、俺みたいな熱意と才に溢れた有為な人間を捨てちまう」

漲る自負が、彦七はどこか愉快にも感じられた。

「なんで渇水さんは司祭になろうとしたんです」

「日本には司祭が足りねえ。そんだけだ」

彦七は、もう懐かしくなった顔を思い起こした。

「俺をセミナリヨまで送ってくれた木村セバスチアンどのも同じことをおっしゃっていました」

「あの人は」渇水はしみじみと言った。「ほんとにご立派だ。心が弱く学もねえ俺だが、少しでもお助けしたいと思っている」

渇水の気宇は膨らみも縮みもするらしい。

「俺なんぞの願いを撥ねてるうちに、状況はどんどん悪くなってるんだがな。コンパニヤもどうして分からねえかな」

「どういうことです」

「いずれ、キリシタンが禁じられるかもしれねえ」

何げない彦七の問いに、容易ならぬ答えが返って来た。

とどのつまり、日本でキリシトの教えが広まったのも圧迫されたのも、交易の利のためだ、と渇水は言う。

コンパニヤはポルトガルの支援を受け、日本へ司祭を送った。日本の大名はポルトガル船がもたらす武器や珍奇な品を求めて布教を許し、自らも改宗した。

かくてコンパニヤは日本に大きな教勢を築き、また交易の仲介者として不可欠の存在となった。同時にふたつの過ちを犯した。一つ、教勢を過信してキリシタンに寺社の破壊を扇動した。ふたつ、ポルトガル商人による日本人奴隷の売買を黙認した。後者は、のちにポルトガル王に交渉して禁止させたが、当時は寄付や船の手配で便宜を図ってくれる商人に妥協するしかなかった。

天下の権を握った太閤、豊臣秀吉はこのふたつを否んで司祭の追放を命じた。二十五年前のことだ。

「ただ、命令はうやむやになった。豊太閤も交易は続けたかったからな」

コンパニヤは交易仲介者の地位に守られて日本での存在を黙認されたが、大々的な布教は控えざるを得なくなった。

やがて日本交易の利を、後発のイスパニヤも狙い始めた。ポルトガルがコンパニヤの後ろ盾となったごとく、サンフランシスコなるキリシタン門派を前に立て、司祭を日本に派遣した。

「その時期がまずかった」

と渇水は言う。形骸化しつつあったが追放令は生きている。自重に徹したコンパニヤと違い、サンフランシスコ門派の司祭は派手な布教を行った。豊太閤が不興の念を深めていたころ、土佐の沖にイスパニヤ船が漂着する。臨検に来た豊臣の役人が積み荷の没収を宣言すると、憤慨した船員は世界地図を示して放言した。

――キリシトの教えを弘め、次いで軍勢を送ることでイスパニヤは世界を征服した。キリシタンの多い日本も遠からず我が母国に侵略されよう。

豊太閤は激怒し、司祭と信徒二十六人を磔にした。

「西坂で、ですね」

そこへ足繁く通い、数か月前に別れた友人を彦七は思い起こした。

「殉教の栄光は措く。肝要なのは、キリシタンは外つ国の兵を呼び寄せるって誤解だけが広がっちまったことだ。イスパニヤも、より小さいポルトガルも、十万とか二十万とかの軍勢を集められる日本を攻める力なんてねえ。できるんなら、とっくにやってるさ」

西坂での殉教の翌年、豊太閤は死ぬ。関ヶ原の戦さがあり、いまに続く徳川の世となった。

イスパニヤはサンフランシスコ門派だけでなく、サントドミンゴ、アグスチイノ門派の司祭を送り込んでくる。この三門派はコンパニヤを悪魔のごとく敵視している。長く日本で苦労してきたコンパニヤも指導的地位をやすやすとは譲れない。各門派の体面や誇りは、日本への福音の伝道を信徒の奪い合いに変えてしまった。

「で、だ。やっと日本の権を握った徳川さまとしては、キリシタン同士が日本の内で争うのはよろしくねえ。それが分かっていながら争いをやめられねえから、コンパニヤは愚かなんだ」

渇水は声を荒らげた。

「それに最近じゃあ、イギリス、オランダも船を寄こしている」

ことオランダは、布教なしで交易したいという立場を取り、カタウリカ（カトリック）国に日本侵略の野心ありと吹聴している。徳川の将軍や大御所から政の相談にあずかる仏僧たちも、キリシタンの存在は国を乱すとして禁圧を説いている。

当の徳川家はキリシタンを放置している。信仰を咎めず、ただし各大名が自領の内で弾圧しても止めない。

「徳川さまだって交易の利は喉から手が出るほど欲しい。ポルトガル、イスパニヤ、イギリス、オランダ。どことと組めば利が多いか、見定めようとしているんだろうな」

そこで渇水は「つまり」と話をまとめてくれた。

「キリシタンが内か外から日本を乱す。もしくは、キリシタンなしで交易できるようになる。どちらかになれば、徳川さまは躊躇なく教えを禁じる」

話の終わりを告げるように、渇水は月を睨んだ。

「キリシタンが門派同士で争っている場合ではない、とは分かりました。けど」

彦七は戸惑った。渇水の話を疑うつもりはなかったが、どうも腑に落ちない。

「ついでに言えば、俺ほど秀でた人間を飼い殺しにしている場合でもない。で、けど、とは何だ」

「交易とか国同士の付き合いとか、門派の諍いとか、ぜんぶ一人ひとりのキリシタンにはちっとも関わりがありません。そんなのに信仰を振り回されるってのは」

「かわいそうかね」

先に言われた彦七は考え込んだ。

「言葉にすると違う気がします。他人を憐れんでやれるほど俺は偉くない。ともかく信徒たちは信仰を全うしたいだけだから、その」

うまく言えない。ただ、憤りがふつふつと湧く。

「こんなのはおかしいよ、渇水さん。なんとかならねえのかな」

結局、そんな言葉になった。

「なにせ話が大きい。誰もが過ちと分かっているのに、流れを止められねえ」

らしくない、気弱な言葉を渇水は吐いた。

「だが、俺たちにだって何かできるはずだ。だから木村どのは身を砕いている。俺もいつか司祭になる。コンパニヤのやつらも一人ひとりは尽くしている」

月光を跳ね返す渇水の目に、諦めや悲嘆の色はなかった。

「さ、マンショ。おまえもそろそろ寝な」

渇水は立ち上がり、司祭館のほうへ歩いていった。

「話を聞いてくれて、ありがとうよ。楽になった」

振り向かぬままの背中越しの声は、確かにすっきりしていた。

残された彦七は、波打ち際に腰を下ろしたまま両手を合わせる。あの声のでかい同宿の願いが叶い、予想が外れますように、と祈った。生まれて初めてデウスを恃んだ。

数日後、朝餉を終えて騒がしい生徒たちの宿坊にコーロス院長が現れた。

「今日も夕餉は牛肉かな」

「そんな話ではなさそうです」

彦七の冗談を受け流し、慶三郎はきちんと端座してから目で示した。院長に続いて、司祭、同宿など教えに携わる大人たちがぞろぞろと宿坊に入ってくる。端っこには渇水もいた。

「どうか落ち着いてほしい。そのために私はあえて、先ほど得たばかりの容易ならぬ報せを全て、包み隠さず、皆さんに伝えます」

妙な言い回しで院長は切り出した。

「この有馬の地の大名、有馬晴信どのが、甲斐へ流刑となりました。詳しくは分かりませんが、長崎奉行への害意があり、また同じキリシタンだった徳川さまの重臣と不正を働いていたそうです」

そして、と続ける院長の声は上ずっていた。

「徳川さまの御料にて、キリシトの教えがご禁制となりました。すでに京では教会の破却も行われているそうです」

生徒たちは一斉に騒めいた。こと京や江戸など御料を出身地とする者の声は、悲鳴に近かった。

おのれ、と慶三郎は呻いていた。小西家を奪うのみならず信仰までゆるがす徳川に、憎しみを新たにしているらしい。岐部渇水は俯き、耐えるように歯を食い縛っている。

始まったのだ、と彦七は悟った。

あの夜に渇水から聞いたややこしい話。有馬とやらの流刑と不正。それらを載せた巨大な車が奔り始めた。誰が御しているかも、どこへ向かうのかも分からぬまま、あっちこっちで無辜の人々を轢き潰そうとしている。そんなふうに思えてならなかった。

その日、慶長十七年の四月十五日。キリシトの御出生から数えて一六一二年目のことだった。

六

頬桁を殴られた瞬間、井上政重の目の前は真っ白になった。

たまらず倒れ込む。踏み固められた白っぽい地面が背中を打った。拍子に見えた空は莫迦みたいに晴れ渡っている。慶長十七年、政重二十八歳の年の暮れは、たいそう惨めなものになりそうだった。

「顔はその一発だけにせよ。跡が残ると面倒」

振るったばかりの拳を満足げに撫でる侍の背後で、別の侍が命じた。さらにもうひとりが「ならば」と腹を蹴ってきたから、たまらず政重は呻いた。

「三人がかりとは卑怯でござろう」

這いつくばったまま政重は抗議する。卑怯呼ばわりされた三人は怒るでもなく、肩衣を揺らしてげらげらと嗤った。

けっこうな物音がしたはずだが誰も来ない。天下有数の町を丸ごと包み込む江戸の御城は、本丸もたいそう広い。増築を重ねた御殿は複雑怪奇な形状をしていて、人目を忍んで折檻を加える物陰には困らない。

「書院番にふさわしい侍になるよう、我ら先達がそなたの性根を叩きなおしてやろうというのじゃ。ありがたく受けよ」

まだ手足を使っていない侍、間部頼母は言った。

書院番とは御殿を警固する職をいう。御殿の西側、白書院の脇に詰めて昼夜を問わず征夷大将軍を護る。同じ御殿内の別間を使う花畑番と並んで徳川の侍の中では栄誉ある職とされ、また将軍との近さから出頭の振出しとも目されていた。

番士はれっきとした旗本だ。四十絡みの顔を陰険に歪める間部は二千五百石という大きな所領を持ち、勤仕の日は家の侍や槍持、挟箱を担がせた中間など十名以上を引き連れて登城する。腰にぶら下がる巾着のごとく間部の左右に立つふたりも、所領一千石を超える大身の侍だ。

かたや政重は所領を持たず、二百俵という旗本の下限に近い量の米を給されている。所領あってこそ本懐とされる武士の中では虫のごとく侮られる。

「それがしのごとき若輩への温かきご指南、まこと痛み入りまする」

荒く息を吐きながら、政重は立ち上がる。書院番となって四年が経つから、若輩と侮られる謂われはない。「ご指南」の本当の理由を政重は知っている。

それは八つ上の兄、井上正就への嫉妬だ。

正就は、所領持ちながら僅か百五十石という井上家を継ぎ、徳川家の跡継ぎだった秀忠に小姓として仕えた。秀忠の将軍就任後は駆け上がるように出頭し、知行も一千石に増えた。

政重はその兄の縁故で書院番士になった。ありがたかったが、周囲から成り上がりと憎まれる兄への嫉妬も幾分かを引き受ける羽目になってしまった。

栄誉ある番士には、親からもらった家格だけで名を連ねている者もいる。彼らは勤めよりも目下に鬱屈をぶつけることだけに熱中していて、その代表格が間部頼母だった。

間部にとって、「あの」井上正就の弟という目下の番士はたいそう虐め甲斐があったらしく、何がなくても執拗に責め、何かあれば邪魔するか無視した。他の番士はほとんどが関わりを避け、数名が間部に同心した。上役は公正な人だったが目配りが利かず、間部のやりようにずっと気付いていない。

政重は耐えた。また勤めに励んだ。兄からは役と二百俵の扶持しか世話されていない。何としても書院番にしがみつき、己の器量で出頭せねばならなかった。思いつめた顔で精勤する政重が面白くなかったか、あるいはむしろ面白く思ったのか、間部のやりようは日に日にひどくなった。

そしてついに今日、殴打と足蹴を食らった。刀を抜いてもおかしくない侮辱だが、やはり政重は耐えるしかない。殿中ゆえ脇差しか帯びていないし、何より城中での刃傷は固いご法度だ。

「井上。おぬし、ご加増を賜るらしいの」

自ら手を下さぬまま、間部は陰険な顔で言った。

「なぜご存じで」

「儂は朋輩が多くての」

将軍が座する江戸の御城には、武より耳を磨く侍も多いらしい。

先ほど、政重は上役から加増二十俵の内示を受けていた。続いた説明によると、関ヶ原ののち十年以上に亘って戦さがなく、こと小身の旗本は手柄を立てる機会がない。そこで、勤勉な者を選んで僅かなりとも報いるべしという議が持ち上がった。上役は配下の番士の中から「心がけ良し」と政重を推してくれたのだという。

「手前の加増が気に入らぬのですか」

「逆よ」

間部は吐き捨てるように言った。

「さっき申した通り、おぬしを鍛えてやりたいのだ。誉れ高き書院番に、禄にふさわしき侍になるようにな」

その言葉が終わらぬうちから、腰巾着のふたりが襲いかかってきた。

「なんの功もなく、なぜ加増になるのじゃ。上さまをお側で惑わし奉る兄のおかげか」

「兄は関わりございませぬ」

自分の努力を兄ごと間部に侮辱されて、政重は腸が千切れるほどの怒りを覚えた。繰り出された拳を避けてその腕を摑み、思い切り投げ飛ばす。腰巾着たちは無様に衝突してふたりもろとも地に転がった。

「情けなや、しゃんとせんか」

間部は腕組みのまま叱責し、政重へ目を移した。

「なんじゃ、その顔は」

怯えたのか間部の声は上ずっていた。政重は肩で息をしながら、思い切り睨みつけていた。

「まあよい。今日の本題は別にある。加増の話は偶さかだが、ちょうどよかったかもしれぬな」

「なんでございましょうや」

「先日、そなたの妻女を見かけた」

詳しい話を聞かぬうちから政重は怖気が立った。

妻は志茂という。政重と同年で、無役の部屋住みだったころに一緒になった。齢だけでなく、貧しい育ちも変わらない。気取りのない性格で、用があれば下女も連れずにひとりで出かけてしまう。

だから、その姿を他人に見られても政重は驚かない。ただ、何度も会っていないはずの志茂の顔を覚えているという間部の執念深さが、不気味でならなかった。

「ひと月ほど前の非番のおり、儂は所用で大橋へ参っておった」

間部は何かをねぶっているような粘ついた口調を使った。大橋は神田橋と日本橋の間に架かり、奥州へ至る道の起点でもある。貴賤問わず人が多い。

「あすこに、まだ破却を免(まぬか)れておるキリシタン寺があろう。そこへおぬしの妻女が入ってゆくのを見かけた」

政重は息を呑んだ。

「この夏より徳川の領分でキリシタンはご法度。なにかとまずかろうの」

間部は愉しむように政重を眺めてくる。確かに詮議を受けてもおかしくない話だ。ただ、それよりつらいことが政重にあった。

信心のことは妻から何も聞いていない。

「黙っていてやってもよいぞ。ただ最近、儂も何かと物入りでの。ご加増ついでに助けてくれてもよかろう」

堂々と強請(ゆす)ってきた間部は、まず暮らしには困らぬ大身の旗本だ。欲しいのは金ではなく、政重の困窮であろう。

「大橋には何の用がござったのか。遊女屋は数軒ございまするが」

精一杯の反抗のつもりで言ってやる。間部は「黙れ」と叫び、組みっぱなしだった両手を解(ほど)いた。政重は顔を強(したた)かに殴(う)たれ、鼻腔(びこう)に血の臭いが広がった。

「明日、また話を聞く。それまでに考えておくがよい」

間部は元の陰険な嗤いを再び浮かべ、だらしない腰巾着ふたりを連れて去っていった。

政重は鼻の血が止まるのを待ち、人目を忍んで庭の手水場(ちょうずば)で顔を洗った。晴れた空から吹く冬の風は冷たく、濡れた両手が凍(こご)えて痛んだ。

屈辱と憤りが涙となって溢れ、止まらなかった。何度も洗い、やっと顔を上げると、今度は妻についての不安で胸が塞がれた。

志茂と出会ったのは十年近く前、政重が十七歳のときだった。

家督はすでに兄の正就が継ぎ、母は少し前に亡くなっていた。かつて槍一本で戦場を駆け回っていたという老いた父と、元服したものの兄に養われるしかない政重が家にいた。兄は将来を嘱望されつつあったが、家禄は父から相続した百五十石のままで、暮らしは苦しかった。

政重は若さなりの気力を持て余していた。関ヶ原の戦さを経て徳川家が天下の権を握りつつあるころで、戦さのお呼びがかかるわけでもない。江戸の武家には政重のごとく無聊をかこつ次男以下が多く、いつか彼らと遊び歩くようになった。呑みつけぬ酒を腹に流し込み、吐き、喧嘩に明け暮れる日々を送っていた。

ある日、いつも通り野っ原で安酒を呑み回していた。遠くに眺める江戸は普請続きで、真新しく生まれ変わりながら町域を広げていた。新たな時代に、生まれたとたん置いてきぼりを食らったような空虚を覚えながら、政重は酒を傾けていた。

そこに志茂がいた。年上の遊び仲間の妹だった。

宴が進んだころ、酔いの回った別の仲間が戯れに志茂の腿辺りを撫でた。政重はとっさに仲間の手首を摑んで止めた。志茂に感じるところがあったわけではないが、無粋に過ぎて興が醒めると思った。

次の瞬間、目を瞠った。触った男の頬に触られた女の、平手ではなく拳がめり込んでいた。気の強さに政重が感心していると、志茂の兄が激高して触った男に殴りかかった。

「あたしの話だ。出てこないで」

どういう気位なのか志茂は兄を怒鳴りつけた。それから政重に向かって少し照れた様子で「ありがと」と短く言った。

その目に政重は吸い込まれた。以後、ふたりは忍んで会うようになった。肌を重ねたとき、政重は色欲とは別の爆ぜるような歓喜を覚えた。世に生を享けてよかったと初めて思った。

ただし数か月後に、政重は殺されそうになった。志茂に子を宿らせてしまったからだ。その父親に町中で取っつかまって顔の形が変わるほど殴られた。帰れば帰ったで、戦さの勘を取り戻したらしい父からひたすら棒で打たれた。

政重は気絶した。目を覚ますと、幼いころに躾でよく閉じ込められた納屋の中にいた。痛む身体を起こし、明かり取りから差し込む夕陽をぼんやり眺めた。

ごとり、と閂を外す音がした。納屋の戸が引かれ、兄の正就が入ってきた。

「おぬし、どうするつもりだ」

立ったまま前置きもなく問う兄の口調は常のごとく謹厳で、隙も緩みもなかった。

「志茂と一緒になりとうござる」

答えた拍子に涙が零れ、眼窩や頬の傷に沁みた。

「俺は心底から惚れております。志茂と添い遂げ、ともに生した子の顔が見たい。でなければ生きる甲斐がない」

できないことだとは分かっていた。将来のない部屋住みの自分に娘をやる親などおるまい。だが、言わずにはおれなかった。

正就は空いた手で顎を撫でた。

「妻子を持てば、おぬしが養わねばならぬぞ」

「一緒になれるなら、なんでもやります」

政重が真っ直ぐ見返すと、兄は「今日は寝ろ」と告げて去った。

三日ほどして、政重は納屋から出された。居間へ行くと兄と老父が待っていた。

「先方と話がついた」

兄は唐突に宣言した。結婚が認められたと合点するまで数瞬かかった。折りよく兄に都合三百石の加増が決まっていて、その禄で面倒を見るから不便はかけぬ、と先方の両親を説得してくれたらしい。

「志茂は、なんと言っておりましたか」

そっと訊くと、「儂は会えなんだ」という答えが返って来た。己の勝手で家同士の話となり、当人の意を無視してしまったのではないか。そう思った政重が罪悪感を覚えていると、兄が言葉を継いだ。

「政重どのと一緒になれるまで出ぬ、と志茂どのは部屋に閉じこもっておられた」

目を見開く政重に、兄は書籍の小山を押しやった。

「おぬしに禄とお役目を賜るよう願い出る。叶う日まで怠らず研鑽せよ」

政重は今度こそ、深々と兄に頭を垂れた。

慌ただしく両家で往来があり、結納が行われ、夏も終わりに近付いた夜を迎えた。井上家では門を開け放し、両脇に篝火を焚いていた。

母屋の前で、政重は素襖に侍烏帽子という出で立ちで立っていた。横には老父もいた。婚儀も礼装も整えてくれた兄は、「宿直の番でな」と素っ気なく言って御城に上がっていた。

騒々しい虫の羽音を聞きながら待っていると松明の列と駕籠が現れ、門を潜った。

白い打掛姿の女性が、俯いたまま駕籠から降りてきた。その顔には紅と白粉が塗りたくってあり、政重には知らぬ人のように見えた。

「よろしゅう頼む」

すでに済ませていたからではないが、床入りまで黙するという慣習を政重は破った。声は歓喜と緊張で震えてしまった。

「こちらこそよろしくね」

垣間見えた微笑みは、確かに志茂のものだった。

翌年、志茂は男子を産んだ。松丸と名付けた。政重は一家で兄に養われながら、一日も休まず弓馬の稽古と学問に励んだ。

晴れて書院番の役を得たとき、政重は二十四歳だった。それまでに老父は亡くなり、仕える徳川家は征夷大将軍職を世襲する武門の棟梁となっていた。

「天下を差配する徳川の臣に無能はいらぬ。あとは己の才覚でなんとかせよ」

役と併せて政重に下された二百俵という禄の少なさについて、兄正就はそう説明した。

冬の陽が暮れようとしていた。

勤めを終えた井上政重は帰宅の途上にある。口取りに曳かせた馬に跨り、槍持と草履取、三人と一頭を引き連れた姿は、堂々たる旗本に見えるはずだった。

ただ、政重自身は堂々どころではなかった。身体のほうぼうには間部たちに折檻された痛みが残っている。その上、胸の内は疑問と苦悩でいっぱいだった。

妻はなぜキリシタン寺に通っていたのか。

信心あってのことであれば、政重は書院番どころか徳川の侍ではおれない。だが、信心を棄てよとも言い難い。志茂がデウスやらキリシトやらにすがるほど追い詰められていたのなら、その責の一端は夫である政重にもあろう。

悩みながら馬に揺られていると、鄙びた景色が現れた。水を抜いた田と淀んだ水を湛えた沼が広がり、夕日に染まっている。さっきまでの町の喧騒が嘘のように寂としている。

この辺りは小日向と呼ばれている。どれだけ海を埋め立てても用地が足りぬ城下からは徒歩で半刻（約一時間）ほど離れていて、小身の侍にあてがう武家地が拓かれていた。

「身に余る」

屋敷に着いたとき、政重は思わず零した。

政重が拝領している屋敷は、大きな門を構えている。板塀を巡らせた四百坪の敷地には玄関と十ほどの部屋からなる母屋、厩、その気になればいくらでもいじれる広い庭がある。つまりは営繕に費えも掛かる。

さらには口取り、槍持、草履取、飯炊きを雇い、ひとりだけだが士分の家臣も持ち、妻と子を食わせ、底無しに飼葉を食らう馬を養い、武具と相応の衣服も整えねばならない。

おろそかにしては征夷大将軍に近侍する旗本の体面に関わるが、二百俵ではとても足りない。ゆえに加増の内示はありがたく、しかしその喜びは悪辣な間部のせいで吹き飛んでしまった。

「これは殿、お帰りなさいませ」

門の脇で番をしていた家臣、伊奈虎之介が門を開けてくれた。しなやかな身のこなしが虎より猫を思わせる。政重とは同い年で、もとは遊び仲間だったから、政重は「殿」という呼ばれようにしばらく慣れなかった。虎之介はむしろ面白がって、いまでもいちいち「殿」と呼ぶ。

「今日は遅うございましたな、殿。お勤めご苦労さまでございます」

虎之介はそう言って潜り戸から裏へ回り、大きな門扉を開けてくれた。

政重は馬を下りた。気が重いせいか身のこなしは鈍くなり、どこかぎくしゃくしていた。虎之介は口取りたちに馬の世話を命じて去らせてから、門の下で声を潜めた。

「冴えない顔だな。何かあったか。聞くだけなら聞いてやれるぞ」

ただひとりの家臣は、時宜に応じて昔の仲間に戻ってくれる。政重は胸中では礼を言いつつ、口に出しては「まだ言えぬ」と答えた。

万事に気の利く虎之介はそれ以上を問わず、広い庭の奥に向かって手を振った。心得たように軽快な足音が駆け寄ってきた。

「父上、お帰りなさいませ」

ひとり息子の松丸が凛とした声で出迎えてくれた。年が明ければ十二歳。大きくなったとも、まだまだ小さいとも思える年頃だった。

「鍛錬しておったか」

政重が訊くと、左手に木刀を握る松丸は「はい」と快活に答えた。元気に、真っ直ぐ育ってくれている様子がありがたかった。

子の姿に政重は覚悟を決め、母屋の厨(くりや)へ向かった。

「志茂っ」

勝手口から飛び込んだとたん、濃密な炊煙が目に沁みた。慌てて外に出て、目をこする。どういう火の焚き方をしたらこうなるのか、と疑問を覚えながら背を屈(かが)め、再び突入する。

「志茂、志茂っ」

「なんだよ、騒々しいね」

煙の中から、ゆらりと妻が現れた。色が抜けた萌黄(もえぎ)の小袖に襷(たすき)を掛け、頭に布を巻く姿は妻女らしかったが、手には菜っ葉の束と大きな菜切包丁を握り、何だか勇ましい。

「首を取った武者のようだな、おぬし」

「莫迦なこと言わないで。それより、お帰り」

言われて、政重は気が抜けた。

「うん」

いつものように迎えてくれた妻に、いつもと同じように、いつもより感情を込めて応じた。

政重は濛々(もうもう)たる煙の中にいる飯炊きの老女に断り、志茂を連れ出した。日が沈み、外は薄明の青みを帯びていた。

「ここでよかろう」

庭の真ん中辺りで政重は立ち止まった。草を抜くほか何も手をかけていないから身を隠す場所はないが、母屋や厩に話し声が届かぬくらいの隔たりはある。

「どうしたの」

志茂は小首を傾げた。頭の布から垂れた一筋の髪が、冷たい風になびいていた。

「おぬし、キリシタンであったのか」

思い切って口にすると、志茂の顔が凍りついた。

妻と暮らしたくて真面目に勤めていたはずの俺が、どうして妻を困らせねばならぬのだ。そう思うと政重は腹が立ってきた。

「キリシタン寺に行くおぬしを見たと言われた」

それは、と志茂は口にし、弁解を諦めたように俯き、かすれた小声で「ごめん」と言った。

「違う。違うのだ」

政重は強く否んだ。

「おぬしを責めておるのではない。なぜ俺に言ってくれなかったのだ」

「あんただけじゃなく、誰にも言う気はなかったよ。書院番のお役目に響くだろう」

志茂によると数年前、辻で説法をする伴天連（司祭）の話に感心し、キリシタン寺に通うようになった。高熱を発して寝込んだ松丸が伴天連から授かった薬で快癒（かいゆ）したことで、信心を固める決心をした。

「ご禁制のずっと前から、キリシタンはご公儀に嫌われてただろ。だから言い出せなくて」

政重は苦々しさを覚えながら頷いた。将軍と大御所に侍（はべ）る僧たちが以前から熱心に禁制を主張していたことは知れ渡っている。

「松丸を治してくれたか」

伴天連は布教の糸口にするため積極的に医術を行うと聞いている。そうだとしても政重は感謝せずにはいられなかった。

同時に、息子を妻に任せっぱなしであったことを深く後悔した。子のことの他にも志茂が独りで抱え込んでいた辛抱（しんぼう）があったかもしれぬし、何であれ息子の病を、妻の苦悩を救ってくれたのなら、否むべき理由はない。

ふと政重は目を移した。遠くで、松丸が失せる光を惜しむように木刀を振るい、虎之介が「日も暮れたのに熱心ですな」と大声で励ましていた。これから、安くて臭い魚油の明かりを灯し、夕餉を摂（と）る。決して豊かではない。それでも政重にとって大切なものだった。

「俺は旗本をやめる」

考えても答えなど出ない。だから思ったままを言った。たとえ最善でなくとも、他の全てを捨てても、唯一の願いを繋ぐにはこれしかない。

「キリシタンはやめれば地獄（じごく）に堕（お）ちると聞く。おぬしを、そんな目に遭わせるわけにはいかぬ」

雇っている者たちや虎之介を路頭に迷わせるのは申し訳ない。兄に合わせる顔もない。

だが、妻を苦しめるわけにはいかなかった。

もともと部屋住みだった政重にとって、士分だの旗本だのという身分は糸屑（いとくず）より軽い。徳川の領内でなければ、まだキリシタンでいられる土地はある。政重はまだ若く身体も丈夫だから、妻と子ひとりくらいは食わせられるだろう。

「違うよ」

志茂がすがりついてきた。

「あたしは信心を棄てにいったんだよ。もちろんそんなことは伴天連さまには言わなかったけど」

最後のエウカリスチヤをもらいにいったんだよ。と志茂は続けた。何をもらったのか政重には分からなかったが、信心を棄てたと言われて胸を衝かれた。

「どうしてそんな」

愚問だ。口にしながら政重は己が嫌になった。書院番士たる政重の将来のために、志茂は棄てたのだ。

「あんたとなら、地獄も怖くないと思ったんだよ」

志茂は泣いていた。

「よう分かった」

政重は声を絞り出した。

「ならば俺ももう、何も怖くない。たとえ地獄でも、おぬしと松丸がいてくれるのなら」

翌日、いつも通り昼下がりに勤めを終えた政重は、自分から間部へ声をかけた。


「さて、いくらもらえるかのう」

昨日と同じ本丸御殿の袋小路で、間部頼母は腕組みしたまま楽しげに言った。左右にはやはりふたりの腰巾着を従えている。大刀は預ける定めだから、皆、腰には脇差だけを帯びていた。

「それがしには何の非もござらぬ。お断りいたす」

政重は静かに、だがはっきりと告げ、脇差を抜いた。それまで嘲笑(あざわら)っていた三人の目の色が変わった。

「抜かれよ」

構わず政重は続ける。

「昨日、またそれ以前からのそれがしに対する侮り。かつ我が兄に対する悪口。たとえ間部どのでも、これ以上は許せませぬ。今後はいかなるご指南も疑義も、刃にてお受けいたす」

自棄ではない。一晩考えに考えた結論だ。

妻が、書院番たる夫のために地獄へ堕ちる覚悟で信心を棄てた。ならば夫は命を賭けて立身せねばならない。僅かな加増につけ込んで強請ってくる間部のような手合いを許していては、それこそ出頭に響く。

舐めるな。

そう分からせてやる必要がある。間部にも、江戸城に棲まう陰険な仲間たちにも。

ただし、妻と地獄へ行かねばならぬから、命は賭けつつ捨てもしない。負けそうになれば逃げ帰り、その足で妻子を連れて出奔するつもりだった。

「痴れ者め。ご城中での刃傷はご法度ぞ」

「構いませぬ。殴られ、足蹴にされるがごとき侮りを受け、一太刀も報いざるは侍の名折れと気付き申した」

政重は脇差を構え、摺り足で一歩踏み込んだ。間部たちは二歩下がる。

「何をしておる」

鋭い声がした。

間部たちの背後、袋小路の口の辺りに政重の兄、井上正就が立っていた。

「これは井上どの。なぜここに」

振り返った間部がすがるような声を上げた。

「このお城でご奉公しておりますからな」

二代将軍徳川秀忠の近臣を務める正就は、偉ぶるでもなく簡素に答えた。

「これこの通り、弟御(おとうとご)が乱心いたした。我らもほとほと難儀しておる。井上どのからもよう言うてくだされ」

汚い野良犬に噛みつかれた、とでも言いたげな蔑みと怯えの色が、間部の声にはあった。

正就は黙ったまま、政重と間部たちの間に立った。腕を組み、それからやっと「清兵衛(せいべえ)」と政重を通称(けみょう)で呼んだ。

「覚悟はできておるのだな」

兄はそれだけを問い、弟が力強く頷くのを確かめると数歩下がった。

「是非もござらぬ。この井上正就、不肖(ふしょう)なれどお果たし合いの見届けをつかまつろう」

「止めぬのか」

慌てる間部に正就は冷徹な目を向けた。

「お互い、武士としての意地も面目もござろう。通りすがりの手前が口を挟むつもりはございませぬ。ご城内で斬り合えば無論、咎めはございましょうが、勝ったほうが詮議の場で堂々と理非を述べればよろしい。尋常な果たし合いであったことは手前がしかと言上(ごんじょう)つかまつる」

さらには、と正就は続けた。

「そこもとらは書院番。武門の棟梁たる征夷大将軍を守り参らせるお役目。ご城中で抜刀ならじとの法度こそあれ、刀を抜かれてなお立ち向かわねば、それこそ上さまの御意に叶いますまい。――さ」

促す、という形で正就は退路を断った。間部は器用にも舌打ちとため息と歯ぎしりを同時にして、政重に向き直った。

ただし、と正就は付け加えた。

「正々堂々、一対一でなされませ。ご同輩にも思うところはおありでしょうが、助太刀は無用」

「おのれ井上」

間部が吼える。どっちの井上へ言ったのだ、と政重は思ったが、嗤ってやるほどの余裕はなかった。驚いたことに、脇差を抜き払う間部の所作は充分な鍛錬を思わせた。

死ぬなら逃げる。だが、必ず勝つ。政重は唇を引き結んだ。

技量はおそらく間部に、速さと膂力は若い政重に分がある。先に斬りかかれば難なく往なされる。打ち合いになれば技量がものを言うから間部が有利だ。

勝負は一合。打たせ、その先を取る。そう決めた瞬間、間部の身体がぴくりと動いた。捨て身の勢いで政重は飛びかかる。振りかぶろうとする間部の身体でなく、脇差の鍔を全力で打った。衝撃で間部の右手から脇差がすっぽ抜け、その切っ先が下を向く。勢いのまま政重は身体ごとぶつかって押し倒し、馬乗りになって脇差を逆手に持ち替える。

「勝負あり」

正就が叫んだ。

「殺すな、勝負はついておる」

再びの声に政重はやっと我に返った。夢中で動かしていた脇差の切っ先は、間部の胸に突き立とうとしていた。

政重は大きく息を吸い、ゆっくり吐いた。立ち上がり、脇差を鞘（さや）に納める。間部は上体を跳ね上げ、落ちた自分の脇差の元へ素早く這った。政重へ向き直ったその顔は屈辱と憤怒（ふんぬ）で猿より赤く染まっていた。

「手前、何も見ておりませぬ」

見届け人は妙なことを言った。

「この場では何もなかった。果たし合いもでござる。それでよろしいな、おのおのがた」

突っ立っていた腰巾着ふたりは知恵が回らぬらしく、合点がゆかぬという顔をした。敗北をなかったことにされた間部は、顔を赤くしたまま「異論あらじ」と呻いた。

「料簡（りょうけん）したなら、お役目に戻られるがよかろう」

正就はすたすたと歩き去った。茫然とする間部たちを無視して政重は兄を追った。

「ご助力、ありがとうございました。三人が相手であれば、とても勝てませんでした」

「勝ったのは、おぬしだ。儂は何もしておらぬ」

正就はいつも通りの謹厳な顔で答えた。

「加増の話、聞いた。祝着（しゅうちゃく）であったな」

「兄上には、まだまだ及びませぬ」

政重が言うと、兄の頬が歪んだ。数年ぶりに見せた笑顔だった。

第二章　出（しゅつ）日本

一

諸聖人教会は長崎の北東、古城が佇（たたず）む町外（まちはず）れの丘陵にある。

街に十五ある教会のうちで最も古い。増築を重ねた三つの宿坊、広い墓地、四十五年の歳月を閲（けみ）した古びた会堂は、日本での開教以来の長い月日を思わせる。その由緒と広さで、有馬（ありま）にあったセミナリヨの移転先に選ばれた。

今日、慶長（けいちょう）十九年の一月三日。キリシタンにとっては正月をとうに過ぎた、御出生以来一六一四年二月十一日に当たる日。諸聖人教会では結婚（マチリモウニヨ）のミイサが行われていた。

晴れ着姿の三十人ほどの参列者、若い男女、白い貫頭（かんとう）の祭服をまとった司祭（パードレ）、歌のうたい手に選ばれた十名のセミナリヨ生徒。畳敷きの小さな会堂は人でいっぱいになっていた。

「デウスはまた、こうもおっしゃいました」

きちんと正座した司式のコーロス司祭は、延々と聖書（ビブリヤ）の句を説いたあと、老いた声を一段と高くした。

コーロスは有馬にあったころから引き続きセミナリヨの院長を務め、また外（と）つ国での宣教に人生を捧げた経歴で尊敬を集めている。牛の肉を好むが普段は粗食を常（つね）とし、周囲からは温厚、典雅、博識、話が長いと評されている。

――早く終わらねえかな。

生徒たちの列の隅で、彦七はそんなことを考えていた。十五歳になり、背も並よりちょっと低めながらそれなりに伸びた。ただ、普通なら齢とともに加わるはずの落ち着きはまったく身についていない。いまも、もぞもぞと膝を動かしていた。

えへん、と右から慶三郎の咳払いが聞こえ、彦七は軽く首をすくめた。

新郎新婦も参列者も、小西家の旧臣かその家族だった。たぶんそのせいで、別に歌がうまいわけでもない彦七は今日のうたい手に抜擢された。式の前、参列者たちが旧主小西行長の孫に入れ代わり立ち代わり挨拶に現れて、困った。式が始まれば始まったで、コーロス司祭の話がいつまで経っても終わらない。

なお気が重いことに、参列者の中から育ての親、益田源介が厳しい目を彦七に向けている。妻の絹、娘の末の穏やかな顔が並んでいなかったら、重圧に参ってしまったかもしれない。

ただ彦七は、今日の慶事を心から喜ばしくも感じていた。何せこの二年、重苦しいできごとが、あまりに多かった。

一昨年、セミナリヨがあった有馬の領主、有馬晴信が斬首された。晴信は長崎奉行を恨み害意を持っていて、また旧領回復のため、同じキリシタンだった大御所重臣の家来に賄賂を贈っていた。奉行への害意は任命した将軍への挑戦であり、所領の変更は将軍の権に対する侵害である。そのような理由で斬首なる苛烈な処置となったらしい。また、公儀はキリシタンの存在そのものを警戒するようになった。

徳川将軍は江戸、駿府、京の三か所でキリシトの教えを禁じ、また晴信の嫡子に相続させた有馬の地でも禁教を厳命した。嫡子は家臣数名を斬ってまで禁教を断行した。

コンパニヤ（イエズス会）の人々にも退去が命ぜられ、セミナリヨとその生徒は長崎の諸聖人教会に移ることとなった。ただコンパニヤも諾々とキリシタンを見捨てるつもりはなく、選抜した聖職者を有馬などの禁教地に潜伏させた。あのやかましい岐部渇水は筑前の秋月へ旅立った。

その翌年、つまり去年。江戸で二十二名のキリシタンが磔にかけられ、有馬では八名が薪ごと小屋に放り込まれての火刑に処された。全国でも各大名が禁教の圧力を強めた。

交易は継続させたいという公儀の思惑があるらしく、長崎にはまだ禁教の触れがない。ただし長崎に住まう誰もが「いずれは」という不安を抱いている。

「めでたい」

結婚のミイサの最中、彦七はそっと呟いた。一組の夫婦になろうとするふたりに、光を灯してもらったような感謝すら覚えていた。

ただ、思ったより声が大きくなってしまったらしい。コーロス司祭は話を止め、奇異の視線が彦七に集中した。

「あ、いや、あい済みませぬ。つい」

まとまらない言い訳をしながら、恥ずかしさと申し訳なさで彦七は悶えた。

針の筵のような静寂の中を、忍び笑いが流れていった。

声の主は、末だった。肩を震わせながら、子犬でも愛でるような顔で、ミイサの厳粛さを破った少年を見つめてくる。彦七は莫迦にされたように感じたが、つられて他の参列者たちも表情を緩めていた。

「マンショ、よう申してくれました。そなたの言う通りです」

彦七を洗礼の名で呼んで、コーロス司祭が振り向いた。怒られるのかと思ったが、その皺だらけの顔は和やかだった。

「デウスとご一同に見守られていま、一組の夫婦が生まれます。まこと、めでたいことでございます」

つい話が長くなってしまいました、と続けて、司祭はゆっくり夫婦に向き直った。

「おふたり、皆の前で誓われませ」

若い男女は顔を見合わせ、照れたように頬を赤らめ、次いで俯き、最後は毅然とした顔で立ち上がった。

「我ら、夫婦に成りまする。良きときも悪しきときも、達者なおりも病みしおりも、互いに愛と忠を尽くしまする」

声を揃え、たまにつっかえながら、ふたりは堂々と宣言した。司祭は「ご一同」と両手を広げる。

「これにて結婚は成り申した。デウスが結びたもうた契りは、何人も分かつこと能いませぬ。祝われませ、寿がれませ」

皆、口々に祝いを述べ、手を叩く。泣いている者もいた。声や音が鳴りやまぬ中、セミナリヨの生徒たちはそっと立ち上がる。

「うたいましょう。今日の幸いを、我らの歓びを」

十名の生徒で、声を放つ。その出だしから彦七は調子が狂った。根が生真面目ゆえ緊張していたらしい慶三郎が、思い切り音を外したからだ。笑いそうになったが、なんとか堪えてうたい切った。
結婚のミイサが終わると宴が始まった。宿坊に移った参列者たちは新しい夫婦を囲み、持ち寄った酒や食べ物を広げた。うたい手を務めたセミナリヨ生徒たちも呼ばれ、餅や果物を振る舞われた。

「立派にお務めを果たされるようになられて、儂は嬉しゅうございまする」

源介はもう感極まっている。歌のことを言っているらしい。立派とか果たすとかいう言葉にふさわしいのか分からないが、ともかく源介が褒めてくれるのなら彦七も嬉しかった。

「殿も、きっと喜んでおられましょう」

彦七の祖父小西行長を、源介は今も「殿」と呼ぶ。嫌ではないが、十四年も前にこの世を去った人にこだわり続ける源介に、微かながら違和感もまたある。

「ちょっと厠に」

嘘をついて彦七は宿坊を飛び出した。他の者たちにも「殿」のお孫さまなどと扱われてしまって面倒だと思ったからだ。ただ、別にやることがあったわけではない。当てどなく歩きながら彦七は周囲を見渡した。

諸聖人教会は広い。こぢんまりした会堂、宿坊が寄り集まっていて、残余の空間は石畳の道と樹木を配した簡素な庭になっている。

彦七は足の赴くまま、裏手に回った。黒々とした灌木に囲まれた墓地があり、板蒲鉾に似た形をした墓石がずうっと並んでいた。

長崎の近辺で出た殉教者は、この墓地に葬られる慣例がある。ただ墓石に殉教者かどうかの区別があるわけではない。

「帰るかな」

静謐で、だが気晴らしには向かない景色を眺めて彦七は呟いた。

ここ半年ほど、彦七は元通り益田源介の家で起居している。コンパニヤは、これまで多大な寄進をしてくれた信徒が次々と棄教したことにより財政が窮乏し、長崎に縁者がいるセミナリヨ生徒は寄宿を解かれていた。

宿坊の辺りに戻ったところで、お、と彦七は目を見開いた。

慶三郎と末が連れ立って庭を歩いていた。声こそ聞こえないが、慶三郎は見たことがないほど楽しげで、身振りも大きい。

邪魔をしては悪いから隠れるべきか。もしくは一部始終を確かめて、あとから慶三郎をからかおうか、などと迷った。

「彦七さま」

末が手を振ってくる。目ざといな、と感心しながら彦七も手を振り返し、近付いた。

「何をしているのです」

「いや、何もしてねえよ。俺はね」

慶三郎の詰問に、彦七は意地悪く返した。

「それより宴はもういいのか」

やかましい声が漏れ聞こえる宿坊を指差す。「いいの」と首を振ったのは末だった。

「大人たちの話が重たいのよ」

「小西家の再興に話柄が向いておりましてな」

彦七は顔をしかめた。宿坊から聞こえる声には、宴らしからぬ切実さや悲憤の気配があった。もはや結婚はそっちのけになっているらしい。祝われているはずの若夫婦はどんなつもりでその場にいるのだろう。

「各地でのキリシタンの禁制が、大人たちの心を小西家に向かわせておるようです。そのふたつが決して同じものではないとは、考えれば分かりそうなものですが」

慶三郎の話に、彦七は何も言えなかった。

ただ、皆の気持ちは分かるつもりでいた。もし信心を禁じられれば、地獄へ堕ちる。その恐怖と戦うために、キリシトの教えが盛んであった小西家の再興という幻想が必要なのだろう。

「もう十四年も前のことなのにね」

言った末は、宇土の戦さで父母に従って籠城していた。彦七や慶三郎と違い、御家とやらの滅亡に立ち会っている。

「帰ろうぜ」

彦七はそう提案し、歩き始めた。背後の足音を確かめ、注意深くふたりとの距離を取った。

塀のない諸聖人教会の、門柱二本きりの門を抜ける。続く緩い坂道の左右では大小の木々が、早春の寒さに凍えているような暗い色をしていた。

道を下り切るころ、景色は木々から建物に変わる。町の人出はいつも通りだった。だが騒がしさの質は最近、変わった。

殉教や苦難の話、また禁教を逃れて全国から集まる信徒たちの哀れな姿が、町に病にも似た熱を与えている。教会でのミイサや鞭打ちなどの苦行、辻説法、またキリシタン各門派の諍いはいっそう盛んになった。

「殉教を恐れてはなりませぬ。キリシトと同じく受難を受くるは、我らキリシタンにとって至上の栄誉です」

巧みな日本語で、南蛮人が辻で説教をしていた。頭巾付きのゆったりした小豆色の長衣はサンフランシスコ門派がよく使う。周囲には聴衆が屯している。

「なにが栄誉なのですか」

いきなり末が叫んだから、彦七はびっくりしてしまった。

こちらを向いた司祭の顔は痩せて青白い。清貧を貫いているのだろう。目だけが奇妙なほど強い光を帯びている。

「殉教した人は、たしかに立派です」

末が続ける。その顔にいつもの笑みは失せていた。

「けど、誰も死なないのが、いちばんではないのですか」

誰だおまえは、と数人の聴衆が末ににじり寄り、慶三郎が割り込むと引いた。

「あなたの疑問は至極もっともである」

司祭は静かに肯定した。

「もしその意志があれば、私たちの教会へ来られよ。デウスの愛、キリシトの奇跡、殉教の意義を、とくと教えて進ぜよう。よければきみらも来たまえ」

司祭は慶三郎と彦七へ交互に目を向けた。

「見たところヘスイタス、この国ではコンパニヤと呼んだか、その学徒のようだな。あの集団は金儲けに走り、教えを歪めている。そのもとで学んでも得られるものはない」

イスパニヤ語交じりに司祭が言った。コンパニヤは長く交易の利で宣教資金を賄っていて、他の門派から批判を浴びていた。

「そんなことより」

彦七は口を挟んだ。ひどいことばかりが起こる近ごろ、ずっと思っていたことがある。

「教えについて争っている場合なんですか」

元をたどれば、かつて岐部渇水と話した月夜に抱いた疑問だ。

コンパニヤも他の門派も、将軍や大御所と面会できるくらいの力は持っている。ことサンフランシスコ門派は大御所の覚えがめでたい。彼らが江戸で建てた教会は破却を免れ、また多数の殉教者が出た中で去年、奥州伊達家によるローマへの使節の派遣を許可させていた。

「門派同士でいがみ合うのではなく手を携えれば、何かできるんじゃないですか」

素朴な考えながら、ゆえに間違いでもないと彦七は思っている。

「協力するにはコンパニヤが改めねばならぬ。日本教区は彼らだけのものではない」

「そうやって争っているうちにもキリシタンは責められているんです」

「だからこそ、私はこうして辻に立っているのだ。正しき信仰によって、ひとりでも多くの信徒が天国へ行けるように」

司祭の声は、信仰への献身と熱っぽい頑なさを感じさせた。

よろしいですか、と慶三郎が一歩進み出た。

「天国の前に我らは日本に住んでいるのです。あなたは何かあれば故郷（おくに）に帰れましょう。ですが我らは、ここで生まれ育ったのです」

慶三郎の故国は遠く、住まう地では艱難（かんなん）に遭（あ）っている。誰を憎み何を正せばよいのか、それすらも分からぬ苦悩がありそうだった。

「誰しも故郷は恋しいもの。私もきみと同じだ。だからこそ安心すればよい。世界のどこにいてもデウスはおひとり、その御国（みくに）はひとつ」

「話にならぬ」

慶三郎は舌打ち交じりに吐き捨てる。末が再び口を開いた。

「司祭さま、あなたは殉教を見たことがあるのですか」

「ない。だが私は恐れない。恐れぬ勇気を信徒へ授けるのが私の役目であり、殉教の栄誉に浴する機会があれば本望だ」

「もういい」

彦七は末の肩にそっと手を置いた。僅（わず）かだが震えを感じた。

「帰ろう」

末は司祭を睨（にら）みつけたまま、足は彦七の勧めに従ってくれた。

大きな商家の漆喰（しっくい）壁が左右に立ち並ぶ賑（にぎ）やかな長崎の往来を、三人は無言で歩いた。途中で慶三郎と別れ、裏道へ入ったところで、やっと末が口を開いた。

「彦七さまの、いちばん古い思い出って、何」

「母上の顔かな、俺は」

訊かれた意図を摑めぬまま答えた。

「あたしは宇土のお城での戦さ」

と末は言った。

「大人たちが戦っているあいだ、あたしや他の子供たちは本丸の御殿でじっとしてたの。他に場所がなかったかららしいけど、ふだん殿さまや姫さまが寝起きしてる場所だから、楽しかった。そのせいか戦さはちっとも怖くなかった。怪我した人や死体も見たけど、あたしは怖がらなかったって母さまも言ってた」

おじいさまの家はどんな様子だったのだろう、などと彦七は考えた。

「その次に覚えてるのは、殉教」

初めて聞く話に身体が硬くなった。

「そのときのあたしくらいの子供が磔台に括られて、二本の槍で下から突かれてた」

「だから、さっきはあんなに怒ってたのか」

末は目だけで頷いた。

「もちろん、見たときは殉教が何かなんて知らなかった。けど、磔になった子が、何か悪いことができるような齢じゃないことくらいは分かった。周りの大人は昂ぶっていて、ものすごい悪口を言ってた。戦さよりずっと怖かった」

「そうだな、子供が串刺しになるのは怖いな」

彦七が言うと、末は「違う」と首を振った。

「あたしはたぶん、人の情が怖い。なんの罪もない他人を憎み、磔にしてしまえるような」

ふたりはさびれた裏店が並ぶ一帯に出た。いまも家主の立ち退きに抗っている益田源介の家は、さしあたり落ち着いて寝起きできる場所は、もうすぐだ。

「母さまが言うには、それからしばらく、あたしは笑わなくなった。長崎で彦七さまに会ったとき、喜ぶ父さまを見て、久しぶりに笑ったんだって」

妙なところで妙なやつが出てきた、と彦七は呆れ、それにしても源介一家はどうしてこんなに仲睦まじいのだろうと感心もした。見たこともない実父の顔ではなく、父という字が彦七の胸をよぎった。

「これから、どうなっちゃうんだろう」

「分かんねえけど、笑いたくなったら俺に言えよ」

彦七は大袈裟なくらい胸を張った。虚勢だが、他にいい返事が思いつかなかった。

「別に面白いことは言えねえけど、一度おまえを笑わせてるんなら、またできるはずだ」

末は押し黙り、やがて「ふふ」と声を漏らした。

「ほら、笑えたろう」

戻ってきたいつもの笑顔に、彦七は安堵した。

翌日からキリシタンは、復活祭までの四十六日を祈りと節制に努める四旬節に入った。朝、長崎の人々はミイサのために家を出た。最寄りの教会で待っていたのは軍兵だった。

「将軍の御意により、伴天連（司祭）はことごとく日本から追放する。以後、誰も南蛮寺への立ち入りはまかりならぬ」

そのような布告を、長崎奉行が遣わした兵たちは何度も怒鳴り散らした。

二

長崎に混乱が渦巻いた。

十五の教会は全て、軍兵によって封鎖された。衣食の買い込みや手紙のやり取りまで禁じられることはなかったが、ミイサや告解など信心に関わる用での立ち入りはできなくなった。

全ての司祭は出国を命ぜられた。期限は外つ国への風が立つ、次の冬。九州、西国、関東、そして奥羽。日本の各地にいた聖職者たちが続々と長崎に到着した。信徒への迫害も全国で激しさを増した。幾人かは殉教し、捕縛を逃れた信徒たちも長崎に集まった。

長崎に住むキリシタンたちの悲嘆や絶望は、やがて公然たる行動となった。往来では堂々と為政への批判や悪口が吐かれ、門を閉じた教会の前には連日、人が集まった。

おりしもキリシトの受難をしのぶ四旬節の最中であり、キリシタンたちの信心は高揚していた。コンパニヤは引き続き活動を抑制したが、他の三門派は奉行所に無断で教会の門を開き、信徒を招き入れるようになった。

サンフランシスコ門派の司祭たちは往来を行進した。信徒たちも列に飛び込み、行く先々で病者の足を洗い、貧者に施し、己を縛り、あるいは鞭打ちながら町を練り歩く。他ふたつの門派も、さらにはその勢いに押されたコンパニヤも、同様の行進を行った。

誰もが声高に騒ぎ立て、誰にも先が見通せない中、セミナリヨでは中断となっていた授業が再開された。彦七は不穏な喧騒を潜り抜けて諸聖人教会まで通った。益田家には小西家の旧臣たちが毎日訪れ、まとめ役の源介と何がしかの相談をしていた。

「源兄、いるか」

源介の従弟、益田甚兵衛が長崎の源介宅にやってきたのは二月も半ばに入ったころだった。

「長崎の騒ぎはすごいな。噂には聞いていたが、これほどとは思わなかった」

普段は天草の大矢野島に住んでいるという甚兵衛は、物見遊山のように軽い調子で言い、出された白湯をすすった。

「他人事のように申すでない」

板敷の客間で従弟に向き合う源介は顔をしかめた。

「そんなつもりじゃないよ。お絹さんと末も元気そうだな。よかった」

男たちが話しやすいよう気遣ったのか、女たちは白湯を出すと買い物に出かけていた。

「今日は相談があって来た。彦七さまのお耳にも入れたかったから、ちょうどよかった」

大人ふたりの間で座っている彦七は、今回もろくな話ではないだろうと思った。甚兵衛は以前、彦七を有馬家に養わせるという勝手な話を持ってきた。

「先に源兄に聞いておくが、長崎の小西旧臣たちはどんな様子だい」

「不安に駆られておるな。まだ教えを棄てた者はおらぬが、司祭さまのご不在に悩む者は多い」

「小西の御家が、信心が許される場所があれば。そんな感じかね」

「む、まあそうだな」

甚兵衛は、質問を装って源介の考えをどこかへ導こうとしていた。

「源兄がこれまでやってきた、長崎の役人どもを通して御家再興を公儀に願い出るって話も、うまくいっていないだろう」

「言われると口惜しいが、その通りだ。とくに、いまはどうにもならぬ」

源介が苦い顔で答えると、ぽん、と甚兵衛は手を叩いた。

「いまこそ御家再興のまたとない好機だぞ」

「どういうことだ」

源介は身を乗り出すどころか、少し腰を引いた。ひょっとすると彦七同様、源介も甚兵衛を警戒しているのかもしれない。

当の甚兵衛はもったいぶったように欠けた碗を持ち上げ、ゆっくり白湯をすすった。

「兵を挙げ、長崎を奪う」

容易ならぬことを甚兵衛は口にした。

「小西旧臣で挙兵し、奉行所を占拠する。その成功を告げて回り、長崎の町を挙げての一揆とする。長崎の奉行所に詰める兵は二百に満たないと聞く。町の住人はほとんどがキリシタンで、教えを圧迫する奉行所と公儀に強い反感を持っている。成功はまず間違いない」

どうだい、と締めくくった甚兵衛を源介は一喝した。

「莫迦げたことを言うな。さような暴挙に何の意味がある」

「まあ、聞くだけ聞いてくれよ」

甚兵衛は悪びれない。

「――申してみよ」

「長崎を奪う。これを梃子にして徳川と交渉し、日本のどこかに信心の許される地をもらう。ついでにその領主として小西家を再興する。言葉で言うほど危うくはない。理由は三つある」

「申してみよ」

源介は再び促した。さっきより興味を持っていることはありありと分かった。まずいぞ、と不安がる彦七を尻目に、甚兵衛は身を乗り出した。

「まず一つ、将軍は司祭さまの追放だけじゃなく、いずれキリシタン自体を禁じるつもりだろう。だが、日本の津々浦々に何十万て信徒がいる。その全てを見つけるなんてことができるか。虱潰しって言葉通りだ。ところがだ、どこかに信心を許される場所を作れば、血眼になって探さずとも虱は勝手に集まる。いまの長崎が何よりの証しだ。徳川にとっても悪い話じゃない」

同じ教えを奉じるはずの者たちを、甚兵衛は遠慮なく「虱」と呼んだ。

「二つ、徳川の御料で外つ国との交易ができる港があるのは長崎だけだ。いくら将軍が偉くっても、他の大名が持ってる良さげな港を召し上げるなんて無茶はできない。新しく港を造ろうにも、船底の深い南蛮船が通れる航路を探すにも、今日明日ではどうにもならない。長崎は、徳川に対するいい質になる」

そして、と甚兵衛は声を強めた。

「三つ、大坂ではまだ豊臣家が健在だ」

徳川は将軍職を世襲し、天下の権を握っている。だが、形式的には豊臣家の家臣筋のままだった。その豊臣家は難攻不落の大坂城に、太閤秀吉以来の膨大な富を貯め込んでいる。

「徳川の本当の敵は豊臣家だ。俺に言わせれば、いま徳川はキリシタンを禁じて新たな敵を作るべきじゃあなかった」

　だから徳川はこの話に乗ってくるはずだ、と甚兵衛は自信ありげに言った。

「日本のどこかに信心を許される地をもらう。おぬしの話の通りになったとしてだ」

　源介は鋭く目を光らせて問うた。

「そこへ集めたキリシタンを一網打尽ということもあろう」

「そのために、先に長崎を奪って武を見せつけておく必要がある。なるべく派手に、鮮やかに」

「うまくいくかのう」

「万全とは俺も思っていない。だがな源兄、うまくいかねば俺たちは教えを棄てなきゃならない。つまり地獄へ堕ちる」

　源介は黙り込む。対して甚兵衛は目に怪しげな光を宿らせた。

「奉行所の襲撃は、信の置ける小西の者たちだけでやりたい。話が漏れると困るからな。となると、大将にふさわしいお方は世におひとりしかいない」

「待てよっ」

　予想以上にろくでもない話を聞いた彦七は叫んだ。

「俺は大将なんかやらねえぞ。齢は足りねえし器でもねえ。だいたい戦さなんか知らねえ」

「立ってるだけでよいのですよ。鎧を着ていられる体力さえあれば。――どうだ、源兄」

　彦七は愕然とした。甚兵衛は彦七の意を確かめる素振りさえ見せなかった。

「だめだ」源介は首を振った。「さような大それたことはできぬ。仕損じれば元も子もない」

「お絹さんと末が地獄に堕ちてもいいのか」

源介の顔がみるみる歪んだ。その様子をしげしげと眺める甚兵衛に、彦七は聖書に出てくる蛇(へび)を思い起こした。人に知恵の実を勧め、ために人は楽園を逐(お)われる。

「だが彦七さまの御意は」

「彦七さま」

源介の言葉を遮(さえぎ)り、甚兵衛は顔を向けてきた。

「こたびの話、否(いな)めませぬよ。御家への忠義を忘れぬ小西の臣らを、今日まであなたを育てた源兄を見捨てては人倫(じんりん)に悖(もと)る。よろしいですな」

彦七は言い返す言葉が思いつかなかった。

「そら源兄。彦七さまもご承知くだされたぞ」

甚兵衛は宣言し、なあに、と添えた。

「彦七さまは立ってりゃあいいのですよ、立ってりゃあ」

もし蛇が笑えばこんな顔をするのだろう、と彦七は思った。

益田甚兵衛は、そのまま源介宅に居ついてしまった。毎日、忙しくも楽しげな様子であちこちに出かけている。

「お話があります」

セミナリヨでの昼の休憩で、慶三郎が思いつめた様子で彦七に切り出してきた。もう三月になっていたが春の訪れが遅く、加えてその日は分厚い雲が空を塗り込めてしまい、肌寒かった。

彦七は諸聖人教会の裏手に誘われた。墓石がどこまでも並び、生あるものはセミナリヨの生徒ふたりだけだった。

「静かだな、ここは」

長崎は四旬節、次いでキリシタンが最も重視する復活祭も終え、だが相変わらず騒々しい。誰が決めたか知らないが、町から離れた諸聖人教会に学びの場たるセミナリヨを置いたのは卓見であったかもしれない。

「挙兵の話、聞きました。彦七さまが率いられるとも」

「俺はお飾りだけどな」

返事には苦さが混じった。大将として存分に采配を振るいたいなどとは露ほども思わない。挙兵に不可欠な存在になってしまったことが、嫌で仕方がなかった、

「俺は馳せ参じまする」

切実な慶三郎の眼に、彦七は改めて恐ろしさを感じた。益田甚兵衛の企みは、小西に関わる者たちの心を巧みに摑み、呑み込んでいた。

「おまえ、小西の家が憎いんじゃなかったのか」

「いまも変わりませぬ。だが信心も棄てられませぬ」

「小西家と信心は関わりがない。そう言ってたじゃないか」

「関わらずとも、うまく繫がるかも」

「繫がらねえよ!」

彦七は叫んだ。聡明なはずだった慶三郎すら自棄に追い込んでしまう何かが憎かった。

「挙兵なんてうまくいくわけがねえ。無駄死にだ。みんな死んじまう」

「ならばなぜ」慶三郎が詰め寄る。「彦七さまはこたびの話をご承知なされたのです」

「俺が小西の血を引く者だからだ。みんなが起つなら、俺はその場にいるべきだろ」

答えた声は思ったより細くなった。

「なあ、慶三郎。俺は、いないほうがよかったんじゃないか」

本音が彦七の口を衝いた。

貧しく、報われない牢人暮らしに耐えた小西の旧臣たちに、キリシタン禁制という苦難が追い打ちをかけた。深まるばかりの苦悩は、危うい戦意となって爆ぜようとしている。

その火種が彦七だった。煎じ詰めれば、彦七がいるから人が死ぬ。己という存在が耐えられぬ重さで彦七にのしかかっていた。

「何をおっしゃっている」

慶三郎は端整な顔を不快げに歪めた。

「そうだろうよ。俺がいなけりゃ家の再興なんて莫迦げた夢も、挙兵なんて無茶もなかったはずだろ」

「ならば我らはどうすればよいのです。彦七さまは、どうされたいのです」

「分からねえ。俺はどうしたらいいんだろう」

小西行長の孫だといっても、彦七自身は年端もゆかぬ少年にすぎない。大人たちの絶望や熱望が生んだ渦におとなしく呑まれるほか、できることが思いつかない。

「情けなや」

慶三郎は彦七に摑みかかり、投げ飛ばした。彦七に抗う力は湧かず、並より少し小柄な身体はころりと地に転がった。

「もうよろしい。分からぬのなら、せいぜい大将らしい顔で黙って立っていなされ」

聞き覚えのある言葉が、彦七の耳に突き刺さった。

「元気を持て余してるみたいだな。結構けっこう」

割り込んできた声に向かって、彦七は首だけを巡らせた。

岐部渇水だった。自慢の蓬髪を揺らしながら、引きずるような足取りで近付いてくる。上体を起こした彦七は、思わず手で鼻を覆った。目の前まで来た渇水、いや、彼が背負う大きな木箱はひどい悪臭を放っていた。

「さすがにきついな、もう立ってもいられねえ」

渇水は唸り、木箱を丁重な所作で地に下ろし、自分は崩れるようにへたり込んだ。肌寒い曇天の下とは思えぬほど汗みずくだった。

「いったい何を運んでこられたのです」

慶三郎の問いに、渇水は複雑な表情を見せた。

「殉教者だ。ひと月近く前に亡くなられたから、臭いはどうにもならねえな」

殉教者はマティアス七郎兵衛というらしい。

筑前秋月の地でキリシタンのまとめ役を担い、また秋月に潜入していた渇水ら聖職者を助けていたが、捕縛の憂き目に遭って斬首された。捨てるように埋められたその遺骸は当地のキリシタンによって改葬されたが、しかし納得のいかなかった渇水は掘り返し、塩とともに箱に収め、十日余りかけて徒歩で運んできたのだという。

「マティアスどのは、ご自身がデウスを裏切らなかっただけじゃあない。秋月のキリシタンの魂を救うために命を捧げられた。そのお方が復活の日まで身体を休めるべき場所は、この教会しかないと俺は思った」

諸聖人教会は長崎で最古という格式があり、殉教者が多く葬られている。それだけの理由で渇水は遠い秋月から、重く、刻々と腐敗する遺体を背負い、危険な禁教地をひたすら歩いてきたという。

「やればできるもんだな」

彦七の驚きを見透かしたように渇水は笑った。混じっている苦みは、殉教を止められなかった悔いであろう。

取るものも取りあえず、彦七と慶三郎は宿坊へ走った。話を聞いて出てきた大勢の聖職者たちは、箱を宿坊の一室に運び入れた。

引き出された遺体は塩にまみれた腐肉の人形になっていた。聖職者たちは深い祈りを捧げたのち、その手足を伸ばし、こびりついた塩や染み出た体液を丁寧に拭った。斬られた首を身体に縫い合わせ、白い帷子を着せたあと、居合わせた司祭の最上級者であるコーロス司祭により油を塗られ、遺体は真新しい棺に納められた。

諸聖人教会では全ての教務が中止となり、全員が墓地に参集した。盛んに焚かれた香の煙とセミナリヨ生徒たちの歌に見送られ、殉教者の棺は丁重に埋葬された。

葬儀が終わり、集まった者たちはため息や嘆き交じりに宿坊へ戻ってゆく。渇水はコーロス司祭を摑まえていた。

「今すぐ俺を司祭にしてください」

渇水はほとんど怒鳴っていた。

「司祭にしてくれたら、俺はすぐ秋月へ戻ります。信徒たちに秘跡を授けます」

彦七は思わず足を止めた。さっきまで喧嘩していた慶三郎も興味深げな顔で傍らに立ち、老司祭と蓬髪の同宿を見守った。

「落ち着きなさい、渇水。まず今日は休みたまえ」

穏やかに応じるコーロスに、渇水は激しく首を振った。

「休むどころじゃないんです。秋月で、いや日本の国中で、信徒たちが秘跡を待っています」

「気持ちは分かる。だがきみは司祭に必要な学びを終えていないではないか」

「学ぶためのコレジヨに、俺を入れてくれなかったのは誰です」

だいたい、と渇水は続けた。

「コンパニヤはどう考えてるんです。将軍に言われるまま、すごすごローマへ帰るのですかい」

「まだ分からない。我らは太閤さまの御代にも追放を命じられたが、今日までなんとか日本に残れている」

「残ってる間に呆けちまったようですな」

一介の同宿に過ぎない渇水は、コンパニヤの偉い司祭に向かって遠慮なく言い放った。

「そうやって司祭さまがたが長崎で縮こまってる間にも、四十万のキリシタンは罪を赦されず聖体も授からないまま、教えを棄てるか殉教するしかなくなっているのですぜ」

殉教者を文字通り背負ってきた渇水の叫びは、悲痛そのものだった。

「きみの熱意は分かった。願いは、私から本部の皆にもしかと伝えよう」

「お願いじゃあない！」渇水は叫んだ。「俺を司祭にして信徒たちの元へ送る。これは日本にキリシトの教えをもたらし、天国の場所を教えたコンパニヤの責務なんですよ」

「同感だ。私にはそれしか言えぬ」

コーロスの声は悲しげにかすれていた。立場や職務が老司祭を縛っているらしかった。

「彦七さま」

慶三郎が、そっと話しかけてきた。

「渇水どのはご自分の役目を果たそうとしておられる。あなたも尽くさねばなりませぬ。小西の者どものために」

「突っ立って、みんなが死ぬのを見てろってか」

慶三郎は答えず、去った。そうです、とは言わぬのが慶三郎なりの良心らしかった。

彦七には何もできぬまま、日々だけが過ぎていく。益田甚兵衛はよほど知恵と舌が回るらしく、挙兵の準備は順調に進んでいた。参陣したいという小西の旧臣は続々と集まり、どこかから引っ張ってきた銭で武具や火薬を買い揃えていた。

五月雨（さみだれ）が終わり、暑気が町を蒸しあげて通り過ぎた。野分（のわき）が秋の訪れを荒々しく告げる。激しい雨風になぶられる源介宅に、ずぶ濡れの甚兵衛が帰ってきた。

「いい話を聞いたぞ」

居間に源介と彦七を呼んだ甚兵衛は、顔を拭いながら笑っていた。決してよい話ではあるまい、と疑いながら彦七は座った。

「徳川と豊臣が、ついに決裂しそうだ」

甚兵衛が聞きつけてきた話によると、豊臣家が復興した寺の鐘に、徳川家は「大御所家康を呪う文辞あり」と言いがかりをつけた。それまでもあれこれと難癖をつけられていた豊臣家では、さすがに怒りが渦巻いているという。

「豊臣にかつての勢いはないが、太閤が貯め込んだ唸るほどの財貨で天下に溢れる牢人を集めている。徳川とて勝算あって挑発したのだろうが、しばらくは豊臣の相手で手一杯のはずだ。この機を逃す手はない」

甚兵衛は蛇のように目を光らせた。

「我らは半月後、九月朔日に起つべし」

朔日は月がない。夜討ちにもってこいだという。

「ようやくだ。俺たちは小西の家を、信心を全うできる地を取り戻す」

甚兵衛は高らかに宣言した。すがるような思いで彦七が目をやった先で、源介は逡巡するように目を伏せ、それから、無言のまま頷いた。

誰にも止められぬ奔流が、ついに自分を呑み込んだ。彦七はそう思った。

三

相も変わらず、彦七は諸聖人教会のセミナリヨへ通っている。

だが、何をするにも身が入らない。講義は右から左へ抜けてゆき、うたえば調子が狂い、書いても紙を損じるばかりだった。

慶三郎とも話さなくなった。顔を合わせるたびに責めるような目だけを向けられた。

彦七がひとり、とぼとぼと往復する町は喧騒を極めている。司祭の追放が宣言され、だが冬までは放置されているという奇妙な状況が、信徒たちの信心を煽(あお)っていた。

コンパニヤをはじめキリシタン四門派は、日本教区を統括する司教の座を巡って争っていた。教区自体が冬にはなくなってしまうのだから無益だ、とは考えられないようだった。

彦七が見渡す限りの全てが、誰しもが、おかしくなっていた。

挙兵を三日後に控えた夕暮れどき、彦七は諸聖人教会の墓地に行った。岐部渇水が秋月から遺体を運んだマティアス七郎兵衛の墓の前にずっと座っていた。どうやら小西家に身を捧げざるを得ない彦七は、信仰に魂を捧げたマティアスに一方的な尊敬の念を抱いていた。その墓に詣(もう)でれば何か思案が浮かぶかもしれぬと思った。

挙兵を止めたい。もしうまくいっても、必ずどこかで失敗する。天下の権を得た徳川に勝てるはずがなく、天下を乱して許されるはずがない。いくらも世を知らぬ彦七にだって分かる。

いっぽうで、暴挙に賭(か)けねばならぬほど小西の旧臣たちは追い詰められている。

自分独りに降りかかる理不尽や不幸は、耐えるつもりでいた。痛いも暑い寒いも嫌いだから耐え切れるか不安だが、逃げ出すつもりはない。天下の義に殉じた祖父に倣(なら)うと決めている。

耐え難いのは、人が死ぬことだ。挙兵すれば、討死(うちじに)か死罪しかない。源介が、慶三郎が、好きではないが甚兵衛が、彦七の顔を知る人々が、いなくなってしまう。その家族も連座は免れまい。末が、絹が、やはりいなくなる。自身の生死よりずっと、彦七にとっては耐え難い。

――俺はどうしたらいいんだろう。

慶三郎に向けて発した問いは、未だ答えを得られていない。すがるようにマティアスの墓の前で粘っているが、答えが墓石に書いてあるわけでもない。

「達者にしておるか、彦七」

声がした。振り返って仰ぎ見ると木村セバスチアンがいた。

「長崎に帰っておられたのですか」

彦七は慌てて立ち上がった。珍しく司祭らしい黒の長衣に身を包んだ木村は、「昨日にな」とだけ答え、マティアスの墓の前に跪いた。

追放令に際し、コンパニヤは所属する司祭を長崎に集結させている。ただ司祭の中には、追放の日取りが先だと知ると元の任地へ舞い戻る者も少なくなかった。

木村セバスチアンもそのひとりだった。長崎に来ては葡萄酒やパン、刷られたばかりの経典をかき集め、任地の肥前嬉野へ戻っていた。

その木村はマティアスの墓に長い祈りを捧げると、跪いたまま彦七に顔を向けた。

「どうしてここにおる」

「その――」

理由はさすがに明かせず、彦七は言い淀んだ。

「おぬしはどうする。外つ国へゆくのか」

木村セバスチアンは別のことを訊ねてきた。

コンパニヤは先月から、神学か宣教を志すならという条件で、司祭追放に同行する者の選考を始めていた。コーロス司祭が上長たちに働きかけてのことだという。

彦七は、己に関わらぬことと思っていた。どうせ自分は死んでいる。

ただ、木村に問われて気付いた。

彦七は己について何も決めたことがない。生まれや周りに勝手に決められ、従うか否む。それだけをただ繰り返してきた。

答えが出ないはずだ、出したことがないのだから。彦七は内心で自嘲した。

「岐部はさっそく願い出たらしいな。儂もあの者を推す上申を提出したが、どうなるものやら」

乏しい表情のまま、木村は渇水のことを案じた。

「木村さまは外つ国へ行かれるのですよね」

問うと、木村はゆっくりと立ち上がった。

「迷うておる」

えらく正直な答えが返ってきた。

「儂には信徒を見捨てるなどできぬ。同時に、司祭である儂にしかできぬことがある。追放に反して日本に留まり、無為に死するわけにはゆかぬ」

命惜しさの詭弁でないことを彦七は知っていた。木村の為人は、信仰と信徒に不要なものを全て削ぎ落とすことで形作られている。現に何度も命懸けで禁教地に潜入している。

「そもキリシタンは日本のご政道に関わろうとはしておらぬ。外つ国へ逃れ、追放に道理なしとご公儀が気付きたもうた時期に、帰国すれば良いかもしれぬ」

珍しく口数の多い木村は、一度言葉を切った。

「自暴自棄は儂の性に合わぬ」

「性、ですか」

木村の言葉が、彦七には意外だった。

「デウスは儂に性を授けたまい、その性をもって儂はデウスにお仕えする道を選んだ。世は万事ままならぬが、迷いしときこそ己の性に問わねばならぬ」

迷っていると言った木村セバスチアンの、その目には曇りがなかった。

性、と彦七は繰り返した

長崎の中心から東へ、人の足で半刻ほど。町からの視界を遮って立つ丘の裏に、木陰のような野っ原がある。

細い川もあり、すぐにでも畑にできそうな場所だったが、ずっと打ち捨てられていた。商いで生きる長崎の人々にとって菜は買うものだったし、港に遠いため蔵にも住まいにも使いにくかったからだ。

晩秋のいま、野っ原の草は枯れて冷たい風に揺れている。その真ん中辺りには、誰がいつ建てたかも分からぬ藁葺きの古い庵がぽつんと佇んでいる。

九月朔日の正午を少し過ぎたころ。セミナリヨ生徒の定めである青い帷子を着た小西彦七は庵に入った。二間四方ほどの庵の内は薄暗い。益田甚兵衛と源介、絹、末が輪を作って座っていた。

「これは彦七さま。最後の講義はいかがでしたか」

甚兵衛が白々しい声で出迎えた。

今日は土曜日で、セミナリヨは午後が休みとなる。いつもと同じく振る舞うよう甚兵衛に言われ、その通りに午前だけ講義を受けてきた。

「別に。何も変わらねえよ」

素っ気なく答え、彦七は輪に加わって座った。

「さて、いよいよ今日だ」

甚兵衛は快活に言ったが、誰も返事をしなかった。

彦七は、どうすべきか決められないまま今日を迎えている。小西の血を引く者として、小西に命と望みをかける者たちの前に立たねばならぬ。答えと呼ぶには曖昧すぎる思いだけを抱いて、這うような足取りでここまで歩いてきた。

「なんだ、あれは。ミイサでもやってたのか」

重い気分から逃げ出したくて、彦七は庵の隅を指差した。銀の杯、葡萄酒らしき白い瓶、薄煎餅を盛った皿がある。

「目くらましですよ。うまくいきました」

にやりと笑った甚兵衛は、源介の不快げな咳払いを無視して「あのですな」と続けた。

この野っ原で怪しげな集まりがあるという噂を甚兵衛はわざと流した。奉行所の役人と同心たちが駆けつけると、「二百人ほどの仲間を集めて、町中ではできなくなったミイサを密かに行うつもりだった」などと言った。役人は集まる人数の多さに戦き、渡された銭に態度を和らげ、「ミイサなるもの、まかりならぬ」と命じただけで引き上げたという。

「これから夜にかけて、この野っ原に挙兵に参ずる者たちが集まります。怪しまれたら元も子もないから、ミイサなんて嘘を奉行所に信じさせたのですよ。見事でしょう、俺の策は」

「見事なものか」

源介が得意げな従弟を叱った。

「わざと役人を呼ぶなど危うすぎる。儂は肝が潰れるかと思うた」

「俺も冷や冷やしたがね。さて、段取りを確かめるとするか」

甚兵衛は源介の怒りなど意に介していないようだった。

「ぼちぼち男どもがここに集まる。俺と源兄の指図で戦さの支度をさせる。女も何人か来るから、お絹さんは一緒になって飯を炊いてやってくれ。最後の食事になるやつもいるだろうから、うまいのを頼むよ」

絹は黙り込み、不本意交じりの承知を態度で示した。甚兵衛は意に介さぬ様子で続ける。

「日が暮れたら線香を焚いて時を計る。一本で半刻ほど保つ。六本くらい燃え尽きたころには奉行所のやつらもぐっすりお休みだろう。誰でもいいけどそうだな、末」

母の炊事を手伝うのだろうという顔をしていた末が、びくりと身体を震わせた。

「線香の番を頼む。彦七さまは御大将ゆえ、何もなさらず結構です」

じっとしていろ、と甚兵衛は言う。

「線香が尽きれば始まりだ。朝には奉行所を奪取できているだろう。人を集めて大きな一揆に仕立て、町と港を質に取って将軍と交渉する。いま思いついたが、ポルトガルかイスパニヤに加勢を頼んでもいいな。長崎ならそれができる」

すらすら言葉を紡ぐ甚兵衛の顔には、恍惚のような艶が浮かんでいた。

「もうすぐだ。小西家の再興、信心を全うできる地。ふたつの夢はもうすぐ現実となる」

外から控えめに戸が叩かれた。話を遮られた甚兵衛は瞬きの間だけ不快な顔をして、すぐに元の涼しい顔を取り戻した。

「まだ集まるには早いが、気の急いたやつがいたようだな。さて源兄、行くか」

「あとから参る。おぬしは先に行っておれ」

「家族との別れかね。ま、ゆっくりやるといい」

甚兵衛は笑いながら庵を出ていった。源介は閉まる戸を見届けてから切り出した。

「絹、末。話がある」

「あたしも話があります」

凛とした声で遮ったのは絹だった。調子を狂わされたらしい源介は顔をしかめてから、「先に申せ」と促した。

「おまえさま、失敗したら、どうするつもりなの」

「そのまま討死かの。儂は武士ゆえな」

彦七の背筋に冷たいものが走った。武士とはつまり、己が一命より重いものがあると思っている人々だ。

「本当に死ぬの。あたしと末を残して」

絹は取り乱した素振りも見せず、静かに問いを重ねた。源介のほうが丸めた紙屑のように顔をぐしゃりと歪めた。

済まぬ。

源介の声は細かった。済まぬ、済まぬ、あい済まぬ。まことに済まぬ。源介は俯き、ほとんど同じ言葉をひたすら繰り返した。

絹は夫を真っ直ぐ見つめる。だが源介の口から翻意めいた言葉はついに出なかった。

「お覚悟、承りました」

絹は言った。源介は顔を上げ、粗末な衣の袖でごしごしと顔を拭った。

「自ら言うはおこがましいが、地獄に堕ちる覚えはあらじ。天国で待っておる」

源介の言葉に、絹は毅然とした表情のまま一筋だけ涙を零した。末はぽろぽろと泣いている。

彦七は強烈な疑念を覚えた。地獄に堕ちる覚えがない善良な男がどうして死なねばならないのか。誰が源介を殺そうとしているのか。何が末と絹から源介を奪おうとしているのか。

「嫌だよ、源介。死ぬなんて言わないでくれよ」

思わず出た声は震え、ひっくり返った。主筋とはいえ居候の身だから一家の別れに口を挟んではならぬ。そう思って堪えていたが、もう我慢できなかった。

「実の父に捨てられた俺は、源介にも死なれて、どうすればいいんだよ」

源介の頬にはまだ涙が光っている。だが表情は糊を利かせた礼装のように謹厳に改まっていた。これが主君に向き合う家臣の顔なのだろうか。

「では、儂の、いや手前の話をいたしまする」

源介は背筋を伸ばし、そのまま両の拳を床に置いた。

「彦七さまはお逃げくだされ。その機は儂が見繕いまする」

え、と彦七は目を見開いた。

「こたびの企て、うまくいきますまい。儂は愚かでございますが、それくらいは分かりまする」

「なら、やめればいいだろう。やめてくれよ」

彦七は源介の胸にすがりついた。

「申し訳ございませぬ」

源介の顔は優しかった。

「手前は弱かったのかもしれませぬ。危うきと知りつつ、甚兵衛が口先で見せてきた夢を頼ってしまいました。ですが、全ては臣らの勝手。彦七さまを巻き込むわけには参りませぬ」

彦七に胸元を摑ませたまま、源介は「絹」と張りのある声で呼んだ。

「そなたに彦七さまを頼みたい。もう元服してもよいお齢ゆえ危なげないはずであるが、世知を要することもあろう。末も、ともに逃げよ」

はい、と母子は声を揃えた。

「逃げるって源介はどうするんだよ」

「先に申しました通り」

源介は両の手で彦七の手首をそっと摑み、ゆっくりと押し返した。

「彦七さまをお育てできた日々、まこと幸いであり、甲斐がございました。ご無礼を承知で申せば、楽しゅうございました」

おうい源兄そろそろ、と外から間の抜けた声がした。

「では、手前は参りまする」

源介は立ち上がった。心得たように絹も腰を上げ、夫婦で目配せを交わし合い、連れ立って出ていった。庵には彦七と、線香の番とやらを頼まれた末が残された。

「父さまは」

末がぽつりと呟いた。

「母さまとあたしを地獄に行かせたくないのよ。母さまはそれを知っているから、父さまを止められないの」

やがて、庵の周囲が騒めき出した。外の野っ原には武具や必要なものを埋めてあると聞いている。それを掘り返しているのだろう。

彦七と末は何も話さず、庵の中でじっと座っていた。壁や屋根の穴から差し込む陽光は次第に弱まり、やがて黄色く色づいた。

荒く戸が引かれた。慶三郎だった。胴鎧に鉢巻きという出で立ちは簡素で、だが凛々しい武者振りだった。背には大きな黒い鎧櫃を背負い、片手には先っぽが赤く熾った木切れを持っている。

「末どの。これで線香を灯すよう、とのことで」

慶三郎は花でも渡すような甘ったるい目と素振りで、木切れを差し出した。末は優しげな衣擦れの音を立てて腰を上げ、木切れを受け取った。次いで主筋の少年へ向けた慶三郎の眼は、すでに険しく冷たかった。

「彦七さまは鎧をお召しあれ、とのこと」

「俺、鎧なんぞ着たことねえぞ」

「俺がお着けいたします。黙って立っていなされ」

同じ言葉を何度言われればよいのか。彦七はため息をつきながら腰を上げた。慶三郎は隅に土がついたままの鎧櫃を床に下ろした。

「何人、集まったんだ」

「三百人」

ぶっきらぼうな答えは彦七を驚かせた。益田甚兵衛は二百ほどが集まると言っていた。挙兵という誘惑に魅（み）せられた者は、首謀者（しゅぼうしゃ）の見立てよりずっと多かったらしい。

「奉行所の夜の番は多くて五十人、半数ずつ交替で寝（い）ぬる定めだそうで」

勝利は間違いない、と暗に慶三郎は言った。

庵の隅にある小壷に長い線香が立てられ、細い煙が揺らめいている。末は線香に続き、何事も段取りのよい甚兵衛が用意していた行灯（あんどん）にも火を入れ、火種の木切れを線香の壺に放り込むと立ち上がった。

「あたしも手伝う」

「やり方、お分かりになりますか」

戸惑（とまど）う慶三郎に、末は胸を張った。

「あたしだって武士の娘です。やってやれないことはありません」

「ご存じないのですね」

慶三郎が頬を緩めた。こいつが笑うのは久しぶりだな、と彦七は妙に感心した。

臑当（すねあて）、佩楯（はいだて）を垂らした帯、籠手（こて）、胴。

セミナリヨの定めである青い帷子の上から、彦七は甲冑（かっちゅう）を着せられてゆく。いつ覚えたものか慶三郎の手つきには淀みがなく、手伝う末にも着け方を丁寧に教えていた。

きつい、くすぐったい、重い。慣れない感触に彦七はいちいち文句を言い、そのたびに慶三郎は叱り、末が笑った。

こんな時がずっと続けばいい。彦七は願った。だが叶わない。

奉行所の占拠に失敗して討死するか、成功のあとに討伐されて刑死する。時が続くどころか、もうすぐ全ては終わる。終わりを避けられるのは、何も始まっていない今しかない。

——これは性に合わないな。

鎧について、ふと思った。重いとか動きにくいとか不満のほうが先に立つ。自分はどうも武張ったことが苦手らしい。

性。

数日前の木村セバスチアンの話を、彦七はふと思い起こした。源介ほど決然としていないから、何も失いたくはない。甚兵衛ほど知恵が回らないから、最善の策など浮かばない。性。己の性。どうしたいか。どうあってほしいか。そのために何ができるか。

「分かった。決まった。いや、決めた」

彦七は叫んでいた。鎧を着せられている最中でなければ飛び跳ねていたかもしれない。

「なんでござるか。まさかお逃げになるか」

彦七の右肩に袖を結いつけている慶三郎が、問い詰めるように言った。左の袖をいじくっていた末が「逃げる」という言葉に顔を硬くした。

「莫迦言え。俺は天下のために戦った小西行長の孫だぞ」

彦七は、ぐいと胸を張った。

「それは重畳。さて、終わりましたぞ、御大将」

末が袖をつけ終わったのを見届けてから、慶三郎は宣言した。鎧と御大将なる立場が彦七にはえらく重く感じた。潰されてたまるか、と念じる。

「そうだ、俺は御大将だ。集まった小西の者たちを立派に率いてみせるぞ」

慶三郎は怪訝な顔をしながら「では、後ほど」と庵を去った。

「決めたって、どうするの。彦七さま」

庵に残った末が不安げに訊いてきた。

「なに、簡単なことだよ」

決めたことは二つある。一つは実行するまで誰にも明かせない。もう一つは、家族同然だった末には聞いてほしかった。もちろん源介と絹にも。

「俺は外つ国へ行く。司祭になって、日本へ帰ってくる」

小西の者たちを起たせた一因は、司祭の不在による信仰の中断だ。彦七自身が司祭となって彼らを支えられたら、できもしない御家再興の旗印でいるよりずっといい。彦七はそう説明した。

「何年かかるか分からない。けどきっと帰ってくる。俺がみんなの告解を聴き、聖体を授け、成長に立ち会い、結婚を寿ぎ、終油を塗ってやる。天国への道を見失わせやしない」

「司祭さまになるの、彦七さまは」

末の問いに、彦七は強く頷く。

「ほんとうに、なるの」

また問われた。やはり頷くと末は顔を歪ませた。

彦七は慌てた。外つ国で司祭になれたとして、帰る日本は司祭がいてはならぬ国になっている。見つかれば斬られるかもしれない。その困難な道を末は心配してくれている。などと彦七が思ったとき、末は顔を上げた。

「ない、とは思ってたの」末はえらく早口だった。「父さまもそんなこと言わなかったし。彦七さまにもそんな素振りはなかったし、だいたいあたしのほうが齢は上だし」

「何、言ってるんだ。おまえ」

彦七は首を傾げた。

「司祭さまは妻を取れないお定めでしょう」

「そうだけど」

言ってから彦七の胸が疼いた。

「そうだったのか」

思わず零した呟きは、司祭の定めについてではなかった。

「そうだったのか、おまえ」

「だったみたい。いま、気付いた」

「そうなのか。いや、どうやら」

疼きはすぐ、沁みるような痛みに変わった。鎧が邪魔で仕方なかった。

「俺も、そうだったみたいなんだよ」

でなければ胸など痛むまい。気付くと顔が熱くなった。

「俺は、莫迦だ」

「あたしも。お互いさまね」

俺は莫迦だ、と再び彦七は悔いた。やっと自分の進む道を決めたというのに、そのせいで望んでいたはずのことが、もはや叶わなくなった。

「莫迦のついでに、真似ごとでもするかな」

彦七は努めて軽く言って、小屋の隅へ歩いた。

そこには、ちょうど全てが揃っている。銀杯に葡萄酒を注ぎ、薄煎餅を一枚摘み、司祭らしい厳かな足取りで末の元に歩み寄った。

「末どの」

しかつめらしい顔と声を作った。

「俺はまだ司祭じゃねえが、聖体拝領の真似ごとくらいはできる。お受けくださるか」

末はまじまじと彦七を見つめ、それから跪き、胸の前で両手を合わせて上を向いた。

「謹んで、お受けいたしまする」

彦七はその前に屈む。厚みのある唇に、彦七は吸い込まれそうになった。

衝動は葛藤となり、眩暈に変わった。彦七は無心で、末の唇にそっと押し当てた。末はぴくりと身体を震わせた。唇は躊躇いがちにうごめき、彦七が押し当てた薄煎餅を口の中へ送った。

彦七は銀杯を床に置いて立ち上がった。拍子に鎧が軋んだ。末は目を開き、彦七を見上げた。

「これから戦さね」

覚悟はできている、と末は言いたげだった。

「言ったろ。俺は外つ国へ行くんだ。そして必ず帰ってくる。てことはだ」

それ以上は言葉にせず、ただ笑った。不思議そうな末の顔を見届け、彦七は庵を飛び出した。


「これは、彦七さま」

松明（たいまつ）を掲げた源介と鉢合わせた。すでに外は暗い。庵の周りは枝の密な灌木に囲まれ、視界を遮っている。


「かっこいいな、源介」

思わず彦七は言った。丸い頭形（ずなり）の兜（かぶと）、継ぎ目のない仏胴（ほとけどう）。武骨な二刀。大軍に揉（も）まれて宇土城を守っていた男は、戦さ装束が良く似合っていた。

お戯れを、と源介は顔をしかめ、それから声を潜（ひそ）めた。

「いまなら逃げられます。案内つかまつりまする」

彦七はすぐには答えず、見上げた。夜空には月がなく、星もいつもより翳（かげ）って見えた。

暗いからってなんだ。彦七は自らを奮い立たせた。

「みんな野っ原にいるんだな。三百人だったか」

「おりまするが」

「大将として、皆にひとこと言っておきたい」

源介は戸惑いの色を見せた。

「いかなるおつもりか存じませぬが、なりませぬ。いまはお逃げくだされたく。末を連れて参りますゆえ、しばしお待ちを」

彦七は嬉しくなった。ずっと自分を心配してくれていた源介が、顔も知らぬ実の父より遥かにありがたかった。

だが、いまは従えない。彦七は素早く手を伸ばして源介の松明をひったくり、そのまま駆け出した。彦七さま、という悲鳴にも似た制止の声を振り切って灌木の間を抜ける。

そこで立ち竦んでしまった。

煌々と篝火が焚かれた野っ原は昼のように明るい。赤い光に照らされ、鎧った軍勢が林のように静かに居並んでいる。その姿は勇ましく、また痛々しかった。

「小西彦七だ。戦さの前に申したい」

火の爆ぜる音しかない野っ原に、その声はよく通った。

「小西の名で大事を成す日に、よく集まってくれた。祖父行長も、皆の忠節を天国から喜んでくれているはずだ」

黙していた軍勢に震えるような騒めきが立った。この日を待ちわびていたのだろう。

「大将として、行長の血を引く者として、皆に申す」

俺、こんな話し方ができたっけ。いまさら彦七は思った。駆け寄ってくる益田甚兵衛の姿を視界の左端に、寄り添うような源介の気配を背後に感じた。

「源介。済まねえが甚兵衛を止めてくれるか」

「承知」

理由も聞かぬまま、小西家の武者は短くも頼もしい返事をくれた。彦七は三百の兵を見据えて大きく息を吸った。

「小西家は、今日で終わりにする」

思い切り叫んだ。

「俺は小西の家を捨てる。今日の挙兵もやめだ。だからみんな帰れ。これは大将の命令だ。違背したら承知しないぞ」

言い切った彦七の視界の隅では、源介と甚兵衛がもう揉み合っていた。

「死ぬな。生きるんだ。信心を保つのは大変かもしれねえが、自棄になっちゃいけない」

夜の野っ原に戸惑いが広がってゆく。殺気も感じた。彦七は腹を括る。戦さを望む者たちに斬られるかもしれないが、怯んではならぬ。小西家の名の下で生まれる死を止められるのは、彦七しかいない。祖父行長は、行長にしかできぬことをやった。木村セバスチアンは己が性に従えと言った。いま、彦七のなすべきことと性は全き一致を見せている。

「何のおつもりか、彦七さま」

慶三郎が目の前に立った。端整な顔は忿怒に彩られていた。

「殴るか、俺を。なら気が済むまで殴れ。だが、俺は生きてこの戦さを止めるぞ。それでも死にたいやつは勝手に死ね。後片付けも何もしなくていいんだから、気楽なもんだな」

彦七はあえて挑発するような物言いをした。

「卑怯と思うが、言わせてくれ。小西の衆がみんな死んじまったら、末は身寄りがいなくなっちまうんだぞ。捕まれば、謀叛の連座で死罪だろう。おまえはそれでいいのか」

慶三郎は唇を噛んで押し黙った。見開かれた目は血走っていた。

「少し時をくれ。いまは俺の邪魔をするな」

彦七は慶三郎を突き飛ばし、前に出た。

「戦さはやめだ、家に帰れ」

兵たちの中に飛び込み、怒鳴る。見覚えのある男がいた。彦七がうたった結婚の式で新郎だった若者だ。彦七は若者の腰に手挟(たばさ)んであった二刀を鞘ごと引き抜き、投げ捨て、その手を取った。

「この手で妻を、大事な人を守るんだ。おまえにしかできないことだ」

若者は声を放って泣き出した。

「みんな」彦七は怒鳴った。「生きるんだ。お願いだから」

「孺子(こぞう)、何を言いやがる――」

背後から声が聞こえた。源介の制止を逃れた益田甚兵衛が、猛然と走ってくる。いつもの涼しげで賢(さか)しらな気配は失せ、抜刀していた。

「おまえから血祭りだ」

小西家に忠心などなかったことを白状し、甚兵衛は刀を振るった。その勢いはすさまじく、彦七は甚兵衛が武芸を心得ていたと初めて知った。伏せて初太刀を、這(は)って二の太刀を、転がって三の太刀を何とか避(よ)ける。

「やめぬか！」「やめろ！」

源介と慶三郎が、左右から飛びかかった。激しい揉(も)み合いになったが、やがて甚兵衛は脱力したように刀を取り落とし、へたり込んだ。

がらがらと硬いものを投げ捨てる音がそこかしこから上がっていた。三百を数えた小西の兵(つわもの)どもは鎧や兜を脱ぎ捨て、兵であることをやめていた。

四

九月も十日を過ぎた辺りから、長崎に夥しい軍兵が集結した。徳川将軍の権を代行する長崎奉行が九州の諸大名に命じたものであり、その数は一万に近かった。

武威を背景に、長崎奉行は行列や人の集まりを厳しく取り締まった。また放置していた海外追放者を残らず、十善寺なる仏寺へ軟禁した。各門派の司祭や同宿、付き従う者、身分ある信徒など計五百五十名ほどが小振りな寺に押し込められた。

例年通り、北風が立ち始めた。追放の船は三便に分かれ、最初の便では高山右近なる元大名をはじめ、合わせて百四十八名の信徒とイスパニヤ寄りの聖職者が、呂宋に向けて出発した。

とんで三便目は十月七日、無人となった教会の破却が進む中で出発することとなった。当日、対象者は薄い粥に香の物という仏寺らしい朝餉を摂ってから十善寺を出発した。

「腹が立つくらい、いい日和だな」

列の中ほどで岐部渇水が呟く。その蓬髪は彼をこれから外つ国に送る風に揺れていた。

「雨より、いいでしょう」

隣を歩く小西彦七は、そう答えて見上げた。空は朝らしい淡い青色に染まり、刷毛で描いたような雲が透けていた。

道の左右には、壁のごとく軍兵が並んでいる。彼らは追放者の列が乱れぬように、また事前に禁じていた見送り人が出ぬように、厳重に見張っていた。

「上方が騒がしいって聞いたが、それでもたった一声で長崎にたちまち軍勢を集められる。これが将軍さまの威ってやつか」

まるで先だっての騒動を知っているかのような岐部の言葉に、彦七はひやりとした。

ひと月と数日前、月のない夜。小西行長の旧家臣たちが企てた挙兵は、人知れず潰えた。

彦七は声を嗄らして断念を叫び、無為の死を思い留まるよう説いた。集まった者たちは戸惑い、次に怒り、さらには慟哭し、最後には鎧を脱ぎ捨てた。首謀者であった益田甚兵衛はそのまま行方をくらました。

夜、思い思いに拾った木切れを松明にして長崎の町へ帰る人々の列はよく目立ったが、挙兵をミイサの集まりに偽装していた甚兵衛の策のためか、はたまた諸大名の軍兵がまだ集まっていなかったからか、奉行所から咎めを受けることはなかった。

「生きてみます。困難な世なれど」

他と同じく鎧を捨てていた慶三郎は去り際、彦七にそう言ってくれた。

彦七は源介一家とともに庵で一夜を明かした。源介は号泣とすすり泣きを繰り返し、忙しそうだった。絹と末は、極度の緊張と突然の弛緩に気持ちが追い付かないようで、茫然と座っていた。

誰も寝ようとしないから、彦七もおとなしく座っていた。やっと、かつ多少、源介の様子が落ち着いたところで彦七は切り出した。

外つ国へ行き、司祭になる。必ず日本に帰り、キリシタンたちの信心を支える。

言い終えると源介は目を見開いた。初めて聞いた絹は顔を上げた。知っていた末は悲しげに、だが見送るように微笑んでくれた。

うれしゅうござる、と源介は呻いた。

「彦七さまが、自らお決めになるまでご立派になられたことが、何よりうれしゅうござる。この益田源介、小西の御家に仕えて以来、今日ほど喜ばしき日はございませなんだ」

一睡もせず迎えた翌日、素知らぬ顔でセミナリヨへ行った彦七は渡航の希望を告げた。まだ年端もゆかぬ点が引っ掛かったらしいが、より年少の渡航者がいたため、コンパニヤ本部は渡航者名簿に「Mancio Konishi」と書き加えてくれた。

数日後、諸聖人教会へ集った生徒たちは、セミナリヨの閉鎖と追放対象者の十善寺への移動を告げられた。キリシト御出生以来一五八〇年に有馬と安土に設けられてから、三十年以上にわたって多くの子弟を育ててきた学校は、静かに終わりを迎えた。彦七は日本に残る慶三郎と、南蛮人のように手を握って別れた。

その日、絹と末は炊事に精を出していた。彦七が帰ってくると白い米、鯛、いつもより実の多い汁、源介が買い求めてきた菜や煮物が夕餉に並んだ。ちっとも学問をしなかったこと、帰ってくるときは必ず石を投げてから塀を乗り越えてくること、嘘が下手なこと、寝小便が多かったこと。彦七はそんな話をあれこれと聞かされた。ずっと聞いていたいと思った。

――口と顔は毎日きちんと清められませ。

楽しげな話が途切れたところで、源介にそう言われた。二年前、セミナリヨに入るための旅立ちのときと同じ言葉だった。

夜更かしは禁物でござるぞ。食事に文句を言うてはなりませぬ。恨みは忘れ、云々。説く源介も、聞く絹と末も泣いていた。彦七は一言一句を胸に刻み込み、十善寺へ入った。

「寒いな」

軍兵に睨まれて港へ行く行列の中、岐部渇水が苦々しげに呟く。

「天川（マカオ）は暑いと聞きますよ」

目的地について彦七は軽く言った。

「静かにしておけ。咎められるやもしれぬ」

前を歩く黒い長衣の司祭が、振り向いてきた。木村セバスチアンだ。相変わらず表情のない顔は恐ろしくも見えたが、たしなめるのではなく、助言してくれたようだった。

十名を超える司祭が、長崎奉行所の目を盗んで日本に残留することになっている。迷っていると言っていた木村セバスチアンに十善寺で再会して、彦七は驚いた。海外への脱出を選んだ木村の葛藤は、むっつり閉じた口の端からうかがえた。

ずっと賑やかだった長崎の往来は、最後の追放者を迎えて冷たく静まり返っていた。商人や手（て）代（だい）、珍しげに見世棚を見回す通行人、髪や目の色、衣服が様々な外つ国の人の代わりに、今日は物々しく鎧（よろ）った軍兵だけがいた。

港には二隻（せき）の船が待っていた。甲冑に身を固めた長崎奉行たちに見送られ、コンパニヤの人々はプレステ・ジョアン号なるポルトガル船に乗った。

「また外つ国へ参りたいとは思っていたが、このような形になるとは」

出航の準備に忙しい船上で寂しげに言ったのは、原マルチノだった。聡明さを示すように秀（ひい）でた額は艶を失っていた。

「だから、あんたは頭が固いって言ってるんです」

などと岐部渇水はフェレイラ司祭と話し込んでいる。フェレイラは有馬セミナリヨの立ち退き後に赴任した京でそのまま潜伏を試み、露見（ろけん）して長崎に送られてしまった。

「日本にデウスの御恩寵（ガラサ）あらんことを」

長く宣教に身を捧げ、最後の日までセミナリヨ院長を務めたコーロス司祭が、しわがれた声と日本の言葉で呟いた。彼を囲んでいたセミナリヨの教師たちも十字を切り、俯いた。

錨（いかり）を上げたプレステ・ジョアン号は、帆（ほ）を張らぬまま引き潮に乗って動き出した。長崎の景色が遠のき、船が入り江を出るというところで水夫（かこ）たちは帆柱に攀（よ）じ登り、帆を張り始める。

数人を乗せた小舟が浜の岩陰から現れ、人の背丈ほどの高さの十字を掲げた。日本に残る信徒であろう。奉行所に見つかる危険を顧みず、見送ろうとしてくれているらしい。

「ならぬ！」

誰かが叫んだ。木村セバスチアンだった。

「やはり信徒を見捨てるわけにはゆかぬ。儂はさようなことのために司祭になったのではない」

いつもの謹厳さをかなぐり捨て、木村は獣のように叫んでいる。

「儂は日本へ残る。誰か、ついてくる者はいるか」

「行きます、いや残ります！」

真っ先に手を挙げたのは岐部渇水だった。

「おぬしは駄目だ。司祭となる誓いを果たせ」

「いまさら」渇水は吠えた。「司祭かどうかなんて、何の関わりがあるのですか、木村どの」

「関わりは、ある」

激高する同宿の肩に手を置いたのは、フェレイラ司祭だった。

「日本の信徒に必要なのは秘跡と、それを行える司祭だ。きみはまだ、その任に堪えない」

渇水は身を翻してフェレイラに摑みかかった。

「あんた、いやこの野郎。俺が任に堪えぬとは何て言い草だ」

「きみが戻ってくるまでは私たちの仕事だと言っているのだ」

フェレイラ司祭の声は優しかった。渇水はひとつ叫び、手を離して舷墻を殴り始めた。フェレイラは「待っているぞ」と言い残して、木村の前に立った。

「私も残る、よろしいな」

「無論」

短く言葉を交わしたふたりは長衣のまま舷墻を攀じ登り、振り向きもせず姿を消した。彦七は舷墻に駆け寄った。海面には白い水柱がふたつ上がっていて、すぐに船の航跡に呑まれた。

それから、次々と海へ飛び込む者が出た。幾つもの水柱と水音が上がり、離れていった。

「祈りましょう。日本に残る諸君のために、残される信徒たちのために」

声を張って手を合わせたのは原マルチノだった。彼とともにローマへ行った仲間のうちひとりはすでに棄教し、ひとりは一昨年に亡くなった。もうひとりは日本潜伏を選び、この場にいない。

彦七も手を合わせ、刻々と小さくなってゆく日本の地を睨み続けた。

追放船から海に飛び込んだ幾人かを合わせ、日本残留を選んだ者は司祭十八名、修道士九名、同宿以下二十名の多数に上った。

第三章　ペティト

一

長崎で伴天連が追放された翌年、慶長二十年の五月。

夏の陽射しが焙る大坂の平野に、大軍が蠢いていた。

徳川家は二度目の陣触れを発して天下の軍勢十六万を動員、大坂城を一気に揉み潰そうとしている。対する豊臣方は前年の戦さでは敢闘したものの、和睦のため城の堀も外郭も破却されてしまい、兵は六万を下回るまでに減った。戦さの帰趨は誰の目にも明らかだった。

征夷大将軍、徳川秀忠は歩騎二万の軍を率い、南東から大坂城を目指している。槍や鉄砲を持った御家人たちが前衛を務め、書院番の二百騎は本陣の正面を固めている。

番士、井上政重も手槍を引っ提げて隊列に加わっている。油断なく鎧った全身には戦意が漲り、口取りに曳かせている乗馬にはたっぷり豆を与えてある。

「殿、よろしゅうござるか」

徒歩立ちで従う家臣、伊奈虎之介が左から声を発した。政重は上体を曲げて顔を寄せた。

「死なないでくれよ。俺は牢人暮らしなぞ真っ平ごめんだ」

かつて友人だった家臣は武士にあるまじき言い回しで激励してくれた。

「任せろ。必ずや命と手柄を持って帰る」

決意そのままを答えた。政重は妻と添い遂げると決めている。そのためには生きて、一日も早く貧しい暮らしを脱さねばならない。虎之介が「頼むぜ」と応じたとき、地鳴りを思わせる低く太い音がした。遠くで一斉に鉄砲が放たれている。

「始まったぞ」

番士の誰かが叫ぶような剣幕の小声で言う。進軍の足を止めぬまま、書院番の隊列に興奮の気配だけが漣のように広がってゆく。

政重は上体を起こして目を凝らす。秀忠軍の前方やや左、大坂城へ連なる台地には戦さを思わせる砂塵が膨らんでいる。さらに左、つまり南、徳川方の後方には大御所が陣を敷いている。豊臣方は守り切れぬ裸城を出て、真っ直ぐ大御所の首を取りに行ったらしい。

背後の将軍本陣で鉦が連打された。

「急げ、駆けよ」

書院番の頭が鉦の意を言葉に変えて怒鳴り、行軍の騒音は忙しくなる。五の字を記した旗を背負った本陣の伝令が数騎、馬蹄を轟かせて駆けていった。

政重は馬を曳く口取りに「急ごう」と命じ、振り返った。将軍の在所を示す金扇の大馬印が輝き、その周囲は赤や萌黄の鮮やかな旗が幾重にも囲んでいる。書院番と並ぶ徳川の精鋭、花畑番の旗だ。累進を重ね、いまや一万石を賜り大名に列せられた兄の井上正就が率いている。

兄に追い付きたい。憧れを交じえながら政重は常々思っている。追い付いてこそ、兄からもらった恩に応えられるはずだ。妻子と並ぶ人生の目的を思い起こし、前に向き直る。

そして、つんのめった。馬が急に足を止め、政重はその首に上体をぶつけてしまった。

「どうした」

口取りに訊くより早く、前方の遠くから次々と銃声が上がった。喊声が続き、秀忠軍は急ぐどころか足を止められた。

「ひっ込んでいれば討たれまいに」

気持ちが逸る政重は、立ち塞がっているらしい豊臣方に憐れみすら覚えた。秀忠軍が進む先には、先陣と二の陣合わせて数万の大軍を前に置いている。豊臣方は少ない兵をふたつに分けて大御所と将軍を同時に襲撃しようとしているらしいが、兵の多寡はいかんともしがたいはずだ。

だが、時を要さず戦況は政重の予想を裏切った。

台地上の砂塵と硝煙は、いつの間にか大御所の陣辺りに到達していた。豊臣方が突破に成功したらしい。

政重たちの前方で、接敵できぬまま足止めされていた二の陣の諸将が大御所の救援に向かった。直後、先陣が瓦のごとく割られた。死兵となった豊臣の兵は絶叫しながら二の陣がいなくなった荒野を駆け、秀忠軍に襲いかかる。数で勝っていたはずの徳川方は突如、大御所と将軍ともども攻められる苦境に立たされた。

「これが戦さか」

政重は馬上で震えた。去年の大坂城攻めにも従軍していたが刀を抜く機会がなく、今日が実質的な初陣だった。

鉄砲、槍衾、徒武者の列を、豊臣兵は紙障子を破るよりたやすく突破してゆく。悲鳴を踏み潰しながら、狂気じみた喊声が政重の近くまで迫ってきた。

「下馬せよ、下馬じゃ」

頭が命じる。馬で駆け回る余地のない混戦になると判断したらしい。政重が急いで馬を降りると、口取りと目が合った。恐ろしくて歯の根が合わぬという顔をしている。

「虎之介。馬と口取りを頼む。後ろに下がってくれ」

命じると、たったひとりの家臣は拗ねたように口を尖らせた。

「俺とて士分の端くれ。戦さを目の前にして後ろにすっ込んでろってお命じか」

「おぬしの功は主の俺が決めるから安心しろ。馬は良いとしても、おぬしと口取りを殺してしまっては、寝覚めが悪い」

「殿よ」

虎之介はふいに表情を緩めた。その間にも戦さの喧騒は近付いている。

「おまえは優しすぎる。そんなんじゃ、やっていけねえぞ」

「できれば、このままでやっていきたい。その俺を向後ともどうか支えてくれ」

言い残すと政重は抜刀し、駆けた。周囲の番士たちも口々に喚き、迫る敵に斬りかかる。

「山か采か！」

政重は合言葉を叫び、答えられぬ者に片っ端から斬りかかり、追い払う。

豊臣兵は強かった。数こそ少ないが鬼も仏も斬るような気迫で押してくる。政重は前に進まんとするが、少しずつ下がっていた。

背後から雄々しい喚声が上がった。花畑番が前進を始めたらしい。将軍のお側にくっついているより進んで火の粉を払うべき。花畑番を指揮する正就はそう判断したのだろう。兄の果断さに政重も奮い立った。

「お歴々」

声を張り上げる。

「我ら書院番、君辺を護り奉る徳川の御旗本なり。いままで後ろに控えていた花畑番に頼っては情けなし。奮われよ」

何の役も格もない政重の言葉に、周りの番士たちは「応」と叫び返してくれた。

やがて戦況は変わった。

豊臣方は数の不利を覆せず、無数の死体を残して後退した。徳川方は急追する。足の速い者たちが大坂城に達したころ、朝まで豊臣の陣所だった天王寺の茶臼山に大御所の馬印が揚がった。

秀忠軍も天王寺に進出し、大御所に合流した。花畑番と負傷者が残り、他の士卒は城下の制圧を命じられた。

政重が徒歩立ちのまま入った大坂城下の町は、まばゆく輝いていた。陽がもう暮れかけている。光の源は町を呑み込む火焔だった。

かつて天下の富を集め、江戸が将軍の府となった以降も栄えていた大坂は、禍々しい混乱の中にあった。逃げ切れぬ、あるいは死に切れぬ豊臣の兵が燃え盛る炎の下で徳川方に追われ、なぶられ、次々に首を取られていた。

庶民と思しき身なりをした首のない死体がそこかしこに転がっていた。兵の首と偽って手柄にされるのだろう。乱妨取り（掠奪）も、ほうぼうで行われていた。徳川方の兵たちは火が移り始めた家々に押し入り、持てる限りの物を巻き上げてゆく。

物だけではなく、連行される人の数も夥しい。若ければ働き手として高く売れるし、幼くてもそれはそれで需めがある。時折り、斬られた老人が斃れていた。生死を分けたのはたぶん、買い手がいるかどうかだろう。

泣き叫ぶ女の声には、たいてい複数の野太い笑い声がくっついていた。聞こえるたび、政重の胸に妻の顔がよぎった。

「これが、戦さか」

決死の敵を認めたときに漏れた言葉が、まったく別の感慨とともに口を衝いた。

「違う。これは」

地獄だ。政重はそう思った。

そもそもは豊臣家が徳川に恭順すれば戦さはなかった。こたびは戦さを絶やすための戦さとも言える。徳川に歯向かう勢力はいなくなるのだから。だが、そのような理屈が、奪われ、さらわれ、手籠めにされ、殺された人々の悲惨に釣り合うとは、とても思えなかった。

「俺は、いったい何をしに来たのだ」

火に包まれ、乱妨取りが続く大坂の町を、政重はただ歩いた。

炎が造る辻を曲がると、三つの死体が転がっていた。二つは揃いの御貸具足、一つは派手な鎧を身に着け、肩に徳川の合印である白布をつけている。死体に囲まれて、血に濡れた刀を握った鎧武者が佇んでいた。

「この者ら、たいそう不甲斐なかった。勝ちに驕っておったのか、儂に傷一つ負わせられなんだ」

政重を認めた鎧武者は、戦場とは思えぬ気さくな様子で話しかけてきた。互いの隔たりは十歩ほどだった。

「そなたはどうする、儂とやるかね」

「――望むところ」

政重は刀を青眼に構えた。戦う気力はすっかり失せていたが、戦わねば不快な戸惑いに潰されてしまいそうだった。

「覚悟やよし」

武者は笑った。その鎧は立派なもので、豊臣の直臣か、牢人であってもかつては高位であったことを思わせた。黒く磨かれた胴には金色の十字が描かれている。キリシタンなのだろう。禁教が進む中、一縷の望みを託して豊臣に馳せ参じた信徒が多いとは政重も聞いていた。

「もと徳川家中、青山数馬。運が良ければ儂の首、そなたの手柄にせよ」

青山なる武者は猛然と突進してきた。政重が耳を疑う暇も与えず、白刃が迫ってきた。速く、正確で、重い斬撃が次々と繰り出される。政重は刀で、あるいは兜や鎧の胴でなんとか受けていたが、やがて刀を弾き飛ばされた。後ろへ飛びのいて脇差を抜いたときにはもう、素早く踏み込んだ青山が再び間合いを詰めていた。政重の喉を目がけて突っ込んできた切っ先が、炎で紅く光った。

やられる。

観念した瞬間、青山は身体を崩した。何かに足を取られたらしい。迫っていた切っ先は政重の首を引っ掻いただけで抜けていった。政重は夢中で抱きついた。同時に突き上げた脇差は、青山の左脇から鎧の隙間に吸い込まれた。

「見事」

政重に抱きつかせたまま、青山は震える声で称賛した。

「徳川に人の魂を救う力はあるのかね」

おそらく肺腑を貫かれているはずの青山は、なお話し続ける。その奇妙な問いは政重の自問と符合していた。

「さような大きな話、俺には分からぬ」

正直に答えた。脇差を握る手を、青山の身体から滴る熱い感触が包んでゆく。

「あってもらわねば困る。儂はもう、おぬしに首を、徳川に天下を託すことしかできぬのだから」

青山の身体が急に重くなった。政重は全身の力を振り絞って膝を折り、腰を屈め、青山をそっと地に寝かせた。脇差を抜く。血はそれほど出なかった。もう絶命しているようだった。

「首を、託す。天下を、託す」

もらったばかりの言葉を、政重は繰り返した。徳川の士として、出頭を志す身として、戦さが招いた地獄を見た者として、己はどうすべきか。答えは容易に得られそうにない。

その日、炎は大坂城の天守に達し、昼より明るい夜の城下では乱妨取りが続いた。

翌五月八日、本丸隅の土倉に隠れていた豊臣家の若い当主と母が自害する。

徳川家最後の敵は滅び、書院番士井上政重は首一級の戦功を挙げた。

秋雨が煙っている。

障子を開け放した居間から望む景色は、灰色の濃淡に塗り潰されていた。草を抜くほか何の手も入れていない庭は、天候にかかわらず表情がない。

政重は、非番であるのをよいことに朝から居間でぼんやり過ごしていた。

大坂再陣と呼ばれる戦さから、一年と少しが経っている。豊臣家を滅ぼした徳川家は諸大名に城の破却を命じ、禁裏と公家には法度を定め、帝の専権である改元にも容喙した。その年、慶長二十年は元和元年となり、明けた今年、元和二年の春。天下を平らげた大御所徳川家康は没した。

政重は書院番士のままでいる。住まいも鄙びた小日向の拝領屋敷のままだった。

大坂で首を取った青山数馬なるキリシタンの侍は、禁教で退転するまで駿府で大御所に仕えていて、武勇と清廉な人柄が畏敬を集めていた。その青山を討ち取った政重は名を挙げたが、嘘かまことか十や二十の首取りを申告する者が数多くいて、褒美は金十枚に留まった。

以来、腑抜けている。朝の鍛錬も習慣であった書見も、すっかり手につかなくなった。勤めは大過なくこなしているが、上役には「覇気がない」などと眉をひそめられている。

腑抜けた理由は褒美の多寡ではなかった。

――進むべき道が見えぬ。

その疑問が胸に居座り、気力をすっかり追い出していた。何かやろうとするたび、巨大な炎と破壊が渦巻く大坂の光景がありありと蘇る。あのような狂気にいくばくかでも加担していたと思うと、何もできなくなってしまう。

とはいえ、いまの暮らしのままでは苦しい。

五百石。

妻子、格式に必要な従者と衣服、武具と馬。いろいろ計算してみると、その辺りの禄（ろく）なら収入と支出が均衡（きんこう）し、多少は余る。職務も上役の言いつけ通り帳面（ちょうめん）をまさぐっておけば済む程度で、何をしても天下は微塵（みじん）も揺るがない。政重のせいで誰かに不幸が降りかかることはない。

殿、と襖（ふすま）の向こうで伊奈虎之介の声がした。大坂の戦さでは口取りと馬を守り、いまも実直に仕えてくれている。

「主計頭（かずえのかみ）さまがお見えだ。雨だから、もうお通ししてある」

政重は跳（は）ね起きた。主計頭とは兄の正就が授かった官位だ。急いで襖を開けると、月代（さかやき）と両肩を雨に濡らした虎之介が、家臣らしく跪（ひざまず）いていた。

「兄上は客間においでか」

「あっちは雨漏（あまも）りしているだろう。殿の書斎が空（あ）いていたから、そちらでお待ちいただいている」

旗本の端（はし）くれである政重が拝領した屋敷はそこそこ広い。営繕にも金がかかるから、暮らしに障りのない傷みは放置していた。

「お供の衆はどうしている」

正就は一万石の大名だ。外へ出れば数十の供を連れ回す身分であり、それだけの人数に雨を凌（しの）がせる場所など、さすがに政重の家にはない。

「駕籠（かご）かきの他は士分のおひとりしか連れておられなかった。別間で休んでいただいている」

「分かった。ご苦労」

貧しい身代（しんだい）であったころと変わらぬ兄の質実な振る舞いに感心しつつ、政重は足早に歩いた。

開いた書斎の襖の前で、十五歳になるひとり息子の松丸が端座していた。兄にきちんと挨拶しているらしい。しっかりした息子だ、と親莫迦なことをしみじみ思いながら、政重は松丸の隣に座った。

「兄上、お待たせいたしました」

書斎の内では、兄の井上正就がいつも通りの冷たい面持ちで座っている。鼠色の小袖に黒い袖なしの羽織、同じく黒の袴。大名とは思えぬほど地味な出で立ちだった。

「では、わたくしは失礼いたしまする」

松丸はぺこりと一礼し、控えめな足音とともに下がった。

「急に訪うてしまい、済まぬな」

「いえ、嬉しゅうございます」

政重は主君にまみえるような緊張を感じ、書斎に入った。

「松丸も大きゅうなった。直く育っておる様子、祝着じゃ」

珍しく兄が褒めた。だが政重が松丸の逸話を話そうとすると、「すぐ帰るゆえ」と兄は用件を切り出した。

「今、竹千代君の小姓と近臣が選ばれておる。ご元服も間近いゆえな」

将軍の次男、竹千代は当年とって御年十三歳。長男が早逝したため、徳川家と将軍職を継ぐ世子の立場にある。近くに置かれる者たちは、将来の将軍をお側で支える股肱の臣たるを期待されて選ばれる。家柄と才覚から選り抜かれるのであろう。つまり政重には何の関係もない。

「さようで」

と素っ気ない相槌になってしまった。

「おぬしも竹千代君付きに選ばれておる」

「俺が、ですか」

政重は己が耳と兄を疑った。耳は細い雨音もしっかり捉え、兄は静かに頷いている。

「日ごろの精勤に加え、大坂再陣で青山数馬の首を挙げし勇が理由と聞いておる。一通りの人選はすでに済み、御年寄衆（老中）にて詮議中じゃ。上さまのご裁可を得て決まりとなる」

「選ばれますでしょうか。俺は」

問い、内心で政重はほくそ笑んだ。後の将軍の近くに仕える身となれば、将来の出頭は間違いあるまい。目指していた知行五百石も夢ではない。

「まず間違いあるまい」

吉報であるはずの話を、吉も凶もないという調子で兄は言う。

「上さまも御年寄も、おぬしの顔など知らぬ。否とされることはまずない。間違いなく、おぬしは竹千代君付きに取り立てられる。ただの」

えらく寂しい理由を述べて、正就は一度言葉を切った。

「儂はおぬしのお取り立てを待つよう申し出た」

「と、おっしゃいますと」

何をしてくれたのだ、と政重は少し腹が立った。

「いずれ将軍職を継がれる竹千代君付きとなれば、才覚と運次第では政に参与する身となる。一身の栄達のみを望む輩にはふさわしからず。研鑽を怠るがごとき者には務まらず。おぬしの志は奈辺にありしか、御家と天下に尽くす気概ありしか。それを儂は確かめたかった」

正就は現将軍の近臣として重用されている。加えて弟の政重が次期将軍の側に侍れば、絶大な権勢を振るえる。誰もが思いつき、誰しも目論みそうなことを、兄は露も考えていない。堅物だ、と政重は兄に半ば呆れ、同時に正視しがたい眩しさも覚えた。

「白湯をお持ちしました」

襖の向こうから政重の妻、志茂の声がした。政重は慌てて襖を開けた。

「酒とか、何ぞ気の利いた肴はなかったのか」

己の小さな身代を恥じる思いが裏返り、きつい口調になってしまった。

「なにさ、せっかく持ってきたのに。そんなら、あんたがお探しよ」

武家の妻らしいしおらしさを、志茂は未だ持ち合わせていない。

「兄上はもう大名でおわす。白湯ではさすがに」

「湯を沸かすのだって大変なんだよ。あんたも火くらい熾してごらんよ。薪を入れて、焚き付けを盛って、火打石を叩いて、竹筒でふうふう吹いてさ」

政重は気圧されながら、やはり志茂と一緒になってよかったとも思った。稼いでこい、などと言ってきたことは一度もない。

「よい。お構い無用と儂から願ったのじゃ」

兄がするりと話に割り込み、志茂は得意げに鼻を一つ鳴らしてから去った。残された丸い盆には湯気の立つ碗がふたつと、霰餅を盛った小皿が載っている。政重がそっと盆を滑らせると、兄は碗を取って白湯をすすり、うまかったのか目を細めた。

「で、どうだ。おぬしはどうありたい」

政重は碗も霰餅も手に取らず、目を伏せた。

「どう、と問われましたので答えまするが」

政重は口だけを動かした。

「五百石の禄が欲しゅうござる。それ以下では暮らしが苦しく、それ以上では役柄が」

重い、という言葉は続かなかった。ただ身入りだけに執着する己の卑しさに嫌気が差した。だが、重い。どう考えても重い。

兄は僅かに顎を引いた。他人なら身を乗り出すくらいの動作であると政重は知っている。弟が深い悩みを抱いていると、悟ってくれたらしい。

「俺は」

政重は声を絞り出した。

「出頭を志していました。妻子を養える暮らしを立て、兄上のご恩に報いたかったからです」

「そうであったな」

「ですが今は何もしたくありませぬ。大坂での戦さからこのかた、何も手につかぬのです」

兄は顔色一つ変えず、続きを待つように黙している。しばらくは雨音だけが、ふたりきりの書斎にあった。

「あそこでは、ひどい乱妨取りがありました。徳川が攻めねば、大坂に住んでいた者たちはあんなひどい目に遭わずに済んだかもしれませぬ。もし俺が豊臣方であれば、志茂や松丸はどうなっておったでしょう。一介の番士にはすぎたる想像ですが、出頭すれば政にもますます関わります。もし俺が、誰かの志茂や松丸を、などと思うと恐ろしゅうてなりませぬ」

雨足が強くなった。あの日の大坂にも降ってくれていれば、政重が見た景色は幾分かましだったかもしれない。

「俺が首を取った侍は死に際、徳川に天下を託すと申しました。徳川は、俺は、その任に耐えましょうや」

膝に雫が落ちた。侍が泣くなどみっともないと思いつつ、雫はもうふたつほど零れた。

「士とは、侍とは、恐ろしき身分でござる。変事に臨んで人を殺め、平時であれば人を治める。畢竟、俺は志茂と松丸を食わせる禄、兄上のご恩に報いる誉れが欲しかっただけなのです。大坂再陣でやっと気付きました。さような俺に何ができましょうや。他人を殺め、治める資格が、かくも浅ましき俺などにありましょうや」

志を見失った弟を兄は正視している。

「天下を託されるに足るや否や。その答えは、我ら徳川の士にかかっておる」

正就の声は静かで、だが強かった。

「己が利得しか考えぬ下愚から、意を異にする上知まで、ご政道には様々な者が関わる。もし過ちがあらば、世はたちまち乱れよう。ゆえに我らは上さまをお支えし、天下に義を立てねばならぬ。それは我ら徳川の士、上さまの直臣にしかできぬ」

「我らしか」

「さよう。おぬしは選べる。お志茂どのと松丸が生きる世を正し、支えるか。誰かが乱したる政に振り回されるか。どちらがよい」

政重の身体が震えた。大坂の町を包んだ業火の爆ぜる音が、そこに溢れていた悲鳴が、首を託された武者の言葉が、再び聞こえたように思った。

「兄上」

政重は言った。大坂を灼いた火を、妻子に及ぼしてはならない。その唯一の道は天下の安寧であろう。

「俺は、世を支えとうござる。叶うことならば」

ふむ、と正就は唸り、立ち上がった。

「であれば、早う出頭せよ。儂は敵が多い。おぬしがおれば助かる」

「出頭いたしまする」

妻子、兄、天下。そして己。全てが重なった。この感覚を忘れてはならぬ、と政重は思った。

二

マカオ市は大明国の南、細い地峡の先に膨らんだ小さな陸地の上にある。

もとは媽閣廟なる神廟を祀った鄙びた漁村だった。年に銀五百両の地代で居住を許されたポルトガル人が港町を築き、廟の名をもじってマカオと呼んだ。以来、この地はポルトガルが営む東アジア貿易の重要港として発展した。

各国の産物がマカオに集まり、また運ばれていった。街区にはヨーロッパ風の瀟洒なモルタル壁と中国風の重厚な瓦屋根が交ざり合い、ひしめいている。酒場には昼からリュートの音色と歌声が流れ、『西遊記(さいゆうき)』や『水滸伝(すいこでん)』に材を取った演劇はいつも大入りとなる。教会には痩(や)せた貧民から、奴隷に日傘を持たせた富豪までが祈りに訪れ、壮麗(そうれい)に改築された媽閣廟は濃密な線香の煙と参拝者が絶えなかった。

街のほぼ中央、小高い丘の上には、イエズス会が運営する神の母(マードレ・デ・デウス)教会がある。「天上聖母」の号を持つ媽閣廟の祭神を聖母マリアになぞらえて名付けられ、修道院、小神学校(セミナリオ)、神学校(コレジオ)を併設している。

繁栄と並び、多雨による湿気混じりの酷暑もマカオの名物だ。ことに一六一六年の夏は暑かった。例年より遅く暑さが和(やわ)らいだ十一月の半ば、晴れ渡ったある日の昼下がり。ぴったり二十名の一団が神の母教会へ至る花崗岩(かこうがん)の階段を昇っていた。揃って藍(あい)色のマントを羽織り、眉根(まゆね)は決意を示すように険しい。彼らは大きな教会堂をかすめ過ぎ、脇にある二階建ての司祭館の前に立った。

一団の先頭にいた蓬髪(ほうはつ)の男が、重厚な樫(かし)の扉をぐいと引き開けた。中は広い執務室になっていて、聖職者たちが黙々と机に向かっている。薄く削った貝殻をはめた格子窓からは柔(やわ)らかな外光が射していた。

「小神学校の生徒、岐部渇水(きべかっすい)です。日本管区長さまに話があります」

わりあい流暢(りゅうちょう)なポルトガル語に強い殺気を滲(にじ)ませ、蓬髪の男は執務室に踏み込んだ。

「落ち着いて、渇水さん。喧嘩(けんか)はだめです」

追いかけて横に立った小西彦七(こにしひこしち)のささやきも、つられてポルトガル語になった。

とつぜん現れた日本人生徒たちと、その最前でがなり立てる渇水に、執務室の人々は怪訝(けげん)な顔を向けた。

「どいつもこいつも、寝屁垂れた牛みてえな間抜け面を並べやがって」

学習に怠りない岐部渇水は、声を殺した呪詛まできちんとしたポルトガル語になっていた。

「同じく小神学校生徒の小西マンショです。まず急に訪れたこと、お詫びします」

彦七はさりげなく交渉役の座を奪った。このまま渇水に任せておくと、せっかく乾季を迎えたマカオに血の雨が降る。

「ぼくたちは管区長さまにお願いがあって参りました。お取り次ぎ願えませんか」

言いながら、彦七は自身のポルトガル語の上達に感心してしまった。なにせマカオへ渡ってちょうど二年になる。齢も、生まれ年を一歳とする日本の数え方なら十七になった。

待ちたまえ、とひとりの司祭が立ち上がり、奥の扉へ向かった。面倒だと言わんばかりの足取りに彦七はむっとし、同時に腹がぐうと鳴った。

「おまえ、食い意地だけは相変わらずだな」

表情を和らげてからかってきた渇水も、腹の辺りを労るように撫でていた。

今日、彦七たち日本人生徒は朝から茶の他、何も口にしていない。宿舎に食材がなかったからだ。これまでもたびたび食事が抜かれ、あるいは減らされている。

そもそも生徒たちは、生徒という資格を与えられながら小神学校に通うことも許されず、大振りな民家に押し込められている。授業はあったりなかったりで、食事よりなお不安定だった。生徒たちの不満は今日、付け火に遭うように朝と昼の食事が抜かれ、ついに燃え上がった。抗議しよう、ということになり、日本管区長に直談判に来た。

「まあ、身体は軽いほうが喧嘩もやりやすい」

「だから喧嘩はだめですってば」

渇水をたしなめ、彦七は後ろを振り返った。思いつめた顔で居並ぶ生徒たちの齢はまちまちだ。彦七は最年少で、最年長は渇水だった。

えらく減ったものだ、と彦七は人数について寂しさを感じた。


二年前の冬、日本を追放された司祭（パードレ）と同行者を乗せた船は十日の航海を経てマカオの港に入った。埠頭（ふとう）に降り立った人数は約二百名。うち日本人は司祭三名、修道士（イルマン）二十三名、神学生二十八名、日本で同宿（ドウジュク）と呼ばれていた伝道士（カテキスタ）二十五名、信徒八十五名だった。

少数の司祭が残留したとはいえ、数十万の信徒が日本国内で孤立するという事態を、イエズス会が傍観（ぼうかん）することはなかった。日本の状況はすぐさま東インド各地の教会に知らされ、日本への潜入（せんにゅう）を希望する聖職者が続々とマカオに集まった。

神の母教会に併設されている神学校には、日本人の司祭、修道士が教授する日本語学院が開かれた。また辞書や文法書などの日本語教材が大急ぎで作成、印刷された。

早くも翌年には、日本でセミナリオ院長を務めていたコーロス司祭ら五名が交易船に便乗して日本へ潜入した。ローマで司祭に叙階（じょかい）された荒木トマスという日本人もちょうどマカオにいて、同行した。

マカオと同様に日本のクリスチャンを受け入れていたイスパニヤ領ルソンでも、各修道会が相変わらずイエズス会を非難しつつ、会士を日本に潜入させていた。

そのような努力がありながら、日本のクリスチャンを取り巻く状況は悪化の一途をたどっていた。

司祭追放の直後、肥前の口之津や有馬で激しい弾圧があった。摘発された信徒は裸にされ、打擲され、額に十字の焼きごてを押されるなどの拷問を受け、さらには五十名近くが斬首された。キリスト教世界全体で、日本は殉教の数と凄惨さで突出し始めていた。

また豊臣家が攻められ、滅びた。かつてキリスト教を弾圧した豊臣家だったが、反徳川という政治的な立場から近年ではキリスト教の庇護者たる期待をかけられていて、その滅亡はイエズス会関係者に深い衝撃と悲しみを与えた。

日本とマカオは、季節ごとに向きを変える風が繋いでいる。順風であれば十日強、逆風を間切っても一か月あれば船は着く。無風であっても、密貿易で往来が盛んな中国の沿岸伝いに情報が届けられた。潜伏しているイエズス会士からの正確な報告から、船乗りたちによる不確かな噂まで、マカオには日本の情勢がひっきりなしに伝わっていた。

日本からマカオへ逃れてきた人々のうち神学生と伝道士、計五十三名は司祭叙任を志し、就学を希望していた。彼らが故郷を離れる悲しみに耐えられたのは、日本より設備の整ったマカオの学院で学べるという希望があったからだった。

だが、イエズス会の日本管区長を務めるカルヴァリョ司祭は、就学希望者を顧みなかった。のみならず露骨に嫌悪した。

そもそも、マカオ市は中国の現王朝、大明国からポルトガル人が土地を借りて存在している。大明国は倭寇と称される海賊に苦慮し、関白豊臣秀吉に戦争までふっかけられた経緯から、日本人の入国を厳禁していた。マカオ市は賄賂や屁理屈を駆使し、商売相手や労働者、傭兵、また奴隷として市の存立に不可欠な日本人の存在を黙認させているが、大明国が手のひらを返せばポルトガルは貿易の、イエズス会は宣教の拠点を一つ失ってしまう。

かかる状況にカルヴァリョは「不要」な日本人の排除で対応しようとした。司祭と修道士には日本語伝習の役を、何もできぬ神学生と何ほどの学もない伝道士には無為を与えた。

かくして彦七や渇水ら就学希望者五十三名は、望む教育を受けられなかった。その間にも故郷では弾圧が進み、聖職者の密入国が続く。日本人生徒は悶えるような焦燥に駆られて過ごし、やがて、無為に耐え切れず宿舎を去る生徒が現れた。年長の何人かは厄介払いとしか思えないカルヴァリョの命令で、イエズス会の立場が弱いイスパニヤ領マニラへ配属された。生徒は当初の半分以下、ぴったり二十名まで減った。

冷遇の二年を経た今日、朝食の時分。四つのテーブルを据えた宿舎一階の食堂で二十人の日本人生徒に出されたのは、熱い煎茶のみだった。中国人の調理人は「食材も、食材を買う金も届いていない」と、悲しみを湛えた目で弁解した。

「もう我慢ならねえ」

煎茶一杯きりの朝食を一息に呑み込み、岐部渇水が叫んだ。他の生徒たちも同感で、侃々諤々の議論となった。カルヴァリョ管区長に待遇改善の請願書を出そう、という穏健な結論は、やはり煎茶のみの昼食を供されるに及び、殴りに行こうという過激な方向に急旋回した。

「それは、いかにもまずい」

彦七はいつの間にか抑え役に回っていた。管区長を殴りつけてやりたい気持ちは彦七も同じだったが、もし生徒の資格を剝奪されてしまえば、かそけき司祭への道は完全に絶たれてしまう。

かくて、請願書提出と果し合いの間を取り、直談判しようという方針で一致した生徒たちは神の母教会の司祭館まで押しかけてきた。

「誰が外出を許したのかね」

司祭館一階の入口辺りでかたまって団結を示していた二十名の日本人生徒の前に、日本管区長のカルヴァリョ司祭が現れた。

管区長は最初から居丈高だった。首元、腕、踝までぴっちりと黒色に包むキャソックはイエズス会士にありふれた衣服だが、胸襟を開かぬという決意の表れのようにも思えた。背後に並ぶ机からは、事務に携わっていた司祭や修道士たちが珍しげに様子を窺ってくる。

岐部渇水が一歩踏み出し、しかし瞬時に沸騰した怒りのためか発声が遅れた。僅かな間隙に彦七は言葉を割り込ませた。

「ぼくたちは今日の食事がありませんでした。お許しを待っていたら、死んでしまいます」

管区長は厚ぼったい瞼の下から、冷たく目を光らせた。

「糧あるは神の恵み、糧なきは神のご意思だ。届けてやるから、おとなしく待っていなさい」

「食事がないのは神の御業ではなく、誰かの怠惰か過失ではないのですか」

その誰かの上長はあなただ、とまでは彦七は言わなかったが、さすがに声は低くなった。

「以後きちんとパンを、そして学びの機会を与えてくださるのでしたら、今日の食事がなかったことは、もう結構です」

「学んでどうするのだ」

「司祭になります。そのためにぼくたちはマカオに来ました」

ふん、と管区長は鼻を鳴らした。

「危険な日本から連れ出してやったら、今度は食事や待遇に文句を言うのかね、ええ。とんだ客人だな、きみたちは」

「なんとでも言いやがれ、いや言えばよろしい」

ついに渇水が怒鳴った。

「俺たちは生徒なんです。俺たちに教え、適性ある者が司祭に叙階されるよう取り計らうのは、あんたたちの義務です」

「適性、ときたか」

管区長はせせら笑った。後ろで席に座って話を聞いている司祭たちの何人かも、同調するように苦笑したり、呆れ顔で首を振った。

「霊的にも知的にも、きみらは司祭たりえぬ。ヨーロッパ人ではないのだから。適性というなら、きみらには初めから、ない」

「なら――」

渇水は絶句した。怒りで赤かったはずの顔はもう真っ青になっていた。

それが管区長の本音か、と彦七も腹が立った。生まれで能力や適性が決まると思っている者はイエズス会にも多いが、日本管区長という立場の人から言われると堪(た)えられなかった。

「ならば、なぜぼくたちを連れてきたのです」

彦七の問いに、管区長は面倒くさげに答えた。

「パードレ・コーロスがうるさかったからな」

コーロス司祭は日本でセミナリオ院長を務め、日本の子弟を熱心に指導した人だ。マカオ行きを希望する生徒たちを引率するため追放には従ったが、傷んだ老体に鞭打って去年、日本へ戻った。かたやカルヴァリョは、管区長の職務にこそ励んでいるが、衣食にも身の安全にも不自由せぬマカオにいる。

「よろしいですか、管区長さま」

ミゲル・ミノエスが彦七と渇水の間に立った。洗礼名しか使わず、生国の美濃をもじった綽名を姓のようにくっつけている。彦七より一つ齢上で、声も身体も細い。

「イエスの人としてのお生まれも、その弟子となり教えを弘めた使徒たちも、ヨーロッパ人ではありませんでした。私たち個々人の能力はともかく、教えを奉じる適性が生まれで決まるとは、言えないのではありませんか」

管区長の権威に気圧されたのか、ミノエスの声は上ずっていた。だが、説いた意見に揺らぎはなかった。

「生半可な知識は却って害悪だ。それでは真理に至れぬぞ」

「では、きちんと学ばせてください。十全の知識をお授けください。そのために私たちは、故郷も家族も捨ててきたのです」

「学んでも無駄だ、と言っているのだ。日本の情勢はなお困難になった。きみらでは役に立たない」

「困難って何です」彦七が口を挟んだ。「日本で何があったのです」

「一昨日に着いた交易船で届いたばかりの報せだ。きみらにもいずれ知らせるつもりだった」

管区長は答える前に舌打ちし、答えたあとは目を逸らした。生徒たちに伝えていなかったことを彼なりに悔いているらしく、容易ならぬ事態を想像させた。

「前置きはいいから、教えてください。ぼくたちは故郷について、知る権利があります」

彦七はにじり寄った。「今年の春」と管区長は言った。

「大御所が死んだのは知っているな。施政を引き継いだ彼の息子は先月、新しい法令を諸侯に発した。これにより、複雑だった日本でのキリスト教の禁令は、ごく簡素になった」

管区長は一度言葉を切った。

「今後、貴族から人民に至るまでクリスチャンたるを決して許さぬ。また、いかなる例外も認めぬ、とのことだ」

日本人生徒たちは騒めき、あるいは息を吞んだ。

これまで日本で禁教令は多数出されていた。そのぶん生じた曖昧さや矛盾、例外の谷間で、キリシタンはなんとか生き永らえていた。徳川将軍は大名の領分に立ち入らぬという不文律もあった。

それが崩れた、と管区長は言う。彦七は自分の血の気が引く音を聞いた気がした。服を剝かれ、折檻され、額に十字の焼き印を押され、斬首される。そのようなむごい弾圧が源介や絹や末を、慶三郎や小西の旧臣たちを、日本中の信徒を圧し潰してしまうのだろうか。

「管区長」

渇水が叫び、蓬髪を振り乱してカルヴァリョに摑みかかる。

「なんで早く俺たちに教えなかったんだ」

「誰に無礼を働いているのだ、離さぬか」

「やめろ、渇水さん。管区長が禁令を出したわけじゃない」

ともかく乱暴を止めようと彦七は身体を割り込ませる。

「キリシタンは」

渇水はポルトガル語のまま、信徒たちを日本風に呼んだ。

「とうとうふたつの道しかなくなった。棄教するか、殺されるかだ。そんなときに司祭が一緒にいてやれなくてどうする。俺たちを早く司祭にして日本へ帰せ。俺たちには、あんたに邪魔されて拗ねてる暇はないんだ」

「いまは能力のある司祭を集め、その日本入国を支援せねばならぬ。我らこそ、何もできぬきみらに手を掛ける暇などないのだ」

「その『我ら』になんで俺たちは入ってねえんだ。だいたい俺たちを、何もできねえままに放ったらかしてるのはどっちだ」

「いい加減にしろ」

襟を摑ませたまま、管区長はとうとう怒鳴った。

「――猿め」

直後、殴打の音が広い執務室に響き渡った。騒ぎを遠巻きに見ていた生徒も司祭も、悲鳴や呻き、息を呑んだり吐いたりと思い思いの形で驚きを表現した。

「マンショよ」

仰向けにひっくり返った管区長をしばらく見下ろしてから、渇水は拍子抜けしたような顔を彦七に向けてきた。

「殴っちゃだめなんじゃなかったのか」

「だめに決まってるじゃないですか。話がややこしくなる」

彦七は振り回したばかりの右の拳をさすりながら、ため息をついた。

「けど、すっきりしました。あと、殴ったのは俺で、渇水さんや他の誰でもないですよ」

「俺を見くびるんじゃねえよ。面倒くらいは一緒にひっかぶってやる」

渇水が笑ったとき、管区長がのっそりと立ち上がった。唇をわななかせ、震える指で彦七と渇水を交互に、何度も指差した。

「あと、きみも私に口答えしたな」

管区長の指が、彦七と渇水の間で止まる。ひっ、とミゲル・ミノエスが声を上げた。

「当会において、上長に楯突くなど、決してありえぬ」

イエズス会は正式な名を「イエスの中隊」という。イエス・キリストを最高司令官になぞらえ、軍隊を模した規律と組織秩序をもって運営される会は、ヨーロッパでプロテスタントの拡大を食い止め、世界宣教で華々しい成果を上げた。その反面、カルヴァリョ管区長のような頑迷な者に不釣り合いな権限を与えてしまっている。

「よいか、きみら三人は――」

退学か、と彦七が観念したところへ、ひとり分の足音と声が入ってきた。

「やあ。こんな大人数で、どうしたのかね」

彦七たちとともに日本から逃れてきた、原マルチノ司祭だった。

「これは管区長さま。生徒たちを手ずから指導されるとは、お珍しい」

辞書数冊分ほどの紙の束を両手で抱えていた原は、悠々(ゆうゆう)たる足取りで彦七たちの脇をかすめる。管区長の背後にあった空きの机に回り、どさりと束を置いた。

「日本語文法書の改訂版、試し刷りができあがりましたので、お持ちしました。あとお命じだった日本信徒からの手紙の翻訳ですが、こちらはローマへの報告に使いやすいようラテン語にしてあります。辞書は九州(シモ)の方言が幾つか混じっていたので、京(カミ)での表現を併記しました」

聞き惚れてしまうほど典雅なポルトガル語で、原は淀(よど)みなく報告する。日本人生徒を叱る機会を失った管区長は口だけをぱくぱくと開閉させた。

「ところで」原は生徒たちに顔を向けた。「慣れぬ異国の暮らしはつらいだろうが、くじけてはいけないよ。いずれ何かの助けもあろう。かく申す私も、ローマでは教皇猊下(げいか)から親しく励ましのお言葉を賜り、いまがある」

笠に着るぶん権威には弱いらしい管区長の身体が震えたのを、彦七は見逃さなかった。いちいち教皇を引っ張り出したのは原なりの牽制(けんせい)だろう。

「パードレ・カンポ」

教皇に謁見する栄に浴したことなど一度もないであろう管区長は、ポルトガル語の野原(カンポ)に由来する原の綽名を怒鳴った。

「生徒たちの話、きみが聞いてやれ。私は忙しい」

承知しました、と原は優雅に一礼した。

神の母教会の会堂は、東インドでも一、二を争う規模だという。天使や怪物、船、樹木などの緻密な彫刻が施されたファサードは、会堂の完成から十年以上たった今なお足場が組まれ、工事が続いている。

司祭館でひと悶着を起こした日本人生徒たちは、原マルチノ司祭に連れられて会堂に入った。石の列柱が円蓋を支える広大な空間は無人だった。高く取られた窓から注いだ白い光が大理石の床に跳ね、奥には聖母マリア像を抱き込んだ祭壇があった。

「まずは祈り、心を鎮めるがよい」

原は日本語で命じ、自らも祭壇に向かって跪いた。生徒たちも黙って倣う。長い祈りのあと、「さて」と原は立ち上がった。

「何が起こったか、教えてくれるかね」

促すと、生徒たちもぱらぱらと立ち上がった。主には岐部渇水が悲憤たっぷりの口調で、今日の食事がなかったこと、まっとうな学びの機会を与えられていないこと、日本一円の信徒がたいへん心配であること、カルヴァリョ管区長の生徒たちへの態度がひどいこと、などなどを説明した。食事以外の話をあらかた知っているはずの原は、穏やかな顔でただ話を聞いた。

「危うく殴っちまいそうなところでした」と渇水は言い、「これで終わりです」と添えた。

「で、俺は管区長さまを殴ってしまったのです」

数瞬の沈黙のあと、彦七は渇水が言わずにいてくれたことを告白した。告解の場ではないが、黙っているのも座りが悪い。

「管区長は、職責にふさわしい忍耐と寛容をお持ちであろう。マンショも見習いなさい」

原は彦七を咎(とが)めなかった。

「私たちは」ミゲル・ミノエスが悲痛な声を上げた。「どうすればよいのでしょう。ここにいても、ただ無為なのです」

「求めよ、さらば与えられん(ペティテ・エト・ダビドゥル・ウオービース)、と聖書にある」

原は言った。求めよ(ペティト)、強く求めよ、なお求めよ、得られるまで求めよ、と。

「求めるのだ、そなたらの道を」

彦七に考えが浮かんだ。迷いの闇を切り開く光を得た感を覚えた。

「求めます。俺はローマへ行きます」

彦七は声を張った。少し興奮していた。

「どうしても、そして一日も早く、司祭になって日本へ帰りたいから」

生徒たちは騒めく。原は動じず、「詳しく聞かせてくれるかね」と促してくれた。

「あの管区長が上にいる限り、俺は司祭になれません。それならいっそ総本山のローマへ行こうと思うんです。そこで駄目なら、どこへ行っても駄目でしょう」

「マンショはいいことを言う。その話、俺も乗ったぞ」

もう決まったように賛同したのは岐部渇水だった。原は生徒たちの発言を誘うように周囲を見回した。

「どうやって行くのだ」

ミゲル・ミノエスが問い、彦七は「知らねえ」と正直に答えた。

「けど、このマカオからはヨーロッパ行きの船がたくさん出ている。頼み込むか、金を払うかして乗せてもらえれば何とかなるだろ」

危険ではないか、とミノエスが眉をひそめた。

「ローマへは片道で一年も掛かる船旅となるのだ。海賊に襲われて殺されたり、送ってもらうつもりが奴隷として売られた、などという話はいくらでもある。嵐か何かで海に沈んでしまうかもしれぬ。遊山や伊勢参りとは違う」

「と言って、マカオにいても何にもならねえ。管区長に意地悪されるか、放っとかれるだけだ」

無謀か蛮勇かもしれない。どっちでもいい、と彦七は思っていた。マカオには求めるものが何もないのだ。

「俺はローマへ行くぞ。決めた」

渇水が大股に歩いて彦七の横に立った。味方ができたようで心強かったが、道中はやかましいだろうな、とも予想した。

ミノエスら他の生徒たちも身の振り方について討論を始めた。原は両手を後ろ手に組み、静かに様子を見守っていた。ざわざわと話すうち、生徒たちは意見を同じくする者同士でかたまり、やがて四つの結論に収斂した。

まず、日本へ帰るという者たちがいた。司祭でなくとも、かつてない苦難に直面する日本の信徒のためにできることがあるはずだ、と彼らは考えたようだった。

次が、中国など日本以外の地での宣教を志願する者。彼らも帰国を本願としていたが、司祭叙階の希望を捨てられず、さりとて日本管区長の下にいる限りはどうにもならぬ。別の管区で理解のある上長を求めたい、ということだった。

マカオに残って時機を窺う者たちもいた。ただし、そのうち数名は諦めの色を顔に漂わせていた。

ローマ行きを希望する者はいなかった。ミノエスが指摘した通り、長く危険な船旅となるから仕方がない。先に意志を表明した彦七と渇水は、皆の議論を眺めていた。

ミゲル・ミノエスはまず海外宣教の輪に入り、首を傾げながら帰国の塊の輪に近付き、思い直したように足を止め、最後に彦七の隣に立った。

「危ねえって言ってなかったか、ミノエスさん」

彦七がからかうと、ミノエスは気弱そうな顔を向けてきた。

「危ないからって、何だというのだ」

表情より言葉にミノエスの本心があるらしい。智慧が生来の臆病を抑え込み、道を選ばせたということだろう。

ずっと見守っていた原マルチノが「皆、よう決めた」と一つ手を叩いた。その音は、高く円蓋を掲げた広い会堂によく響いた。

「私は待っておった」

原の晴れやかな表情を、一筋の涙が流れていった。

「二年、待った。産衣を脱ぐごとく故郷を離れた日本の子らが、求めるべき道を自ら選び取る今日という日を」

日本人生徒たちが宿舎に帰り着くと、ちょうど中国人の調理人が出かけようとしていた。長い一日もとうとう暮れようとするころだったが、調理人の豊かな頬は夕陽より赤く上気していた。

「お金が届いた。これから肉と野菜を買ってくるから、楽しみに待っていてくれ」

腕を振るえる喜びをその声に湛え、調理人は市場のほうへ走っていった。その日の夕食は遅く、また手早くできる中国風の炒め物ばかりだったが、量も味も十分だった。朝から何も食べていなかった二十人の生徒たちはひたすら箸を動かし、咀嚼し、呑み込んだ。

翌日の夕刻、原マルチノが宿舎を訪れた。

「管区長は、希望する者の他管区への異動をお認めくだされた。数日内に希望先の聴取があろうから、よく考えておくように」

食堂の長い卓に座ってかしこまる生徒たちに、原は告げた。

「今後の講義も多少はましになる。学舎への通学は認められなかったが、こちらへ寄こす教師が増える。なお、私も教師に加わる」

声と、厨房からのかぐわしい香りが食堂に混じり合う。食事をはじめとして諸々の問題をてきぱきと片付けてゆく原は、誇る様子も見せず話を続ける。

「帰国者は来年の初夏、交易船に便乗する。出発まで半年ほどの時を使い、真に帰国すべきか否かよく考えよ。日本での司牧は困難を極めようが、苦しみだけが神に仕える方途にあらず」

原の秀でた額が、僅かだが翳ったように彦七には見えた。殉教を栄誉なりと尊んでも、命ある身で他人に死を推奨して平気な為人ではないらしい。

「ローマへ行く者は年内の出立となる。そのつもりでいるように」

「年内って、今年はあとひと月半ほどですぜ」

渇水が驚いたような声を上げると、原は「早いほうがよかろう」とあっさり答えた。

「ちょうど、そろそろ西へ船を送る風が立つ。逃(のが)せば出立が一年延びてしまう」

続けて、原は行程を説明してくれた。黄金半島（マレー半島）のマラッカ、インド西岸のゴアを経由して南回りにアフリカ大陸を越え、ポルトガルの首都リスボアまで行く。そこからはヨーロッパ世界であり、ローマへの道は幾つもある。

「リスボアまでは、教皇さまよりイエズス会の庇護を命ぜられたポルトガル王国の交易路を使う。船が見つからぬことも乗せてくれぬことも、まずあるまい。ただし」

原は一度、言葉を切った。

「儂がローマへ参ったころとは違う。こと東インドはもともと海賊が多く、いまはオランダやイギリスの軍船も跋扈(ばっこ)しておる」

「やっぱり、危ないのですか」

声を震わせるミゲル・ミノエスに、原は「デウスのご加護(かご)を祈りなさい」とだけ答えた。

またたく間に訪れた年末の早朝。旅装、といっても革袋一つずつに衣類と身の回りの品を詰め込んだだけの日本人生徒三人はマカオの港に行った。

晴れた空の下、吹く潮風は湿っていて生温(なまぬる)い。それでも、焚きすぎた蒸し風呂のような夏よりはずっと快適だった。

港はすでに騒々しい。帰ってきた大小の漁船に男たちが群がり、魚を揚げ、運んでいた。

岸壁や沖には船がひしめいている。横帆を何枚も張ったポルトガルのナウ船、骨の通った筵帆(むしろほ)を掲げた中国船に混じって、徳川将軍の朱印状（許可証）を携えているであろう日本の船もあった。

彦七、渇水、ミノエスの三人が佇む桟橋には、二本の帆柱を掲げたやや小振りなヨーロッパ船が横付けされている。積載量を代償に速力を高めたガレオタと呼ばれる形式で、危険が多い航路で導入が進んでいるのだという。

「忘れ物はないかね」

ただひとりで見送りに来てくれた原マルチノは、今日も穏やかだった。

「いただいた紹介状は、私が」

ミノエスが自分の革袋を少し持ち上げた。原は知る限りの知己に宛てて、三人の世話を頼む手紙を書いてくれた。

「銀は、ここに」

彦七は胸を張った。青いマントの下に着ている白いシャツの懐に、銀貨の袋を無理やり突っ込んでいた。道中の路銀としてひとり十枚ずつ、これも原からもらったものだ。

「俺は何も持たされてないのです。どうも信を置かれておらぬようで」

三十歳らしい立派な齢恰好をした渇水が、拗ねた童のような顔で言った。

「誰しも向き不向きはある。神はさように人を造り給い、もって人の国は彩りを得たのだ」

原は渇水をなだめるように微笑みを湛えた。

「私は四人でローマへ行った。苦しいこともあったが、仲間がいたから耐えられた。そなたらもよく助け合うように」

懐かしむような原の声は、どこか寂しげだった。

原マルチノ、中浦ジュリアン、伊東マンショ、千々石ミゲル。かつてローマへ渡った四人の少年を、その後の歳月がもたらした変転が引き離した。原はマカオへ逃れ、中浦ジュリアンは日本に残留して命懸けの司牧に当たっている。伊東マンショは追放の二年前に長崎で病死した。千々石ミゲルは、ほぼ約束されていた司祭の地位を捨ててイエズス会も去り、さらには棄教までしたという。

「そなたらもいずれ日本へ帰るのだったな。そのときは遠慮なく私の仲間を頼りなさい」

「中浦さまには、何度かお会いしました」

司祭になる志が誰よりも厚い渇水は、憧れめいた気配を隠さず言った。

「彼だけではない、千々石ミゲルもいる」

「千々石さまは棄教者なのでは」

ミノエスが先達をいちおうは敬い、だが咎めるような口調で言った。原は首を振った。

「ミゲルは神に対して真摯でありすぎた。だから、世俗に傾きすぎていた教会を離れた。いまも日本のどこかで、神を仰いで暮らしているはずだ。彼こそが自由なのだろうな」

原は乗船を待つ三人に向き直った。

「これから、そなたらは様々なものを見る。神を確かに感じることも、信心が揺らぐこともあろう。全てを己が心で受け止めなさい」

「よろしいですか、原さま」

彦七は言った。

「求めよ。原さまは俺たちに、そうおっしゃいました。原さまは何を求めていらしたのですか」

「ミゲルとも、他のふたりとも同じだ。自由だよ」

原の穏やかな答えには、力が籠っていた。

「ミゲルは不自由な教会を去った。私を含めた三人は教会の内から不自由を除こうとした。なかなかうまくゆかぬまま年月が過ぎた。それでも我ら四人の思いは変わらぬ」

原は両手を広げた。

「行きなさい。神が造り給いし子らよ。神が造り給うた通り、自由に」

三

一六一六年十二月三十一日、彦七たちが便乗するガレオタ船メルキオル号はマカオを発った。

舳先を向けた南南西には紺色の海と青い空が広がっていた。どこまでも変わらぬ爽快な光景は間もなく、乗客の怨嗟の対象となった。

陽がほとんど真上まで昇る熱帯の大気が、船を容赦なく蒸し上げる。新鮮な食料は数日で尽き、水は饐えたような臭いを発するようになった。塩と腐臭が効いた牛肉のスープで、石より硬く焼かれたビスケットを飲み下す食事は苦行に等しかった。

赤道へ近付くにつれて風は弱まる。すっかり凪いでしまう日もあり、船はただ孤独に海を漂う。水代わりに支給される生ぬるいビールか酒精を強めたワイン、賭博、数分だけ降って身体を洗ってくれる激しい驟雨。人間を楽しませてくれるのは、それだけだった。美しいはずの空と海でできた青色の牢獄の中で、乗客たちは孤独、退屈、悪臭、遭難の不安に悩む。

マカオ出航からちょうど二十日後、いつもの驟雨が上がってすぐ、左舷の彼方に船影が見つかった。視界の利かぬ雨の間に知らず近寄っていたらしい。掲げる旗がポルトガルの仇敵オランダのものだと分かってもなお、孤独を癒された乗客の歓声はやまなかった。

「俺たちは地獄に迷い込んじまったんじゃなく、まだ人の世界にいたわけだ」

雨で身体を洗った半裸のまま、渇水が安堵したように言った。背後の甲板はもう喧しい。水夫たちは駆け回り、綱を引き、帆柱を攀じ登る。手空きの者は銃や湾刀を持ち出し、乗客からも戦士を募っている。

「ここで死んでしまうのだろうか」

ずぶ濡れになった白シャツ一枚のミノエスが、硬い顔を海に向けていた。黄ばんだ帆を目いっぱい張ったオランダ船は着々と距離を詰めていた。

「死ぬものか」渇水は勇ましい。「神が俺たちを守ってくれる」

「オランダもクリスチャン国です。カトリックではないですけど」

ミノエスは怯えながらも冷静に指摘する。長いマカオ暮らしのため、その日本語にはポルトガルの語彙が混じっている。

「そうだったな」と肯定し、渇水は首を傾げた。「同じ聖書を奉じる国どうしで、なぜ戦さになるのか」

「オランダは支配するイスパニヤから離れようとして戦争になっています。ポルトガルはオランダの商売敵で、かつ王はイスパニヤ王が兼ねています。だからポルトガル籍のこの船をオランダ船は襲います」

「イスパニヤの自称は〝王国〟だったよな。イスパニヤ語はうろ覚えだが」

「オランダはプロテスタント国です。教皇と教会を奉じていません」

「やっぱり同じ聖書を読むんじゃねえか」

ミノエスはちょっと考え、

「おかしいと思っている人はたくさんいそうです」

と言った。

彦七は議論を聞きながらも加わらず、日本でのできごとを思い返していた。時折り、誰かがおかしいと思いながら誰にも止められぬ奔流めいた狂騒が生じる。小西家の人々が挙兵に追い込まれたように。

ふむ、と唸ったまま渇水はすっ転んだ。左舷に並んだ五門の砲が火を噴いた。同時に舵が切られ、甲板が大きく傾いた。

メルキオル号は砲を乱射し、盛んに転舵し、帆を張って増速する。オランダ船も操船が巧みで一時間ほど追い回されたが、再びの驟雨のおかげで何とか危機を脱した。ただ被害は出た。悔しまぎれに放たれた砲弾がメルキオル号の薄い船尾を貫通し、幾つかの交易品とふたりの肉体を薙ぎ倒した。

船員は操船にかかりきりで、片付けはやることのない乗客によって行われた。彦七たちは飛び散った肉片を帆布に集めた。できあがった血まみれの包みふたつは、同乗していた教区司祭に見送られて海に投じられた。彦七たちは数日、肉を食べられず、その間にも船は凪を漂い、緩い風にすがりつき、這うように進んだ。

やがて陸が現れたが、乗客たちから喜びを表現する活気はすっかり失せていた。左右を緑色の陸に挟まれた海峡に入ると、三角帆を掲げた喫水の浅い船が入れ代わり立ち代わり現れた。現地の海賊らしい。遠巻きにメルキオル号を追尾し、砲を放つと距離を取る。戦さにはならなかったが、群狼に追われているようで乗客を脅えさせた。

「右舷。マラッカだ――」

マストに攀じ登っていた見張りが叫び、甲板や船倉で寝っ転がっていた乗客たちは緩慢な動作で舷墻にすがりついた。マカオを発ってからもう一か月強が過ぎていた。

「城だな、まるで」

広がる景色に、岐部渇水が呟いた。水蒸気が揺らめく先に、緑鮮やかな森に覆われた陸地が続いている。その一角に武骨で長大な灰色の壁が割り込んでいた。

「マラッカは、もともとマホメット教（イスラム教）国の王都だったそうです。いまも周りには異教徒が多いのでしょう」

久しぶりに落ち着いた顔を見せたミノエスが、知識を披露する。

「よく知ってるな、ミノエスさん」

彦七はその博識を讃えたつもりだったが、ミノエスは怪訝な顔を向けてきた。

「どうして知らないのだ。マカオでの二年間でマンショは学ばなかったのか」

ミノエスにとって同行者の無学は嘲笑の対象ではなく、文字通り不可解だったらしい。かえって彦七はいたたまれなくなり、「忘れちまった」と減らず口を叩いてごまかした。

迎えの曳船が二艘、マラッカの港から櫂を使ってするすると近付いてくる。メルキオル号の水夫たちはマストに昇り、帆を畳み始めた。

「マホメット教徒も俺たちと同じ聖書を読むのだよな」

渇水はいつかのように首を傾げていた。伸びた髭も自慢の蓬髪も、脂ぎった垢と潮気でぼさぼさだった。

「マホメット教は我らの聖書を、神が段階的に下した啓示の一つとしているそうですね」

ミノエスが応じる。

「マラッカにいたサラセン人（アラブ人）の商人は皆殺しになったんだっけか」

「ポルトガルが占領したときですか。確かにそう聞きます」

「皆殺し」彦七は顔を歪めた。「なぜ、そんなことを」

「異教徒だからか。商いを奪うためめか」

さすがのミノエスも、しかとは知らないらしい。

「どっちも、だろうな」

呻くような声でまとめたのは渇水だった。

マラッカ港の岸壁には空きがなく、曳船に曳かれたメルキオル号は沖合で錨を下ろした。船長が甲板に現れ、五日後にゴアへ向け出港する、と乗客たちに告げて回った。

彦七たちは小舟で上陸し、聖パウロ教会を訪ねた。出迎えてくれたイエズス会士たちは大半がヨーロッパ人で、マレー人、インド人もいた。みんな親切で、届いていた日本の惨状に深い同情を示した。原の紹介状のおかげもあり、出発までの世話も気安く請け負ってくれた。

ほぼ赤道にあるマラッカの街は、二月になっても日本の夏より暑い。湿気と香辛料の匂いが立ち込める街にはマカオよりたくさんの日本人がいた。将軍の朱印状を携えているらしい海商、マラッカの司令官(カピタン)や富豪に雇われた傭兵が多かったが、奴隷も少なくなかった。日本人の売買は豊太閤からもポルトガル国王からも禁じられたはずだが、細々と続いていた。

予定通り五日後、東南の風に乗ってメルキオル号はマラッカを出発した。暑さと驟雨は相変わらずだったが、海峡を北へ進むうちに赤道を離れ、風に恵まれるようになった。

同じくゴアへ向かう船と三隻の船団を組んだおかげで、海賊船は近寄ってこなかった。ただし海峡を抜けた辺りで嵐に遭遇した。メルキオル号は即席の船団からはぐれ、風でマストを一本失い、およそ三か月の航海を経て、倒れ込むようにゴア港へ入った。

ゴアは、ポルトガルが営む東インド交易の一大拠点だ。国王親任の総督が政庁を置き、国家の富を支える香辛料貿易と、航路を守る海軍を指揮している。ヨーロッパ風の街並みには二十万を超える人が住み、繁栄は王都リスボアを上回るという。東インドのカトリック教界を統括する大司教座もゴアにある。

街の中心に、善きイエス(ボン・ジェズス)教会がある。赤い側壁が美しい教会堂、重厚な石積みの修道院、幾つかの住院から成り、イエズス会のインド管区本部と学院が置かれていた。リスボアへ行く船が風を捉えて出航する十月までの五か月間、彦七たち三人は、善きイエス教会の世話を受けることになった。

彦七たちは住院の一室と新しい衣服を与えられ、また学院施設の利用、好きな授業の聴講が許された。ミノエスはギリシャ哲学の、渇水は日本にいたころからの念願だった高等神学の講義に加わった。

ミノエスと話すうちに自らの無知を痛感した彦七は、復習程度にラテン語とポルトガル語を学び、あとは図書館に入り浸った。歴史、文学、神学、星界の書籍。イエズス会内に回覧された報告書や会報の写し。測量術、天体の軌道の計算、錬金術の成果。片っ端からというほど速くは読めないが、興味の赴くままに本を手に取り、文字を追った。

ゴアは雨季に入っている。滝のような雨が降り、止めば強い陽光が地を灼く。厳しい気候になんとか日本人たちは順応した。思うがままに学べる喜びの中にいるミノエスは、快活な表情のまま時折り熱を出して伏せっていた。

ある日の昼食後、彦七とミノエスは渇水に連れられて宿舎を出た。数分足らずの距離を歩き、突然の雨に降られ、走る。修練院に飛び込み、まだ衣服に沁みていない大きな雨粒を払った。

入口脇の小部屋から出てきた修道士は、二重瞼の大きな眼と褐色の肌を持っていた。渇水の話を聞くと、にこやかな顔で奥へ誘う。薄暗い石造りの廊下は静粛で、外界の激しい雨音と四人の足音だけが響いた。修道士は突き当たりにあった重厚な木の扉を恭しい所作で引き開け、目で入室を促した。

「これは――」

入るなり彦七は瞠目した。さほど広くない部屋だが、左右と前の壁は宗教画で埋め尽くされ、びっしり並んだ燭台には小さな火が揺らめいている。

丸ごと祭壇のようになっている部屋の真ん中には、礼拝者が膝を置く深紅の座布団が置かれている。奥には精緻な彫刻が施された金の台座があり、大きな木の箱が横たわっていた。

「ご遺骸が傷むから、棺を開けることはできない」

案内してくれた修道士が、彦七たちの後ろから小声で言った。

「この中で、シャビエル師は復活の日を待っておられる」

ミノエスが息を呑み、渇水は長く息を吐いた。彦七は箱、いや棺を凝視した。

日本へ福音をもたらしたフランシスコ・シャビエル師が、そこに眠っているという。遺骸がゴアにあることは彦七も知ってはいたが、いざ棺を前にするとさすがに身体が震えた。

外で待っている、と修道士は出ていった。

「世の中、分からねえことだらけだ」

扉が閉じる音を待って、渇水が口を開いた。ゴアまでの道中、彼がずっと首をひねっていたことを彦七は思い起こした。

「神は」渇水は続けた。「イエス・キリストを遣わされ、救いの道をお示しになられた。けどキリスト教徒は世界中と喧嘩し、内輪でも争っている。救われたいと、ただそれだけを思っていたはずの俺たちはいま、なぜか日本を追い出されている。俺にとって分からねえ話はぜんぶ、シャビエル師が始めたようなもんだ。お会いできれば何か分かるんじゃねえか。そう思って、ここに通してもらった」

彦七は黙っている。瞑想か思案でも始めそうだった渇水は、「けど、やっぱり何も分からねえな」とやはり首を傾げた。

「見えるのはお姿どころか、ごつい木の棺だけ。説教をしてくださるわけでもねえ。当然と言えば当然か」

「秘仏の御開帳に立ち会ったようなありがたさはありますね。偶像に譬えてはよくないかもしれませぬが」

「師も、亡くなってまで誰かを叱りゃあしねえだろ」

ミノエスが言い、渇水は笑った。

シャビエル師の生涯は長くない。日本での滞在も二年余りにすぎず、得た信徒は千にも満たなかった。それから六十年以上を経て彦七たちが日本を離れたころ、信徒は四十万を超えていた。領主から改宗を強制された例も少なくなかったとは聞くが、それだけの人が神仏に救われなかったことは確かだろう。

ただ、その教えは万人を救ってはいない。日本の内では寺社の破却があり、外では戦争や掠奪の名目になっている。理屈に合わぬまま確かに存在する現実が、渇水を悩ませているらしい。

「分からねえなら、仕方があるめえ」

渇水が決心したような鼻息を交えて言った。

「俺はエルサレムへ行く。こうなりゃ本当の全ての始まりを見なけりゃ気が済まん。見てきて、それからローマへ行く」

エルサレム。イエス・キリストが説法を行い、刑死し、復活した場所。渇水が言う通り、全ての始まりの地だ。

「やめてください。行けっこありませんよ」

ミノエスの諫止（かんし）は悲鳴に近かった。

「エルサレムはマホメット教国の中にあるのですよ。途中には砂漠もあります。危険すぎます」

「なんと言われても俺は行く」

いまに始まったことではないが、渇水は頑(かたく)なだった。

「俺自身が地上にあるエルサレムにも行けぬなら、信徒を神の御許(みもと)へ導くなぞできねえだろう」

「ねえ、マンショ。きみも渇水さんに何か言っておくれよ」

言われて彦七なりに考える。理屈ばっかりで、何かにつけて気弱な見通しを口にするミノエスは、要するに心根が優しい。勝手な直感で困難を楽観することができず、他人の困難を他人事(ひとごと)と片付ける酷薄さとも無縁なのだろう。

ただ、渇水が志す司祭というのは、自ら合点していないことを平気で説く恥知らずではない。だいたい渇水は早く日本へ帰りたがっていた。エルサレムへ寄るという決心は、決して軽い思いつきではない。

「お気をつけて、渇水さん」

「マンショ！」

一つ齢が上のはずのミノエスが子供のように彦七にすがりついてきた。

「ね、ミノエスさん。原さまが言ったように、俺たちは自由なんだ。渇水さんが決めたんなら、求めるんなら、仕方ないよ」

ミノエスは虚(きょ)を衝かれたような顔をし、次いで俯き、しまいには泣き出してしまった。渇水は困ったように蓬髪に手を突っ込んで頭を掻いた。その前では燭台の光を浴びて、宣教に命を捧げた司祭の棺が鈍く光っていた。

待ちに待った十月、立ち始めた季節風に乗ってゴアから大小の船が次々と出航していった。港は乗客と東洋の物産、人夫でごった返していた。

「再会はローマか、それとも天国か」

それまでの雨季が嘘だったかのように晴れ渡る港で、岐部渇水は妙な問いを立てた。小西彦七と

ミゲル・ミノエスはリスボア行きの定航船に乗る。渇水は船に乗らず、陸路でエルサレムを目指す。

「ローマがいいです」

ミノエスはまた泣いていた。

「もしくは日本」

彦七が続けると渇水は歯を剝き出して笑った。

「じゃ、俺は先に行く。見送られる方が性（しょう）に合う」

達者でな、と渇水は踵（きびす）を返した。革袋を担いだその背中は、すぐに人の波に消えていった。

「マンショ」

ミノエスの声は上ずりながらも、はっきりしていた。

「我らとて、嵐や海賊に命を奪われるかもしれぬ。だが必ず、生きてローマへたどり着こう」

もちろん、と彦七は応じた。

四

肥前（ひぜん）、大村（おおむら）湾の穏やかな波が鈴田（すずた）村の浜を洗っている。

川が流れる地形にある村は、漁と製塩が盛んな大村湾の沿岸では珍しく、豊かな田畑が営まれて

いた。長崎の町からは街道を北東に歩いて一日ほど隔たっている。村の隅に海へ突き出た小さな丘がある。かつてはそこに、十字架を掲げた司祭館があった。元和八年のいまでは、司祭と信徒を収監する牢が置かれている。

晴れた七月の下旬。牢へ続く海辺の道を若い夫婦が歩いていた。まだ暑気の濃い初秋ながら、早朝の涼しい潮風が吹き抜けている。

「天国へ行ったら、年中これくらいの天気がいいですってデウスさまに頼もうかしらね」

妻のほう、益田末は下手な冗談を口にした。

「今日はうまくいくかな」

益田家に婿入りして四年ほどが経つ夫、慶三郎は端整な顔を歪めて別の話をした。

「大丈夫よ。ずっと、うまくいってたのだし」

夫と同じ不安を抱いていた末は、努めて明るく言い、小脇に抱えていた籠を少し持ち上げた。

「これも、今日は多めに用意しているし」

籠には大振りな桃を五つ入れ、底に銀子を包んだ懐紙を忍ばせてある。

慶三郎のほうは小さな葛籠を背負っている。信仰に欠かせないパンと葡萄酒、楽しみとなる南蛮の菓子や干した牛肉、紙、新しい羽根の筆を詰め込んでいた。仲間のキリシタンから集めた牢への差し入れだ。

ふたりは信仰を隠し、鈴田牢の下働きとして雇われている。月に一度ほど差し入れを渡し、囚人の生活を支えていた。牢番たちとは暗黙の了解があり、これまでは賄賂の量さえ間違えなければ咎められることはなかった。

ただし今日は事情が違う。八日前に長崎で、イスパニヤの司祭二名およびその密入国を助けた日本人十三名が処刑されていた。末たちも差し入れが許されず、あるいは捕らえられるかもしれない。

「そうだな」慶三郎は言った。「そもそも俺たちだって、デウスさまの御恩寵で一緒になれた。これからもお守りくださるはずだな」

ちょっと、と末はわざと口を尖らせた。

「おまえさまといっしょになるって決めたのはデウスさまではなくて、あたしです」

慶三郎は少しだけ笑ってくれた。

司祭が日本を追放されて、もう八年になる。豊臣家が滅び、たくさんの信徒が拷問や斬首に処され、大御所徳川家康は長寿を全うした。キリシタンへの禁令は「堅く御停止」という簡素かつ厳格なものに改まった。

ついに長崎とその近隣での大捜索が行われ、潜伏していた司祭四名、信徒二名が処刑された。詮議を逃れた人々は俯きながら昼に働き、夜更けにひっそりと使徒信条を唱え、秘跡にあずかれぬ悲嘆に耐えながら信仰を保っている。

末の父益田源介は、挙兵が中止になってからも引き続いて、小西旧臣たちのまとめ役であり続けた。見方を変えればまとまった人数を取り仕切っていたから、次第に町の乙名衆が集まる会合にも顔を出すようになった。キリシタンや潜伏する司祭を、源介と乙名衆は密かに助けた。

――彦七さまがお帰りになるまで、儂らが気張らねば。

源介なりの、それが忠義らしかった。

四年前の夏の夜、久方ぶりに司祭によるミイサが行われた。長崎郊外の大きな庄屋宅に、奉行所の目を忍んで五十名ほどが集まった。

――私に賜った皆さまの愛（ごたいせつ）に、心から感謝いたしまする。

日本に来て長いというカルロ・スピノラ司祭の流れるような日本語でミイサは始まった。信徒たちは声を潜（ひそ）めてうたい、久方ぶりの聖体（エウカリスチヤ）を拝領した。歓喜や悲痛のすすり泣きでミイサが終わったあと、末は慶三郎に呼び出された。庄屋宅の外は夏草の青い匂いと、少し欠けた月から注ぐ光が満ちていた。

――末どのと一緒になりたいのです。

慶三郎が言うと、それまで控えめだった虫の音が囃（はや）し立てるように騒々しくなった。

夫婦はたいてい親同士の話し合いで決まる。自分で決められるのなら、どれほど快いことだろうかと末は常々思っていた。求婚してきた慶三郎に嫌な思いはない。それどころか、どこか鬱屈（うっくつ）しながらも生真面目で、末を好んでいるらしい素振りを隠そうとして隠し切れない様子をずっと、可笑（おか）しくも好もしくも感じていた。

――あたしでよければ。

そう答えると、慶三郎は茫然（ぼうぜん）とした顔でへたり込んでしまった。極度の緊張が解けると人間はそうなるらしい。

末は慶三郎を引き起こし、庄屋宅へ戻った。年嵩（としかさ）の者たちがスピノラ司祭を歓待していて、源介と絹、慶三郎の老いた母もその輪にいた。

――あたしたちは一緒になります。司祭さまに結婚（マチリモウニヨ）の秘跡（サカラメント）を授かりたく。

慶三郎の母はびっくりして、床に上体を投げ出して詫び始めた。不肖（ふしょう）の息子が他人（ひと）さまの娘をたぶらかしたと頭から決めつけていたようだった。源介は絹と目を見合わせ、それから慶三郎の母をなだめ、「我が娘でよければご承諾くだされ」と説得した。

――今日のために、私は日本に残りました。

妙な成り行きに司祭も心が動いたようで、伸びた髭の隙間で頬を上気させていた。

かくて、一組の夫婦が生まれた。新婦は二十一歳で、並より少し齢（とし）を食っていた。入り婿となった新郎は一つ下の二十歳だった。

長崎市中の裏店（うらだな）で立ち退（の）きを逃れ続けている益田家に、家族がひとり増えた。慶三郎は源介が僅かな稼ぎを得ている私塾を手伝い、合間には波止場で働き、そんな生活のうちに末への口調も砕け、良き夫らしい振る舞いを見せるようになった。あまり昔話に凝るほうではなかったが、何かの用で高麗（こうらい）町の一角を通るときだけ少し悲しげな顔をした。そこにはかつて朝鮮人キリシタンが建てたサン・ロレンソ教会があった。

その夫が転がり込むように帰ってきた。結婚から三か月ほど経った冬の夕方だった。

――スピノラさまが捕縛（ほばく）され、鈴田の牢に送られた。

慶三郎は叫ぶような剣幕で、だが声を押し殺して告げた。波止場からの帰りに聞きつけたのだという。

源介は市中の信徒たちの集まりへ足繁く通い、司祭を救うべく密談を続けた。牢破りなどできないから、せめて万事不便なはずの牢へ差し入れをしようと決まった。衣類や食物などを大量に用意し、同じ人間を憐れむ仏門の徒の顔をして牢へ運んだ。差し入れのほとんどは牢番の懐に吸い込まれたあげく、一年足らずで禁じられてしまった。

次の手を思いつく前に、将軍上洛中の京で五十二人のキリシタンが火刑となった。明日は長崎でも、と誰もが怯えていたところ、鈴田牢で下働きを探しているという話が入った。牢内に潜り込めれば、収監者たちに多少なりとも物品を届けられる。危険と背中合わせながら好機でもあった。

――あたしたちが行きます。

末と慶三郎は目くばせだけで相談し、迷わず志願した。結婚の秘跡を授けてくれたスピノラ司祭を見捨てることはできなかった。鈴田辺りで顔役のキリシタンが助力してくれ、その息子夫婦という体で牢に申し出たところ、無事に雇われた。

近くに家を借り、末は飯炊き、慶三郎は小間使いとして鈴田牢で働き始めた。月に一度ほど、牢番の目を盗むか賄賂で目をくらまし、長崎から届いた物品を牢へ運び入れた。

かくて三年が過ぎた。その間にも司祭と信徒の捕縛が続き、鈴田牢の囚人は増え続けている。


「さて、行くか」

葛籠を背負った慶三郎は、鈴田牢へ至るやや急な坂道を見上げて言った。

「いつも通りの顔をしてればいいのよ」

夫の気負いをほぐしたくて、末はあえて軽く言った。

鈴田牢は、突き立てた丸太を並べた無骨な垣根に囲まれ、左右に番所と厨をくっつけた鉄格子の門を備えている。門前には警杖を握った牢番がひとり、退屈そうな顔で佇んでいた。

「下男の慶三郎、飯炊きの末でございます」

坂を上り切った慶三郎は牢番に声をかけた。三年にわたる勤めで互いの顔は見知っているが、牢に入る者は名乗るのが決まりだった。

牢番は黙ったまま慶三郎が背負う葛籠に目を向けた。

「よければ皆さまで召し上がってくださいませ」

末はその視線に割り込み、携えていた籠を牢番に示した。盛られた桃の隙間から、わざとらしく銀子の型を浮かせた懐紙が見えているはずだ。莫迦ばかしい手順ながら、堂々と賄賂をやりとりするわけにはいかないから仕方がない。

「牢の屋根が傷んでおりましたゆえ、修繕に要りそうな道具を持って参りました」

慶三郎が背中の葛籠について嘘をついた。差し入れはむろん厳禁だが、牢を設けた奉行所は黙認している。全き絶望より、外界の豊かさや人情のほうが囚人たちの心を折りやすいと思っているようだった。

牢番は籠に腕を伸ばし、桃の下から白い懐紙だけ抜き取って懐に突っ込んだ。それからやっと「ご苦労」と言い、腰の鍵を摘んだ。

錠前が付いた四つの鉄格子の扉、三重の垣根を抜ける。やっとたどり着いた牢は、幅二間、奥行三間の木格子に藁葺きの屋根を載せただけの素っ気ない造りをしている。

最後に牢の潜り戸の錠を開けた牢番は「手短にな」と念を押して詰め所へ去っていった。

何ともつかぬ悪臭の中、末と慶三郎は潜り戸の前で膝を突いた。何度見ても慣れない陰惨な景色がそこにあった。

十二畳敷きの広さしかない牢にはいま、三十二名の囚人が詰め込まれている。常に何名かいる病人は地べたに筵(むしろ)を敷いただけの床に横たわり、他の者は膝を抱えてじっと座っている。司祭はエウロパ人八名と日本人一名。残りは司祭に同行していた修道士(イルマン)、司祭を自宅に匿(かくま)った信徒と縁者でほとんどが日本人だが、修道士には中国人が、信徒には朝鮮人がひとりずついた。いずれも男ばかりだった。

頭の幅がひどく狭い人影が、木格子に背を預けている。末たちに結婚の秘跡を授けてくれたスピノラ司祭だ。褪(あ)せた黒い小袖から覗(のぞ)く胸には骨が浮き、束ねた栗色の髪と顎髭(あごひげ)は艶を失っている。頬の肉は削(そ)げ落ちていた。俯き加減の薄茶色の目に光はなく、末たちが現れても何の動きも見せない。三年半を超える囚人生活が魂を痛めつけているようだった。

「晴れていてよかった」

慶三郎が呟く。牢を出たすぐ脇には、囚人が用を足すための小穴が掘られている。ひとたび雨が降れば、穴から溢れた汚水が囚人たちの足を濡らしてしまう。

「お下げいたしまする」

末は牢へ向かって声をかけた。昨晩の夕餉(ゆうげ)の器(うつわ)を下げることから、飯炊きの仕事は始まる。

牢の中ほどで、男が立ち上がった。名を木村セバスチアンという。司祭追放のおりに追放船から海に飛び込んで日本残留を選んだ人だ。一年ほど前、潜伏していた家の主が褒美目当てで奉行所に密告し、捕らえられた。

木村はしっかりした挙措(きょそ)で歩き、積み重なった木椀と箸を押し込んだ竹筒を潜り戸の外に置いた。

「いつもすまぬな。今日もよろしく頼む」

木村は表情に乏しい。だがその低く深い声は、聞く者にいつも穏やかさを覚えさせた。

末の傍らに跪いた慶三郎が、差し入れの葛籠を牢へ押し込んだ。木村は表情を消したまま、さらに奥へ押しやる。周囲の囚人たちは何も話さぬまま葛籠を奥へ奥へと押しやり、自分たちの痩せた身体で隠した。

「俺たちには差し入れくらいしかできませぬ。まこと申し訳ないことでございます」

慶三郎は詫びた。木村が収監されて以来、差し入れがあってもなくても慶三郎は牢に行き、木村の顔を確かめ、その声を聞こうとした。末が聞く限り、ふたりの付き合いは決して長いものではなかったが、いまに至る慶三郎の信心や為人に、木村は強く作用したようだった。

「儂は平気じゃ。そなたらがくれる品々で、他の囚人も生き永らえておる」

木村は浅黒い頬を歪めた。彼なりに微笑もうとしたらしい。

「何より立派に長じ、よき妻もできた慶三郎に会えるのは幸いじゃ。そなたの顔を見るたび、デウスさまの御恩寵に浴する我が身を思い起こせる。囚われの日々に光を感じられる」

震え始めた慶三郎の肩に左手を置き、木村は遠いどこかを見るような目をした。

「彦七が天川へ渡って八年近いか。直き性根であったゆえ、立派な司祭になるであろうな。そなたらふたりをセミナリヨまで送り届けた旅は、儂にとっても懐かしい思い出じゃ」

「彦七さまは帰ってくるのでしょうか」

言ってから、末は自分の望みが分からなくなった。日本のキリシタンは司祭を待ち焦がれている。だが、日本で司祭を待ち受けるのは困難でしかない。見つかれば即座に殺される。もしくは木村やスピノラのごとく監禁される。帰ってきてほしい。けれど、帰ってきてほしくない。相反する思いが、末の胸の内でせめぎ合っていた。

「いかなるときもきっと、あやつはデウスさまのお導き通りに歩むであろうよ」

あえて明言しない木村なりの優しさに、末はむしろ痛みを覚えた。

木村は左手を慶三郎の肩に置いたまま、右手で懐から紙片を抜き出した。

「パードレ・スピノラが認められし、コンパニヤ総本山への書状じゃ。頼めるか」

慶三郎が押し戴くような手つきで紙片を受け取った。囚人たちは差し入れの紙と羽根の筆で、各地の信徒や天川、呂宋、またローマに宛てた書を頻繁に書き綴っていた。それらは末たちが預かり、仲間のキリシタンを介してポルトガル船まで届けられる。長崎では交易が続いていて、託す相手を間違えなければ外つ国との交信は難しくない。

「今日は涼しいの、ようやく秋らしくなった」

木村が堅苦しい顔つきのまま話柄を緩めたとき、牢を囲む垣根の向こうで騒々しい足音が立った。振り返った末は息を呑んだ。

黒漆の陣笠をてらてらと光らせた侍、それと警杖を携えた同心たちが、ぞろぞろと垣根の内に入ってきた。侍は四十絡みの顔を不快そうに歪めている。

「愚かな異教徒め、デウスさまを奉ずる儂に向かって邪なる仏の救いを説くか」

木村が怒鳴りながら立ち上がり、低い潜り戸越しに足を踏み下ろした。不意を衝かれた慶三郎は胸から蹴倒されて転んだ。

「臭い。かなわぬの」

牢の前に立った侍は眉をひそめ、鼻を摘んだ。牢の悪臭、木村の芝居。どちらについての言葉か分からぬまま末は数歩後ずさり、土下座した。慶三郎も呆けた顔で末に倣う。侍は顔を歪めたまま牢の前に立った。

「囚人ども、よう聞くがよい」

そも日本は諸々の神仏が加護を垂れ給う神国なり、ありもせぬ天主のみを一尊して寺社を毀つは天道に違う曲事、さらには南蛮の兵船を招来せんとするなどもってのほか、云々。

回りくどい話は末の耳には一向に残らない。ただ結論めいた言葉だけは胸を、それも思い切りえぐった。

「当牢の囚人ことごとく死罪といたす。伴天連（司祭）は火刑、その余は斬首」

将軍さま直々の御命なり、謹んで奉じよ。侍はそう添えた。牢の内からラテン語の祈り、囚人それぞれの生国の言葉での悲嘆が幾つも上がる。カルロ・スピノラ司祭の震える声もあった。

木村セバスチアンは、立ち竦んだまま静かに瞑目していた。

黎明まで続いていた雨は、日の出とともにすっかり止んでしまった。逃げるように雲が失せた空は澄み渡っている。

「これも、デウスのお許らいなのかしらね」

「今日ほど雨を望んだことはなかったのにな」

末と慶三郎は、帰ってきた長崎の裏町から空を仰いだ。

「天の美しきは、デウスのご憐憫かもしれぬな」

源介が力なく言い、歩き始める。

「おまえさまたちもご苦労でしたね」

絹は若夫婦を労い、源介の半歩後ろについた。

これから、キリシタンの処刑が行われる。鈴田牢の囚人に市中で捕縛された信徒を合わせ、刑せられる人数は五十五名の多数にのぼった。刑場はかつて二十六人が殉教した西坂の丘が選ばれた。

益田家の面々は何もできぬ痛憤を抱いたまま、せめて天国へ召される人々を見送ろうと家を出た。歩く長崎の辻々は静まり返り、たどり着いた西坂の丘は群衆で騒然としていた。巡らされた竹矢来の際で、慶三郎が真っ先に呻いた。

突き立つ二十五の柱に聖職者たちが縛り付けられていた。奉行所が死に装束を許したものか、カルロ・スピノラや木村セバスチアンは黒い長衣という出で立ちだった。いずれの柱も根元には薪が山と積まれている。

末は祈るような思いで見上げた。天は蒼く冴えたまま黙している。

群衆が騒めく。後ろ手に縛られた人々が、手槍を振りかざす兵たちに追い立てられて進み、聖職者の柱の前に跪いた。斬首される人々だ。緋毛氈の上で床几を使っている高位の侍たちはあれこれと談笑していた。

か細く、だが力強い歌声が上がった。柱に縛られたカルロ・スピノラが声を張り上げていた。ミイサで何度もうたった歌だ。末も思わず口ずさんだ。

――諸人こぞりて主を讃えよ
歌は荘厳で、どこか明るく、ラテンの詞の通り集いに誘うような力強さがある。歌声は火刑を待つ他の聖職者に、その前で跪いて斬首に怯えるキリシタンに、これから始まる殉教を見つめるしかない群衆に広がっていった。

歌が続く中、刑は唐突に始まった。

刑吏たちは無駄も感情もない手つきで、跪いた人々の首を落としてゆく。そのたびに鮮血が噴き上がって丘を染めた。転がった首は髪を摑まれ、火刑を待つ聖職者たちの前に据え直された。

「将軍よ、日本の諸人よ」

歌のあと、スピノラ司祭が日本語で叫んだ。

「我らが遠き国より万里の波濤を越えて来たりしは、兵禍をもたらし日本を奪うためにあらず。天国へ参る直ぐなる道を示さんがためなり」

口上の間にも斬首は進む。三十の生首が並ぶと、刑吏たちは血に染まった白刃を松明に持ち替え、薪に火を着けていった。スピノラはなお口上をやめない。そのうちにも火は盛り、聖職者たちは煙に呑まれてゆく。

「日本に救いを求むる人ある限り、訪れる司祭はよも尽きまじ。我らひとり斃るるたび新たに百人、日本へ来たらん。こいねがわくば汝ら、キリシタンの救済の力を知り給えかし」

そこまで言ったとき、スピノラの頭が糸を切ったようにがくりと落ちた。まだ火は身体に及んでいなかったが、煙に濁った熱気が息を止めてしまったらしい。

火刑者たちは口々に祈り、うたい、また説教を始めた。スピノラと同じように突然こと切れ、あるいは炎熱に耐え切れず歌が悲鳴に変わるなどして、声はひとつひとつ途切れていった。

「パードレ・スピノラの宣うた通りじゃ」

ただひとり残った木村セバスチアンがなお叫んだ。

「生まれたる国から退けられんとする日本のキリシタンに、デウスは天の国をご用意くだされておる。教会と我ら司祭はそなたらを見捨てぬ」

薪が騒々しく爆(は)ぜる。火焔(かえん)が急激に膨らみ、木村セバスチアンの肢体を包んだ。

海風が吹く荒野の丘。血にまみれた三十の胴体と首。二十五人を包む業火と煙。目の当(ま)たりにする景色が、末の胸の内で記憶の始まりと重なっていた。八代(やつしろ)での女子供五人の磔刑(たっけい)。人数も方法もまったく違う。だが、消えゆく命と消される理由は変わらない。いずれ父も母も、自分も夫も殺されてしまうのだろうか。お救い主を信じているという、ただそれだけで。

「儂らは、生まれた国から退けられておるのか。戦さが絶え、元和(わのはじめ)なる時を迎えたこの国で」

源介が低く呻いた。慶三郎は竹矢来に取りすがって木村の名を呼び続けている。絹は俯いて肩を震わせる。

末の目は二十五の炎と、刑場に溢れる血を凝視している。

天国にしか行けない。それは本当に救いなのだろうか。

その日、元和八年八月五日の晴れた空は、煙に塗り潰されていった。

五

江戸の市域は生き物のごとく拡張を続けている。

小日向は相変わらず外れにあり、鄙びた景色を養っている。田畑ばかりで人家の稀(まれ)なこの辺りにも季節は巡る。夏の終わり、小日向には朝早くから夏草の匂いが蒸れ立っていた。

井上政重は旅装を整え、自宅の門を出た。空はぽくぽくと雲を浮かべている。少し離れた道の隅には馬と四人の雇い中間（ちゅうげん）が、のんびりした顔で出発を待っていた。

「志茂、土産（みやげ）は何がいい」

振り向いた政重の眼前で大きな火花が爆ぜた。思わず「うわっ」と叫び、数歩後ずさる。

「あれ、ごめんよ。こっちを向くとは思わなくて」

盛大すぎる切り火を打ってくれた志茂が、火打石と打金（うちがね）を握ったまま目を丸くしていた。髪と着物だけは旗本の奥方らしく整えているが、言葉も挙措も昔と変わらない。

「いちいち火に驚いてちゃあ侍なんぞやっていけねえぞ、殿」

用人として家政を任せている伊奈虎之介も、朋輩（ほうばい）だったころの口の利き方をした。

「火花が目に入ったら危のうございます。身を大切に養ってこそ忠義も尽くせるというもの」

息子の松丸だけが、父の身を案じてくれている。もう二十二歳となり、名を政次（まさつぐ）と改めて卑役（ひやく）ながら江戸城に出仕している。

「そうなのだ、俺はそれを心配していたのだ。大事なお役目で京へ参るゆえな」

直（なお）く育ったひとり息子に助けられながら、ぐいと胸を張った。

政重は七年に亘（わた）って徳川家世子、竹千代の近侍（きんじ）を務めている。若君の近臣を選抜する目的もあって同時に老若数十名の侍が同役に任じられたが、才覚や性情を理由に次々と解職されていった。政重は側近と言えるほどにはならなかったが役を解かれることもなく、また旗本として押しも押されもせぬ五百石まで加増を受けた。かつて目標にしていた禄高だったが、いまとなっては通過点にすぎない。

　若君は長じ、家光と名乗りを改めた。二十歳となった今年、父秀忠から将軍職を譲られるため上洛する。主君が天下人となる旅に、政重は供を仰せつかっている。

「せっかくの京だし、主計頭さまともゆっくりお酒でも呑めたらいいわねえ」

　屋敷の門の下で志茂がそう言った。

「そうだな」政重は頷いた。「兄上のおかげで俺もここまでこられた。せめて礼くらい申したい」

　政重の兄、井上主計頭正就は今年、五万二千石の加増と秀忠付き年寄の職を得た。その祝いすら、政重はまだ言えていない。

　将軍職を譲った秀忠が大御所として為政を後見することは既定であり、江戸城中も諸侯も将軍家父子の関係をあれこれと噂した。そんな中で秀忠付きの正就と家光付きの政重が親しくすれば、たちまちあらぬ悪口が立ってしまう。城中で擦れ違っても他人行儀に目礼するしかできず、人目を忍ぶにも大名屋敷はぶらりと立ち寄れる場所ではない。

　真面目に勤めているがゆえに疎遠になってしまった井上兄弟の仲を、志茂はずっと気にしてくれていた。

「では行く。戸締りは怠らぬよう。体面に関わるゆえ、屋敷の傷みは費えを気にせず即刻直せ。知行地の揉め事は虎之介に任せ——うわっ」

　くどくどと説く政重の眼前で火花が爆ぜた。慌てて仰け反る。

「行ってらっしゃい。気を付けてね」

　志茂は笑った。政重は別のことを思い出して安堵した。

ここ数年、志茂の表情にどこか翳りがあった。京を皮切りに天下一円で始まったキリシタンの弾圧に、かつて信徒だった身として穏やかではいられなかったらしい。信心のみで罪せられる人々が哀れでならぬ、といつか話していた。

去年に長崎で五十五人が刑せられると、翳りの色はなお濃くなった。弾圧を命じる将軍家に仕える政重には、妻にかけるべき言葉がずっと思いつかなかった。だから、志茂の曇りない笑顔を久しぶりに見られてほっとした。

「土産は何がいい」

政重は最初に聞きそびれたことを尋ねた。志茂は小首を傾げ、

「元気に帰ってきてね」

答えになっていない答えを寄こしてきた。

七月二十七日、京の南にある伏見城で将軍宣下の儀式が執り行われた。

公卿百官と大名諸侯が平伏する中、勅使が奇妙な抑揚で宣旨を読み上げる。

――勅を奉るに、件の人宜しく征夷大将軍に為すべしと言えり。

勅使に遠く離れて正対している若者が、ゆっくり顔を上げる。将軍に任ぜられた徳川家光は、弱冠二十歳とは思えぬ堂々たる態度で宣旨の文箱を受け取った。鋭い目鼻には威があり、やや病弱ながら性は剛直。武門の棟梁にふさわしい器と周囲には目されている。

政重は同輩たちと広間の隅に控えながら、昂ぶりを覚えていた。このお方であれば、きっと天下は平らかに治まる。八年前に大坂で見た地獄は、もうなくなる。そう思い、あるいは願った。

宣下の式から十日ほど経った夜、政重は家光付き年寄の酒井讃岐守忠勝（さかいさぬきのかみただかつ）に呼ばれた。伏見城御殿の一室で、参上した政重はたじろいだ。

年寄といいながら三十半ばの精悍（せいかん）な顔つきをした酒井讃岐守が下座にいる。寛（くつろ）いだ胴服姿で上座を占めているのは新将軍の家光だった。

家光の近くに仕えて長いが、いかにも密（ひそ）やかな場で対面するのは初めてだ。政重は硬くなった身体を無理やり動かして平伏した。

「面（おもて）を上げよ」

讃岐守の声に、伏し目がちのまま上体を起こす。

「大御所さまに供奉（ぐぶ）して、そなたの兄が二条城（にじょうじょう）におろう。暇（いとま）を取らすゆえ、会（お）うて参れ」

つい先日まで将軍だった大御所、秀忠も上洛している。慣例により将軍宣下の式には同席しなかったが、井上正就ら近臣を伴って二条城にいる。

政重は内心で首を傾げた。兄に会うための暇など、わざわざ新将軍の御前で年寄から命じられるような話だろうか。

「ありがたく存じまするが何ゆえのお計らいで」

「甲府さまのことじゃ」

讃岐守の返事に、政重は身構えた。

甲府さまとは家光の弟、徳川忠長（ただなが）のことだ。幼少のころは家光より利発さを発揮していて、父秀忠は忠長を後継に考えている節があった。当時存命だった家康が介入して世子は家光と決まったが、忠長は引き続き父秀忠に愛された。甲斐に封ぜられた今も徳川一門に留まり、将軍位と家督の継承権を持っている。

「甲府さまは駿河も賜るよう、大御所に願い出ておられる。所領が甲斐一国のみでは将軍家をお支えできぬ、という理由だそうな」

はあ、と政重はあえて間抜けに聞こえる相槌を打った。内心では関わりたくないと思っている。

「また大御所さまは駿府をご隠居の地にせんと思し召しのご様子じゃ」

あえて鈍くあろうと努めていた政重も、気付かざるを得なかった。駿府での隠居は東照宮家康公の先例に倣ったまでであろうが、忠長が駿河を得れば話が変わる。もし将軍家兄弟に争いが起これば、忠長は大御所を擁することができる。

「甲府さまについての大御所さまの思し召しを、兄から探って参れ、と」

政重が確かめると、家光は黙したまま鋭い目を光らせた。答えたのは酒井讃岐守だった。

「ついでに、主計頭がどう思っておるかも、じゃ」

「ならばお断りいたします」

答えると讃岐守が思い切り眉をひそめた。

「兄の腹を探るなど御免蒙ります」

声がつい強くなる。三十九という齢に似合わぬ青臭さであると自覚している。それでも、政重にとって兄は権謀の対象ではない。大恩があり、尊敬に値し、その弟であることすら誇りにできるような男だ。

「言を慎め。上さまの御前であるぞ」

「手前は讃岐守さまに申しております」

若く、だがそこいらの壮年よりずっと磊落(らいらく)な笑い声が聞こえた。

「政重」まだ笑いを湛えながら家光は言った。「会うて参れ。それだけでよい。余が知るべき話があれば報(しら)せよ。なければ、あるいは言いたくなければ、それでよい」

主命とあらば否めない。二日後の正午過ぎ、政重は馬で伏見城を発った。腹立ちまぎれに駆け通そうとしたが、京の市中は人出が多く、ゆるゆる進むしかなかった。

二条城は、大御所のご機嫌伺いに参上した人々で騒がしかった。大御所付きの家臣たちにも政重の顔くらいは知られていて、ちょうど休んでいた兄の居室にすんなり通された。

「将軍さまの御命で参ったのか」

無駄話を嫌う兄はさっそく切り出した。

「ありていに申せば、おっしゃる通りです」

「ならば甲府さまのことであろう」

貧乏侍から年寄まで昇った兄は何事も察しがいい。その聡明さに政重は改めて感嘆し、久しぶりに会えた兄と生臭い話をせねばならぬ仕儀(しぎ)には少し腹が立った。

「儂も御意を全て承(うけたまわ)ってはおらぬが、大御所さまはお世継ぎを案じておられる。将軍さまがお生まれになるまで、長く男子を得なかったからの」

秀忠は正室との間に四女を生(な)した。次いでお手付きの側女(そばめ)から待望の男児を得たが、早世した。正室が家光を産んだのはそのあとで、続いて忠長が生まれた。なお別の側女からも一男が生まれたが、これは正室を憚(はばか)って養子に出された。

そして家光には、まだ子どころか妻もいない。正室を公卿の家から迎える予定だったが、世継ぎの話は確かに不透明だった。

「東照宮さま（家康）は将軍家を絶やさぬために、大御所さまの御弟君三人を徳川一門に残された」

正就は静かに続けた。徳川には本家の他、紀伊、尾張、常陸の三家がある。

「だが大御所さまはご兄弟でなく、己がお血筋に家督を継がせたいと思し召しなのであろう。ゆえに甲府さまを徳川に残されておる。人情としてはもっともであるが」

兄はそこで言葉を切った。言わんとすることは政重にも分かった。すでに徳川の家臣は将軍付きと大御所付きの二派に分かれつつあり、忠長の存在は火種のような危うさがあった。

「よいか清兵衛」兄は弟を通称で呼んだ。「我らは主君と徳川の御家に尽くすべし。家中に争いを起こし、あるいは加わるなど断じてならぬぞ」

「俺は一介の小姓でござる」

政重は将軍のすぐ側に侍っているが、その権は茶坊主に茶を頼むくらいしかなく、家督争いに加わることなどできない。情けなくもあるが、安心してもらいたいとは思う。

同時に暗い考えもよぎった。もし将軍と大御所が争えば、政重と正就の道も分かたれてしまう。

「思い出話でもしましょう。お大名にはなかなか会えませぬゆえ。酒があるとなおよい」

嫌な想像を振り払いたくて、政重は話を変えた。正就は仏頂面を崩さぬまま「よかろう」と肯い、家臣を呼んで酒肴の用意を命じた。

夜、伏見城へ帰った政重は酒井讃岐守の居室へ参った。

「家臣たるもの、主君と御家に尽くさねばならぬ。兄はそう申しておりました」

包み隠さず報告すると、讃岐守は苦々しい顔で「ご苦労」とだけ言った。

政重が江戸に帰って迎えた初冬、新将軍は江戸で伴天連とキリシタン五十名を火刑に処した。将軍が変わっても禁制は変わらぬ、という意志を天下に示すためだった。

政重は刑の執行には関わらず、城中で書状の整理や何やらに明け暮れて勤めを終えた。帰ると、出迎えてくれた伊奈虎之介の顔が沈んでいる。曰く、志茂が火刑を見てしまい、あまりの惨さに寝込んでいるのだという。

「天下を平らかに治めるためだ、仕方なかろう」

つい叱責するような口調になった。刑が過酷に過ぎるのではないか、と政重なりに疑念を抱いていたからだ。八つ当たりでしかない政重の怒りを、虎之介は黙って受け止めてくれた。


二年後、政重は家光近侍を解かれた。

「おぬしの精勤、それと気の強さを上さまは格別と思し召しじゃ。今後も励むよう」

年寄の御用部屋で、酒井讃岐守忠勝は祝意を湛えて精悍な顔を崩した。

政重は目付なる役に任ぜられた。旗本の監察、糾弾を本務とし、願書や伺い書の取り次ぎ、江戸城内の巡視、評定所での裁きに陪席するなど職掌は幅広い。二十人を超える同役との折衝、支配する下僚の指揮もあり、並みの者では務まらぬ重責だった。

さらには加増、また朝廷より官位を賜るという。

「粉骨砕身、あい勤めまする」

叫ぶように言い、政重は讃岐守に平伏した。

数か月後、小日向にある政重の屋敷は人でごった返した。昇進を祝う先達や同輩、新しい御目付さまの歓心を買おうとする輩、振る舞い酒を運んできた商人、振る舞い酒にあずかりに来た見知らぬ誰かなど、様々な人々が出入りした。井上主計頭正就からは使者を介して、自筆の祝い状が添えられた干し鮑と栗、鰹節をもらった。いずれも戦さに出る武士の験担ぎで、さすがに政重は苦笑した。

ともあれ、かつて蔵米二百俵取りの書院番士、井上清兵衛政重だった貧乏侍は、知行二千石の公儀御目付、井上筑後守政重となった。

出頭が良縁を呼び、子の政次は妻を迎えた。二千石という格式相応に盛大な婚儀の日、志茂は安堵の笑顔を浮かべていた。

天下は、将軍と大御所の「両上さま」を戴いて平らかに治まっている。政重は将軍家光の目となり耳となったつもりで、いっそう役目に励んだ。

政重が万感の思いを嚙み締めている間、徳川の家中には不穏がくすぶっていた。

懸案だった大御所隠居地は江戸城西丸で決着し、忠長にも望み通り駿河が与えられた。大御所秀忠なりに息子ふたりに配慮しての裁定だったが、忠長は自らを不遇と見做したようで、次第に素行が乱れた。命に関わるような絶食をしたかと思うと、暴食と大酒に耽る。さらには、咎のない家臣を手打ちにした。

大御所付き年寄の井上正就は、一貫して忠長を擁護した。忠長の家臣と密に書状をやり取りし、ときには秀忠の使者として忠長に対面して諭し、忠長が徳川一門から追い出されぬよう陰に日向に働いた。

——兄上もご苦労なことだ。

政重は、話を伝え聞くたびにそう思った。忠長が身を慎んで将軍を支えてこそ天下は安泰である、と正就は考えていたようだった。

六

新将軍就任の翌年から始まった寛永(かんえい)の世は、五年目の秋を迎えている。

その日、霧を思わせる細雨(さいう)に江戸は曇っていた。

江戸城での泊り番だった政重は、昼過ぎに屋敷を出た。侍三人と若党四人を従え、草履取(ぞうりとり)や槍持(やりもち)などの中間は十人ほど。格式相応の人数を引き連れ、騎乗(きじょう)して城へ向かう。

町は灰色の濃淡になっていた。傘を掲げて歩き、あるいは頭に手拭(てぬぐ)いだけ載せて走る姿が影となって浮かび、すぐに消えていった。

大手門の前で政重は下馬した。跪く番士や同心たちに顎だけで会釈し、草履取と挟箱持(はさみばこもち)のふたりを連れて城内を進む。本丸の門を潜ると御目付の登城を知らせる拍子木(ひょうしぎ)が打たれた。御殿に入って草履を脱ぎ、濡れた笠と蓑(みの)を草履取に渡している間に下僚たちが走ってきた。

「遅い」政重は一喝(いっかつ)した。「かくもだらしない仕儀で、お役目が果たせると思うてか」

下僚たちが恐縮しながら、城中の保安を報告する。政重は目だけで了解の意を伝え、廊下を行く。かつて勤めた書院番の詰め部屋の前で大袈裟(おおげさ)に咳払(せきばら)いし、番士たちに御目付の登城を知らせる。

俺も偉くなったものだ。仕来り通りのもろもろをこなして御用部屋に向かいながら、政重は感慨に耽った。目付となって四年になる。いつの間にか叱責の声がすっかり板についた。陰では「鬼」などと言われているらしい。

以前と変わらず精励しているだけだが、御目付なる職務が政重を鬼に見せているのだろう。下僚たちが整然と動くさまは心地よいが、過ぎた畏怖や怨嗟の目を向けられるのは、少々きつい。

引き換えというわけではないが、江戸城内は質実な気配に満ちている。この厳粛さが徳川将軍の威として天下に及べば、まず世は静謐であろう。己が緩めば世が緩む。大それた考えながら、政重の実感でもあった。

「して、なんの御用であろうな」

感慨を呼び起こしたきっかけについて、政重はひとり想像した。

珍しいことにその日、兄に呼び出されていた。今朝がたに使者が小日向を訪れ、勤めが終われば屋敷に来るよう、という素っ気ない兄の言葉を伝えられた。

何の話か分からぬが、話柄が許せば久しぶりに酒でも酌み交わしたい。そんなことを考えて廊下を曲がると、若い侍に出くわした。

「おはようございまする、父上」

子の政次は端に下がって目を伏せた。先ごろ家光近侍に抜擢され、精勤している。

「いまは人目がないからよいが、御城中では御目付と呼べ」

軽く叱りながら、政重は緩む頬を自覚した。

「励んでおるか」

「はい、皆さまのご指南を賜りながら、なんとかやっております」

かつての政重と違い、息子はよい先達に恵まれているようだった。

「千代どのと千熊(せんくま)は息災か」

嫁と、ことし生まれたばかりの孫について政重は訊いた。ふた家族が住むには小日向の屋敷は手狭なため、政次一家には別に家を構えさせている。

「おかげさまで千代は肥立ちもよく、千熊も健(すこ)やかに。また小日向にもお伺いします」

「そうしてくれ。志茂が喜ぶ」

政重は満足を覚えながら頷き、手を上げた。政次の立礼に見送られてさらに廊下を行き、やっとたどり着いた目付の御用部屋の前には、表坊主(おもてぼうず)が待っていた。

「酒井讃岐守さまがお呼びでございまする。西丸御殿へ急ぎ参れとのこと」

政重は訝(いぶか)った。城中ではゆるゆる振る舞うのが武士らしい威儀とされている。年寄自ら「急げ」とは、よほどの大事であろう。また西丸は大御所の御座所であり、政重ら将軍付きの家臣が呼ばれるほどの用はそうない。

「承った」

政重はそのまま表坊主に傘を持たせ、歩いた。霧雨を潜って着いた西丸の御殿で、出迎えた別の表坊主に案内されたのは納戸(なんど)だった。妙な仕儀に首を傾げながら、簡素な板戸の前に座る。

「井上筑後守、参りましてございます」

告げ、許しの声を待って戸を開き、政重は凍(こお)りついた。

六人が、窓のない納戸の内に座っている。四人は将軍付きの年寄で、政重を呼んだ酒井讃岐守忠勝の顔もある。もうふたりは大御所付きの年寄だった。

珍しい顔ぶれより、政重は彼らが囲む死体を凝視していた。裃は乱れ、脇腹と首回りは赤黒く染まっている。殿中ご法度の刃傷沙汰があったらしいが、死にざまはどうでもよかった。

「入れ、筑後。戸を閉めよ」

酒井讃岐守が小声で命じた。政重は震えながら膝行で入室した。

「まず、気の済むまで確かめよ」

讃岐守は顔に弔意を湛えていた。政重はそっと骸の顔を覗き込んだ。

兄、井上主計頭正就の顔は真っ青だった。ただ、死してなお謹厳な威が目鼻に満ち満ちている。

「よいか、筑後」

讃岐守が窺うような声をかけてくるまで、どれだけの時が経ったか分からなかった。

「主計頭どのを殺めたるは、豊島信満じゃ」

豊島は政重と同じく目付を務めている。親しい仲ではないが、陰気な目と追従めいた笑顔が印象に残っていた。

その豊島が今日の正午ごろ、用などないはずの西丸御殿に現れた。定めにより大刀を預け、公用の顔で御殿の内を歩き回った。詰めの間から単身で出てきた井上正就とすれ違いざま、脇差を抜いて叫んだ。

——我が遺恨、覚えておいでか。

豊島は正就の腹を刺した。正就も応戦しようとしたが、すでに深い傷を得ていて満足に動けない。続いて首元にも刃を浴び、たちまち血を失って倒れた。豊島は後ろから羽交い絞めにしてきた番士ごと自らの腹を刺し貫き、死んだ。

「殿中での刃傷は無論、許されぬ」

讃岐守は確かめるように不動の規則を挙げた。

「また大御所さまのご信任厚き主計頭どのを討ち参らせるなど、謀叛にも等しき大罪。即刻罰するべきなれど、まずは豊島が叫んだ遺恨がいかなるものか詮議せねばならぬ」

詮議といっても、当の豊島信満は死んでしまった。手がかりのないまま江戸城中で豊島と正就の関係を聞き取ると、動機を思わせる話が二つ、それもすぐに得られた。泰平の世は政重の知らぬところで士風に緩みをもたらし、武より耳を磨く侍もいたらしい。

「まず一つ」

酒井讃岐守は続けた。

先だって、正就の長男が婚儀を挙げた。嫁は、かねてから父親同士が親密であった徳川忠長家臣の息女。むろん政重も知っており、婚儀後の宴にも顔を出している。

実はそれより前、豊島の仲介で、正就長男は旗本某の子女との縁談が決まりかけていたという。あとから出た忠長家臣の娘との縁談に利があると見た正就は、先の話を破談とした。豊島は面目を失い、これを恨んだ。

「さようなこと」政重は震えながら首を振った。「兄に限ってございませぬ」

噂よ、と讃岐守はなだめるような声を使った。

「ただ遺恨なる豊島の言とは整合する」

もう一つの話は、こちらのほうがありそうだった。豊島は職権を悪用して不正に蓄財しており、正就に察知された。露見すれば賜死を免れない豊島は破れかぶれになった。

「筑後、そなたが知ることがあれば申せ」

「お裁きの参考にすると」

政重が声を絞り出すと、讃岐守は「さよう」と応じた。

「豊島の罪は九族死罪が妥当。なれどもまずは、話を全て明らかにせねばならぬ」

九族とは「親類縁者ことごとく」を指す。

駆け引きが始まっている。兄の死に打ちひしがれながらも政重は悟った。こたびの刃傷は、いわば将軍側家臣の失態だ。讃岐守らは大御所側家臣の顔を立てつつ、将軍側の非が少ない裁きを模索しているのだろう。兄について政重が知ることはないが、下手なことを言えぬとは分かった。

「しかと思い出したく」

政重は一晩の猶予を願った。


泊り番を免ぜられて政重は、真っ直ぐ小日向に帰った。兄の屋敷に寄る予定だったが、その兄が死んでしまってはどうにもならない。

強くなった雨脚に打たれながら自邸にたどり着き、玄関で雨粒を払っていると、出てきた志茂に居間へ引っ張り込まれた。

「主計頭さまが身罷ったと聞きました」

珍しく、妻はしおらしい物言いをした。

「なぜ、おまえが知っておる」

政重はまず怪しんだ。兄の死は隠しおおせる性質のものではないが、さっき城中で起こったばかりのできごとが、もう小日向の井上家に聞こえているとは考えにくい。

「豊島さまの家から使いが来て、知らせてくれました」

「話が見えぬ。どういうことか」

つい目付の口調になった。豊島との不義、という忌々(いまいま)しい想像はすぐに捨てた。志茂はもっと別の、より切実な顔をしていた。

「あたし、キリシタンにお銭(あし)を渡していたの」

今日、政重が自失しかけたのは二度目だった。

「おまえ、何をしたか分かっておるのか」

「分かっているから、あんたに打ち明けてるのよ」

それから妻は訥々(とつとつ)と話した。

一年ほど前、屋敷で雇っていた下男がキリシタンであると発覚した。主人政重の勤めに響くと判断した用人の伊奈虎之介は、政重に秘したまま下男を解雇した。弾圧の暴風に晒(さら)される下男を憐れに思った志茂は、その後も多少の銭を送って面倒を見てやるようになった。

この元下男が、次第にけっこうな銭をせびるようになった。世話を受けたいキリシタンが他にもいるという理由らしい。恩を恩とも思わぬ酷薄な性質だったのか、仲間のために必死だったのか。志茂は何も詮索せず無心に応じ続けた。

渡す銭が志茂の一存で使える額を超えそうになったころ、豊島家の下女が使いと称して志茂を訪ねてきた。夫が同役同士という縁で型通りの家族付き合いがあり、志茂は怪しまず会った。

「豊島さまは、志茂さまがキリシタンを養っていることを存じております」

下女はそう告げ、破滅を予感したまま黙っていた志茂に金子の包みを差し出した。

「ご法度なれど人倫にかなう善行ゆえ内密にする、足しになれば。豊島さまはそう申しております」

下女の言葉に志茂は安堵し、金子を受け取った。

「莫迦なことを」

監察を任とする目付の勘が、政重にそう言わせた。

「受け取ってしまえば、キリシタンを助けていると明かしたも同然ではないか」

叱りながら推測する。

豊島が不正に蓄財していたという噂は、おそらく事実だ。露見に備えて、政重をはじめ他の目付たちの弱みを握るか作るかしていたのだろう。

ところが、ほとんど別世界の住人である大御所付き年寄、井上正就が豊島の不正を知った。豊島は志茂の件を持ち出しただろうが、兄は徳川家への無私の忠心と、多少の火の粉は自力で振り払える才覚を備えている。「好きにせよ」とでも突き放し、絶望した豊島は兄を殺して自らも死んだ。そんなところか。政重が兄に呼ばれた理由も、おそらくこの件を告げるためだろう。

今日、正就と豊島の死を知らせてきた豊島家の下女は口止め料をせびったという。志茂は手元にあるだけの銭を渡して追い返してから、夫に秘密を打ち明けると決めたらしい。

「豊島が死ねば詮議となり、おまえの行いも明るみに出るかもしれぬ。だから今、俺に明かしたのか」

「ごめんよ」志茂は目を伏せた。「いけないとは分かっていたけど、キリシタンが憐れで」

「一つ、よいか」

問うた政重の心中はかき乱されている。

「おまえ、キリシタンに立ち返ったのか」

志茂は黙って懐に手を差し入れた。畳の上に置かれた小さな銀の装飾品は、磔にされた貧相な男を象っていた。

政重はやっと合点した。ゆえなき無心を断れぬほど妻は気弱ではない。ご禁制を破るほど愚かでもない。

五年前、新将軍の就任に際して行われたキリシタンの火刑がきっかけだったという。江戸市中ではそれまで存在が黙認されていた教会が残らず破却され、厳しい詮議と捕縛が続いた。

「あんたがやったわけじゃないとは分かっているけど、キリシタンを殺して回るご公儀から下された禄でのうのうとごはん食べてられるほど、あたしは強くないんだ」

我が身の矛盾が志茂をキリシタンに立ち返らせた。三代将軍の就任は志茂にとって凄惨な時代の始まりだった。

「キリシタンの禁制は世を平らかにするためだ。きゃつらは寺社仏閣を毀し、南蛮の兵を呼び寄せる。放置すれば天下は乱れ、大坂再陣のようなむごい光景がまた繰り返される。俺とて寛恕あるべしとは思うが、ご禁制そのものは正しい」

だが、本当だろうか。政重は自らの言を疑った。万民が徳川の威に服すればよいのは確かだが、信心に火刑で報いて服するのだろうか。さような威は天下にとって必要なものだろうか。

「そんなら」

志茂の叫びが政重の思考を中断させた。

「毀すとか呼ぶとか、行いのほうを禁じればいいじゃないか。どうして信心を禁じるのさ。どうして殺すのさ」

牙を剝く獣にも似た妻の形相に、ああ、と政重は思った。

「俺と地獄へ行ってくれるのではなかったか」

志茂は押し黙った。冴えた冷気が政重の胸に広がっていった。

障子が黎明の青みを見せ始めた。

政重は一睡もせずに書斎に座していた。顎を撫でると、伸びた髭が掌を刺した。

「殿」と声がし、襖が音もなく開いた。用人の伊奈虎之介は硬い顔で書斎に入り、ぴたりと襖を閉じ、それから口を開いた。

「今、志茂は発ったぞ」

「ご苦労」

政重は他に言葉が思いつかなかった。

昨夜、妻はキリシタンを世話していたと告白した。政重は離縁を決め、「好きな所へ行け」と告げた。身辺の世話と監視のために付ける下女は虎之介に選ばせた。落ち着いた先には食うに困らぬ程度の銭を送るつもりでいる。元をたどればキリシタンを禁じる公儀の禄だが、他に政重が用意できる物はなかった。

妻の旅立ちは見送らなかった。噴き出す未練に耐えられまいと思ったからだ。

「本当に、これでよかったのか」

全てを話してある虎之介が、ため息交じりに問うてきた。

「他に手はない。志茂がキリシタンであったと露見すれば、俺はともかく息子の将来に響く」

今、俺の口を使って話しているのは誰だ。そんなことを考えながら、政重は虎之介に盥を持ってくるよう命じた。

顔を洗い、髭を剃り、髷を結い直し、衣服を改める。腹立たしいほどまばゆい朝日に照らされながら馬を引き出し、単騎で駆けた。

息子は無事に独り立ちし、兄は横死し、妻は去った。政重の人生の目的は全て結末を迎え、しかし過半は望んだ形にならなかった。自死まで思案しながら夜を明かし、燃え尽きた灰に残る埋火のような己の感情に気付いた。

天下を定めねばならぬ。不穏の芽を摘まねばならぬ。平らかな世を確かに、揺るがぬ秩序を顕かにせねばならぬ。将軍を支える家臣としてできることがある。

胸中に積もっていた灰は、とたんに吹き飛んだ。埋火は刻々と輝き、暗い光としか言いようのない不思議な感触を帯びていった。

「早いな。構わぬが、ともに朝餉でも食うか」

訪れた江戸市中の屋敷で、酒井讃岐守忠勝は気遣いを見せながら客間へ招き入れてくれた。政重は断り、挨拶もそこそこに「兄のことで」と切り出した。

「どうだ、何か思い出したか」

「しかと思い出しましてございます。手前は将軍さまのお取り立てを賜った身でござる」

讃岐守は身を乗り出したまま目を眇めた。政重は構わず続ける。

「兄は忠長さまの後ろ盾でございました。その死は、将軍さまに仕える我らにとって好機。あたら逃すは勿体なきこと、せいぜい使うべきと存じまする」

それから腹案を説いた。豊島の仲介した縁談を正就が一方的に破談にした、という噂はこれを事実として扱い、信義に悖る所業と糾弾すべし。また不意打ちとはいえ、むざむざ討たれたるは武門にあるまじき恥辱。これも正就を責める材料にできよう。

「真偽はどうでもよろしい。兄が泥をかぶれば、その泥は忠長さまを押し立てる不埒者にまで跳ね、しばらくはおとなしくなりましょう」

じっと話を聞いていた将軍付き年寄、酒井讃岐守は目を光らせた。

「よいのだな、それで」

「無論。手前は将軍の臣でございますれば」

兄も分かってくれるはずだ。かくすれば、天下は動揺から遠のく。

「ようわかった。おぬしの言の通り年寄どもに諮り、将軍さまのご裁可を仰ごう。大御所さまの年寄への言い状は儂が考えておく」

「もう一つ。豊島の不正も確かめねばなりませぬ。手前にて屋敷を改めたく」

これは目付の職権であり、その場で許された。

政重はそのまま登城し、寝ぼけ眼で交代を待っていた泊り番の侍たちを怒鳴りつけて支度させた。人数を揃えて豊島邸へ踏み込むと、身代に不相応な量の金銀や刀剣、布帛が見つかった。政重を見て顔を強張らせた下女には「仔細は黙っておれ」とささやいて金子を渡した。

　城へ戻った政重は夕刻前、一件についての裁定を知る。

　殿中で刃傷に及び、大御所股肱の臣を殺めた豊島の罪は族滅に値する。ただし遺恨を晴らさねば武士の面目が立たず、大名たる井上正就に単身対峙するには殿中の他にあらじ。これを斟酌し、豊島の子息のみ切腹とする、とのことだった。

　妥当な落としどころであろう。御用部屋で政重はそう考えた。あまりに正就の非をあげつらうと大御所の権威にも傷がつく。「遺恨」の存在さえ認めれば、あとは人々が勝手に噂するだろう。好き勝手に尾鰭背鰭をつけられた巨大な怪魚は江戸城中を遊弋し、忠長の肩を持つ者たちに噛みついて回る。

　政重は酒井讃岐守宛てに、豊島の不正は秘するべし、と上申する書を認めて表坊主に託した。妻を強請り、兄を殺めた男の肩をなぜ持たねばならぬのか、という疑念は湧かなかった。

　――これでよい。

　ふと笑った。たったひとりで落ち込んでしまった暗闇は、不思議と居心地がよかった。

七

　二頭立ての箱馬車を降りると、光が溢れていた。

　春に入ったばかりのポルトガルはもう陽射しが強い。吹く風は乾いていて、おかげで、うだるような湿気た熱気はない。背後は狭い馬車を降りる人たちの足音で騒がしく、「二時間ほど休みます」という御者の宣言と、曳き馬の嬉しそうないななきが聞こえた。

朝から駆け通してきた馬車は丘の上に止まっていた。青く抜けた空の下、赤い屋根がひしめくエヴォラの街並みと明るい緑色の街路樹、点々とそびえる教会の尖塔が一望できた。

振り返ると大きな窓が並んだ白亜の建物が佇んでいる。重厚な木の扉の上には、ＩＨＳの三文字と十字架を組み合わせたイエズス会の紋章がある。噂に聞くエヴォラ大学は、確かに学びやすそうな環境だった。

「飯、でないのかな」

小西彦七は呟き、両手を上げて黒いキャソックに包んだ身体を伸ばした。リスボアから三日、ここエヴォラの地まで日中は馬車に乗りっぱなしだった。

校舎から出迎えらしき数名が出てきた。うち何人かはここから馬車に便乗し、バルセロナまで行く。

見知った顔に向かって彦七は手を振り、駆け寄った。彦七と同じキャソック姿ながら、紐一本を腰に巻いた彦七と違って絹の黒帯をきちんと巻いている。肩には革の鞄を掛けていた。

「四年ぶりか、マンショ。背が伸びたな」

「それなりにね。ミノエスさんもすっかりご立派になっちまって」

久しぶりに使った日本語に心地よさを覚えながら、日本の齢の数え方で二十三歳になった彦七は右手を差し出した。今年、リスボアのセミナリオでやっと卒業の資格を得た。

「私などまだまだだ。いや、これからだ」

ミゲル・ミノエスは力強く手を握り返してきた。彦七より齢はひとつ、学業はずっと進んでいて、エヴォラ大学の哲学課程を修了したばかりだ。おそらく日本人初の大学修了者らしいミノエスに驕った色はなく、顔は昔よりずっと引き締まっていた。

「やっとだな」

ミノエスの短い言葉には深い慨嘆が籠っていた。

「ええ。これから俺たちは、ローマへ行きます」

ふたりは万感の思いを込めて肩を叩き合った。

四年前の夏。彦七とミノエスはポルトガルの王都リスボアへ着いた。ゴアで岐部渇水と別れ、嵐や水不足に悩む十か月の航海を経てのことだった。

リスボアは新大陸やアフリカ、インドとその東南の海域、そして日本にまで広がる交易圏の中心らしい賑やかさがあった。宮殿や聖堂、大小の家屋が集まる斜面を上り、ふたりは聖ロケ教会を訪ねた。イエズス会が遂行する教育と海外宣教の拠点で、数百名の職員と学生が整った施設に起居していた。

聖ロケ教会の司祭たちは、はるか東の彼方からやって来た少年ふたりへ奇跡を見るような目を向け、すぐに休息と清潔な部屋を与えてくれた。数日後、教会はふたりの希望を聴取し、また適性を確かめ、それぞれに道を示した。

彦七は聖ロケ教会のセミナリオへの編入を勧められた。日本とマカオで合わせて四年近く学んでいた彦七にはそれなりの自負があり、また生まれで蔑まれたのかと絶望しかけた。次いでミノエスが学芸都市エヴォラの大学への進学を提示されると、どうやら公平な判断らしいと思い直した。

かくてミノエスはエヴォラへ発ち、彦七はリスボアで学生生活を再開した。

勉学に励む間、日本の情勢もある程度は知ることができた。地球の裏側からの報せゆえ一年から二年ほど遅れるが、リスボアには日本帰りの商人や船乗りがうろうろしているし、潜伏した司祭からの報告も印刷に付されてイエズス会内に回覧されたからだ。

彦七たちがリスボアに着いた翌年、日本では将軍上洛中の京で信徒多数の処刑が行われた。以降、弾圧が日に日に激しくなっている。話を聞くたびに彦七は歯噛みし、育ててくれた益田家をはじめ顔を知る人々の無事を祈った。

リスボアのイエズス会士を感動させたのは、カルロ・スピノラ司祭の報告だった。彼は長崎に近い鈴田なる地の牢に監禁されながら、現地の信徒を通してヨーロッパ世界へ報告を送り続けていた。

リスボアでの生活も三年半近くを数えた今年の一月、彦七は学院長に呼ばれた。前夜に倉庫でパンを盗み食いしていたから怯えたが、学院長室に行くと別のことを告げられた。

エヴォラのミゲル・ミノエスが大学の哲学課程を修了し、ローマの修練院に入る見込みである。それに合わせたわけではないが、彦七にもセミナリオ修了を認めるという。

「そんなら俺もローマへ行きます」

叫ぶような彦七の言葉に学院長は「そうであろうと思っていた」と言い、その後の進路についても示してくれた。

ローマで、イエズス会はグレゴリアン大学という学院を運営している。そこに併設されたセミナリオで一年ほど学んで当地に慣れ、修練院に進んで司祭に必要な霊性を養い、その後は大学で高等課程を修める。かくすれば晴れてイエズス会の司祭としての資格が整うという。

「やります。全部やります」

彦七は前のめりに言うと、学院長は指で机を叩いた。

「旅立つ前に空腹を制御する術を身につけておきたまえ」

見透かしたような学院長の最後の言葉に、彦七は「誓って」と軽々しく返した。

「うまい」

ミノエスと再会したエヴォラ大学の食堂で、彦七は声を上げた。

塩漬け肉を挟んだパン、オリーブ油を垂らしたスープ。出された昼食は簡素だったが、腹が減っていたからありがたかった。十分ほどで平らげてしまうと、やることがなくなったから、馬車が出るまでミノエスに頼んで周辺を案内してもらうことにした。

エヴォラの街は静かだった。古代ローマ時代の遺物という円柱を並べた神殿の廃墟、天に橋を架けるような高さに掲げられた石造りの送水路は荘厳で、また聖堂や学校が多い。騒がしいリスボアと違い、道行く人々もどこか落ち着いていた。

「大学では太陽中心説を学んだ。学生たちも盛んに議論していた」

ミノエスが街中で、しかもポルトガル語で言うから、彦七は慌てて左右を見回した。誰も気に留めた様子はなかった。

「論争のある説だね」

彦七は控えめな声と表現を使った。

太陽を中心にして地球と主な星が周回しているという説は古代ギリシャの時代からあり、ピタゴラス学説と通称されていた。ずっと否定されていたが、蓄積された観測結果や数学の発達は地球の運動を強く示唆し、支持を広げていた。

ただし聖書には、地球が宇宙の中心と解釈できる記述があった。彦七たちがヨーロッパに来る数年前、教皇庁はピタゴラス学説を異端と決定した。

「あれは、権力闘争だよ。私が聞く限り」

ミノエスは失望したように首を振った。ピタゴラス学説の急先鋒(きゅうせんぽう)だった学者は、聖書を奉じつつも解釈への疑義を知人に打ち明けた。教皇庁は地球の運動を否定も肯定もしなかったが、聖書解釈の決定権を持っていたために捨て置けず、話は異端審問所に委(ゆだ)ねられた。審理に関わった聖職者にもピタゴラス学説の支持者はいたが、各修道会や教皇庁内の力関係によって異端と裁定された。

「私は、神が創りたもうた世界を疑わない」

日本の語彙(ごい)では言い得ない概念が多いからか、ミノエスはなおもポルトガル語で話す。

「だが、その世界を観ずる人間は、神の御意を知りえぬ程度には不完全だ。だからこそ字句の解釈などに耽らず、事実に誠実であるべきだ」

どうしてこんな話をするのだろう、と彦七が思っているうちに広場に差しかかった。中心には円形の池があり、魚を模した像が口から水を噴き出していた。ミノエスは立ち止まり、広場の一角を指差した。

「見てみろ、マンショ」

台に立った髭面の男が勇ましい声でがなり立てて、周りに人だかりができている。

「イスパニアが兵士を募集しているのだ」

ヨーロッパの国々は絶えずどこかで戦争を起こしている。領土的野心にカトリックとプロテスタントの対立も加わり、収まる気配はない。各国が費やす莫大（ばくだい）な戦費は交易、言い換えれば新大陸やアフリカ、東インドでの略奪や虐殺、奴隷労働で賄（まかな）われている。

「動く地球を止め、戦争や侵略を続ける。そのヨーロッパで私たちは何を学ぶべきなのだろう。あるいは、学んだことのどれほどが日本の信徒たちの助けになるのだろう。それが私には分からなくなったのだ」

念願のローマ行きを目前にして、ミノエスは沈鬱（ちんうつ）な顔をしていた。

「大学はいいところだったんだね」

かけるべき言葉が思いつかないまま彦七は言った。ミノエスは首を傾げた。

「分かんないことが見つかるのは、大学で学んで色んなことが分かったからだろ。世界ってのはつまり、それだけ広くて深くて、高いものじゃないかな。そこに俺たちは生きてる。これまでも、これからも。分からなくても」

「分からなくても」

「性（ショウ）ってのがあるからね」

木村セバスチアンにもらった言葉を、彦七はいまも大切にしている。自分の性が何か彦七は分かっていないが、いつか言葉にできるだろう。言葉にできなかったこれまでも、彦七の身体を突き動かしてくれたのだから。ミノエスほど理屈を突き詰められない引け目もありつつ、彦七は「分からない」ということに不安を抱いていなかった。

遠くから、また近くから、時を告げる鐘が一斉に鳴り響いた。

「戻ろう、マンショ。馬車が出る時間だ」

ミノエスは踵を返した。ともかく前に進もうと決めてくれたらしい。


ローマの街は大きかった。

地図を持つミノエスを頼りに、彦七は曲がりくねった大小の街路を歩いた。巨大なサン・ピエトロ寺院を見上げてため息をつき、その前の大きな広場で鳩を追いかけた。サンタンジェロ城を眺めながらテヴェレ川の石橋を渡り、イエズス会本部のジェズ教会を過ぎた辺りでミノエスの顔が蒼褪めた。

「すまない。どうも迷ったらしい」

「うろうろしてれば何とかなるさ」

当てなどないまま、今度は彦七が前に立った。左右に背の高い建物が続く道は、やがて緩い上り坂になった。坂は少し先で石の階段に変わり、上りきったところには長い斧槍を携えた衛兵が佇んでいた。

「分かった」

ミノエスが叫ぶ。階段の先は教皇の夏宮、クイリナーレ宮殿だという。ということは、などとぶつくさ呟きながらミノエスは足を動かす。来た道を少し戻り、角を曲がる。

「ここだ、ここがグレゴリアン大学」

淡い褐色の建物の前でミノエスは足を止めた。建物一層目にはアーチ型の大きな扉が三つある。その上の二層には大小の窓が張られ、四層目は列柱を並べたバルコニーになっていた。

「でかい学校だね」

　気後れを振り払って、彦七は真ん中の扉を引き開けた。すぐ脇で机を置いて居眠りしていた職員を起こして来意を告げると、大きな一室に通された。

　部屋には緋色(ひいろ)の敷物が敷かれ、瀟洒(しょうしゃ)なテーブルと椅子(いす)が据(す)えられている。ミノエスが書棚に並んだ背表紙をしげしげと眺めている間、彦七は椅子の座面に張られたビロードを撫で回していた。

　そこへ赤毛の若い司祭が入室してきた。

「あ」

　と彦七とミノエスが同時に声を上げたのは、司祭に連れ添っている男に対してだった。

「きみたちの話は聞いている。当学院での生活を説明したいが、先に旧交を温めるといい」

　そう言って赤毛の司祭は傍らの男を手で示した。

「パードレ・ペトロ・キベ・カスイだ。ここ数日、きみたちの到着を待っていた」

　岐部渇水は得意げに胸を張り、赤毛の司祭が立ち去ると椅子に座った。司祭らしい優雅な挙措で、自慢だったはずの蓬髪は短く切り揃えられていた。

「司祭になっても、何も変わらねえけどな」

　話す言葉だけは、いかにも渇水らしかった。

「いつローマへ。そしていつ司祭に」

　席に着くなりミノエスが身を乗り出した。その目はもう涙ぐんでいた。

「ローマに着いたのは二年前だな。エルサレムに寄ってから来たって言ったら妙にちやほやされて、すぐ司祭にしてもらった」

「ほんとにエルサレムへ行ったんですか」

彦七が言うと、渇水は「きつかったぞ」と顔を大袈裟に歪めた。

「でも行ってよかった」

彦七たちと別れた渇水は、路銀を稼ぐために一年ほどガレー船の漕ぎ手をしていたという。奴隷すら惜しまれて戦争捕虜が充てられるような過酷な仕事だ。

「幸い、身体だけは丈夫に生まれついてる」

こともなげに渇水は言う。漕ぎ手をやめたときにはペルシャ南岸の「どこか」の港町にいた。だいぶエルサレムに近付いていたこと以外は何も分からなかったが、駱駝を連ねた隊商に頼み込んで同行させてもらい、現地の言葉を覚えながら砂漠や荒野を西へ進んだ。隊商も、立ち寄るオアシスの人々もマホメット教徒だった。教えのためか現地の風習によるものか、渇水は客人として迎えられ、迫害や敵視のたぐいは一切受けなかったという。

「羊がうまかったぞ。脳なんかとくにな」

聞き慣れぬ食材に彦七は背筋が凍り、ミノエスは興味深げに首を振っていた。

そして渇水はガリラヤ湖のほとりに着いた。イエスが弟子を取り、病者や悪魔憑きの人々を癒し、群衆に説教を垂れた場所だ。

イエスの故郷ナザレに寄り、点々と樹木が佇む赤茶けた荒野を十日ほど歩くと、エルサレムの城壁が現れた。

「十日もかかるとは思わなかった。聖書を読むだけじゃ分からねえもんだ」

その場で二昼夜ほど野宿し、ただ祈りと感慨に耽った。最後に携えていた小刀で髪を切り落とし、それからエルサレムに入ったという。

「結局、俺は俺だった。お会いしたこともねえイエスさまの見た目だけ真似たところで、何も変わらねえ。神は、俺をイエスさまじゃなくて岐部渇水として造り給うたんだから、当然と言えば当然だ」

エルサレムで半年ほどを過ごし、船でヴェネツィアへ行き、陸路でローマへ入った。ゴアで彦七たちと別れてから三年近くが過ぎ、渇水は三十四歳となっていた。

ローマのイエズス会本部は奇跡のような旅路を越えてきた日本人を厚遇し、その年の内に渇水は司祭に叙階された。

「それはそれで困った」

念願だったはずの司祭叙階を、渇水は渋い顔で話した。神学をきちんと修めたかったのだという。そのため志願して修練院に入り、霊的な修行を続けながらグレゴリアン大学に学び、今に至る。

「マンショ、おまえには感謝している」

渇水はてらいも見せず頭を下げた。

「おまえがローマ行きを思いついてくれなけりゃ、俺はずっと同宿のままだった。エルサレムへ行くことも思いつかなかった」

「俺は口で言っただけ。実際に行ったのは渇水さん、いや、パードレ・ペトロ・キベです。ところで」

そこまで言ってから、彦七は表情を改めた。

「渇水さんは俺たちを待ってたって、さっき司祭さまが言っていました。てことは、つまり」

そのつまりだ、と渇水は胸を張った。

「俺は日本へ帰る。リスボアの修練院でもう一度修行してから、冬に出る船に乗る」

その前におまえたちに会えてよかった、と渇水は続けた。偶さか、大学のセミナリオに編入される学生の名簿を目にする機会があって彦七とミノエスの名を見つけた。ふたりの顔を見てから発とうと考え、大学の宿坊を借りて到着を待っていたのだという。

会内の連絡が盛んなイエズス会でも、一人ひとりの学生の動向まで全会士に周知させることはない。渇水も彦七たちも、互いが無事であることさえ知り得なかった。

「御恩寵だな」

と渇水は歯を剝き出して笑った。

「再びの御恩寵があれば、日本で会おう」

その顔つきは勇ましかった。また、嵐が吹き荒れる大洋を越え、殉教の苦難が続く国へ向かうとは思えぬほど陽気だった。

翌日、渇水はローマを発った。用は済んだとばかりの素っ気ない旅立ちが、いかにも渇水らしいと彦七は思った。

八

グレゴリアン大学のセミナリオで予定通り一年ほどを過ごした小西彦七とミゲル・ミノエスは、

聖アンドレア修練院に移った。大学から歩いて十分ほど、クイリナーレ宮殿とは通りを挟んだ向かいにある、三階建ての厳かな施設だった。ここで修練期と呼ばれる清貧と祈りの生活を過ごし、イエズス会士に求められる霊的な資質を養う。

修練院では三人部屋を与えられた。寝台と小さな机を人数分だけ押し込んだ部屋は狭かったが、大きな窓のおかげで気詰まりすることはなさそうだった。すでにひとりが起居していて、あとから彦七とミノエスが入る恰好になった。

「ぼくはフィリポ・マリノ。イタリア人だ。今後ともよろしく」

同室になる若者が、緑色の目をくりくりと動かして彦七たちを部屋に招き入れてくれた。

「ここは食事がほんとうに少ないよ。といっても他の修道会は泥を温めたくらいの粗食らしいから、それよりずっとましだけど。苦行も義務じゃない。ぼくは痛いのが苦手だから助かる」

さすがに泥はあるまい、と彦七は怪しむ。人を疑わないミノエスは「泥を食べるのか」と瞠目していた。

「おとといだったかな、日本人と同室になるって院長から聞かされて、うれしかったよ。ぼくは外国へ行ったことがない。いろいろ日本のことを教えておくれ」

マリノはひとりだけの快適な暮らしを奪われた恨みなどないようで、むしろ話し相手が欲しかったと言わんばかりの口調で忙しく口を動かす。

「ぼくたち三人の公用語は、このままポルトガル語がいいかな。ぼくはローマ育ちだからイタリア語もできるし、ご先祖が話していたラテン語も自慢じゃないが上手なほうだ。まったく神の御恩寵だけど、ぼくは語学が得意でね」

謙遜とも驕りともつかないマリノの言葉が、彦七は可笑しかった。ミノエスも笑っていた。

彦七はマリノへ手を差し出し、口を開いた。

「はじめまして」

なるほどポルトガル語だね、と言いながらマリノは手を握り返してきた。

始まった修練院での生活は、単調そのものだった。

日の出前に起床し、ミサを行う。朝食のあとは菜園の世話、院内の清掃と営繕などの労働をこなす。昼食後は午前の残務か、それがなければ読書や瞑想、ほど近いグレゴリアン大学での勉学に励む。日没ごろに夕食を終え、再び読書か瞑想を行ってから就寝する。

食事は三食とも長机が並んだ食堂で摂る。パンに薄いスープという献立で、祭日の夕食には肉か魚が出た。小声の私語は咎められないが、当番による書籍や会報の朗読時は静粛を保った。

彦七は粛々と労働に従事し、黙々と学んだ。司祭への道を着実に歩んでいると思えば、退屈は覚えなかった。またたく間に一年が過ぎ、修練院での二回目の秋を迎えた。

「明日から私は『霊操』に入る」

ある日の夕食時、彦七の右に座ったミゲル・ミノエスが切実な顔で言った。広い食堂は、修練者たちの密やかな話し声と底冷えの冷気に満ちていた。

「やっとかい。早く始めればよかったのに」

応じながら彦七は身体をひねる。配膳役からパンとスープ椀を受け取り、パンの表面に浮いた黒い粒を確かめて「干し葡萄か」とため息をつく。ヨーロッパの食事にはすっかり慣れたが、幾つか苦手な食材もできていた。

「マンショはもう霊操も二週目だろ。どうだ、何か感じることができたか」

霊操とは、イエズス会の創設者ロヨラ師が自らの体験をもとに編み出した霊的修行だ。指導役の導きを受けながら一時間おきの瞑想を日に五度ほど、四週にわたって行う。聖書に記されたイスラエル民族の歴史やイエスの誕生、復活などの事績を追い、最後には神の存在を体感する。魂を整える目的から、身体の健康を整える体操になぞらえて霊操と名付けられた。

ミノエスと彦七は同時に、指導役から霊操を勧められた。ミノエスは持ち前の慎重さのためか「聖書をもう一度読んでから臨みます」という理由で断った。彦七は何も考えずに始めた。

「私はつい理詰めで物事を考えてしまう。霊操を行ったとて、神を感じられるのだろうか」

匙(さじ)を握ったままスープ椀に手を付けぬミノエスの不安が、彦七には痛いほど分かった。なにせ彦七自身、霊操で何も感得できてはいない。いくら瞑想に入ろうとしても心は空っぽのままだった。司祭の適性がないのでは、と密かに悩んでいた。

「マンショは干し葡萄が苦手だったよね。今日のパンは大丈夫かい」

同室のフィリポ・マリノが、左から緑色の瞳をきらきらと輝かせた。

「換えてやってもいいぜ」

彦七が言うと、マリノは椀をしおらしく滑らせてきた。パンだけ食ってこいつは喉が詰まらないのだろうか、と彦七は疑問を抱いた。

食事のときはたいてい、当番の修練士が古代ギリシャの詩や戯曲、イエズス会報を朗読する。その日に限っては全員が食べ終わるのを待って、初老の司祭が立ち上がった。

「今日は日本管区からの年報を読み聞かせる。二年前、一六二二年のものだ」

ちょうどミノエスとエヴォラで再会した年だ。彦七は懐かしさを覚えた。

「先に言うが、日本ではまたも多数の殉教者を出す弾圧が起こった。心して聞くように」

司祭は、食堂にいるふたりの日本人修練士に弔意を込めた顔を向けたあと、手元の書面に目を落として声を張った。神の栄光と殉教者の誉(ほま)れを讃(たた)える美辞、弾圧者への呪詛(じゅそ)がラテン語で続く。

「長崎(ナンガサクイ)にて――」

訛(なま)った発音で読み上げられた地名に、彦七の身体がびくりと震えた。

鈴田なる地に捕らわれていた司祭や修道士、また信徒も含めて五十五名もの人が、火刑もしくは斬刑に処された。そのような概略を述べ、報告は殉教者の名を列挙してゆく。

彦七の胸を、記憶にある人々の顔が次々とよぎる。いまさら遅いと知りながら、無事を祈った。

「パードレ・セバスティアン・キムラ」

「嘘だ！」

彦七は立ち上がって叫んでいた。


聖アンドレア修練院の礼拝堂は、さほど大きくない。五十名ほどの修練士が参集する毎朝のミサは、動くにも難渋(なんじゅう)する。

それでも、ひとりだけの彦七には心細くなるほど広い。

夜だった。窓に月明かりはなく、まばらな星の光は届かない。闇だけが窓から流れ込み、礼拝堂を満たしていた。

携えてきた燭台の小さな火は、磔にされたキリストの薄い胸と頬のそげた顔だけを仄(ほの)かに照らしている。彦七はその前に座り込んでいた。

少し前、夕食の場で長崎の大殉教と木村セバスチアンの死を知らされた。思い返せば我ながら驚くほど取り乱したが、ミノエスやマリノ他、周囲の修練士たちになだめられて、何とか話の続きを聞く程度の落ち着きを取り戻した。

溢れる感情を抑える術が思いつかず、すがるように礼拝堂に飛び込んだ。見上げる先でキリストの像はただ黙している。

「ここにいたのか、マンショ」

遠く入口の辺りからミゲル・ミノエスの声が聞こえた。彦七は振り向かぬまま、返事の代わりに燭台を軽く持ち上げた。少しして、右手に新たな明かりと横顔が浮かんだ。

「木村セバスチアンさまは追放の船でお会いしたきりだったが、渇水さんがよく名を挙げていた。マンショとも浅からぬ縁だったのか」

腰を下ろしながらミノエスが尋ねてきた。

「俺が日本を出るきっかけをくれた人だ。それと俺がセミナリオに入るとき、あともうひとりいたけど有馬まで送ってくれてね」

続けて、道中で追剝(おいはぎ)に襲われたことを話した。

「立派な方だったのだな、木村さまという方は」

ミノエスはそう言ってくれた。

「俺たちは、日本へ帰るべきなのかな」

彦七は思い切って、ずっと抱いていた悩みを口にした。

「死を恐れたわけではなさそうだな。どうしてそう思ったのだ」

「聞く限りさ、日本では棄教すれば殺されない。そこへ俺たちが戻って信心を励ましてしまえば、そのさ」

「かえって信徒を死に追いやってしまう。そう言いたいのか」

彦七は頷いた。

司祭となって帰ってくる、と約束して彦七は日本を出た。だが、たとえ待ってくれている人を見捨てても、それで彼らが死なずに済むなら、そのほうがよい。少なくとも、約束を守るなどという手前勝手な満足だけで帰るべきではない。そんなことを彦七は話した。

「マンショの言う通りかもしれぬ。難しいな」

ミノエスは、考えるように暗い天井を仰いだ。

「私は神を疑わぬ。だが神が創りたもうた地上では、教えが正しく行われておらぬように思う。そんな地上でどうすべきか、私は分からなかった」

地球が動くかどうかの話、戦争、異教徒へ向ける残酷さ。ミノエスはそれらへの疑義を以前から口にしていた。

「分からなくても我々は生きている。そう言ってくれたのはマンショ、おまえだ。だから私も気付いた。もし神が別の地上をご覧になっていても、我らはこの地上で生きるしかない。振り返ってくださる日を信じて」

まとまらぬことを申した、とミノエスは恥ずかしそうに笑った。

「ミノエスさんと一緒にいられてよかった」

彦七は言った。悩みに付き合ってくれる人がいるだけで、ありがたかった。答えを求めよう、と思った。

翌日、彦七は霊操の祈禱室に入った。

「よいのかね、マンショ」

取り乱した昨晩の彦七を知っている指導役の司祭が心配してくれた。彦七は「はい」と答え、今日の瞑想で追うべき歴史の話を改めて聞き、独り祈禱室に籠った。

蠟燭と銀の十字架を載せた小さな祭壇の前に跪く。手を合わせて目を閉じ、聖書の場面を思い返す。荒野、湖、病人、血肉を授ける蓬髪の人、帝国の総督、市民、罵る神官、鶏の鳴き声、飛び散った銀貨。いくら考えても何も起こらない。いつもなら諦めて気を抜くところだが、その日の彦七はさらに意識を集中した。

すると突如、別の光景が浮かび上がってきた。

高い石垣が陽に焙られている。

廃城なのか塀も櫓もない。十字の旗や幟がそこかしこに掲げられ、大小の小屋が火と煙を噴き上げ、月代の伸び切った男や小袖の汚れた女が逃げ惑っていた。その後ろ襟や髪を、群狼のごとく追いすがる兵たちが摑み、無造作に首を落としてゆく。

幻の中にいる。分かっているが、彦七は駆け出さずにはいられなかった。血刀を掲げてうろつく兵たちを掻き分け、そこら中に転がる首を確かめる。いつか夜になっている。中天に上がった月は血しぶきに濡れたように赤かった。

一つの首を拾い上げる。源介の顔をしていた。その顔は絹、次いで末に、最後は土に変じて彦七の手から滑り落ちた。

轟音に振り返る。兵たちが石垣を崩していた。首のない胴体が放り込まれた大穴を石や土が埋めてゆく。

「やめろ！」

彦七は叫ぶ。脇の階段から石垣を登り、手近な兵に摑みかかる。その鉄笠を剝ぎ取ると、今度は慶三郎の顔が現れ、木村セバスチアンに変わり、やはり土くれとなって崩れた。

ああ、と彦七は声を漏らした。

殺されたのも殺したのも皆、同じ土の塵から造られた人だ。神が人との和解のために御子を遣わした地上では、人同士が和解できずにいる。争いの原因は見失われ、過程だけが暴れ回り、結果だけが全てを薙ぎ倒してゆく。

見上げた。崩れゆく石垣の上に十字の旗が揺れている。旗を掲げていた人々は教えを棄てず、死を選んだ。棄てられるものなら棄てていただろう。新しい日本がキリシタンを棄てようとしているように。

幻が途切れる。目を開くと、祈禱室は薄暗いままだった。前に据えられた祭壇には蠟燭の小さな火が揺らめき、磔刑のキリストを象った銀の像を照らしている。

――我は世の終わりまで、常に汝らと共に在るなり。

そう宣うたキリストに倣うのは、いかにもおこがましい。だが心は定まった。

「俺は帰ります」

像に、彦七は宣言した。棄てられる人々とともにありたいやつがひとりくらい、いてもいいだろう。

リスボアの埠頭は、横付けされた大小の船で埋め尽くされている。

船を送り出す北の季節風が今年はなかなか来なかった。この四月の下旬になってやっと空気が流れ始めたため、どの船も出航の準備に慌てふためいているようだった。

三本のマストと高い船尾楼を掲げた聖ロザリオ号は、ラム酒と毛織物、銀を積んでインドのゴアへ行く。便乗する十名ほどとその見送りのイエズス会士たちは、手間取っているらしい荷の積み込みに待たされてぼんやり突っ立っていた。

「もうちょい、すかっと晴れてくれないもんかね」

小西彦七は天を仰いだ。雲は七分ほど頭上を覆っていた。隙間からは青い空がはっきりと見え、陽光が柱のような輪郭をもって地と海に注いでいる。旅人が出発に際して抱く不安と希望の両方を写し取ったようにも見える。

「見ようによっちゃあ、悪くない天気でもあるか」

「パードレ・マンショ・コニシは話しぶりがよくない。直したほうがいい」

ヨーロッパ風の呼び方を交じえた日本語で、傍らのミゲル・ミノエスが笑った。

「日本に着くまでに直すよ。司祭らしい話し方を、ご先達のパードレ・ミゲル・ミノエスに船の中でしっかり教えてもらおう」

「やっかいな教え子を抱えてしまった。教えるほうの身にもなってもらいたいものだ」

軽口を言い合ったあと、ふふん、とふたりの男は笑い合った。

彦七とミノエスはローマの修練院で二年を過ごし、グレゴリアン大学に戻って神学課程に進んだ。次の年にミノエスが、さらに一年を経た去年には彦七が、念願の司祭に叙階された。

ふたりは卒業を待たず、日本への帰国を熱烈に志願した。殉教が打ち続く東の島国への渡航は死に等しい、とイエズス会本部は否んだが、根負けする形で最後は許した。

そして今日、彦七とミノエスは、ヨーロッパを旅立とうとしていた。

「手紙をおくれよ、マンショもミゲルも」

ポルトガル語に振り向くと、修練院から大学まで同窓だったフィリポ・マリノが緑色の瞳に涙を湛えていた。

マリノは彼なりに宣教への深い情熱を持っていて、彦七たちに倣ってローマでの学業を中断した。インド赴任を希望したが容(い)れられず、とりあえずはリスボアでイエズス会の宣教にまつわる会務に携わることになった。

「くれる手紙はラテン語でもポルトガル語でもいいから。日本語でも頑張って読む。ぼくは語学が得意だから、どんな言葉でも読むよ。これがきみたちとの一生のお別れなんてことになったら、とても寂しい」

マリノは彦七の手を取り、さめざめと泣いてくれた。彦七は苦笑し、「そういえば」とミノエスに顔を向けた。

「渇水さんは日本へ着いたかな」

「私もそれを心配していた」

岐部渇水からは一度だけ、マカオから手紙が届いた。マカオ市(シダーデ)の司令官(カピタン)が司祭の日本渡航をどうしても許可しないから、日本との行き来が多いシャムに移って密航の機会を探る、と書いてあった。

「どこへでも行けそうな渇水さんですら手間取っている。私たちが日本までたどり着けるだろうか」

右手はマリノに握らせたまま、彦七は「分からないな」と肩をすくめた。

「けど、踏み出さなきゃあ、どこにも行けない。求めなきゃあ、得られない」

求めよ（ペティト）。そう教えてくれた原マルチノは、いまもマカオにいる。会えればうれしい。渇水はすでに再会を果たしていて、その喜びは手紙にも綴られていた。

「そうだな」

ミノエスが深刻そうだった眉根を開いたとき、聖ロザリオ号のほうから声がした。やっと荷の積み込みが終わり、便乗者の乗船が始まるらしい。

「そろそろ、いいかな」

彦七は握手したままの学友に言った。

「落ち着いたらきっと手紙を書くから」

「きっとだよ、きっとだからね」

フィリポ・マリノは心底から名残惜しそうに言い、やっと手を離してくれた。

「帰るぞ、日本へ」

彦七は己を励ますように言った。

一六二八年の四月二十日、イエズス会の司祭、小西彦七は帰国の途に就いた。日本を出て十四年、歳は二十九になっていた。

九

秋の甲斐は美しかった。勇壮な山々が見事な赤や金に染まっている。戦国の世に武名を轟かせた武田家の武者が、艶やかな鎧姿で佇んでいるように思えた。

だから井上筑後守政重は、甲府城の御殿で遠慮なく顔をしかめた。

対面した将軍の弟、駿河大納言忠長はすでに酒気を帯びていた。よろめきながら上座に身を投げ出し、脇息にしがみつき、だらしなく笑っている。現将軍の弟とも思えぬ醜態は、美しさや勇ましさの対極にあった。

「兄上も生真面目よの。お呼びくだされば余のほうから江戸へ馳せ参じたものを、わざわざ使いをお立てになるとは」

忠長の言葉は酒に溶け、不明瞭だった。小姓が捧げ持ってきた膳が下ろされる前に手を伸ばし、奪うように盃を取る。

「内藤忠重、井上政重の両名、上さまのご下命にて江戸より罷り越してございます」

床に拳をつく政重の隣で、将軍付き年寄の内藤が声を張った。家臣筋のほうから発声するのが尋常である。忠長は煩瑣な礼儀を好まぬというより、礼儀を忘れてしまったようだった。

忠長の乱行はますますひどくなっている。古社が神使と崇める山猿を射殺し、家臣や下女を斬り、辻斬りまで行った。案じた父、秀忠の命でいまは甲府城に蟄居している。

「で、何用か」

忠長は問い、盃を右に突き出した。小姓が蒔絵の銚子を傾け、静かに酒を注ぐ。

「上さまは駿河さまのお身体をご案じあられます。どうかお酒を過ごされませぬよう」

内藤が言葉を切ると、忠長は「よう分かった」と応じたそばから、見せつけるように杯を干した。かくせねば勘気を受けて斬られる、という顔で小姓が新たな酒を注ぐ。

政重は大きく咳払いをし、「失礼仕りました」と詫びた。茫然としていた内藤は気を取り直す機会を得て、「御意をお伝えいたしまする」と言った。

「駿河さまは向後、上州高崎にてご静養あられたし。ご所領の甲斐、駿河は収公いたしまする」

騒々しい物音がした。忠長はもう立ち上がっていて、その前には蹴り飛ばされた膳がひっくり返っている。小姓は尻餅をつき、脇に銚子が転がっていた。

「兄上は余を何と思うておられる。これが実の弟に対する仕打ちか」

忠長は叫び、赤子のように手を振り回し、地団駄を踏む。兄を差し置いて後継視されたほどの英邁さは、鱗一枚ほども残っていなかった。

「父上が身罷られたゆえか。そうであろう」

少し前、秀忠が江戸で薨じている。後ろ盾がいなくなったことくらいは忠長も分かっているらしい。

「御身、くれぐれも慎まれませ。他ならぬ上さまが、さよう願っておいでです」

政重は言った。家光は忠長を案じている。ただし弟への情ではなく、徳川の権威のために。

「そなた」

怒りと酒に赤く濁った眼が政重を睨みつける。

「正就の弟よの。兄のごとく余を助けよ」

政重は吐き気を覚えた。兄、主計頭正就は確かに忠長を庇護していた。身を修めて兄と睦まじく天下を保ってほしいという願いゆえのことであり、こんな愚か者のためではない。

「屑め」

つい言った。

「駿河さまは天下を、徳川のお血筋を何とお心得か。己が任を果たさざる士は匹夫に劣る」

「井上っ、推参（無礼）なり」

内藤が飛び上がって政重を足蹴にした。「よい」と内藤を止めたのは忠長だった。

「余は徳川によって、天下のために斥けられるのだな」

当の徳川家に生まれた将軍の弟は力なく呟き、崩れるように腰を下ろした。

「では、お支度を」

政重は平伏する。

「まるでキリシタンのごとくよの」

いずれ死を賜るであろう将軍の弟は言った。

忠長の上州送り出し、幽閉や領地収公などを処置し、政重は江戸に帰着した。年も暮れようとするころで、褒美の金十枚と新年朔日まで十日余りの暇を賜って、久しぶりに骨を休めた。

将軍付きの小姓が小日向の屋敷を訪ねてきたのは、その暇の最中だった。

「失礼ながら、新しいお屋敷を願ってはいかがか」

才気を感じさせる若い小姓は、まずそう言った。

「不自由はあらじ。士は質素たるべきもの」

政重は答えた。屋敷は必要な営繕を施しただけで、蔵米二百俵取りのころのままだった。言葉通り奢侈を好まぬゆえだ。どこかに妻の気配が残っているはずだから、などとは無論、誰にも言わない。

なるほど、と応じた小姓はすぐ本題に入った。

曰く、将軍は総目付なる役目を新設し、政重はじめ四人を任ずる意向である。大名と公儀の重職を監察する役で、監察の対象には年寄衆も含む。また随時の懸案を加役される。つまり目付以上の権限を持って将軍の目となり手となる役目らしい。

「ご下命、謹んで承る」

政重の加役は外つ国との交際。これまでは任地のため、なし崩しで長崎奉行が職掌としていた。

政重は重々しく答えた。上意に否応はないから形式にすぎない。小姓は持参していた帳面を開いた。

「外つ国との話、キリシタンが関わるは必定。幾つか申し送りをさせていただきたく」

「伺おう」

政重にキリシタンへの恨みはない。妻と別れた理由はキリシタンの教えにあったが、その事情と他人の信心が別であることくらい分かっている。

ただ、政重は兄を裏切り、妻を捨て、将軍とその天下に尽くす道を選んだ。もし人の魂を救うものがあるならば、それは徳川でなければならない。でなければ天下は治まらず、政重は救われない。

小姓は長々と話し、「最後に」と言った。

「今年新たに入国したる伴天連ありと供述を得ておりまする。名も分かっておりまして、ポルトガル人ヴィエイラ、日本人朝長ヤコボ――」

キリシタンは厄介そうだ、と政重は考えを巡らせた。激しい弾圧の中でも、入国者の名と時期が伝わるほど緊密な連絡を保っている。信仰の根は日本に深々と張り巡らされているらしい。

「――小西マンショ。こやつは四年前にポルトガルを発ったとのこと。以上十一名でござる」

承知した、と政重は短く応じた。

第四章　走る群雲

一

温泉嶽の道なき道を登っている。

行く手はひたすらに険しい。木々が鬱蒼と茂り、折り重なる熊笹や名を知らぬ草の葉は鋭い。夏の暑熱に煽られた青臭さが鼻を衝き、大小の虫があちこちでギイギイと鳴く。薄暗い森に落ちる木漏れ日の光は、人界の外にあるゆえの美しさに思えた。

森のほうぼうには岩肌が姿を見せている。地面の下を駆け巡る硫黄含みの熱水が蒸気となって噴き出し、周囲の草木を枯らしているという。濃密な生と荒涼とした死が、温泉嶽には混在していた。

「父上、父上っ」

四郎は思わず声を上げた。日ごろから鍛錬を怠っていないつもりだったが、まだ大人ほどできあがっていない十五歳の身体に山道は堪えた。

「どこまで行かれるのです」

息も絶え絶えに尋ねると、先を行く男がゆっくりと振り返ってきた。

「疲れたかね、四郎」

父の細い顔には、労るような柔和な笑みが浮かんでいる。

「おまえには、どうしても見てもらわねばならぬことがある。もう少しだから耐えておくれ」

「そうおっしゃるなら」

いつも四郎を大切にしてくれる父に抗う理由はない。さらに歩く。蒸し暑さは尋常を失いつつある。湯の湧く場所が近いのだろう。ぶん、という虫の羽音が耳元をかすめた。

直後、獣のような悲鳴が上がった。

「なんです、これは」

驚きが思わず声になった。立ち止まった父が口元で人差し指を立て、四郎は言葉を呑み込む。耳を覆いたくなるような絶叫が続く。獣と思ったが、「ゴカンベン」という人語が混じっていた。父は立てた人差し指を揺らして「声を立てるな」と念を押し、再び草や灌木を掻き分けて進む。四郎も続く。やがて眼前が光に溢れる。

「繁みから顔を出さぬよう」

小声で父が言い、手招きする。四郎は指図通り父の左にしゃがみ込んだ。手をついた地面は温かい。ぼこぼこという沸くような感触も微かにある。

「それ、ご覧じろ」

促されて繁みの隙間を覗き込んだ四郎は、息を呑んだ。

警杖を携えた同心たちが居並ぶ前で、下帯一枚になった誰かが、後ろ手に縛られたまうつ伏せに倒れている。齢恰好は判然としないが身体の線は柔らかで、髪は長い。辺りは剝き出しの岩肌が広がっていて、ほうぼうから白い蒸気が吹き出している。

「女です」

四郎は声を殺し、だが言わずにはおれなかった。繋みの向こうで、陣笠を被（かぶ）った役人が床几（しょうぎ）を使ったまま「もう一度」と命じた。

同心のひとりが柄（え）の長い柄杓（ひしゃく）を湯気の吹く穴に突っ込み、熱湯をぶちまけた。女は剥き出しの上体を跳（は）ね上げるように反（そ）らした。再び湯が迸（ほとばし）る。女は「オタスケ」と絶叫し、転がり、悶（もだ）えた。

「転べ」

役人は冷厳と命じた。異教徒（ゼンチヨ）たちは、キリシタンの棄教（ききょう）を「転ぶ」と言う。

「この通り、デウスとやらはおぬしを助けぬ。茹（ゆ）で死ぬ前に、転ぶと申せ」

四郎は思わず、懐（ふところ）に手を差し入れた。肌身離さず持ち歩いている数珠（コンタツ）がそこにある。

女は苦悶（くもん）の絶叫を続ける。何度も熱湯に打たれているうちに、のたうち回っていた身体は動きが鈍（にぶ）くなった。しまいには身を守るように背と手足を縮こまらせ、突っ伏してびくびくと痙攣（けいれん）するだけになってしまった。ヒッヒッという激しい喘（あえ）ぎの隙間に、「こっ」という声が混じった。役人が身を乗り出したところで、女は痙攣と呼吸を止めた。

「死ぬるはこやつの勝手じゃが、その前に転ばせねばならぬ。もそっと加減せよ」

役人は柄杓を持った同心を叱（しか）り、「次」と呼ばわった。真っ赤になった女の死体が運ばれる。蒸気の中から、やはり後ろ手に縛られて下帯一枚の、今度は老いた男が蹴（け）り飛ばされたようにまろび出た。その額には十字の焼き印があった。

熱湯が跳ねる。役人は「転べ、早（はよ）う転べ」と諭す。合いの手のように柄杓が翻（ひるがえ）り、老人は岩肌の上で転がる。

「万事叶（かな）いたまい、天地（あめつち）を創りたもう御親（おんおや）デウスと――」

老人は身悶えながら、震える声で使徒信条（クレド）を唱え始めた。

「転べ」

「その御一人子（おひとりご）、我らの御主（おんあるじ）ゼス――」

「転べ」

「キリシトをまことに信じたてまつ――」

使徒信条はそこで途絶えた。倒れた老人の薄い背は僅（わず）かに上下を続けている。

「休ませよ。目が覚めればまた責める。次」

役人が素っ気なく命じると、新たな人が連れ出されてきた。

四郎はそっと後ずさり、繁みを離れた。俯（うつむ）く。肩が震え、涙が溢れる。込み上げる嗚咽（おえつ）を堪（こら）えると胸がひどく痛んだ。

初めて見た熱湯の責め苦は、聞いていた以上にむごかった。もう正視できなかった。

「我らキリシタンは受難（パシヨン）の中にある」

父が耳元でささやいた。繁みの向こうで新たな絶叫が聞こえた。

「日本では、キリシタンであるだけで熱湯を浴びせられる。焼き印を押され、指を斬られる。首を落とされる。生きながら火にくべられる」

微風のそよぎより小さな父の声が、四郎の胸に流れ込んでゆく。

「加えて、この島原（しまばら）と我らの故郷天草（あまくさ）では、命を落とすほどのきつい年貢の徴収がある。ここ数年は飢饉（ききん）続きだというのに。四郎、地獄（インヘルノ）はどこにあると思う」

「地の底、と聞いております」

泣きながら四郎は答える。

初めて父の声に力が籠(こも)った。

「違う」

「地獄は、ここよ」

「ここ、でございますか」

「そうだ。だが案ずるでない。デウスは我ら人に二つの奇跡をお与えくださった。一つ、人には力がある。自らの手で地獄から這(は)い上がるほどの。だがひとりでは大したことができぬ。心を合わせ、力を合わせる必要がある」

「もう一つは」

「おまえだ、四郎」

「私」

四郎は涙を零(こぼ)したまま父を凝視(ぎょうし)した。

「おまえには不思議な力がある。誰もがおまえの姿に見惚(みと)れ、その声に聞き惚(ほ)れる。おまえなら、苦しむ人々を同心させられる。救いへ導ける」

あのことか、と四郎は思った。耳で聞いた学問や信心の話をすると、なぜか皆、聞き入ってくる。新たな知識を得た喜びを伝えたかっただけなのに、陶然(とうぜん)とした目を向けられてしまい、たいそう居心地が悪い。おかげで最近は他人と話さぬようになってしまった。

それが救いの力なのだ、と父は説く。

「お救いはデウスにのみ能うのでは」

「デウスの御手が届く場所まで、人は歩いて行かねばならぬ。だから導き手が要る。四郎なら人を導ける」

「私に、できましょうや」

「できるさ。俺の言う通りにすればよい。いままでと同じく」

父、益田甚兵衛は優しく笑った。

二

末は絶望した。

陽光まばゆいはずの初夏、天は雲に覆われている。地は薄暗く、肌寒くさえ感じる。

収穫の時期を迎えた麦畑は長雨にやられ、痩せた草がまばらに生える黒い泥濘と化していた。早く刈り取らねばならない。それから畑に水を張って田に替え、稲の苗を植える。

だが、鎌を握りしめたまま末の身体は動かない。目の前の枯れ草をしごきにしごけば胡麻粒ほどの麦が幾つか採れるかもしれない。それで秋まで食い繋げる気がしなかった。だいたいこの寒さで苗を植えて、うまく根付くのだろうか。

不作は連年続いている。今年は嫌になるほど降った雨が、去年はちっとも降らなかった。一昨年はずっと寒く、その前の年は颶風が稲を薙ぎ倒した。乏しい収穫は年貢にほとんど奪われる。近くの海で魚や貝を漁っても足りず、米櫃は空っぽのまま年貢の未納ばかりが積み上がった。野草や木の皮で飢えを凌いだ日は数え切れない。

「あたしたち、どこでなら生きていけるんだろう」

末は言った。ただキリシタンであるというだけで、育った宇土から、長く暮らした長崎から、逃げるしかなかった。父の故郷だという天草、大矢野島にたどり着けば、不作と厳しい年貢の徴収が待っていた。

「泣いていいのよ、つらければ」

母の絹が、ひるまぬ足取りで畑に入った。

「そんなふうに、デウスさまは人をお造りになったのよ、たぶん」

枯れた麦を刈り始めた絹は還暦を迎えている。頭を覆う布から垣間見える髪は白く、艶もない。黒羽二重より美しかった母の髪を思い出して胸を痛める末も、齢は四十になった。

「今日こそは男たちが何か獲ってくるでしょう」

久しぶりに雨の上がった今日、源介と慶三郎は海に出ていた。なかなか漁に慣れぬようで、いつもは黒ずんだ海藻ひと摑みほどを悲しげな顔で持ち帰ってくる。

「母さまは泣きたくならないの」

問う末の声は上ずっていた。「さあねえ」と丸めた背中越しに応じながら、絹は鎌を振るう。

「ま、いまのあたしの顔は誰にも見せたくないけどね」

いかにも寂しい答えは、むしろ末に力をくれた。

「母さまも、こっち見ないでね」

「ええ、見ませんとも」

女ふたりは背中を向き合わせ、時折り袖で顔を拭いながら、それでも麦を刈り続けた。
末、慶三郎、源介、絹の一家四人が長崎を離れてから四年が経つ。

長崎奉行所がキリシタン摘発のために始めた絵踏がきっかけだった。口先だけなら何とでも言い逃れできたが、キリシトやマリヤの絵を前にすると、身体が拒否する。キリシタンと露見すれば棄教を強いられ、否めば棄てるか死ぬまで責められる。

そのため源介は、妻と娘夫婦に帰農を提案した。どこか鄙びた場所に落ち着き、細々と年貢を納めるほかは人と交わらず、静かに暮らそうということだった。一家に異論はなく、さしあたりは距離も近く、源介旧知のキリシタンがいるという有馬へ行った。

だが当ては外れた。一帯を治める松倉家は、キリシタンの検索こそ朴訥な詮議や密告に頼っていたが、温泉嶽での熱湯責めを創始したほど弾圧には容赦がなかった。加えて、年貢の取り立ても過酷を極めていた。未納者は蓑を着せて火を放つという。その甲斐あってか有馬の北、島原の地に築かれた松倉家の居城は、四万石という小さな所領に不相応なほど大きな城郭と壮麗な天守閣を構えていた。

有馬で源介が頼った旧知のキリシタンは、すでに信心を棄てていた。源介たちを密告しない程度には人倫を保っていたが、長崎から逃れた一家四人を世話する余裕はなかった。

仕方なく、益田一家は天草の大矢野島へ移った。源介の故地であり、頼れる縁者が残っているかもしれないという。

「もし甚兵衛に会えば、何と申すか考えねばならぬが」

源介はばつの悪そうな顔をしていた。ずっと昔に長崎で挙兵を企んだ従弟とはほとんど縁を絶っていたが、二度だけ手紙をもらっていた。大矢野島に落ち着いて妻を取り、男女幾人かの子を得ているという。娘のひとりが庄屋に嫁ぎ、さほど不自由なく暮らしているらしい。

天草は大小百を超える島々から成る。人が多いのは大矢野島、上島、下島辺りだが、いずれも山がちで、人々は半農半漁で暮らしている。海を挟んだ肥前島原とは人の行き来が多い。

かつてはコンパニヤがコレジヨとセミナリヨを置いたほど、キリシトの教えが盛んだった。いまは住民の大半が棄教しているが、僅かながら信徒が残り、また司祭の有力な潜伏先ともなっていた。唐津の大名寺沢氏が飛び地として領し、総代官が下島北東端にある富岡城にいる。

源介一家は大矢野島へ渡り、渡辺小左衛門という人を頼った。島の庄屋五人の総代であり、キリシタンが互助を行う慈悲組の長を務め、そして益田甚兵衛の娘婿だった。

その屋敷は海辺の小高い丘の上にあった。対岸の島原南部まで一望でき、大きな母屋の他、使っていない長屋や蔵が幾つか佇んでいた。かつて渡辺家は海に生きる地侍だったらしい。

「ご安堵めされ。できうる限りお世話をさせていただきまする」

小左衛門は良い人らしく、一家の世話を頼もしく請け合ってくれた。

このとき、益田甚兵衛は家族を連れて宇土の町に移っていた。大矢野島での地味な暮らしに慣れない、町には流れ者にも色々と食い扶持がある、領主が加藤から細川に代わったばかりで新参者が入り込む余地があるかもしれない。益田甚兵衛はそんなことを述べて発ったという。

「相変わらず理屈の多い男だの」

源介の呟きには、どこか危なっかしい従弟を案じているような温もりがあった。

「隣の上島に、司祭さまが潜伏しておられます。いずれ秘跡も賜れましょう」

小左衛門の言葉は源介一家の魂の飢えを満たした。ここでなら生きていける、と末も思った。

一艘の小舟、空いていた田と小振りな家を譲られ、源介一家の新しい暮らしが始まった。小左衛門によると、麦と米を交互に作り、足らざるは漁で補えば何とかやっていけるはずだという。さらには代官に怪しまれぬ形で村の人畜帳に四人の名を足し、新参の一家が堂々と暮らせるよう整えてくれた。

「田の空きなど耕地の少ない天草にあるものでしょうか」

源介一家の善き婿、慶三郎が首を傾げた。末も同感だったが、理由はすぐに分かった。

天草では島原に劣らぬ重税が課せられていた。こちらは残酷な罰こそなかったが取り立ては厳しく、強奪に近かった。逃散する領民が多く、残った者にも新たな田を耕す余力がなかった。

源介一家が大矢野島で新しい暮らしを始めてすぐのころ、隣の上島で潜伏していた司祭たちが捕縛され、長崎で拷問を受けて死んだ。密かに信心を保っていた僅かなキリシタンも、転んだ者も、救われざる我が身を思って動揺した。

輪をかけて連年の不作と厳しい徴税があった。食い詰めた者は対岸の島原に渡って縁者の助力を請うたが、同じ理由で島原からも舟が来た。どちらも人助けの余裕などなく、ただ互いを憐み、諦めを交換して帰った。小左衛門も年貢の減免や食い詰めた家の救済に駆け回っていたが、どうにもならなかった。

武士、次いで町暮らしの牢人だった源介一家にとって、不慣れな農事と漁で立てる生活はあまりに厳しかった。

乏しい夕餉を終えたある日、慶三郎が詫びた。末と慶三郎の間には、子がなかった。源介と絹は何も言わなかったが、何かにつけて生真面目な慶三郎は、とうとう自責に耐えられなくなったらしい。

「デウスさまのお計らいよ」

源介はそう述べた。ちょっと困った顔をしていたのは、孫欲しさではなく娘と婿を思いやってのことらしかった。主君と仰ぐ小西(こにし)の家をあれだけ気にかけておきながら、自分の家を伝えたいという望みはないらしく、不思議な親だと末は改めて思った。

「生きていれば、いつか授かりますよ」

絹が夫の言葉を補った。人は食だけで生きているのではない。かつて司祭さまに説かれたキリシトの言が末の胸に沁(し)みた。そうやって、四人で肩を寄せ合うようにして生きてきた。


「これが〝裁き(ジュイソ)〟なのかしらね」

麦畑になれなかった泥濘で鎌を振るう末の背後から、絹の声が聞こえた。身体を動かせば多少は気が晴れ、ふたりとも涙は引いていた。

「あたしはそう思わないけど」末は正直に答えた。「思いたくなる気持ちは分かる」

裁き、という言葉が聞こえてきたのは、今年の春。やはり実りの乏しかった秋の蓄えが払底(ふってい)してきたころだった。

不作、苛政(かせい)、飢餓(きが)、禁教。これらは全(すべ)てデウスが最後の裁きを始め給うたゆえであり、いずれ皆地獄(インヘルノ)へ参る。そのような言説はたちまち海の両岸に広がった。つまりは救われぬという話であるが、裏返せば救い主が確かにおられるという希望となり、すがる人々は多かった。

「本当にデウスさまのお裁きなら、キリシタンが真っ先に救われるはず。けど、つらいのはみんな同じ。おかしいよね」

言いながら末は、おかしいのは自分かもしれないとも感じた。落ち着いて物事を考えるには、いまの世は過酷すぎる。

それきり、ふたりは黙って身体だけを動かした。すでに枯れている麦を刈り、束にして、渡した竿に掛けて干す。

「続きは明日にしましょう」

絹が言った。曇天が薄暗さを増していたが、日暮れには少し時がありそうだった。畑は半分ほど刈り取ることができた。手際が良いからではなく、刈れるほど育った麦が少なかっただけだ。

疲れと空腹に耐え、道々で野草を探しながら歩く。口にできそうな実や山菜は生った端から誰かに捥がれているようで、灌木と硬い雑草しか見当たらない。母子でため息をついているうちに、家が見えてきた。

浜から坂を少し上ったところ、十軒ほどの集落の山側へ外れた場所に末たちの家がある。広さはそこそこだが、葺いた藁は半ば朽ちている。

軒先では、海から戻ってきたらしい源介と慶三郎がふたりがかりで網を畳んでいた。どちらも顔が心なしか明るい。そばに置かれた籠を覗き込んだ末は、つい声を上げてしまった。中には一尾だけ、ただし二尺（約六十センチ）ほどもある鱸が濡れた銀色に光っていた。

「義父上が釣られたのだ」

「引き上げるのは慶三郎に手伝うてもろうたがの」

末は糧を得られた歓びより、誇りを取り戻したかのような男たちの得意げな口調に安堵した。

「まあまあまあ、これはこれは」

絹も籠を覗き込み、嬉しそうな声を上げた。

久しぶりに人心地がつけそうだ。そう思った末の耳を、荒々しい足音が叩いた。

振り向くと、十人ばかりが浜からの上り坂をこちらに向かっていた。いずれも二刀を手挟み、伸びた髭と月代は牢人然としている。先頭の男は袖なしの羽織も小袖も袴も司祭のごとく黒一色だった。目鼻が分かるほど近付いたとき、末は思わず目を見開いた。

「よお、源兄」

黒ずくめの男、益田甚兵衛は笑っていた。末の記憶にあるよりだいぶ老け込んでいたが、顔の造作と人を侮るような表情は変わっていない。

「お絹さんも久しぶりで。そっちは末か。大きくなったな。いや、とうが立ったと言うべきか」

冗舌に話す益田甚兵衛は末たちの前に立った。続く男たちが左右に分かれ、捕物のように周りを囲んだ。

「婿どのから、源兄たちが大矢野島にいると聞いて飛んできたんだ。あれ、おまえは誰だね」

言われた慶三郎は、警戒するような目を甚兵衛に向けながら一礼した。

「慶三郎と申します。末と一緒になりました」

「そうかそうか、けっこうなことだ」

「益田甚兵衛どの、俺はあなたのお顔を覚えております。長崎での挙兵に参じましたゆえ」

慶三郎が堅い声で言うと、甚兵衛は懐かしげなため息をついた。

「あのときは済まなかったな。今度こそ本懐を遂げさせてやるから」

思わせぶりな言葉を使う甚兵衛に、慶三郎は目を眇めた。

「おぬし、家族と宇土におったのではなかったか」

「源兄はいつも声がでかい」

甚兵衛は苦笑した。

「先月、宇土を出た。息子と温泉嶽に行って、それから仲間と合流して島原を回っていた。大矢野島には今しがた着いたばかりでね。源兄がいると聞いて、すっ飛んできたよ」

「仲間とは、この者たちか」

源介がぐるりと見回すと、男たちは気まずそうに目を逸らした。

「みな、小西の者どもではないか。今度は何を企んでおるのだ」

「そうそう」甚兵衛は笑った。「その今度の話がしたかったんだ。先に息子に挨拶をさせよう」

甚兵衛の背後から少年が姿を現した。小袖と袴は白。裾が腿まで届く長羽織はどこで手に入れたのか、紅い天鵞絨で仕立てている。頭は月代を作らずに総髪を束ねたのみ。

「お初にお目にかかり申す。益田甚兵衛が子、四郎と申します」

末は驚いた。四郎の声は神前の銀鈴、あるいは雲間から注ぐ光のような響きがあった。

「倅は俺なんかよりよっぽど出来がいい。なにせ〝天人〟だからな。よろしく頼むよ」

「天人、なんだそれは」

源介の問いに答えず、甚兵衛は右手を前に差し伸べて絹を指差した。

「あの婆あを捕らえろ」

声を合図に、屈強な男たちがにじり寄ってきた。

少年のころは鍛錬を積んでいたという慶三郎が鋭く動く。あっという間にふたりを殴り倒したが、背から突き飛ばされて姿勢を崩したところを数人に組み伏せられてしまった。絹に駆け寄ろうとした源介は、すでに羽交い絞めにされている。

末はとっさにしゃがみ、足元の籠にいた二尺の鱸の尾を両手で掴んだ。

「母さまに寄るな！」

思い切り振り回した鱸は手からすっぽ抜け、絹へ両手を伸ばした男の鼻面に思い切り叩きつけられた。

「母さま、逃げ――」

末の叫びは激痛に遮られる。後ろから右腕を甚兵衛にねじり上げられていた。

「源兄とあの餓鬼のみならず、てめえらは一家揃って聞き訳がねえな」

甚兵衛は苦々しげに言う。日本を出た「餓鬼」はいまごろ、どこでどうしているのだろう。末がふと思ったころには、絹が男ふたりに挟まれていた。

「源兄よ、今度こそ邪魔はさせないぞ。下手な真似をすればお絹さんを殺す。だから黙って見ていろ」

「見ていろとは何だ、甚兵衛。おまえの倅が天人とはどういうことだ。何をする気だ」

羽交い絞めにされたまま源介はもがいている。末の記憶の始まりにいる父は全身を鍛え抜いた武人だったが、老いはどうしようもなかった。

「母さまを放して」

末の声はやはり激痛に塞がれる。うつ伏せに組み敷かれた慶三郎が「やめろ」と叫び、のしかかる男に小突かれた。

「源兄。俺たちが何をするつもりか教えてやる」

益田甚兵衛の声は、決して大きくない。だがそれゆえ、よく通った。

「本当の〝裁き〟だ。その始まりを告げる金の笛を天人、天草の四郎が吹き鳴らすのさ」

名を挙げられた少年は、端然と屹立している。目には確かな光があったが、どこを見ているのか末には判然としなかった。

渡辺小左衛門の屋敷には、小さな離れがあった。渡辺家が地侍だったころに使っていた座敷牢だという。庄屋となってからは使い道がなく、格子に外から板を張って放置されていた。

捕らえられた絹は、そこに放り込まれた。温厚らしい小左衛門は否んだが、益田甚兵衛は義父であり、その企みには賛同もしていて、最後には従った。

続いて甚兵衛は、やはり使われていない長屋造りの離れに入った。中は竈と流しを備えた細長い一間になっていて、かつては渡辺家に仕える郎等や水手を住まわせていたらしい。甚兵衛はそこを自らと息子、仲間たち一党の宿舎とした。「まだ人手が足りないからちょうどよかった」という理由で末は飯炊きを、源介と慶三郎は小間使いを命じられた。

翌日から甚兵衛は一党を天草の島々、また島原の各所に放った。

——司祭さま方が日本を追放されしおり、遺されたる一書に曰く。これより「五々の暦数」に及んで善童ひとり顕れん。東西の雲は焼け、古木に花咲くが兆しなり。この善童、天草の甚兵衛が男子、四郎に他ならず。

甚兵衛の仲間は、そんな話を吹聴していた。

「莫迦げたことを」

声を荒らげたのは源介だった。司祭追放が断行された年を一年目として日本の暦で数えれば今年は確かに二十五年目、五々の暦数などと意味ありげな言い回しもできる。ただし司祭が使っていたエウロパの暦では二十四年だから、こじつけにすぎない。天象もここ数年は不作を招くほどおかしくなっているから、空の異相や花の狂い咲きなど珍しくない。

「あんな世迷言、誰が信じるものか」

源介の見込みに反して、数日もせずに四郎を訪ねる人が出てきた。

四郎は、例の白装束に赤い天鵞絨の袖なし羽織という姿に加えて、額に十字架を括り付けて人前に現れた。並の者ならとても似合わぬ異装からは、涙ぐんでしまうほどの神気が立ち上っている。訪れる人々は腰を抜かし、拝んだ。

「裁きは近し。デウスさまの御許へ雲のごとく集うべし」

四郎は誰にも同じことを説いた。語句は、詩歌を嗜んでいた渡辺小左衛門の兄が考案した。

「我らこれより、天国さして走る群雲とならん」

四郎の美声に乗って流れるうるわしい言葉は、訪う者たちの心を摑んだ。

訪れた者が四郎に見惚れたところで、傍らに控えていた甚兵衛が僅かに身を乗り出す。そのさまを見るたび、蛇が舌を出したようだと末は感じた。

「天人まさに降れり。これデウスさまの御恩寵にあらずして何ぞや。いまこそキリシタンに立ち返るべし」

たいていの者は涙を流し、十字を切って立ち返る。ただし、中には「天人さまである証しを」と求める者もいた。四郎は海を歩いて渡る、鳩が飛来して四郎の掌に経文の入った卵を産む、という話ができあがっているらしい。奇跡を願われるたび、甚兵衛は一喝した。

「デウスさまを試してはならぬ。さような不信心こそ地獄への入口ぞ」

次いで二枚の紙片を渡す。一枚は、キリシトやマリヤを描いたらしいが似ても似つかぬ絵。もう一枚は、甚兵衛が書いた文章を連ねてある。

――異教徒にはデウスさまより火の裁きが下る。キリシトに帰依せぬは地獄に片足を突っ込んだも同然である。天草の四郎さまは天人であり、我らを天国へお召しくださる。

「この絵を皆に見せ、書は写して配るがよい」

黒ずくめの甚兵衛は司祭のごとく告げた。

訪れる者は増え続けた。彼らは残らずキリシタンに立ち返り、聖画と書を持って帰った。

その年の夏は雹さえ降り、肌寒いまま終わった。秋はやはり不作となったが、天草では年貢の減免が許されず厳しい徴収が行われた。

島原でも徴収は過酷を極めた。未納があれば蓑を着せられ火を着けられ、産み月の妊婦がいれば水牢に入れられた。

人々の忍従は限界を超えた。

聖画を拝んで使徒信条を唱える。そんな集まりが島原のいたるところで、また公然と行われた。

彼らは片っ端から捕らえられて斬首か熱湯の責めを受けたが、ひとたび告白した信心は堰を切ったように伝播し、留まるところを知らなかった。

十月も終わろうとしていた冬の一日、末は薄い粥だけを載せた膳を座敷牢へ運んだ。眼下の海から冷たい潮風が吹き、日は暮れようとしていた。

「母さま、ごはんよ」

しゃがみ込んで声をかけると、木格子の向こうから「ありがたいことねえ」と気丈な声が返ってきた。

格子の下側に空けられた隙間から、末は膳を差し入れる。牢の戸に掛けられた錠がちょうど目の前に来た。鍵はあの益田甚兵衛が肌身離さず持っている。

「ねえ、母さま。彦七さまは元気かな」

「あれ、慶三郎と喧嘩でもしたのかい」

「違うよ」

さしあたりは自由な末を、囚われの母はからかい交じりに励ます。あべこべだ、と思うと末は可笑しくなり、おかげで少しだけ気が楽になった。

「あたしたちみたいな目に遭ってなければいいなって、そう思って」

「彦七さまは運が悪いというか、ご自分から悪いところへ突っ込んじゃうというか、そんなお人だからねえ」

「そうだったね。よく死なないなって感心してた」

くすくすと末は笑った。

「あの餓鬼の話はやめてくれや、腹が立っちまう」

陰険な声がした。益田甚兵衛だった。立ち上がった末が睨みつけると、「おお怖や」と笑う。

「これをやるから勘弁してくれよ」

甚兵衛が投げて寄こした何かを両手で受け取る。牢の鍵だった。

「どういうつもりよ」

甚兵衛は言葉を寄こさず、海のほうに顎をしゃくる。

陽の端が海に触れ、遠くは闇に翳り始めていた。末がいる渡辺小左衛門邸は小高い丘の上にあり、だからよく見えた。

対岸で巨大な影となっている島原に、赤い光点がぽつぽつと輝いていた。光は十を超え、一つ二つと増えてゆく。巨大な火が盛っているのだろうとすぐ分かった。

「代官所、お殿さま側だった庄屋のお屋敷、蔵、寺と神社。そんなところだな。さっき島原のほうから使いが来てな」

一揆が始まったよ。それも、とびきりでかいやつが。甚兵衛はそう続けた。


有馬村で、立ち返ったキリシタンたちが集まって騒いだ。領主松倉家の役人がふたりを斬首したところ、群衆は恐れて解散するどころか代官所に押しかけ、代官を殺して放火した。あとに引けなくなった彼らはほうぼうに使いを出し、周囲の村も同心して蜂起した。

海を挟んだ渡辺小左衛門邸にも使いが来た。話を知った益田甚兵衛は、まず絹を解き放った。

「事は起こった。もはや誰にも止められねえ」

末に鍵を渡したあと、甚兵衛はそう言って去った。末が母を牢から出したころには、対岸の異変を目や耳にした人が集まり始めていた。

甚兵衛はあるだけの篝火を焚かせた。付近の村々からどんどん人が集まってくる。彼らは刀や鉄砲、鋤鍬や竹槍を担ぎ、ところどころ間違った使徒信条、調子外れの聖歌で気勢を上げた。

天人、天草の四郎も群衆に姿を現している。緋毛氈の上で悠然と床几を使い、炎に照らされたその顔はいかにも美しかった。

末たちは一家で寄り添い合い、立ち竦んでいた。

「好きな所へ逃げてもいいが」

忙しい指図の合間に寄ってきた甚兵衛は言った。

「一揆勢はあとがねえ。同心しなきゃあ、殺されるだろうよ。俺のそばにいれば大丈夫だろうがね」

「おぬし、なぜ儂らを斬らぬ。血縁ゆえか」

従弟に、源介は人間らしい感情を欠片でも探し求めているようだった。

「源兄は俺を鬼とでも思っているのか。異教徒ならいざしらず、同じ人間を殺して喜ぶほど俺は酷薄じゃあないぞ」

甚兵衛は悠々と笑みを湛え、源介の期待を裏切った。

「俺が企みを実行する直前、いちばん面倒なときに源兄たちがこの島にいた。ただ、お絹さんか末を人質にすればそれだけで源兄が腑抜けちまうことも、俺には分かっていた。で、より弱いお絹さんを捕らえた。もういらねえから解き放った。それだけさ」

だいたい、と続ける甚兵衛の顔には陶酔の色が差している。

「歯向かいそうなやつを片っ端から斬ってちゃあ、得られる人心も得られない。それほど俺は莫迦じゃあない」

「これほど大がかりな話をいかに仕込んだのだ」

「今回は、何も」甚兵衛は肩をすくめる。「絶望したやつらに天人を披露し、救いを教えただけさ。謀ってのは簡潔なほどいいんだ。細かく算段したところで、予想が狂えば終わりだからな」

「それは謀ではない、付け火だ。火の始末こそ算段はついておるのか」

「俺はデウスさまじゃねえ。いちど付いちまった火の行方なんぞ知らねえよ」

「なぜこんなことをするのだ、甚兵衛」

「源兄はどうして何もしない」

ふやけた笑みを浮かべていた甚兵衛が突如、怒鳴った。

「主家を潰され、信心を禁じられる。まっとうに暮らそうと思えば、年貢だ物成だと搾り取られる。それもデウスさまの御心か、ご計画か。天国なんぞへ行く前に俺たちは、いまをこの地で生きてるんだぞ」

いいか、と甚兵衛は続ける。

「見ていろ。これから始まる俺たちの生を。俺たちは自ら裁き、自らの手で千年の御国を顕現させ、自らを救うのだ」

島原の火の手は収まることを知らなかった。古城に立てこもった領主方の侍と雑兵百人以上を討ち取ったあと、一揆勢は人数を増やしながら島原城に到達した。木切れを組んだ十字を掲げ、町を焼き、城門に殺到し、城壁を攀じ登った。

ただ、領民から搾り取った年貢で築かれた島原城は堅固で、幾たびも攻撃を跳ね返した。攻め切れぬ一揆勢は退いたが、以後は周囲の村々に乱入し、キリシタンへの立ち返りと一揆への参加を強制した。従わぬ村は焼かれた。寺社仏閣も破壊され、僧の幾人かは殺された。

天草では大矢野島の庄屋総代、渡辺小左衛門が隣の上島にある代官屋敷へわざわざ出頭し、キリシタンへの立ち返りを宣言した。刀槍や鉄砲を携えて同行していた二千の群衆に代官は腰を抜かし、退去した。殺さぬよう、と命じたのは渡辺の義父益田甚兵衛で、逃げる代官の口から天草での蜂起を広く知らしめるためだった。

やがて上島でもほうぼうに火の手が上がり、西隣の下島にも立ち返りや蜂起が伝播した。各所にいた領主寺沢家の役人や兵は、下島の隅にある代官の居城、富岡城へ逃げ込んだ。

僅か数日で、島原と天草の大部は一揆勢の掌握するところとなった。両所の間をひっきりなしに船が行き来し、互いの動静を逐一伝え、成功を喜び合った。

益田源介一家は、どこもかしこも一揆勢だらけで逃げられなかった。囚われの生活で衰えていた絹は渡辺小左衛門宅での養生を許されたが、壮健な源介、末、慶三郎は、甚兵衛父子の体のよい下人にされてしまった。

「島原の一揆衆はよくやった。そろそろまとめ役が必要だろうな」

最初の蜂起から十日ほど後、益田甚兵衛は天草を同志に任せ、息子を連れて船に乗った。艪を慶三郎に漕がせ、源介には旗竿ほどの高さの木組みの十字架を掲げさせた。ゆるゆる小舟が向かう島原の陸地には、遠目にも分かるほど人が集まっている。

天人さまの身辺の世話を命じられた末は、恐怖を覚えながら舟に乗っている。隣には、額に十字架を括り付けた四郎が座っていて、確かな眼差（まなざ）しながら見つめる先はやはり不明瞭だった。天人なる奇怪な真似をしているこの少年は何を考えているのだろう、と末はずっと疑念を抱いていた。甚兵衛は舳先（へさき）で得意げな背を見せていて、声を潜（ひそ）めれば聞こえないくらいには離れていた。

「四郎さん」

末はそっと声をかけた。素直にこちらに向けられた顔は、目眩（めまい）がするほど神々（こうごう）しかった。

「あんた、ほんとうに自分が天人だと思っているの。何が起きているか分かっているの」

四郎は舳先にある父の背をちらりと見やってから口を開いた。

「私は人の子。起こっているのは暴挙です」

まともな答えは、むしろ末に異常さを感じさせた。

「ですが、あなたは、この状況（ありさま）をどうすればよいと思いますか」

末は言葉に詰まった。

「このままでは、民草（たみくさ）は領主に責め殺されるか飢えて死ぬしかない。その点、私は父と同じ考えです」

ところで、と四郎は続けた。

「なぜ、重税や拷問はいけないのでしょうか」

唐突な問いの意図が分からず、末は首を傾げながら思い付きを答えた。

「他人を困らせたり、痛めつけていいはずがない」

「私も、最初はそう思っていました」

四郎は柔らかく否定した。

「温泉嶽で湯責めの拷問を見た時は、とくに。ですが我々は、他人の遠慮や自制によって生かされているのでしょうか。これはおかしい。我々は己の生を己で生きているのですから。正しき答えは、逆です」

人は元来、自由だから。四郎は初めて声に力を宿した。

「我々は重い年貢を差し出すほどの労役を課されるいわれがない。熱湯に茹でられる苦痛、身重の妻や娘が水牢に沈められる絶望を強いられる義務はない。我らの合意なく天下人を称する徳川をご公儀と仰ぐ必要はない。諾々と領主の悪政に従う奴隷(やっこ)でもない。自由になってこそ人は救われる。人々が元来の自由を取り戻すために、この一揆がある」

理屈に飛躍があると末は思った。だが天草に移ってからの実感が、四郎の話は詭弁(きべん)だと言わせなかった。いままで天草と島原の民衆には、悪政に磨(す)り潰(つぶ)される緩慢な死が待つだけだった。突如現れた四郎は、一揆に敗れて殺されるまでの束の間の解放という選択肢を作った。選ぶ自由を創ったと言えるかもしれない。

「で、お父さんに従って天人になり、人をまとめて一揆に至らせた」

「さようです。ですが、父は間違っています」

末は混乱した。溺(おぼ)れて藁(わら)を摑むように、自分なりの正義にしがみついた。

「間違いは、起(た)つという企てそのもの」

四郎は静かに首を振った。

「人を救えるのは、私です。父ではありません。――お話はここまで」

小舟は浜に乗り上げる。父とともに上陸した天人、天草四郎は群衆の熱狂的な歓迎を受けた。

「皆々さま方、ようようお起ちくだされた」

益田甚兵衛は声を張り上げた。浜を埋め尽くす島原の一揆衆は老若男女が入り乱れ、刀や槍、鉄砲、鋤、鍬、竹槍、ただの棒きれなど、思い思いの得物を携えていた。

十字架を持たされた源介は「五千はおるかのう」と人数を目算し、慶三郎は「まだまだ増えておりますね」と不安げに呟いた。

「いままでよう耐えられた。こたびはよう起たれた。そなたらを救うのはこれなる天人、益田四郎なり。後世の憂いなく、今生はただただ四郎を奉ずべし」

末が知る限り、人を救う力はデウスにしかない。だが甚兵衛のでたらめに眉をひそめるより先に、眼前の奇異に息を呑んでいた。

群衆は甚兵衛に目もくれていない。代わる代わる四郎の前に跪き、拝み、狂喜している。

「皆、聞いてくれ。俺は天人四郎の父親、益田甚兵衛だぞ」

未曽有の一揆を扇動したはずの男は動揺しながら叫ぶ。人々はただ四郎へ熱っぽい眼差しを向けている。

「父上。これが人です」

四郎は振り向かぬまま言った。

「父上が焚きつけた蜂起の大火は、天下の法度、頭領の采配、世のしきたりといった、人の魂を繋ぐ手鎖を焼き尽くしました。島原と天草の衆は自由になった。あるいは人とは元来、神の教えからも自由であったのかもしれません」

「おい四郎、何を言っている」

甚兵衛は余裕の笑みを作ろうとして失敗した。吊り上がった口の端は息子への怯えに歪んでいる。

「私は、人をあらゆる桎梏から解き放ちます。同時に、私は父上から解き放たれます」

莫迦なことを言うな、と甚兵衛は吐き捨て、群衆の中へ飛び込んだ。聞け、と喚き散らすが、誰の注意も引かない。

「己が着けた火に呑まれよったの、あやつは」

源介が従弟の醜態を憐れむように首を振った。

「デウスは」四郎が声を張った。「人を自由に造りたもうた。皆、自由になれ。政からも、ご禁制からも、何者からも」

歓声と言うにはあまりに切実な叫びが地を揺るがす。様々な声はやがて使徒信条の唱和に変わった。数語を口にしただけで厳しく咎められる文句が、天にも届くような大音声で響き渡る。

――肉身よみがえるべきこと、終わりなき命とをまことに信じ奉る。アメン。

復活への確信を表す決まり文句は、末に膨大な死を予感させた。

三

人家に乏しく田畑が広がる小日向は、冬ともなればいっそううら寂しい景色を見せる。

井上筑後守政重は、千代田の御城近くに屋敷地を拝領したいまも、下屋敷と呼ぶようになった小日向の家を使っている。さすがに手狭なため敷地を広げ、やたらと増えた中間や若党の長屋を建てたが、自身は元の母屋で起居していた。

「沢野どのよ」

母屋の、かつての書斎を改築した書院で政重は言った。

「確か、今日はキリシトが生まれし日であったの」

向き合う沢野忠庵は、藍の羽織の肩を僅かに震わせた。青みがかった灰色の瞳には悔やむような光が宿り、ざっくり束ねた赤い髪も艶を失って見えた。

今日、寛永十四年の十一月九日は、キリシトの生年から数えるキリシタンの暦で一六三七年の十二月二十五日に当たるという。それを政重に教えてくれたのは、沢野忠庵だ。

四年前、ポルトガル人の司祭と、かつてローマに行った中浦なる日本人の司祭が長崎で捕縛された。ともども穴吊りの拷問にかけられ、中浦は死んだ。ポルトガル人は耐え切れずに転び、沢野忠庵なる名とキリシタン詮議の役目を授かり、江戸の座敷牢へ送られた。

沢野は数年がかりでキリシタン教義の論難書を書いた。それを読んだ政重は感心し、十日ほどおきに沢野を小日向に呼び、キリシタンについての諸々を講じさせていた。

「お呼び立てしておいて恐縮だが、ご老中のお呼びを受けた。ご足労を無にしてしまったこと、お詫び申し上げる」

かつての年寄衆は近ごろ、老中と呼ばれるようになった。高齢で病気がちの筆頭に代わって万事を差配する席次二位の酒井讃岐守忠勝から呼び出されたのは、先ほど沢野が護送されてくる直前だった。

「酒肴を用意させた。せめてゆるりと寛いでいってくだされ」

かつてクリストヴァン・フェレイラといった転び伴天連、沢野忠庵は虚ろな目を畳に落としたまま「は」とだけ答えた。

下屋敷の玄関前ではすでに二十人ほどの侍や若党、中間たちと駕籠が政重を待っていた。総目付という重職に就いたいまなお、政重は大仰な供回りを好まない。ただ格式も公儀の権威を世に知らしめるものであるから、仕方がないと諦めている。

――キリシタンは厄介だ。

駕籠に身体を押し込みながら、政重は沈思していた。

もはや日本で公然とキリシタンの教えを奉ずる者はいない。ほとんどは転び、残りは拷問や刑に悦びを感じながら死んだ。だが、教義を論難する書を書いた沢野忠庵ですら、キリシト生誕の日には動揺を見せる。表向きだけ転んだ膨大な民草は、はたして今後もおとなしくしているだろうか。

向かった先、酒井讃岐守忠勝の屋敷で政重は目を瞠った。

広い一室には老中三人、政重を含めて総目付三人、旗本御家人を支配する六人衆と、公儀の主たる者が残らず参集していた。どうやら大事が起こったらしい、と考えながら政重は座った。

「去る十月二十五日」

酒井讃岐守は、十四日前の日付を挙げて口火を切った。

「松倉勝家が領せし肥前島原にて、キリシタンに立ち返りし領民が一揆つかまつり候」

曰く、一揆勢は各地の代官を殺し、松倉の居城を攻め立てている。報せは対岸の肥後を治める細川家から公儀の豊後目付、大坂城代を経由して本日、江戸へ達した。

一座に緊張が走った。どれほどの規模になるかは不明だが、大坂に豊臣家を滅ぼして以来の兵事となるのは確実だった。

「本件」酒井は続けた。「まずは松倉家に任せるが尋常。されど上さまが固くご禁制と思し召さるるキリシタンの蜂起は由々しき事態。そこで上さまのご名代となる上使を送り、松倉が懈怠なきよう仕向ける。また近隣の諸大名にも加勢を準備させる。上使は板倉内膳正、石谷十蔵の両名。以上の措置にて上さまのご裁可を賜りたく存ずる。貴殿らのご存念はいかがか」

誰も口を挟まない。遠い国のできごとに興味が薄いか、下手な発言で立場を危うくするのを恐れているのだろう。

少し考え、政重は「お待ちあれ」と言った。

「板倉どのは大名とはいえ所領一万五千石余、石谷は忠勤の士でござるが身代千五百石にすぎませぬ。どちらも、上使のお役目にはいささか軽うございませぬか」

酒井讃岐守は眉をひそめた。

「土百姓づれの一揆ごときに上使を遣わすのだ。処置としてはむしろ重しと心得る」

「僭越ながら、そうは思いませぬ」

政重は首を振った。

「こたびの一揆ありたる地の民草は、ほとんどがかつてキリシタンでござった。悪くすれば領民ことごとく立ち返って一揆に同心、さらには長崎、天草、肥後宇土など、元キリシタンの多かりし地へ飛び火するやもしれませぬ。一揆衆はたちまち数千、いや数万に膨れましょう。かくなれば、所領四万石にすぎぬ松倉のご家中だけでは、とても抑え切れませぬ」

徳川の法度は、一万石あたり二百五十の兵を備えておくよう諸大名に命じている。所領四万石にすぎぬ板倉に動員できる兵は、逆さに振っても二千を超えまい。

「さすれば諸大名から加勢を得るしかござらぬ。近きところで申せば、唐津・天草の寺沢家は十二万石、肥前鍋島家は三十五万石余、肥後細川家は五十四万石。これらの上に立つ上使として、板倉どのと石谷ではあまりに軽うございませぬか」

「筑後守が申すほどの大事にはなりますまい」

異議を唱えたのは六人衆の太田資宗だった。大名ながら一座の中では齢若く、また近年に多い吏僚肌の人物だった。太田が続けるに、長崎では絵踏が導入され、松倉家が始めた熱湯責めの効もあり、肥前一帯のキリシタン弾圧は大いに進展しているという。

「一度は転んだほど惰弱な者ども。よしんば人数が集まっても烏合の衆にすぎますまい」

政重は内心で唾棄した。凄惨な責め苦を知ってなお一揆に及んだとすれば、それこそ容易ならぬはずだ。であるのに太田には事態も人心も見えていない。見ようとすらしていない。自らが大任にある間、大事が起こらぬよう願っているだけだ。

「キリシタンは死に法悦を得ると聞き申す」

次いで柳生宗矩が発言した。将軍家光の信頼を得て剣客を振り出しに出頭し、政重と並んで総目付を務めている。剣より世渡りで地位を得た老人だ。

「信心で死兵と化した土民が侮りがたきこと、畏れ多くも神君家康公が三河の一向宗にお手を焼かれた一事でも分かり申そう」

つまり、柳生は島原での事態について「油断するな」としか言っていない。存在感を示したいだけだろう。政重は唇を嚙んだ。誰も彼もが栄達と保身に汲々としている。真面目に天下を考えている者はこの場にいなかった。

「不肖ながら」

老中の列から手が挙がった。

「ご上使、それがしが参りましょうや」

申し出たのは松平伊豆守信綱だった。老中であるのに遠慮がちなのは、歳が四十を超えたばかりで、この中では若輩にあたるからだろう。九歳で将軍家光に小姓として仕え、その寵愛を受けた。才覚も並ではなく、去年には朝鮮国からの使者を歓待する奉行を見事に務めた。伊豆守の下で実務にあたった政重は、その手腕を知っている。

「板倉、石谷両名とも才覚に不足なしと心得まするが、井上筑後守が申す通り、もし大事となれば身代が足を引っ張るやもしれませぬ」

松平伊豆守の言に酒井は沈思し、やがて「いや」と首を振った。

「現に起こりたるは島原での土民数千人程度の一揆に留まる。あまり大袈裟にすれば、かえって将軍家の威信に関わろう。井上の言い状はもっともであり、伊豆守どののお申し出は殊勝と心得るが、起こってもおらぬことを案じても仕方あるまい」

「起こってからでは遅うございませぬか」

政重はさすがに身を乗り出した。

「より憂慮すべき事態が、遠き島原でいま、あるいはすでに起こっているかもしれませぬ。我らが詮議しておるのは十四日前のできごとにて」

「くどいぞ、井上」

酒井は露骨に顔をしかめ、臨時の評定は散会となった。

将軍家光は、酒井讃岐守の案を諒とした。在府していた島原領主の松倉勝家は即日、上使を務める板倉、石谷の両名は翌日に江戸を発った。また近隣諸大名にも加勢の準備が命ぜられた。

政重は焦燥と憂慮を抱えながら、ただ己の職務に専念するしかなかった。

四

島原の海辺はずっと騒々しい。飯が炊かれ、小屋を建て、そこらで歌や使徒信条の声が上がっている。

島原に上陸した益田四郎は、姿を見せただけで当地の一揆勢を掌握してしまった。「天人」は父、甚兵衛の傀儡から脱し、自らの言葉で救いを説き、熱狂とともに総大将に推戴された。

次いで四郎は、戦さの心得がある者から十三人衆と称する側近を選んだ。筆頭に父の甚兵衛を任じたのは、総大将は四郎であり、その父ではない、という宣言だった。

「いまのところ一揆はうまくいっている。島原はほとんど占拠し、天草でも各所で蜂起が続いている。だからこそ、次の一手が難しい」

浜に陣幕のごとく筵を巡らした本陣の内で、甚兵衛が軍議の口火を切った。息子に権を奪われた苦みは、いまのところ側近筆頭という栄えある地位が打ち消しているらしい。周囲には十三人衆と総大将が車座に座っている。

「大事ないか、末」

下人として隅に控えていた慶三郎は、同じく下女にされている妻にそっとささやいた。

「いまはね」

妻のかすれ声が慶三郎にはつらかった。

どこであれば安らかに暮らせたのだろう、と時折り末は言う。思いは同じながら、慶三郎が流れた過程には父母の故国が加わっている。俺のほうがつらい、などとは考えもしないが、どこであれば、という疑問は末より早く抱いていた気がする。

「うまくいっておるわけがあるか」

十三人衆の車座から益田源介の荒々しい声が上がった。

源介は四郎の命で側近にされてしまった。四郎なりに、油断のならない甚兵衛の抑え役を欲していたらしい。むろん源介は否んだが、大矢野島で養生している妻の絹は体のよい人質であり、断れなかった。

「一揆勢は」と源介は続けた。「島原城を攻め落とせなかった。さらに天草では、代官が富岡城に討伐の軍勢を集めておると聞く。いずれ近隣の諸大名も兵を動かそう。儂らは袋の鼠だ」

「源兄は相変わらず心配性だな」

甚兵衛は黒衣をゆすって笑った。

「まず天草の一揆勢と合流して富岡城を潰す。次に天草の人数とともに引き返して全力で島原城をぶち壊せば、どうだ」

すらすらと甚兵衛は話す。

「天草と島原を押さえて足場を固め、長崎を獲る。天川と呂宋に使いを出してキリシタン国の助けを得れば、徳川とだっていい勝負ができるはず」

策を献じた甚兵衛は四郎を仰ぎ見た。俺を頼るしかあるまい、とでも言いたげだった。

「源介どの」

総大将が鈴が鳴るような声で呼び、平然と無視された十三人衆筆頭はさすがに顔を歪めた。

「ご異論あらば承りたい。気にかけていただきたいのは一揆の理非ではなく、すでに蜂起している人々の行く末です」

一揆勢はもう引き返せず、ひたすら前へ進んで活路を求めるしかない。総大将はそう言っていた。

「――異論ござらぬ。儂は一揆も甚兵衛の策も諾えませぬが、他に妙案がない」

源介は絞り出すような声で応じた。他の十三人衆たちは甚兵衛の智謀を褒めちぎっていた。

翌日、天草へ渡る五千人の男たちが浜に集結した。赤い十字を描いた白の幟を冬の冷たい潮風に翻し、声を揃えて大小の舟を押し出してゆく。

その中に慶三郎もいる。下人の役を解かれ、戦さへ出るよう命じられて刀一本を渡された。

「もう、どうしたらいいか分からないけど」

勇ましい喧騒が溢れる浜で末が言った。

「どうか死なないで。それだけはお願い」

「無論だ」慶三郎は強い声で答えた。「俺は士分をやめた。家族のほか、命懸けで守るものはない。死ぬような戦さはしない」

本音を答えたつもりだったが、僅かに胸が疼いた。本当は忠義を尽くす立派な侍でありたかったのだ。そう思ったころには主家たる小西家はなくなっていた。悔いる機会すら与えられず、慶三郎は今日を迎えている。

「必ず生きて帰る。おぬしも大事なきよう」

継いだ言葉に嘘はない。末に出会えていなければ、ただ世を拗ねるだけの至極つまらない人生だった。どこならば生きてゆけるか。その答えを慶三郎はもう得ている。

「あたしは大丈夫。父さまが近くにいるから」

末は数人の女とともに、一揆勢を指揮する本陣の下働きを命ぜられていた。もろとも天草へ赴くことは変わらぬが、慶三郎より危険は少ない。末の言う通り本陣には源介もいる。

「ではな。義父上にも宜しく」

慶三郎はそう言い、妻と別れた。浜を滑りきったばかりの小舟に駆け寄り、数歩波を踏んで飛び乗った。


舟は十人乗ればいっぱいという大きさで、慶三郎は十二人目だった。何度も詫びを口にしながら僅かな隙間に身体を押し込んだ。

大小百近い舟が、海を白い波で割って進んでいる。本陣の面々が使うという巨大な廻船はまだ沖に錨を下ろしていて、慶三郎の舟はその脇をゆっくり擦れ違った。末も乗ることになる船の大きな図体に、少しだけ安心できた。

「儂らこそ、最後の裁きを下す天兵でしょうな」

隣で竹槍を抱える小柄な老人が、感慨深げに呟いた。舟は帆を張り、するすると海を進んでいる。

「この老体がデウスさまにご奉公できるとは思ってもおりませなんだ。天国へ参れると思えば死しても悔いはありませぬ」

慶三郎は答えに悩み、結局「そうですな」とだけ応じた。

一揆勢を焚きつけている救いの希望は全て、教義の誤解か曲解に始まっている。だが慶三郎には、誤謬を整然と説けるほどの学識がない。セミナリヨでもっと学べばよかった、と今さらながら後悔が尽きない。

だが、司祭がおらぬ中で記憶を掘り起こし、口から口に伝えられる教えは歪んでもおかしくない。歪みを責める資格が誰にあろうか。正すべき歪みは信心と世のどちらにあるのか。

慶三郎は見上げた。天は一片の雲もなく晴れ渡っている。天にまします御主は、その右に座しておられるという御子は、いかな面持ちで地上を眺めているのだろうか。数万の一揆衆が気勢を上げる島原と天草の様子は、その目に入っているのだろうか。

島原の一揆勢五千は二刻（約四時間）ほどかけて海を渡り、天草上島の上津浦に上陸した。待っていた現地のキリシタンを合わせて七千ほどの数に膨れた。

最後に巨大な廻船がゆっくり姿を現し、益田四郎が厳かに上陸した。十字架と聖杯、天使ふたりを描いた総大将の陣中旗が掲げられると、割れんばかりの歓声が上がった。

「我ら天兵、天国への道を切り開くべし。終わりなき天の快楽を受け奉るべし」

額に十字架を括り付けた益田四郎が呼号した。一揆勢は声を上げ、十字の幟を翻し、海を右手に眺める浜辺の道を突き進んだ。目指すは寺沢家の代官がいる富岡城だ。

慶三郎は夥しい人の動きに流されているうちに、先頭近くに出てしまった。さすがに後ろへ逃げていられる恥知らずではないから、そのまま歩く。

「悪魔の兵など、我ら天兵の敵ではございませぬな」

舟で乗り合わせた老人は楽しげだった。慶三郎はやはり「そうですな」と返すしかなかった。

やがて前方の左手に鎮守らしき森が現れた。天草の衆によると諏訪明神を祀っており、辺りは島子というらしい。

「打ち毀せ」

誰かが叫び、まとまった人数が喚きながら森へ突っ込んでいく。天兵とやらの戦意は最初から箍が外れているように慶三郎には思えた。少なくとも軍勢らしき統制は欠片もない。

さして広くない道が、膨らむ森でさらに狭隘になる。守りやすい地勢を恃むように、鎧兜に身を固めた軍勢が待ち構えていた。領主寺沢家の旗を掲げ、一揆勢を認めると遅滞なく鉄砲を並べた横列を組み始めた。

――さすがに鍛錬が行き届いている。

かつて主持ちの侍に憧れた慶三郎が見惚れていると、寺沢勢から炎と白煙が盛大に噴き上がった。鉛の塊が肉にめり込む音と引き裂くような悲鳴が周囲で上がり、続いて轟然たる銃声の束が耳を打った。

寺沢勢は流れるような動きで横列を交代させ、間断(かんだん)なく銃を放つ。慶三郎の目の前でばたばたと人が倒れる。一揆勢も鉄砲を持っていたが、大人数が団子となって進んでいたから撃ち返せない。状況を知らずに進む後ろの味方に押し出された一揆勢の先頭は、ただ撃たれ続けた。

「ご老人！」

いま死んだ人とこれから死ぬだろう人に揉(も)まれながら、慶三郎は叫んだ。竹槍を掲げたまま、老人は銃弾に額を砕かれていた。

――死ぬ。

鉄砲にただ撃たれる一揆勢の中で、慶三郎の肌が粟立(あわだ)った。妻には申し訳ないが、我が身は仕方なしと諦めるしかない。それより、このままではみんな死んでしまう。信心を禁じられ、膏血(こうけつ)を絞られ、あげく殺される。天草にたどり着いた不幸な人生の数々が、ほうぼうでむごい終わりを迎えている。蜂起が間違っていた。だが、いま周囲で生じている大量の死はもっと間違っている。この世は、間違っている。

慶三郎は前を見据えた。

「我らを扶(たす)け給う真(まこと)のデウス、わが霊魂(アニマ)を御身(おんみ)の御手(みて)に渡し奉る」

大人と子供の間ほどの齢のころ、セミナリヨで覚えた祈り(オラシヨ)の言葉を慶三郎は叫んだ。臨終(りんじゅう)の際に唱える文句だ。

「甘味(かんみ)深くましますゼス・キリシト、選び出し給うご人数(にんじゅ)のうちに我を召し加え給え」

逃げ惑う一揆勢の足が止まった。倒れていた十字の幟が再び高々と掲げられる。

「御主ゼズス、我とともに天国(パライソ)に至るべしと宣(のたも)う甘き御声を、我が耳に届かせ給え」

喉が千切れるような声で唱える慶三郎の目に、涙が溢れた。甘き御声どころか、聞こえるのは銃声と悲鳴、乱れた足音だけだ。デウスもキリシトも、どこにおわすのだろう。

「甘き御声を、我が耳に届かせたまえ」

慶三郎は抜刀して前に出た。左右には誰もいない。そのまま進む。前方で白煙が上がり、風を切る音が左右をかすめた。銃弾は当たらない。御恩寵などではなく、偶さかだ。慶三郎には分かっている。次の斉射で撃たれて死ぬかもしれない。その前に一目だけでも妻に会いたかったが、もはやいかんともしがたい。前に進んで立ちはだかる全てを薙ぎ払うしか、慶三郎も一揆衆も生きる道がない。

「御主よ」

絶叫に寺沢勢の発砲が続いた。やはり弾は当たらなかった。

「御声を。我とともに天国に至るべしと」

慶三郎は走り出した。天国ではなく敵陣に向かって。わあっ、と背後から息を吹き返したような喊声と足音が続く。慶三郎の祈りに信心を奮わせ、弾雨に身を晒す勇に鼓舞された一揆勢は、寺沢勢の陣に殺到した。

一揆勢は島子で立ちはだかっていた寺沢勢を撃破し、采配を取っていた代官まで討ち、さらに前進した。天草の村から続々と加勢が集まり、人数は万に迫るほどとなった。

進撃の途上、山と海に挟まれた浜で野宿していた慶三郎の元を、本陣にいた源介が訪れた。夜も更けており、周りの一揆衆は鼾をかいているか掠奪した酒に呑まれていた。

「そなたを、千人を率いる大将に任ずる。島子の戦さで身を挺して前に進み、我らを勝利に導いた功を認められてのことじゃ。励むように」

「俺にさような器量はございませぬ」

連れ出された岩陰で、慶三郎は否んだ。少し欠けた月から注ぐ光が、源介の苦々しげな顔を照らしていた。

「十三人衆の権を使って儂が願いでた。そなたに預ける衆だけには粗暴な真似をさせぬよう」

一揆勢は信心の熱狂に戦勝の驕りが加わり、もはや暴徒と化していた。同心せぬ村を脅しつけて立ち返りと参加を強制し、道々で目に入った寺社仏閣から小さな地蔵まで片っ端から破壊している。

「さような仰せなら、承るしかございませぬ。ですが」

慶三郎は疑問を口にした。

「総大将の名で狼藉を禁ずる旨、下知すればよいのではありませぬか。敵は大名と公儀であり、寺社でも民でもない、と」

「儂もそう具申したが、否まれた」

源介は皺の寄った顔を横に振った。

「皆、思うがままに為せ。四郎はそれしか言わぬ」

「まさか」慶三郎は眉をひそめた。「四郎どのは乱心なされたのですか」

「乱心は人がするものよの。たとえば甚兵衛はまだ正気であるが、いずれ乱心するかもしれぬ。あやつは所詮、己が才覚にふさわしい大事を起こしてみたいと念願しておっただけの小人ゆえな。

だが、四郎はもはや人ですらない」

むろん天人でもないがの、と源介は続けた。

「人を造りしお方に、何をお造りたもうたのか、とくとご覧に入れる。四郎はさよう申しておった」

「人かどうかはさておき」慶三郎は憤(いきどお)った。「なんたる身勝手か。デウスに申したき儀があるならば、それこそ四郎どのがひとりで申しに行けばよいでしょう。我らや民草を巻き込んでよいものではござらぬ」

同感じゃ、と応じる源介の声はかすれていた。

「だがの、島原も天草も政がむごすぎた。誰が焚きつけずとも、いずれ蜂起に至っておったであろう。四郎なりに、引き返せぬ道をどう歩むべきか考えてのことかもしれぬ」

「それこそ各々(おのおの)の勝手たるべきこと。四郎どのが考えることではありませぬ」

慶三郎はつい詰め寄った。源介を責めても仕方ないが、どうしても得心(とくしん)がゆかない。

「まだ末が幼きころ、キリシタンの磔(はりつけ)を見た」

源介は唐突な話を始めた。

「周りには見物人が集まり、はよう殺せと叫んでおった。ただひとりだけ、キリシタンに寺を焼かれたという仏僧が、死にゆく者のために経を上げておった。己が恨(うら)みに打ち勝とうとするお坊さまはご立派じゃと思うたし、人には信心の隔てなく敬し合う心があるとも教えてもろうた」

源介の声は、遠くでさざめく波より静かだった。

「だが人は集まれば我を忘れる。神仏の徒はキリシタンを罵(ののし)り、キリシタンは寺社を焼く。我こそ正しと互いに叫び、相手の事情や己が過（あやま）ちに心致らぬようになる。頭数の多きほうは少きほうを虐（しいた）げて省（かえり）みず、少きほうはより固く結び合って多きほうを憎む。かくなれば、もはや如何（いかん）ともし難い。過去を忘るるも争うも、無謀も粗暴も、人の業（ごう）かもしれぬ。それを全（まっと）うさせることで、四郎は一揆勢を人たらしめようとしておるのだろう。人には狂う自由がある、といったところか」

そこで源介は顔を歪めた。

「事ここに及べば、討伐されざる一日が、我らの生きる一日となる。儂は、末と絹に、婿に来てくれたおぬしに、一日でも長（なご）う」

そこで源介の言葉は途切れた。

「千人大将、あい務めまする」

慶三郎はさっきより強く答えた。自暴自棄に陥（おちい）らず、一度でも多く勝ち、一日でも長く粘り、ひとときでも長く家族と暮らす。そのために義父は十三人衆という不本意な役目を引き受けている。同じ願いを抱く慶三郎も、何かを引き受けねばならないと悟った。

翌夕、一揆勢は下島の北西端、富岡城の付近に達した。城は小振りだったが、下島と細い砂洲（さす）で繋がった険しい山という地形そのものが城だった。万を超える大軍となった一揆勢は数を恃んで激しく攻め立てたが、もうあとがない城方も必死で抵抗し、容易に陥（お）ちなかった。千人大将に抜擢（ばってき）された慶三郎は島子での戦さと同じく、弾雨に身を晒した。他に兵を率いる術（すべ）を知らない。

その間に島原で情勢が変わった。

将軍の九州代官である豊後目付が島原城に入り、江戸に在府していた領主の松倉勝家も帰着した。肥前鍋島家が動員した軍兵も迫っている。

公儀による一揆の討伐が迫っていた。島原一帯を奪回されれば、富岡城を攻めあぐねている一揆勢はたちまち根無し草となってしまう。

──島原へ退き、原城なる廃城に籠って公儀の軍を迎え撃つ。

十三人衆はそのような決定を下した。

撤退は無秩序に始まった。天草の衆の一部が離反し、島原へ逃げる一揆勢を襲った。裏切った側からすれば形勢不利な側につく必要はなく、一揆への加勢を強制された村々には恨みがあった。密かに教えを守っていたキリシタンにすら、より厳しい弾圧を招きかねない蜂起は憎まれていた。一揆勢は散り散りになって舟に飛び乗り、海を渡った。


原城は、三方を海に囲まれた丘陵に築かれている。

かつて島原を治めた有馬家の新たな本城として築かれ、次いで領主となった松倉家は島原城を使ったため廃された。塀も櫓も失せていたが、高い石垣を擁する四つの曲輪、外周に巡らされた深い堀はほぼそのまま残っている。討伐を予期した島原の一揆勢は原城に集結し、天草から戻ってきた仲間たちと城の修繕に励んだ。曲輪には無数の小屋が建ち、堀の内と外には柵が、石垣には板塀が巡らされた。

寒風吹きすさぶ十二月の初め、天草の各所を回って人数を集めていた十三人衆と益田四郎の本陣が原城に到着した。大矢野島にいた絹も同行しており、益田家の四人は久方ぶりに再会を果たした。

原城の一揆勢は三万七千余にのぼった。十字の幟が翻り、歌や祈りの声が流れる。キリシタンが安寧(あんねい)を得る千年の御国が、信仰を厳しく禁じられた日本の片隅に顕現していた。

同じころ、江戸から下った将軍上使の板倉、石谷なる者も島原城に入った。鍋島、立花(たちばな)、有馬、松倉家の軍勢が原城下に着陣し、細川家の軍勢は天草に上陸した。

これら公儀方の動静は、小知恵の回る益田甚兵衛が潜ませていた間者(かんじゃ)によって逐一、原城に把握されていた。

「あす十日。悪魔(てんぐ)の軍勢が攻め寄せて参る。デウスにご奉公つかまつるときは近し」

四郎は声高らかに説いた。間者の報せを格調高く言い換えただけだったが、皆、予言と思い込み、夜を徹して備えた。また銃弾の鉛を鋳潰(いつぶ)して指先に乗るほどの十字架が大量に作られ、配られた。慶三郎は千人大将のまま大手門の守備に任じた。源介は十三人衆として、末と絹は下女として本丸に詰めた。

明けた早朝、四万五千ほどの軍勢となった公儀方は金鼓(きんこ)を鳴らし、喊声を上げて城に迫った。一揆勢は「予言」の的中に奮い立ち、盛んに銃を撃ち、矢を放つ。敵が柵や堀を越えて石垣に取り付くと雨のごとく礫(つぶて)を降らせた。

「礫を切らすな。敵が見えずとも投げ続けよ」

急いで建てた低い井楼(せいろう)の上で、慶三郎は声を嗄(か)らした。騒々しい戦場でどこまで聞こえるか分からないが、ともかく叫んだ。

ひゅん、という音がすぐ耳元をかすめた。矢か銃弾か、いまさら確かめようもない。

周囲では老若男女が駆け回っていた。男は銃や弓を使い、あるいは槍を突き出し、女子供は礫を投げ落としていた。

　その誰も彼もが、慶三郎には憐れに思えた。

　城に籠る一揆勢の六割ほどは、天人四郎が天国まで連れて行ってくれると信じている。辛苦のために歪み、異端めいてしまったその信心に天国の門が開くか定かではない。あと四割は、天人なる者が率いる暴徒によって一揆に引きずり込まれている。彼らにとってはいまこそが地獄だろう。

　城を守る人々は理不尽によって原城に追い込まれ、もはや命の救いはない。

「司祭におなりあそばしましたか。彦七さま」

　ふと思い出し、姿の見えない人間に慶三郎は問うた。

　かつて学んだセミナリヨは、原城のすぐ近くにあった。わがままな主筋の少年に手を焼きながら歌やラテン語を学ぶ。鬱屈もありながら、慶三郎にとって最も穏やかな時期でもあった。

　あれから二十年以上が経った。セミナリヨは畑に変わり、そこから徒歩で半刻も隔たらぬ原城は軍兵で溢れている。金鼓と喊声、銃声で騒がしく、そこかしこで硝煙が噴き出し、土埃が膨らみ、血がしぶいている。

「彦七さまは、今も地上のどこかで、誰かに天国への道を示しておられますか。それとも海か異国で死んでしまいましたか」

　慶三郎は独り、問い続ける。

「俺は司祭となって信徒を助けることはできません。ですが、地獄までこの者らに付き合ってやることくらいは、できそうです」

　失い続けた人生の果てに今、慶三郎は大義を得た。迷いも後悔も消え去り、激しい戦意が全身に滾る。

「デウスよ我を思い出し給え」（Memento mei deus）

ミイサでよくうたわれていた歌を、高らかに慶三郎はうたった。セミナリヨではラテンの語も歌も、不器用な小西彦七などよりずっとうまかったのだ。

――我が身命は風にも等し。

足元から唱和する声があった。司祭の大追放から二十年余りが経っている。一緒にうたってくれているのは覚えていたからか、口伝えで伝わったからか。誰かが調子を外し、歌詞を間違える。だが声は刻々と強くなる。

――深き淵から御主よ、御身を呼ぶ。御主よ、我が声を聞こし召せ。

聞いているかデウスよ。うたいながら、慶三郎は胸の内で叫んでいた。この深き淵から、かくも騒々しい戦場から、俺たちの歌が届いているか。この地上が見えているか。喉からは歌が、目からは涙がとめどなく溢れた。

――御主よ憐れみ給え。キリシトよ憐れみ給え、御主よ憐れみ給え。

歌は一揆勢を奮わせた。正午を過ぎたころ、公儀方は膨大な死体を残して退き始めた。そのころには、慶三郎の涙は涸れていた。

五

島原表の一揆を鎮圧できぬまま迎えた寛永十五年の正月三日。

井上政重は江戸城御殿、桜の間に座していた。

侍烏帽子、鉄紺色の大紋、小刀という式日の正装を油断なく整え、ただ黙然として時を待つ。

これから年頭恒例の将軍拝賀が行われる。元日の徳川一門と縁故の外様大名、二日の国持大名の拝賀に続いて今日、三日は無位の大名と大身旗本の数百名が将軍に謁する。

同じく正装で参集した老中や他の総目付たちが、密やかな声で雑談している。統治の心得や儒書の解釈、卑俗に流れても能や歌など、いかにも高尚な話柄ではあった。

ただ、政重は苛立ちを覚えていた。式日の儀式を控えて無駄話に興じるなど、弛緩としか思えなかった。

「お成り」

小姓が高い声で告げ、一同は平伏する。頭を上げると将軍、徳川家光が桜の間の中央に立っていた。萌葱の直垂は目が覚めるように鮮やかだったが、顔の色はすぐれない。

ここ数年、家光は体調を崩しがちだった。数日伏せることも多い。今年の拝賀も恒例の杯は取りやめ、拝謁だけで済ませていた。

家光の身体だけでなく気概も、どこか衰えているように政重には見えた。祖父を祀る日光東照宮の改築を命じ、大奥を取り仕切る乳母を足繁く訪ね、高僧を何度も江戸城へ招くようにもなった。祖父と乳母への敬愛、仏道への帰依は以前から公言していたが、自らを恃むことも厚かった家光は、堂々と他力を頼るような真似はずっとしていなかった。

戦国の気風を覚えている大名、祖父の覇業を支えた徳川の士、国生みの神に連なる系譜を持つ天皇と朝廷、そして安寧を望む数千万の民に、家光は囲まれている。将軍の務めに精励するうちに、心身が並よりずっと早く衰弱してしまったのかもしれない。

さにあらば、と政重はかねてから考えていた。

天下は将軍一身の双肩のみに担われるべきではない。数万の臣を擁する徳川の公儀そのもので支えねばならない。制度、慣例、観念といった人ならぬものが天下を営めば、世は盤石となろう。そのとき将軍は、万人の目に見える権威の象りとして存在する。

「筑後。早う」

舌打ち交じりの主命に、はは、と政重は小さく答えた。近ごろの家光は近臣に将軍らしからぬ振る舞いを見せるようになった。いずれ政にすっかり倦んでしまうかもしれない。たとえ将軍が暗愚でも、その責を擲っても、決して揺るがぬ秩序を作らねばならない。政重は決心しながら大きく息を吸い、呼ばわった。

「向方へ――」

将軍に拝謁あれ、という合図に、控えていた小姓ふたりが大きな襖をさっと引き開ける。桜の間に至る大廊下には、平伏する大名と旗本たちがひしめいていた。

「いずれも上さまに年賀のお礼申し上げまする」

将軍のそばに膝行した老中、酒井讃岐守忠勝が声を上げる。

「めでたし」

将軍が答える。杯を交わさぬ他は、全て慣例通りだ。将軍すら従う慣例が、その励行によって保たれる秩序が、徳川の天下を盤石たらしめるだろう。

荘厳で短い年賀拝謁の儀式のあと、政重は茶坊主を介して将軍の呼び出しを受けた。正装のまま上がった奥の間には将軍と老中酒井讃岐守が、やはり正装のままで待っていた。

「筑後、そなたを戦目付として島原表へ遣わす。キリシタンどもをみごと成敗して参れ」

讃岐守が朗々とした声で告げた。

去年の末、島原のキリシタンどもは上使板倉内膳正率いる九州諸大名の軍勢を撃退した。年始の儀式を準備中だった江戸城は急報を留め置いていたが、落ち着けば何か動きがあるだろうとは政重も予想していた。

「御命、謹んで奉じたてまつりまする」

政重は平伏して命を受け、だが愚策だと考えていた。

いま島原に必要なのは小煩い戦目付ではなく、断固たる討伐の意志だ。一揆を侮ったがために軍勢の動員が遅れ、上使には板倉内膳正ら役目に軽すぎる者を任じた。結果、一揆勢を原城に集める余裕を与えてしまい、れっきとした武士からなる公儀の軍勢が民草に敗れた。

徳川の権威は、自らの失態によって、九州の片隅から大いに揺さぶられていた。

島原への板倉ら二名に続いて、かねてから志願していた松平伊豆守信綱と戸田氏鉄の両名も上使として下向している。伊豆守は老中、戸田は関ヶ原の戦さに参陣した老将であるから能く任を果たすだろうが、先に送られた板倉は面目を潰されたと思っているかもしれない。加えて、政重が戦目付に任ぜられた。江戸は一揆鎮圧に力を尽くすどころか、不和の種ばかり送りつけようとしている。

容易ならぬ役目だ、と内心で嘆息しながら顔を上げると、酒井讃岐守はばつの悪そうな顔をしていた。一揆を見くびり初動を誤まった張本人である、という自覚くらいはあるらしかった。

「新たなご上意あらば承りたく存じまする」

政重が尋ねると、上壇（じょうだん）で爪を嚙んでいた家光がじろりと睨んできた。病のゆえか天下を支える自負を失いつつあるのか、その顔は青い。

「兵は」

将軍の声には苛立ちがありありと浮かんでいた。

「いくら損なっても構わぬ。一刻も早く一揆をつぶせ」

この上意には従えぬ、と政重は決めた。無理な力攻めで公儀の軍勢が再び撃退されれば、今度こそ徳川の権威は地に墜（お）ちる。武門の棟梁（とうりょう）たる征夷大将軍の任に堪（た）えぬと見做（みな）される。

「落城後、生き延びた一揆勢はいかがいたしましょうや」

「余が固く禁じた邪宗を奉ずる奴（やつ）ばらじゃ。残らず誅戮（ちゅうりく）せよ」

将軍は皆殺しを命じた。膝に置いていた政重の手がぴくりと動いた。

――俺が揺らいではならぬ。

政重は胸の内から逡巡（しゅんじゅん）を追い出した。血で大地を洗い、骸（むくろ）を礎にしても、徳川の天下を盤石ならしめねばならぬ。より大きな災厄から天下万民を守るために。つまり、将軍の判断は正しい。

即日、政重は江戸を発った。

大袈裟な人数で出向いて先着した上使たちの反感を買うのは好ましくないと思い、供は口取（くちと）りと鎧持ち、雑用をさせる若党ひとりだけとした。道中では公儀総目付などとはひけらかさず、「それなりのお侍」のなりで町々の宿を取り、聞き耳を立てた。島原の変事と公儀方の苦戦の噂（うわさ）は、すでに市井（しせい）にも広まり始めていた。

正月十六日、政重は原城に着到した。

低い丘から騎乗のまま眺める。曇天の下、波高い海から吹きすさぶ風は冷たかった。

手前には夥しい軍勢がひしめいている。すでに敗れているという事実さえ知らなければ、はためく無数の旌旗は壮観そのものだった。

遠く、軍勢が囲む海の汀には高い石垣がそびえていた。そちらは赤い十字を描いた白い幟と「天帝」なる字を大書した旗をほうぼうに翻している。

「大坂の戦さのごときよな」

政重は懐かしい記憶を弄んでいた。豊臣家を滅ぼした大坂御陣の一度目は冬だった。肌に感じた寒さは、ちょうど今日くらい。政重は後方から見守るだけだったが、大軍がどれだけ攻めても攻めきれず、和議となった。だまし討ちのように堀と塀を破却し、翌夏に再陣を行ってやっと大坂城は陥落した。規模は比べものにならぬが、原城も堅固であろうことは容易に想像できた。

それにしても、と政重は両肩を上げ、下げた。久方ぶりに着けた鎧は重い。大坂へ行ったころは三十になるやならずやという齢だったが、いま原城を眺める政重は五十の半ばになっていた。

殿、と馬の轡を摑む口取りが言った。五騎ほどが、緩い坂道を蹄を鳴らして近付いていた。下馬しようと腰を浮かせる。

「陣中ゆえ略儀でよい。そのまま」

声が飛んできた。五騎の先頭で、小具足姿に陣羽織を着た侍が制止するように右手を掲げていた。上使として先着していた老中、松平伊豆守信綱だ。

「筑後か。遠路ご苦労であった」

信綱は政重の前まで馬を寄せると、親しげに笑った。政重は黙って目礼する。

「相変わらず愛想がないの。まあよい、そなたが来てくれて心強い」

政重より一回り近く齢が若く、男盛りにある信綱の声は快活だった。

「陣中を案内（あない）するゆえ、ついて参れ。供は無用ぞ」

政重と周囲に言って、信綱は馬首を翻した。政重も「待っておれ」と口取りたちに告げ、馬の腹を蹴って活発な老中を追いかけた。

政重と信綱は轡を並べて馬を行かせた。九州一円から動員された大名十家以上、軍兵総勢十万という包囲陣では、そこかしこで人夫や足軽が忙しく溝を掘り、竹束の壁を作っていた。仕寄（しより）と言い、矢玉に身体を晒さず城に寄せることができる。時も人手もかかるが、無為に兵を損じずに済む。大坂御陣でも至る所に仕寄が設けられた。

「原城に籠る一揆勢は凡（およ）そ三万七千。村ぐるみ、女子供までといった様子で、まさに戦国の世のごとき戦さぶりよ」

「三万七千、でござるか」

数に、政重は改めて驚いた。

「板倉どのは三度攻めたが城を陥とせなんだ。兵権を引き継いだ儂は、ともかく仕寄を怠らぬよう軍勢に申し付けた」

格下ながら年嵩（としかさ）の板倉を、信綱は呼び捨てにしなかった。

「して、板倉さまは今、いずこに」

政重は問うた。信綱が上使に任ぜられて面目を失った板倉を、ずっと心配していた。

「討死された」

政重は息を呑んだ。話を続ける信綱の顔から朗らかさが失せていた。

「去る元日、三度目の城攻めがあった。板倉どのは自ら石垣を登らんと前に出られ、城方の鉄砲に撃たれた。儂の着陣はその直後であったゆえ、止めるもお守りするもできなんだ」

板倉討死の報と政重の下向は、ちょうど行き違いになっていたらしい。

「心してかからねば、なりませぬな」

政重の声に苦みが混じった。

「一揆づれに上使を討たれたままでは、武門の棟梁たる将軍の威信に関わりまする」

「何ぞ、新たなご上意を承っておるか」

「上さまにおかれては、損害を顧みず一刻も早く鎮定せよとの思し召しにて」

信綱は黙した。力攻めの愚を悟り、さりとて上意を体する上使として、異を唱えるのを憚っているようだった。

「陣中にある将は君命受けざる所あり、と申しまする。時を惜しまずゆっくり確実に、城を締めつけるべきと、この政重は存じまする」

政重は『孫子』を引き、いちいち自分の名を挙げた。信綱は馬に揺られたまま顔を向けてきた。

「助かる」

上意に反したという咎めを受ければ政重のせいにしてよい、という意図を正確に理解してくれた信綱は、人気のない陣の外れで馬を止めた。政重も倣う。

「一揆勢は」信綱は原城を指差した。「士気が高い。一軍の将として、叶うことならきゃつらを率いて戦うてみたいと思えるほどよ。デウスとやら、八幡神(はちまんじん)や東照宮さまより慕われておる」

「あれは蕃神(ばんしん)でござる」

応じた政重の声はつい荒くなった。

「蕃(とつくに)の神ごときに、日本の民を救う力はあり申さず」

その力は、ただ徳川家だけが持たねばならない。

ふと、ふたつの顔が胸をよぎった。

転んだポルトガル人伴天連、沢野忠庵はいまなおデウスを心の支えにしている。

志茂(しも)は、と考えて政重は複雑な気分になった。妻を救えなかったのはデウスか。徳川の世か。それとも俺か。老境に近い男の繰(く)り言(ごと)と分かりながら、やはり思わざるを得なかった。

「どうした、筑後」

信綱の声に、「失礼いたしました」と政重は苦笑した。

遠くから殷々(いんいん)たる砲声が谺(こだま)した。三隻(せき)ほどの大きな南蛮(なんばん)船が海に浮かび、盛んに大砲を放っていた。

「オランダ船よ」信綱が言った。「儂が呼んだ。同じデウスを奉ずる国の船から大筒(おおづつ)に撃たれれば、城方は士気を損(そこ)なうかもしれぬと思うての」

政重は同情した。一揆勢は、世界のどこにも味方がおらぬと思い知ってから死なねばならぬ。

六

美濃の南、岐阜の辺りはかつてキリシタンの信仰が盛んだった。

長く岐阜を本拠とした織田信長がキリシタンを保護し、その嫡孫で岐阜に封じられた秀信は自ら洗礼を受けるほどだった。関ヶ原の前哨戦で秀信が敗れてからも信徒は禁教の圧力に耐え、今も密かに信仰を守る者が少なくない。

その岐阜の間近に、一村まるまるデウスを奉ずる小さな寒村がある。庄屋の蓮見忠左衛門はかつては織田秀信に仕える侍であり、老いてなお村人の信仰を励ましていた。

蓮見忠左衛門宅に旅人が一夜の宿を乞うたのは、まだ肌寒い正月の半ば。月明かりに照らされた旅人は壮年くらいで、小柄な体軀を色褪せた黒い筒袖と括り袴に包んでいた。背には傷んだ葛籠を負い、頭は総髪を藁紐でひっつめてある。見るからに貧しく、ゆえに怪しかった。

「熊千代どののご両親であられますか」

戸口に立った旅人の問いに、忠左衛門は眉をひそめた。熊千代とは、まだ元服もしていないころに出奔してしまった忠左衛門の子だ。

「わたくしは蓮見熊千代どの、いやミゲルどのに多少のご縁をいただいた者でございます」

洗礼の名を出された忠左衛門は嫌な予感を覚えたが、ひとり息子の知人と聞いては家に上げるしかなかった。棄教の誓書は奉行所に出してあり、裏返せば息子と暮らしていた時分にキリシタンであった事実は知られている。いまさら詮議されるはずもない、と思うことにした。

旅人は「ありがとうございまする」と頭を下げ、母屋に入った。框（かまち）に腰かけ、腰の手拭（てぬぐ）いで足を丁寧に拭（ふ）き、そっと板間に上がる。所作には卑しさも尊大さもなく、忠左衛門はつい警戒を解いていた。

忠左衛門の隣に控えていた妻が、ヒッと声を上げた。葛籠を足元に置いた旅人は、板間の真ん中に立つ柱の中ほどに指を置いていた。

そこには空洞を刳（く）り抜き、小さなキリシト像を入れてある。知らなければ見過ごし、知っていれば蓋（ふた）だと分かる切れ目がある。まさか旅人は、さよう装った奉行所の目明（めあか）しだったか。忠左衛門の足はがくがくと震え始めた。

死ぬ、と忠左衛門は思った。旅人、あるいは目明しが奉行所に注進すれば忠左衛門も妻も捕らえられる。焼き印を押され、指を詰められ、水牢に入れられ、棄教を迫られる。いまさら教えは棄てられない。責められて死ぬしかない。

いっそ、この旅人を殺すか。胸をよぎった考えを忠左衛門はすぐに悔いた。愛（ごたいせつ）を信じ抜くために人を殺すなど、理に合わぬし情が追い付かぬ。ただ、どうすればよいか分からない。

旅人は、うろたえる忠左衛門を確かめるように眺めやってから、その場に端座（たんざ）した。葛籠を引き寄せ、中から小さな十字架を取り出して首にかける。忠左衛門と妻は目を瞠った。

「わたくし、小西彦七と申します。洗礼の名はマンショ。ご子息ミゲルどの、向こうではミゲル・ミノエスと名乗っておられた方とローマで学び、ともに司祭（パードレ）になった者でございまする」

「司祭」妻が叫んで小西彦七にすがり付いた。「まことでございまするか。旅のお方、いや司祭さま。ミゲルは司祭になれたのですか」

忠左衛門はなお震える己が足をぴしゃりとひとつ叩き、妻の隣にそっと座った。

「さようです」

小西司祭は妻に向かって力強く答えた。

「ミゲルどのは学問に優れ、霊性も豊かでございました。朋輩の身を心底から案ずるお優しさと、死の覚悟を擁する長旅を厭わぬ勇をお持ちでした。さようなミゲルどのと学んだ日々は、わたくしにとって宝でございます」

「して、司祭さま」

激しい嗚咽で言葉が紡げなくなった妻に代わり、忠左衛門が口を開いた。ただし許されるなら、息子の壮挙を妻と一緒に泣いて喜びたかった。

「ミゲルは今、どこで何をしておりまするか」

司祭になって日本に帰ってくる。ミゲルはそう言って聞かず、長崎から追放船に乗る聖職者たちに同行して旅立ってしまった。忠左衛門が刀を鋤鍬に持ち替える生活にようやく慣れたころだった。

「ミゲルどのは、天国でご両親さまをお待ちです」

小西司祭は、そう言った。

つらい役目だ、と彦七は唇を噛んだ。

訪ねた岐阜の片隅で、ミゲル・ミノエスの両親は想像していた以上に老い、また苦心して信仰を守っていた。息子が元気であると伝えられれば、どれだけよかっただろう。だが、伝えねばならぬのはミノエスの死であり、それは他ならぬミノエスの最後の頼みだった。

「ミゲルどのは」

記憶をたどり、言葉にする。

ちょうど十年前、ヨーロッパの暦で四月。彦七とミノエスは日本を目指してリスボアを船出した。ひと月ほどが経った海上で、ひどい嵐に遭った。前後に左右に、そして上下に船が揺さぶられるうち、大砲を縛り付けていた綱が切れた。大砲は船内を暴れ回って数人を跳ね飛ばしたあと、ミノエスの右臑(みぎすね)の骨を砕いた。

ほうぼうが傷んだ船は航海を断念して引き返した。途上、ミノエスの臑は腐敗の兆候を示した。

――足は切らないでほしい。

日本での活動に支障をきたすから、とミノエスは願った。死ねば元も子もないと説得されて最後は切断に同意したが、腐敗で生じた毒素がもう身体に回っていた。右足を失ったミノエスはリスボアに着くなりイエズス会運営の病院へ運ばれた。毎日見舞いに行った彦七は三日目、ミノエスから終油を塗って欲しいと乞われた。

「もしできるなら、岐阜の両親に伝えてほしい。私は司祭になれた、と」

ミノエスはそう続け、蓮見なる苗字(みょうじ)と熊千代という幼名を教えてくれた。その夜にミノエスは息絶え、リスボアのイエズス会墓地に葬られた。

「それからあまりに時が経ち、お恥ずかしいことではございまするが、こうしてご両親さまの元に参った次第でございます」

彦七は持参した葛籠を探る。リスボアの教会が作ってくれた金箔(きんぱく)張りの小さな箱を、ミノエスの両親の前に置いた。

「ミゲルどのの小指が入っております。生きたお身体をお連れできませなんだこと、お詫びいたしまする」

先に妻が、次いで夫が小箱を押し戴（いただ）いた。

――故郷の居心地はどうだい、ミノエスさん。

彦七は語りかけた。ミノエスがローマで話を聞いてくれなければ、彦七は帰国を逡巡したまま後悔に塗（まみ）れた人生を送っていただろう。

「わざわざ岐阜までお越しくださり、ありがとうございまする」

ミノエスの父、蓮見忠左衛門は彦七に向かって深々と頭（こうべ）を垂れた。

「手前どもは善き息子を持ちました。小西さまのお話によれば、ミゲルはデウスの御恩寵を賜り、自らも怠りなく励み、司祭になったとのこと。復活（よみがえり）の日まで会えなんだは寂しゅうございまするが、悔いも恨みもございませぬ」

忠左衛門の言葉に合わせて、老妻は何度も頷いている。父を知らず母も記憶にしかない彦七は、ミノエスをうらやましくも思った。

「して、小西さまはいかにして日本へ帰られたのですか」

母親が問う。

「それこそデウスの御恩寵でございます」

彦七は話した。

ミノエスを見送った翌年、彦七は再び船に乗った。今度は時こそ要したが大過なくマカオまで至った。日本へ行く船がなくマニラへ移り、日本密航を志すイエズス会、ドミニコ会、フランシスコ会など各修道会の有志十一名と金を出し合って中国船に便乗した。日本人は彦七を含めて三人いた。二十日ほどの航海と聞いていたが嵐に流され、飢えと渇きに苦しみながら五か月ほど漂流し、なんとか薩摩(さつま)に上陸できた。六年前のことだ。

「長崎の辺りに縁者がおりまして、訪ねようとしたのですが」

まず源介たちに顔を見せねばならぬ、と思っていた。だが九州はことのほか弾圧が厳しく、詮議や追っ手から逃れることしかできなかった。

行く先々で信徒に助けられ、告解を聴き聖体を授け、必要な者には終油や結婚、堅信の秘跡を行い、流されるように畿内まで来た。ならば先にミノエスの願いを叶(かな)えようと考え、岐阜を目指した。

「それはまことに、ご苦労なことでございました。また愚息(ぐそく)の願いを叶えてくださりしこと、重ね重ねお礼を申し上げまする」

忠左衛門が再び頭を下げ、「しかし長崎といえば」と続けた。

「ほど近き島原や天草の辺りで、去る冬から数万のキリシタンが一揆を成しおると聞きまする」

数万。彦七は耳を疑った。

「余計なことをしてくれたものです」

忠左衛門の苦々しい声に、彦七は耳を疑った。キリスト教徒は支え合う。互いを兄弟姉妹と呼び、慈悲組や信心会(コンフラリア)という互助の組織がある。隠れて信仰を守っている現今の信徒たちも助け合っているはずだと思っていた。

「一揆など起こしてしまえば、なお詮議がきつくなりまする。どうやら苛斂誅求に耐えかねたそうで、かの者たちには起たざるを得ぬ事情があったのやもしれませぬ。ですが、起つ理由のない我らには正直、迷惑千万でござる」

彦七は何も言えなかった。助け合うべしと諭すには、日本の状況はあまりに厳しすぎる。ヨーロッパでも伝え聞き、帰国してからは直に見ている。命懸けで信仰を守る信徒にとって、「迷惑千万」は狭量な悪口ではなく、生死を分ける切実な問題だ。

はるか昔、彦七は有馬のセミナリオへ向かう途上で追剝に襲われた。彼らはキリスト教徒であり、しかし教えとかけ離れた生き方を余儀なくされていた。木村セバスチアンは身を挺して神の愛を説き、地獄へ堕ちかけていた追剝たちを救った。

遅すぎるということはない。神は御子を遣わして人を救った。

人にもできることがある。木村は追剝を地獄へ至る奈落から掬い上げた。

島原、天草の叛乱は苛斂誅求に因があるという。蜂起した人々も、神の救いが確かにあると思い出せれば、苦難に生きる力を取り戻してくれるかもしれない。天国への道を示せば、自暴自棄の血なまぐさい白昼夢から覚めてくれるのではないか。兄弟姉妹にも見放された一揆の人々を見放さぬ誰かが、この地上には必要なのではないか。

見放された人々のために、自分は帰国を決意したのではなかったか。

「忠左衛門どの、ご内儀どの」

彦七は言った。

「明後日に俺、いやわたくしは発ちまする。お仲間に秘跡が必要な方がおられましたら、それまでに」

告げながら、島原へはどうやって行こうか、と考え始めていた。

七

井上政重の着陣以来、原城に大きな戦さは起こっていない。時折り散発的な銃火の応酬があり、その程度だった。

孤立した原城からは毎朝毎夜、老若の歌や祈りの声が風に乗って城下まで流れた。七日おきにキリシタンの式日があるそうで、その日はとくに熱烈な声が聞こえた。

討伐軍の包囲は日に日に強化されている。三方を囲む海は大小の兵船が遊弋し、小舟一艘が這い出る隙間もない。陸地にひしめく軍勢は着々と増え、仕寄と柵が縦横に広がっている。陣小屋、築山、井楼も夥しい数が造作されている。荷運びや仕寄作事の人夫が集まり、彼らに物品や遊興を売る商人まで小屋を建て始めた。

――キリシタンは残らず誅戮。干し殺し（兵糧攻め）ののち、とどめに総攻め。

上使筆頭、松平伊豆守信綱はそのような軍略を定めている。すでに三度攻めて撃退されており、四度目の敗北は許されなかった。

だが参陣する諸大名は手柄を求め、たびたび上使の陣小屋を訪ねては力攻めを主張した。信綱は訪いがあれば必ず会うし、邪険にあしらうこともしなかった。主従関係にない諸大名をまとめるために必要な対応だったが、政重も戦目付として同席する必要があり、面倒ではあった。

こと、当の島原を領する松倉勝家はほとんど毎日のようにやってくる。信綱の前に出ると、いちいち大袈裟に身体を動かして鎧を鳴らす。勇ましさを表したいのかもしれないがどうにも滑稽だった。声は大きく、それも虚勢に聞こえる。

「戦さは民にとっても不幸。上さまより島原を賜った身として、一日も早う我が領に静謐を取り戻したく存ずる」

松倉の言に政重は胸が悪くなった。一揆の因に民への苛政があり、戦さではなく松倉の存在そのものに民の不幸があったことは、すでに調べがついている。

「手前に先陣を仰せつけくだされば、すぐに本丸まで抜いてご覧にいれまするぞ」

松倉の言葉はいつも同じだ。蜂起を許した責任を感じているらしいが、そもそも領地を治める才覚に欠けている。

「お言葉、頼もしゅうござる」

信綱はいつも通りの磊落な声で応じた。

「戦さはいずれあり申す。いまは腕を撫し、ご自慢の武を存分に奮う日をお待ちくだされ」

「その日はいつでござるか」

「松倉どの」

政重が口を挟んだ。

「松平伊豆守どのは上使でござる。その言は上さまの言と心得られよ」

松倉が顔に不快を浮かべて政重を睨んできた。旗本風情が大名に差し出口を、とでも言いたげだった。

「松倉どののお働きはこの井上政重、戦目付として急度上さまにご披露申し上げる所存。ご安堵めされよ」

「急度と申されたな。急度でござるぞ、戦目付どの」

「無論、この政重に二言はござらぬ」

睨み返すと松倉は目を卑屈に泳がせ、「急度でござるぞ」と繰り返して辞去した。

「済まぬの、助かった」

ふたりだけになった陣小屋で信綱は苦く笑った。

「伊豆守どのはご上使にて、寛を旨とされるべきと存じまする。といっても戦陣には厳も肝要。そちらは戦目付の手前がお引き受けいたします」

思っていたことを正直に話しただけだったが、信綱は僅かに眉をひそめた。

「嫌われ役はつらいぞ」

短い言葉には信綱の気遣いが籠っている。

「お気遣い、痛み入りまする」

政重は一礼し、「天下のためでござる」と続けた。

着々と包囲を分厚くしながら、上使松平信綱は一揆勢の切り崩しも行っていた。

無理成り、つまり改宗や一揆参加を強要された者は助命する、という矢文を盛んに射込ませた。これはかなりの効果があり、日に百を超える脱走者が零れるように城から出てきた。

二月の初め、原城内が飢餓に陥っていると脱走者が明かした。討伐軍の原城下への進出が予想より早かったため、糧食（りょうしょく）の搬入に失敗したのだという。
知った信綱は降伏を勧告することにした。城方の大将、益田四郎の母と姉が肥後の宇土で捕縛されており、これを質に使った。

――無理成りの者と引き換えに四郎家族を城へ引き渡す、もし四郎が誰か大人に焚きつけられたのであれば赦免（しゃめん）する。ただし元からのキリシタンは残らず斬る。

以上の旨を認めた信綱の書状が作られ、城方と矢文のやり取りが続いた。

二月二十日の朝、原城から突如、喊声めいた大音声（だいおんじょう）が上がる。討伐軍の諸陣も騒然とし、縦横に這う仕寄に兵が駆け、鉄砲を構えた。上使衆は鎧を着る間も惜しんで築山に登った。

「戦さでは、ないのか」

なお警戒を解かぬ様子で信綱が首を傾げた。城では大小の旗や幟が振られているが、打って出てきたと思わせる土煙や硝煙は見当たらなかった。

政重は耳を澄ました。膨らむ声は判然としないが、喊声というより悲鳴や絶叫に近い。

ややあって、物見に出た侍が馬蹄（ばてい）を響かせて帰ってきた。

「門は固く閉じられております。声はいつもの歌や経文の様子」

報告に、政重は沢野忠庵から教えられたキリシタンの暦を思い出した。

「たしか今日はキリシタンが最も尊ぶ、キリシト復活（よみがえり）を祝う式日だそうで」

信綱は「ほう」と唸（うな）った。

「城方の信心は堅いようだな。まあ降（くだ）るとも降らぬとも返事がないが」

降ってくれればよいのだが、という呟きは、おそらく傍らの政重にしか聞こえていない。

翌日の夜、信綱は上使衆だけを改めて陣小屋に集めた。

「城山の越すは春の嵐かな、パライゾかけて走る群雲」

軍議の冒頭、信綱は妙な歌を読み上げた。声には苦みが混じっていた。

「きゃつらは降らぬとのことだ。歌は城方からの返事に添えられておった」

政重は黙っていた。城は十重二十重に囲まれている。行ける先は天のパライゾしかあらじ、ということだろうか。

「そろそろ攻めまするか、ご老中」

関ヶ原と大坂御陣に参じた老将、戸田氏鉄が嗄れた声で問うた。

いずれはそうなりますな、と信綱は応じた。

「ただ、もう少し城方の飢えを待ちたい。先に総攻めの陣立てを決めておきたく、おのおの方にお集まりいただいた次第にて」

矢盾を並べた卓に絵図が広げられ、総攻めの談議が始まった。上使たちは身を乗り出し、軍勢に見立てた碁石を拾い、ぱちぱちと鳴らす。

政重は床几を使ったまま、やはり黙っていた。戦目付は陣中の監察と論功の記録を役目とし、私的に信綱を補佐している。どちらにせよ軍略は領分外だ。だから、

「お待ちを」

と声を上げたのは軍略についてではない。

「何ぞ聞こえませぬか」

上使たちは押し黙り、耳を澄ませるように俯いた。

「――戦さでござるな」

戸田の懐かしげな声とほとんど同時に、甲冑姿の侍が陣小屋に飛び込んできた。

「一揆勢、城から打って出て参りました。数は不明ながら、すでに鍋島勢の仕寄まで達しておる様子」

夜討ちか、と誰かが苦々しく呟いた。信綱は大股に歩んで陣小屋を出る。他の上使たちも続いた。

外の喧騒は、はっきり戦さと分かるほど確かになっていた。遠く、城に面する仕寄の辺りには大きな火が盛っている。矢玉避けの竹束を念入りに並べさせていたが、むしろ仇になったらしい。

「使番っ」

信綱が怒鳴る。複数の足音と鎧の軋みが駆け寄って来た。

「一揆勢は女子供を含む四万足らず、我がほうの陣を突き破ること決して能わずゆえ、浮足立たぬよう。また、米だけは断じて持ち帰らせるな。以上、諸陣に達せよ」

はっ、と声を揃え、使番たちは散っていった。

その夜の戦さは激しかったが、空が白むころまでには終わった。一揆勢は鬼神のごとき戦いぶりだったが包囲を抜けず、城へ退いた。不意を突かれた討伐軍は数百の死傷を出しながら、糧食はほとんど奪われずに済んだ。

夜明け、政重は戦目付の役柄として戦場を検分に行った。馬を口取りに託し、血や煙の臭いが立ち込める一帯を歩く。百姓の衣服を着た死体が、そこら中に散らばっていた。

政重は、すぐそばの木柵に引っかかっていた死体を引きずり下ろした。仰向けに寝かせ、正しい弔いではないと思いつつ手を合わせる。それから脇差を抜き、死体の腹を一気に裂いた。左手を突っ込んで掻き回し、胃腑を引っ張り出す。これも裂き、裏返し、矯めつ眇めつ丹念に確かめる。

立ち上がると、控えていた口取りが顔を歪めていた。馬までどこか怯えている様子だった。

「気を付けよ。ここは城から矢玉が届く距離ゆえ」

口取りが慌てて城のほうに目を向ける。政重は頓着せず、死体を見つけるたびに手を合わせ、腹を裂いた。

「十ほどの胃を確かめ申したが、いずれも空でございました」

上使の陣小屋に戻った政重は、信綱にそう報告した。

「総攻め、支度に取り掛かろう」

信綱は決断を口にし、それから考えるように首を傾げ、政重に言った。

「おぬしは手を洗って参れ。血濡れたままぞ」

八

陽が暮れようとしている。

土を盛り上げて造作された原城三ノ丸から望む海は、黄金色に輝いていた。遠くには天草の島影が幾つも横たわっている。

人気はない。城中は脱走が続いて見回りに出せる人数が減り、それに土塁の下はすぐ海だから公儀の兵がひょっこり現れるような心配もない。

何より、その辺りは墓地だった。戦死者のみならず長患いや急病による死人もまとめて葬られている。こと最近は、飢えが城内に死を増やしていた。

末は、墓地の隅で両膝を地についている。目の前には割れた土器（かわらけ）が置かれている。寂しく素っ気ない墓標は、それでも形さえ覚えてしまえば見間違えようがない。

土器の下では母の絹が、復活の日を待って眠っている。入城した時点で身体が弱っており、原城に蔓延（まんえん）した飢餓に勝てず、数日前にこと切れた。

「天国で待っててね。あたしは地獄に堕ちるほど悪いことはしてないつもりだから、たぶんまた会える」

語りかける声はかすれてしまう。

「けどあたしは、もう少し生きられそう。見守っていてね、母さま」

空腹に眩暈（めまい）を覚えながら顔を上げ、左右を見渡す。人がいないことを改めて確かめてから小走りで駆けた。

より高い二ノ丸の土塁と、かつては櫓を掲げていたという石垣が周囲からの視線を遮る辺りに、数十名の老若がひしめいていた。誰も声を立てず、怯えるような細い息遣いだけがあった。

「父さま」

声を殺して呼ぶと、痩せた影が近付いてきた。

「誰もいなかった。いまならいける」

「承知。ご苦労であった」

人影、益田源介は小声で返事をして振り返った。

「少し離れてついて参れ。静かに。腰は屈めて」

集まっていた人々は震えながら頷く。

末と源介は、脱走の手引きをしている。源介が密かに始め、末は絹の世話をしながら手伝っていた。

籠城は、もう三か月余りにわたっている。

公儀方の城攻めを三度撃退し、上使を討死に追い込み、一揆衆は気勢を上げた。だが糧食の搬入に失敗していたため、三度目の戦さのころにはすでに飢餓が始まっていた。飢えた人々は石垣を降りて海辺の海苔や海藻をこそぎ取り、危険を承知で陸側へ出て雑草を引き抜き、飢えを凌いだ。脱走者も相次いだ。

そのうち、公儀方が脱走者の赦免を申し入れてきた。信心と四郎への崇敬が強固な者が選ばれて「警固」と呼ばれる役に就き、城内を監視した。それでも脱走者はやまなかった。

源介は一揆を指揮する十三人衆のひとりであり、警固の穴を作ることができた。末は城内でそっと声をかけて回り、逃げたい者を集める。源介が見繕う脱走の口はたいていが海側の隅で、日の出入りに伴う薄明のころに逃がしてやる。そんなことを繰り返していた。

四日前、司祭のいない原城ではミイサの真似ごとをして復活祭を祝った。糧も希みもないまま歌と祈りが一昼夜続き、最後に益田甚兵衛が呼号した。

――今日こそデウスのご加護あらん。公儀の陣を打ち破り、米と弾薬を奪え。

飢餓の辛苦、祝祭の恍惚。ふたつの感情に勇を煽られた一揆衆は城を飛び出し、そして敗れた。強奪できた米や豆の俵はごく僅かだった。城はあと十日も持つまいと思われた。

「今日は人数が多いわね、父さま」

脱走の口へ向かいながら、末は言った。

「捕らわれた者たちも連れてきたゆえな」

潜めたものか飢餓のせいか、源介の声は弱かった。

警固の者に見つかった脱走者は牢に放り込まれる。益田甚兵衛などは糧食を惜しんで斬首を主張したらしいが、「厳罰に過ぎれば士気に関わる」と源介が強硬に反対し、ともかく殺さずに済んでいた。

「今日の昼から、公儀方が仕寄の作事をやめおった。総攻めが近く、その前に兵を休ませておるのやもしれぬ。できるだけ早う逃がしてやりたかった」

「総攻めってことは、つまり」

末は、続く言葉が出なかった。

――死ぬ。

公儀方は、改宗や一揆参加を強制された者を助命している。同時に、キリシタンは誅戮するという方針も堅持していた。だから末たちは逃げられない。

「思えば儂は、絹に何もしてやれなんだ」

飢えに斃(たお)れた妻について源介は言った。

「デウスさまが儂を絹より長生きさせ給うたには、理由があろう。城内におるからこそ、できることがあると思うのだ。それすら果たせぬとあらば、今度こそ儂は絹に顔向けができぬ」

残りの人生を賭(と)して天国の妻に会いに行く、ということらしい。老いた父の信念めいた思いを知って、末は胸が詰まった。

源介が足を止める。この辺りから海まで降る石垣は、他より傾斜が緩い。石の隙間に手足を差し込み、注意深く降りれば無事に下に着く。ついでにそのころ陽が沈む。薄闇に潜み、寄せる波に足を洗わせながら手探りで城の外周を伝っていけば、無事に公儀方の陣までたどり着けるはずだ。

末は、少し離れて続く者たちに手を振った。原城なる地獄の出口を知らせるためだ。

源介が「しまった」と舌打ちした。

「そなたら、何をしておる」

鋭い詰問に複数の足音が続く。源介は脱走者たちに「騒ぐでないぞ、斬らせはせぬゆえ」と声をかけた。

矢を携え、竹槍を担いだ一団が足早に近付いてくる。二刀を手挟んで先頭を大股で歩くのは末の夫、慶三郎だった。

「脱走、ですな」

警固の衆を引き連れて源介の前に立った慶三郎は、冷たい声で確かめるように問うた。

「儂はどうなってもよい。こやつらを行かせてやってくれ、頼む」

早口で言い立てる源介に慶三郎は眉根一つ動かさない。

「見つけたのが俺でよかったですな、義父上。そのお顔に免じ、こやつらを斬りはしませぬ。ただ、牢には入れねばなりません。よろしいな」

慶三郎は顎をしゃくった。警固の衆は無言のまま脱走者たちを囲んだ。悲嘆の声が上がる。うち幾人かは、さっき源介に牢から出してもらったばかりだ。

「お願い、見逃して。慶三郎」

末は、すっかり変わってしまった夫にすがりついた。

もとから生真面目だった慶三郎は、千人大将の役目に邁進（まいしん）するようになった。脱走を見張る警固の任も油断なく務め、いつの間にか城内では過酷さで知られるようになっていた。

「どうせ城は陥ちるのよ。死にたくない人を城に閉じ込める意味なんてないでしょう」

「意味はある。皆で戦わねば、勝てる戦さにも勝てぬ。脱走が続けば士気にも関わる」

慶三郎が答える間にも、脱走者たちは竹槍や抜き身に追い立てられてゆく。

「分かってくれ、末」

慶三郎は静かに言った。

「デウスはこの地を見捨て給うた。だから数多（あまた）のキリシタンが死に、義母上（ははうえ）も亡くなられた。さような地で俺たちが、いや、おまえが一日も長く生き延びるには、かくするしかないのだ」

「かといって、こんなやり方では」

「他に術がない。もしおまえに否まれても、俺はこうする」

同じ一揆の内にいながら末とは別のものを見てしまったらしい慶三郎は、踵（きびす）を返して去っていった。

周囲から人影が絶え、下界へ続く石垣には老父とひとり娘だけが残された。

源介は無念の感に耐えるように深く息を吐いた。末は夕陽に目を転じた。あと何回、太陽を拝めるのだろうと思った。眩（まぶ）しさが沁み、目を細めた。涙は出ない。涸れてしまったのかもしれない。

——ぽつん。

小さな音がした。源介は音に気付かぬようで、悔しげな顔をして俯いていた。音は気のせいだろう、と末は思った。

——ぽつん。

また音がした。数歩離れた辺りだ。小石の転がったような音に、今度は源介も顔を上げた。

——ぽつん。

三度目の同じ音に、末はとうとう目を見開いた。鼓動が強く、高鳴ってゆく。様々な思いが胸をよぎる。

奇異を怪しむように眉をひそめる源介に向かって、末は口元で人差し指を立てた。耳を澄ませる。ごそり、ごそりという物音が下界の波音に混じっている。腰の刀に手を伸ばす源介を目で制し、末は音がした辺りまでそっと忍び寄った。

陽はすっかり落ち、黄昏(たそがれ)の光が漂っている。一間(けん)足らずほど先、石垣の隅を末は凝視した。ひょこっと、男の頭だけが飛び出してきた。

頭は末と源介を交互に眺め、次いで観念したように首をゆっくり振り、それから思い出したように目を丸くした。

「なんで分かったんだ」

おそるおそる、といった調子で男は尋ねてくる。源介は低く呻(うめ)き、身体を震わせていた。

「石の音」

末は答えた。そのとたん、懐かしさが込み上げた。

「長崎に住んでたころね、いつもその音がすると、家に帰ってきたのよ。いちいち塀を攀じ登って」

話す声は上ずってゆく。

それにしてもこの男は本当に莫迦だ。必ず帰ってくるという約束を果たしたつもりかもしれないが、何だってこんな容易ならぬときに、わざわざこんな危険な場所を選ぶのだ。そんなことなら約束なんて忘れてくれてよかったのだ。

けれど今、言うべき言葉は一つしかない。かつて何度も言ってやり、たぶん二十四年ぶりになる言葉。先に涙が出てきた。涸れたと思っていたが、一度溢れると止まらなかった。

「おかえりなさい、彦七さま」

「――ただいま」

顔だけ出したまま、小西彦七は答えた。照れでも隠しているのか、ぶすっとしている。流れた年月相応の顔つきになっているが、造作も表情の癖も変わっていなかった。

「ところで」と彦七は言う。「上がっていいかな。石垣を登ってきて、くたくたなんだけど」

末と源介は慌てて彦七を引っ張り上げた。

九

美濃からひと月近くの旅を経て、彦七は島原までやってきた。

だが、海も陸地もすっかり軍勢に囲まれた原城には、どうしても入れなかった。遠巻きに城を眺め、翻る無数の十字の旗に胸を痛めた。

どうしたものかと悩み、近くの山中に潜んで数日が経った夜、戦さがあった。混乱に乗じて城に入ろうと思い、葛籠を背負って駆けた。右往左往する人々に紛れて城に近付くことができたが、目の前で城門が閉じられてしまった。追手と思われたのか城から鉄砲で撃たれ、慌てて逃げ出した。

それから三日、彦七は城と包囲陣の間を漂った。いつかの攻城戦に使われたらしい竹束やら何やらの残骸、穴ぼこや岩の陰に身を潜め、こっそり動き、城に忍び込める隙間を探した。空腹と寒さに耐えかねて持参のパンと葡萄酒はすっかり腹に入れてしまったが、海側の石垣になんとか攀じ登れそうな場所を見つけた。

手頃な小石を幾つか拾って懐に入れ、夜闇に近い夕暮れどきに石垣を攀じ登った。あと数段、というところで小石を三度投げ入れ、誰もいないと確かめてから急いで登り、顔を出した。

そこで末と源介に出くわしたのは予想外だったが、ともかくやっと原城に入れた。

引っ張り上げてもらい、その場にへたり込む。末と源介がおずおずと端座した。

「日本を出てから二十四年もかかっちまったけど」

彦七は言った。齢もう三十九になっていた。

「約束通り帰ってきたぞ」

源介が涙ぐんで俯いた。とっくに泣いていた末が「彦七さま」と口を開いた。

「なんだよ」

「笑いたくなったら俺に言えって、あたしに言ったの覚えてるかな」

「言ったかな」彦七は首を傾げた。「まあ言いそうな気がするけど」

「いま、笑っていい？」

彦七が頷くと、末はにこにこと笑い出した。その懐かしい顔に、彦七はやっと実感できた。俺は、帰ってきたのだ、と。

「とりあえず、こちらへ」

しみじみ感じ入ろうとしたところへ、源介の無粋な声が割り込んできた。その感触すら懐かしく、彦七は苦笑した。

「お声は出されませぬよう。見慣れぬ者は怪しまれます」

そう言う源介の後ろについて、彦七は歩き始めた。末は警戒するように彦七の後ろに立った。

一帯は墓地らしく人気がなかったが、少し行くと大小の小屋がひしめいていた。当初は四万近かった籠城者が作った住まいだという。家屋は二ノ丸、本丸にも及んでいるが、戦さや病、飢えでの死者があり、また脱走者も重なったため空きが多いらしい。

源介と末に連れられ、彦七は日没後の薄明が漂う城内を歩いた。そこここの小屋に夕餉を炊ぐ煙はなく、か細い祈りの声や調子外れの歌だけが漏れ聞こえてきた。

少しして、二間四方ほどの掘立小屋に着いた。戸は筵、床は露地のまま。脱走者が使っていたのだという。床の中央、炉らしき灰交じりの煤けた土を囲んで三人は座った。

「俺はローマで司祭になった」

彦七から切り出した。源介は「あの彦七さまが」と声を震わせ、末は「ほんとになれたんだ」と驚いていた。日本にいたころはどう思われていたのだ、と彦七は少し心配になった。

続いて、源介と末が代わる代わる口を開き、日本の様子と益田家のあれこれ、一揆の経緯を教えてくれた。

――この地に司祭がいれば。俺がもっと早く帰っていれば。

一揆について、彦七は悔やんだ。島原、天草でのむごい政こそ正されるべきだが、苦難を耐える支えになるはずの信仰が、かえって蜂起の引き金になってしまったらしい。

木村セバスチアンが長崎で火刑に処される様子も教えてもらった。彦七は膝に置いていた手を握りしめた。木村は信徒を絶望から救うために命を投げ出した。同じ司祭になった自分が絶望してはいけない、と彦七は己に言い聞かせた。

「末は慶三郎と一緒になったのか」

彦七は祝意と驚きで飛び上がりそうになった。だが冷酷な千人大将となった今の様子を聞くと、唇を噛むしかなかった。慶三郎なりに家族を思ってのことらしく、なお痛ましく思った。

絹の死には少し話を止めてもらい、手を合わせて祈った。

「ところで」

一通りの話が終わると、源介は声を低くした。

「日本に帰ってこられたのはよろしい。なぜ原城においでなさったのか！」

いきなり怒鳴られて、彦七はつい笑ってしまった。長崎の日の当たらぬ裏店(うらだな)、家主に立ち退(の)きを迫られていた狭い家でも、よく叱られた。

減らず口でも言ってやろうかと思うと、源介が顔を歪めた。

「総攻めは間近。となれば敗(ま)けは必定(ひつじょう)。城中の者は皆殺しでござる」

「そうなのか」

膨大な死を予感して彦七はたじろいだ。

「なら、急ごう。秘跡にあずかりたい人が城中にはたくさんいるだろう。みんな呼んできてくれ。パンと葡萄酒は腹に入れちまったけど、告解を聴くことはできる。最期が近い人はいないか。出向いて油を塗ろう。夫婦になりたいふたりがいれば――、なんだよ」

目の前の親子はいかにも不審げな顔をしていた。

「彦七さまは、死ぬのは怖くないの」

「そりゃあ怖いよ。痛いのは嫌いだし。けど、俺は死ぬ気なんてないよ」

訊いた末と、次いで源介を見て彦七は答えた。

「で、口幅ったいけど俺は、絶望した人のために日本に帰ってきたんだ。木村さまがそうしたように。無事に城から逃げる策なんて思いつかないけど、俺はこの城に来るべきだったし、あとは務めを果たすだけだ」

「つまり、何の算段もなく原城へ来られたと」

「悪いか。いや、もし心配をかけちまったのなら申し訳ないんだけど」

ああ、と源介が叫んだ。

「デウスは我らをお見捨てにならなかった。彦七さまをお遣わし遊ばされた。これぞ御恩寵であろう」

「まあ、巡り巡って、そういうことになるかな」

別にデウスに直接命じられたわけではない彦七は、つい言葉を濁した。己が御恩寵そのものである、などとはさすがに思えない。デウスとの一致を目指す霊操の修行でも、ついぞお姿やお声を感じることはなかった。司祭としての霊的な適性は未だに自信がない。

「違うよ、父さま」

末が強い声で言った。

「あたしたちを見捨てなかったのは、彦七さまなのよ」

そんな大層なもんじゃねえよ、と彦七は呟いた。身体がむずがゆくて仕方がなかった。

彦七は、さっそく秘跡を授け始めた。

ともかく望む者がいれば応じたかったが、それは源介に止められた。城中の者は一揆を起こすほど信心に渇いている。司祭の存在を知られれば闇雲に押し寄せて大混乱になるかもしれないという。

「儂と末で、口の堅き者を選(よ)って連れてきまするゆえ、小屋でお待ちくだされ」

源介に言われれば、従うしかなかった。同じ理由で彦七は掘立小屋の外にも出られなかった。選り抜いたところで秘跡を求める人はあとを絶たなかった。彦七はひたすら告解を聴き、夫婦の誕生を宣言した。

告白された悪事は、籠城以後が圧倒的に多かった。盗み、暴力、不貞や不孝。それらを人の弱さと断じることはたやすい。だが戦さの緊張、外に出られぬ苦痛、飢餓という極限状態に、どれだけの人が耐えられるだろう。

司祭の存在と秘跡に、皆、天国の存在を思い出してくれたようだった。同時に、ほとんどの者が「天国へ行けるから安心して死ねる」と考えている節があったから、告解が戦死を決心させているかもしれぬという自責に苦しんだ。

また「告白したので天国へ行けるか」と何度も問われた。そのたび、彦七は微笑んだ。

「人を救わんとされるデウスの愛と天国は、確かにございまする」

改めなければ再び罪を重ね、天国は遠ざかる。だが原城の人々に残された人生は、あと僅かだ。人の身にすぎぬ彦七に天国行きの約束はできないし、彦七なりの人の心は、死が迫る人々に「今後、慎まれませ」などとは言わせなかった。

原城に入った翌日から激しい雨が降った。次の日になっても止まない。訪れる人も絶えない。食う物もなく、ほとんど寝ず、また休みも取らなかった彦七はさすがに意識が朦朧としてきた。忸怩たる思いを抱きながら、四日目の朝に少しだけ横になった。

目を覚ますと、末が端座していた。そばについてくれていたらしい。声をかけようと思ったが、俯いたまま首を小さく上下させていた。彦七は音を立てぬように気を付けながら上体を起こした。

小屋の中は薄暗い。戸の代わりに下ろしてある筵と壁の隙間から、細い光が短く差し込んでいる。時刻は正午ごろだろうか。雨は上がっているらしい。今日はわりあい暖かい。端座する末の首の動きが止まり、すうすうという寝息が聞こえた。

静かで、穏やかな世界が訪れた。

彦七は戸惑った。ずっとこのままならよいのに、と叶わぬ願いを抱きながら、末の顔を覗き込んだ。不犯たるべき司祭が他人の妻を眺めるのは好ましくなかろうが、ちょっと見るくらいはいいだろう。

末の顔は記憶にあるよりずっと大人びていた。丸かったはずの頬は、えぐったように削げている。懐かしさより、経てきた困難を思わせる相貌だった。

彦七は泣きそうになった。ここは穏やかでも何でもなく、数万の人々が無言で最後の戦さを待つ飢餓の城だ。ずっとこのままどころか、いますぐやめさせなければならない。

「お目覚めで。彦七さま」

筵の隙間から、源介が顔を差し込ませてきた。秘跡を望む者を選びながら脱走も手伝っていた甲斐甲斐しさには彦七も感じ入っていたが、相変わらず間の悪い男だ、と少し腹が立った。「あっ」と末が目覚め、慌てて袖で口元の涎を拭う。

間が悪いのも涎が出るのも、生きているからだ。そう思うと力が湧いた。

「なあ、源介」

呼びながら、彦七は聞いた話を思い返す。

「甚兵衛が一揆を煽って、その子の四郎ってのが城の大将になったんだよな」

「さようですが」

腰を下ろしかけた妙な姿勢で源介は静止した。彦七の決心を知らぬまでも、勘づいてくれたらしい。

「源介は一揆でいちばん偉いやつらのひとりだよな」

「最近は爪弾きにされておりますが、そうですな」

「分かった」

彦七は立ち上がった。

「甚兵衛と四郎に、降参するよう談判しよう。それができりゃあもうやってる、ってことかもしれねえけど、何度でもやろう」

この戦さは止めねばならない。無駄かどうかは、やってみねば分からない。

「儂が取り次げばよいのですな」

源介もすくと直立した。背筋は伸び、表情はきりりと鋭い。宇土城を守っていたころは、きっとこんな佇まいだったのだろうと彦七は思った。


小屋を出ると、空は青く澄んでいた。降り続いた雨が埃や硝煙をすっかり洗い流してくれたらしい。

彦七と源介、末の三人は本丸を目指した。

そこかしこで、老若男女がよろめきながらどこかへ向かい、あるいは地面にへたり込んでいた。その顔はいずれも青白く痩せ衰え、幽鬼にも思えるほど凄絶（せいぜつ）だった。赤い十字を描いた白い幟が虚しく風に翻っている。

「目を伏せておってくだされ。彦七さまは、まだましなお顔をしておられますから」

右から源介がささやいた。彦七とて原城に入ってからの四日間は何も口にしていないが、それ以上の長きにわたって絶食している籠城者とは、やはり顔つきが違うらしい。

「総攻めがなくても、もう城は保（も）たないわね」

左を歩く末の声は悲しげだった。誰かとすれ違うたび、源介と末が微妙に動いて彦七の顔を隠してくれた。

原城は大きかった。本丸へ至る道は長く、上り坂が多く、高い石垣に見下ろされて各所で折れ曲がっている。築城当時の建物こそ失せているが、まっとうな飯を食った兵が守ればまず難攻不落であろう。

本丸は丘陵の頂に造成されていた。二ノ丸までと同じように、大小の小屋がひしめいている。

「あれが本陣、また四郎と甚兵衛の居館でござる」

源介が目線で示した先、二ノ丸から入った門のすぐ脇には、ひときわ大きな建物があった。藁葺きだが造りのしっかりした切妻屋根に十字架が掲げてあり、教会堂にも見える。

「四郎は、一揆勢の崇敬を後ろ盾にして父たる甚兵衛も従わせ、名実ともに大将となっております。和睦も区々たる軍略も拒否し、ただ籠城を続けよと申します。抗ってこそ人は自由である、とも」

「そんなのひとりでやってりゃあいいのに」

彦七が顔をしかめると、源介が苦笑した。

「おかしゅうなる前の慶三郎も、同じことを申しておりました」

そこで末が立ち竦んだ。つられて彦七も足を止める。源介は表情を険しく改めていた。

四郎の居館からちょうど、「おかしゅう」なった慶三郎が出てきたところだった。

――あんな顔つきになっていたのか。

彦七は慄然とした。ともにセミナリヨへ行く前、荒れていたころの表情に近い。ただ、あのころは熱っぽい怒りを剝き出しにしていた。今は抜き身の刃のごとく鋭く、冷たい。慶三郎はゆっくりと近付いてきた。

「慶三郎、今は黙って見逃せ」

源介が立ちはだかる。慶三郎は答えず、覗き込むように目を動かした。

「やはり、彦七さまか。驚きましたぞ」

その口調には驚いたような抑揚が欠片もない。感情の起伏を失っているのだろう。

「四郎に会うておったのか」

「さようです」慶三郎はやっと義父に答えた。「総攻め近しという目算ゆえ、千人大将どもと十三人衆で軍議がございました。俺は居残って、脱走者を防ぐ警固について四郎どの、甚兵衛どのと打ち合わせておりました」

「儂は軍議とやらに呼ばれておらぬぞ」

「俺はあずかり知りませぬ。おおかた甚兵衛どのに煙たがられたのでしょうな。四郎どのも、もはや議に及ばずといったご様子」

「議に及ばずして何の軍議か。話は、いかが相なったのだ」

「いつも通り。甚兵衛どのが様々な策を献じ、四郎どのは全てを否まれ、ただ籠城を尽くせと。

——で、彦七さまは何をしに来られたのです」

彦七は源介の脇を抜けて前に出た。

「戦さをやめるよう、その四郎ってやつに頼む。公儀に降れと説く。戦わずとも信心は守れる。司祭の俺が、その手助けをする」

「ほう、彦七さまは司祭になられたか。それは重畳」

祝ってくれるような言葉を吐いて、だが慶三郎は刀を抜き放った。

「我ら城方は」

慶三郎が切っ先を彦七に突きつけた。

「天人たる四郎どのを大将として結ばれねばならぬ。いまさらデウスやキリシトに用はない。司祭など邪魔でしかない」

「それが本音か。おまえとて、四郎とやらを崇(あが)めるのは異端に近いと分かってたんだろう」

声は潜めていたが、刀を抜いた慶三郎が嫌でも目立った。辺りにぽつぽつといた人々が目を向けてくる。「まずい」と源介が小さく呟いた。

「あなたには」

それまでの冷たさをかなぐり捨てて慶三郎が叫んだ。

「しのごの言う資格などない。苦しんだのは俺たちなのだ。邪魔立てはさせぬ。城を守り切った一日は、俺の妻が生きる一日になるのだ」

生きる一日をもらえたらしい末が黙って進み出た。彦七と刀を避けて、慶三郎の斜め前に立ち、ゆっくり手を上げる。何をするのかと彦七が思うより早く、末の手は慶三郎の頬を打った。

「やめて、慶三郎」

末は言った。

「あたしは、そんなことは頼んでない。長生きはしたいけど、誰かを道連れや踏みつけにしてまで助かるなんて、寝覚めが悪くてやってられない」

末は両手で慶三郎の刀を拝むような形で挟み、切っ先を自分の胸元に持っていった。

「あたしが死んだら、もう慶三郎が言い張る理由はないよね」

頬を張られた時でなく今、慶三郎の顔がぐにゃりと歪んだ。

「末こそやめてくれ。どいてくれ。分かってくれ」

「あたしはやめない、どかない、分からない」

飢餓と包囲に荒むすさ城内でもさすがに抜刀は尋常でないらしく、周囲に人が集まろうとしていた。四郎を拝んでいるという彼らに道を塞がれてしまえば、彦七たちは困る。

「俺は末のためにやっているのだぞ」

「なら、あたしのために考えてみて。あんたの妻は、自分の生き方を自分で決められるのよ。あたしのためなんだったら、ちゃんとあたしを見て」

「俺が、おまえを、見ていないと」

慶三郎の目から光が消えた。その瞬間、源介が慶三郎に飛びついて押し倒した。

「彦七さま、行かれませ」

「すまねえ！」

彦七は駆け出した。離してください義父上、いいや離さぬ、という声に、揉み合う物音が続いた。

彦七は観音開きの扉に取り付き、引き開けて居館に飛び込んだ。板敷のだだっ広い空間が広がり、明かり取りから注ぐ陽が、奥に据えられた祭壇を照らしている。祭壇の前では男ふたりが向き合っていた。

赤い天鵞絨ビロードの羽織を着ている若者が四郎だろう。もうひとり、おそらく益田甚兵衛と思しき黒衣の男は、長大な抜き身を四郎に向けている。

「どうなってるんだ、この城は」

思わぬ事態に、彦七は驚きを通り越して呆れた。

甚兵衛は彦七に目もくれず、黒衣を翻して四郎に斬りかかった。その太刀筋は鋭い。ずっと昔、長崎での挙兵失敗の折りに見せた武芸の腕は健在だった。

四郎もするりと下がり、胸を反らし、身を屈め、器用に斬撃をかわす。たしか天人といったか、その称にふさわしい優雅な身のこなしだ。天人たらんと自らに課したか、あるいは甚兵衛に教えられ、鍛えていたのだろう。

「総大将の座、返してもらうぞ。息子のくせに、親である俺の策をことごとく蹴りやがって」

甚兵衛は怒鳴り、なおも四郎に斬りかかる。

「おまえら、とにかくやめろ」

彦七は声を上げ、走る。甚兵衛は刀を振り上げたまま首を巡らせてきた。

「小西彦七か。なぜ、おまえがここにいる」

訝るように眉根を寄せ、次いで嗤った甚兵衛は、彦七に向かって刀を構え直した。

「また邪魔をするか、餓鬼め」

「俺はもう三十九だ！」

考えてみればどうでもよいことを言い返し、彦七は床を目がけて飛び込んだ。頭上をかすめる刃をかわし、磨かれた床の上を身体で滑った。

甚兵衛とすれ違ってから素早く立ち上がり、また走る。四郎は何を思っているのか、ミサを司式する司祭のごとく祭壇の前に屹立していた。なるほど神々しくはある。信心が揺らいだ目には、見えぬデウスやキリシトよりずっとありがたく映るだろう。

「おい、益田四郎」

彦七は走ったまま声を張る。

「いますぐ公儀の軍に降れ。そうすればみんな死なずにすむ」

四郎は答えず、目だけで彦七の背後を示した。彦七は振り向かず床に伏せる。甚兵衛の刀が風を切る音に追い立てられ、つるつるの床を四つん這いで逃れる。

「ちょうどいい。生意気な息子も面倒な餓鬼も、まとめてたたっ斬ってやる」

甚兵衛の声には殺意が漲(みなぎ)っている。

「やめろ」

じたばた這いながら彦七は叫んだ。

「甚兵衛、おまえが大将では誰も言うことを聞かねえ。戦さを止められるのは四郎しかいないんだ。だから殺すな」

彦七の言い分は昔の記憶に推測を加えただけだったが、図星であったのか甚兵衛は「てめえ」と吠(ほ)えた。

「おまえまで俺を莫迦にしやがって」

甚兵衛が刀を引っ提(さ)げて追いかけてくる。彦七は四つん這いのまま逃げる。そこへ三つの足音が躍り込んだ。

「甚兵衛、やめろ」

「俺がお相手いたす」

抜刀した源介と慶三郎が斬りかかる。末が急いで扉を閉じ、居館内の凶事を人目から隠した。

「どいつもこいつも、この期に及んで」

甚兵衛はふたりから繰り出される斬撃を難なく避け、受け流し、弾き返す。ただ、さすがに足は止められている。慶三郎も目を覚ましてくれたか、と彦七は安堵しながら跳ね起き、駆ける。息を切らせて四郎の前に立った。

「彦七さま、とおっしゃるか。お名前は父より何度か聞いておりました」

〝天人〟は祭壇の脇辺りで不思議なほど悠然としていた。

「俺のことはいい。もう一度言う。戦さをやめさせろ。公儀の軍へ降れ」

「大将として、それはできませぬ」

四郎は首を振った。

「どうせキリシタンは皆殺しになる。最後まで戦い、一緒に死んでやるしか私にはできませぬ」

「キリシタンが殺されるんだろ。なら」

彦七は思いつきを言った。

「教えを棄てればいい。放免されて落ち着いたら、棄てた教えを取り戻せばいい。悔いれば罪は赦される。司祭の俺が言うんだから間違いない」

本当に教えを棄ててよいかどうかは、デウスにしか決められないだろう。だが、のんびりお伺いを立てていられる場合ではない。

「空論です。教えを棄てれば救われぬ」

「おまえを崇めても天国には行けねえ」

「いまさら、誰も天国になど行けませぬ。洗礼のほか一度も秘跡にあずかれなかった信徒がほとんどなのですから。だから、私はせめて人を自由にしてやりたかったのです。地獄へ堕ちるまでは存分に思いを果たせ、と」

「誰かに焚きつけられた行いは自由じゃあない。おまえはただの悪魔だ」

「悪魔でけっこう」

四郎は笑った。ぞっとするほど酷薄で、どす黒い笑いだった。

「糧を奪われ、信心を奪われ、真っ赤な焼き印を押され、滾る熱湯に茹で殺される。さような人々が束の間でも救われるならば、私は天人にでも悪魔にでも、何にでもなる」

がきん、と鋭い音がした。少し離れた場所で甚兵衛が横薙ぎに刀を振るい、源介が弾き飛ばされていた。痛烈な一撃を防いだらしい刀は折れ、宙を舞っていた。慶三郎が義父に気を取られ、僅かな隙ができた。甚兵衛は後ろへ跳んで間合いを取り、独楽のようにくるりと彦七たちに向き合った。

「おまえら、どちらから死にたい」

勝ち誇る甚兵衛の背に、慶三郎がしがみついた。

「てめえ、いい加減にしろ」

甚兵衛は左の逆手に脇差を抜き、慶三郎の脇腹を深々と刺した。館の扉辺りで斬り合いを見守っていた末が、布を引き裂いたような悲鳴を上げた。

「彦七さま、四郎どの」

刺されながら慶三郎は絶叫した。離せ莫迦、と甚兵衛は舌打ちし、脇差の柄をぐるぐる回した。

その切っ先は臓腑をえぐっている。激痛に襲われているはずの慶三郎は、甚兵衛にしがみついて離れない。

「どうか城の衆を、義父上を、末を、助けてくだされ。お頼み申す。なにとぞお頼み申す」

慶三郎の声に、甚兵衛の絶叫が割り込んだ。源介が、折れたままの刀を従弟の右脇に鍔際まで差し込んでいた。甚兵衛は刀を取り落とした。刺しつ刺されつしたまま男三人は揉み合う。うちふたりはもう、もしくはもうすぐ絶命するだろう。放心したような足取りで、末がそこへ歩いてゆく。

——ここは地獄だ。

彦七は茫然としかけて、だが歯を食いしばった。慶三郎の最後の願いに、彦七も命懸けで応えねばならない。

「四郎っ」

彦七は天人なる若者の襟首を摑んだ。

「いま城のみんなを救えるのはデウスでもキリシトでもなく、おまえだけだ」

外を駆け回る複数の足音が板壁越しに聞こえた。居館の騒ぎを感づかれたかもしれないが、いまは構っていられない。

「デウスにしかできぬ救いを私にせよと仰せか。それこそ瀆神の悪行」

賢しらに言う四郎の顔は蒼褪めていた。斬り合いの凄惨な結末に動揺しているらしい。こいつの正体はただの人だ、と彦七は悟った。だが、いまはただの人でいてもらっては困る。

「人を滅ぼす悪魔ではなく、ほんとうの天人になれ。おまえが救いたかった人々を救え。俺が手を貸してやる。お墨付きが欲しければ、司祭の俺がくれてやる」

滅茶苦茶を言っているとは彦七にも分かっている。だが、救いの道を見失った人のために、望みを絶たれた人のために、彦七は日本に帰ってきたのだ。自分独りの正しさなど構ってはいられない。

どう、と音がした。男たちが倒れたのだろう。取りすがった末は獣のように泣き叫んでいる。慶三郎は生真面目で、ただ善き婿でありたいだけだった。末は笑ってこそ末だった。源介は、危なっかしさをたしなめながらも心配していた従弟を殺(あや)めてしまった。甚兵衛は当然の報いだったかもしれないが、彼を狂わせる何かがあったのだろう。この城は、この地上は、この時代は、いったいどうなっているのだろう。

「お願いだ」彦七は泣いた。「四郎、俺たちを救ってくれ」

「救う」

か細い声が聞こえた。彦七は四郎を凝視した。

そのとき、居館の扉が荒々しく開かれた。「ご注進」という大声が続く。

「公儀の軍勢が続々と仕寄を出ております」

伝令の声をかき消すように、銃声の束が耳を塞いだ。

「始まりましたな。総攻め」

今度ははっきりと四郎は言った。終わりが、始まってしまった。四郎の襟首を掴んだまま彦七は自失しそうになった。

「手伝っていただきまするぞ、司祭さま」

四郎は襟から彦七の手を引き剝(は)がした。

「私はこれより、大将として最後の命を下します。包囲を突破して逃げよと。あなたには司祭として、城の衆に説いていただきたい。教えを棄てよと」

「今からか」

「今からです」

彦七の声はか細く、四郎の声は力強かった。

「まだ城の衆は生きている。ならば、私は救える」


館の外は騒がしい。行き交う足音は思いのほか力強い。飢えていても死地には力が湧くらしく、ならば逃げる力もあるかもしれない。

「ありがとうよ、四郎」

彦七は礼を言った。

「俺は諦めかけていた。おまえに救われた」

それは重畳、と四郎は素っ気なく思えるほど涼しい顔で言い、彦七に摑まれていた襟元を直した。

「では参りましょう。城中の者どもに、私は逃げよと、あなたは教えを棄てよと説く」

「異論はねえ。ところで終わったあと、おまえはどうするんだ」

「戦って死ぬと思い定めた者も多いはず。その者たちと城に残ります」

ともに死ぬ、と四郎はこともなげに答えた。

「ひょっとすると、俺よりおまえのほうが司祭に向いてたかもしれねえな」

彦七はつい、そんなことを言った。彦七の思いは、たぶん四郎と同じだ。身辺を取り巻く諸々の違いがふたりの道を分けたのだろう。

「先に行っててくれ。すぐ追いかける」

彦七の言葉に、四郎は疑う素振りも見せず「待っておりますぞ」と居館を出ていった。

「末、源介」

彦七はふたりのもとに駆け寄った。末は物言わぬ慶三郎に取りすがって泣いていた。源介はその傍らに座り、茫然としている。益田甚兵衛の死体は虚ろな目を天井に向けていた。

「逃げるんだ。もう城にいる必要はない」

早く、と彦七は続けた。もたもたしていれば討たれるしかない。

「もう、立てない」

慶三郎の頬を愛（いと）おしげに撫でながら末は言った。気力の話をしているらしかった。

「どこへ行っても追い詰められる。何もかも奪われる。ずっとずっと、そうだった。あたしには、この世はつらすぎる」

末は強い、と彦七は思った。感情こそ激しく揺さぶられているが、巨大な喪失に気付けるほどには正気を保っている。傍らでほとんど気を失っている源介のほうが、比べれば脆（もろ）い。ただしふたりとも、並の人間ならとうに圧（お）し潰されていたはずの困難にずっと耐えている。

「頼む、末」

彦七は叫んだ。泣き腫（は）らした末の顔が見上げてきた。

「死なないでくれ。お願いだ。そのために慶三郎は命を懸けた。俺でよけりゃあ、また会おう。そのときはいろいろ思い出話でもしよう」

「また会うって。生きてこの城から出られると思っているの」

問われた彦七は笑った。

「この城ですべきことが終わったら、逃げて生き延びるつもりだ。どうすりゃいいか分からねえけど、なんとかなるだろ」

先など見通しようがない。それでも命ある以上は生きていくしかないし、生きていたい。死について は死ぬ日に考えるつもりだった。

発砲、怒号、悲鳴、足音。戦さの喧騒は刻々と大きくなる。末は慶三郎の首にかかっていた十字架を外し、そっと懐に入れた。

「分かった。逃げる」

末の声には張りがあった。日本に帰ってきてよかった、と改めて彦七は思った。目の前のひとりを、なんとか救うことができた。

それから彦七はしゃがみ込んだ。

「源介。俺の大事なものを護ってほしい」

「そは、なんでござるか」

源介の声は抑揚がない。

「末と、源介の命だ。生き延びて、お絹さんと慶三郎を悼(いた)んでくれ。これは頼みじゃねえぞ、主命だ」

老いた小西の侍は目に光を灯(とも)した。主命とあらば、と源介は言った。

「誓って、護り参らせまする」

初めて会った日と同じ言葉を、源介は彦七に使った。

「参るぞ、末」

源介は立ち上がった。

「我らは爺と女子。とても包囲は突破できませぬ。海から逃れまする」

人目につくから脱走には使えなかったが、海側の石垣から下にゆける階段が幾つかある。この辺りは潮の流れが速く、うまく流されれば包囲の兵船をすり抜けられる。源介はそう説明した。

「約束だからね、彦七さま」

末が念を押してくる。ああ、と彦七は答えた。

「約束だ。また会おう」

天国で、とまではさすがに言わなかった。弾圧の厳しい日本で再会の場所など約しようがないし、そもそも生きて脱出できるかも分からない。家族同然だった人たちとの今生の別れは、奇跡頼みの安請け合いに終わろうとしていた。それでよいのだ、と彦七は思った。果たせなければ、かつての通り源介に叱ってもらえばよい。末に呆れられ、絹が作った飯を食えばいい。戻らぬ過去とあり得ぬ未来が、いまの彦七を動かしていた。

「じゃ、俺は四郎の所へ行くから」

彦七は走り出す。振り返るな、と自らに言い聞かせた。

居館を出る。痩せこけた老若が集う前で、四郎が「逃げよ」と説いていた。

「俺は司祭だ。みんなよく聞け」

四郎の隣に立ち、彦七は叫んだ。

「もし捕まれば教えを棄てろ。念仏でも唱え、踏めと言われた全てを踏め。大罪も、心から悔ゆれば必ず赦される。デウスさまもキリシトも、教会も他の司祭も、ずっとちっぽけだが俺も、決してみんなを見捨てないぞ」

十

総攻めは、なし崩しで開始された。

上使衆が布告した二月二十六日の攻撃は、雨で延期となった。翌二十七日、ぬぐったような晴天の下で各軍勢が総攻めの持ち場に移動する中、全軍の中央にあった鍋島勢三万が喊声を上げて城に迫った。

どさくさに紛れての抜け駆けであることは明白だったが、周囲の軍勢もつられ、あるいは手柄を焦って城へ寄せ、未刻（午後二時）ごろには総攻めの形勢となった。

井上筑後守政重は、大手門を攻める肥後細川家の陣に入った。戦目付として戦況を検分するためだが、あからさまに煙たがられた。出迎えの家老によると、大将の細川越中守忠利は陣頭で督戦しているという。その勇に感心しながら政重は、言われた通りに先陣へ向かった。

「なんだ、あれは」

露わになった戦場を見て、思わず声が漏れた。

坂の上にある大手門は扉を開け放していた。痩せた貧民が次々と飛び出し、乾かぬ雨が作った泥濘（ねい）にまろび、あるいは押し寄せる細川勢に追われながら、坂を下っている。口々に唱えているのは「ナンマンダブ」という題目らしい。

「井上どのか、ちょうどよかった」

陣羽織を翻して、徒歩の武者が足早に近付いていた。背後には物々しく鎧（よろ）った供回りを数多く連れている。

細川越中守忠利だった。齢は政重とほとんど変わらないが、肥後五十四万石の大領を預かる国持大名であり、格は天地ほども違う。前（さきの）将軍秀忠（ひでただ）の養女を正室とし、数百を数える大名諸家でも序列は五指（ごし）に入る。島原に動員した兵は三万余と最も多い。公儀総目付とはいえ家禄数千石にすぎぬ政重は下馬し、深々と腰を折った。

「久しいの、という話でもしたいが陣中ゆえ省く。それより」

江戸城中で何度か顔を合わせていた細川は、足を止めぬまま井上の肩を抱いた。親しい素振りではなく、供回りと距離を取るためだった。

「キリシタンは残らず誅戮。さような軍令はとても果たせぬ」

細川は声を潜めた。

「ひとりも逃がさぬなど、できぬと」

それもあるが。忠利はそう言って政重の肩から手を下ろした。

「細川は尚武（しょうぶ）の家。民草を斬って誇る侍などひとりもおらぬ」

さような大名がいてこそ徳川将軍は将軍たりえる。政重は素直に感心し、敬するつもりで目礼した。

「あと、私事であるが亡き母がキリシタンでの。歯向かえば討つのが武人なりの礼であろうが、改心の猶予も与えず斬るのは気が重い」

細川の母はたまという。関ヶ原の戦さが迫る混乱の中、大坂で自決したガラシャの名で世間でも知られている。細川家中もかつてはキリシタンが多く、重臣を賜死や切腹に追い込むなど苦労していた。

「キリシタンは誅戮。ゆめお忘れあられませぬよう」

同時に、と政重は続けた。

「立ち返りし者は助命。これも上使がお定めありたる法度にて、遵守なされませ。たとい細川さまとて、咎なき民を無為に殺めるは許されませぬぞ」

細川は考えるように目を落とし、それからにやりと口を歪めた。

「井上どのとは話が通じるようだ。あとは我が家中の武勇、とくとご覧じろ」

は、という政重の返事も待たず、細川は供回りの元へ戻っていった。賊将益田四郎の首は我ら細川が取る、などと勇ましい叱咤が聞こえた。

政重は騎乗した。他の陣中にも回らねばならぬから、ゆっくりしている暇がない。

細川どのと本当に話が通じるだろうか。馬を走らせながら、ふと考えた。

キリシタンを哀れむ細川忠利と違い、政重はキリシタンを憎んでいる。かかる大乱を引き起こして天下を揺るがすなど、あってはならぬ。必ず滅せねばならぬ。島原だけでなく、天下の全てから滅さねばならぬ。

ただし、滅すべきは人ではなく信心だ。

ゆえにこの戦さは「島原で誅戮が行われた」という手短な事実によって終わるべきだった。その恐怖は天下を覆い、残るキリシタンを転ばせる。自今、公儀の軍勢を三度破るがごとき大乱は絶える。実際に誅戮できたかどうかは問題ではないし、島原の片隅で細々とキリシタンが生き残っていても天下は揺るがない。

「誰に言い訳しているのだ」

つい腹が立った。これから政重の督励によって大量の死があることは変わらない。

その日、公儀方の討伐軍は日没までに原城二ノ丸まで進んだ。翌早朝に総攻めは再開され、正午ごろに本丸を制圧する。残る一揆勢を掃討した日暮れごろ、城を検分した上使衆は戦さの終了を宣言した。

数百にのぼる若い男の首が集められた。捕らわれていた益田四郎の母により、細川家中の士の名札が付いた首が四郎であると確かめられた。

かくて、蜂起から四か月にわたった叛乱は終わった。

第五章　受難（パシヨン）

一

七月も半ばを過ぎている。蟬（せみ）の声こそ絶えているが、江戸の暑熱はまだ緩（ゆる）まない。均（なら）された土だけが広がる一角に、井上政重（いのうえまさしげ）は床几（しょうぎ）を据（す）えていた。十歩ほど先には、後ろ手に縛（しば）られた白い帷子（かたびら）姿の男が跪（ひざまず）いていた。その前には穴が掘られ、傍（かたわ）らには抜き身を握った士が控えている。

「井上どの」

縛られた男が顔を上げた。髭（ひげ）も月代（さかやき）も伸び、顔は蒼白（そうはく）になっていた。

「儂（わし）も上さまより四万石をお預かりした大名。せめて切腹をお許し賜（たまわ）りたい」

「もはや大名ではございませぬな」

政重は言い放った。

「そのご領内でキリシタンの蜂起（ほうき）を許した張本人でござる」

男は松倉勝家（まつくらかついえ）。数か月前まで島原（しまばら）四万石の大名だった。いまは死を待つ罪人だ。

「罪を逃（のが）れるつもりはないが、斬首（ざんしゅ）とはあまりに無体（むたい）ではないか。我が松倉家は父の代より上さまとご公儀に粉骨砕身（ふんこつさいしん）、ご奉公仕（つかまつ）った」

「ご奉公」政重は首を傾げた。「上さまの御意は、お預けしたご領分をしかと治めるにあり。一揆を招きたる失政は大名の任に耐えず。一揆に追い込むまで民を虐げしは御意に反する。松倉どのにはふたつの罪がござる」

「儂は先の原城の戦さでも手柄を立てた。井上どのもしかと見たであろう」

「叛したとはいえご領分の民を斬って、何の誉れがござろうか」

「さなる理屈で儂の斬首を決めたのは、井上どのであろう」

「確かに手前は斬首が相当と申しました。ただ、ご裁可あられたるは上さまでござる」

「おぬしは誰だ、井上」

青い頬を震わせて松倉は叫んだ。

「上さまの名を騙り、儂を殺すおぬしは誰だ」

政重は黙って腰を上げ、穴を挟んで松倉勝家の前に立った。顎をしゃくると刃が煌めき、松倉の頭はごろりと穴に落ちた。しぶいた血が政重の顔にも跳ねた。

「儂は公儀総目付でござるよ、松倉どの」

首を失って地に崩れた胴に、政重は呟いた。

五か月前、原城は陥落した。

無数の首級が挙げられ、うち益田四郎ら主たるものの首は長崎市中に晒された。一揆参加者が多かった島原半島の南半、天草の大矢野島、上島北部はほとんど人が絶えた。原城は破却され、膨大な死体は崩した石垣に埋められた。

江戸へ戻った政重は将軍と老中に謁し、「まず失政の責を問うべし」と建議した。結果、島原領主の松倉家は改易、唐津寺沢家は天草を没収と決まった。また、原城へ抜け駆けで攻めた鍋島勝茂とその軍監の二名が閉門、督戦すべしとの上意に反して陣頭に立った上使は所領没収となった。以上の処置は、戦目付たる政重の報告が元になっている。

「上意に違背あらば処罰するが常法。不服あらば兵を挙げさせ、我らは粛々とこれを討伐すべし」

処分が峻厳に過ぎる、という異論に対して政重はそう答えた。統治に失敗する大名も、公儀の権に従わぬ侍も、天下には不要であるはずだった。

松倉勝家については政重自ら詮議し、虐政の確たる証拠を集めた。誰も反対できぬようにしてから斬首に追いやり、その執行も見届けた。

「少しよろしいか、殿」

松倉の斬首から数日後、政重は小日向の屋敷で、伊奈虎之介に耳打ちされた。ふたりきりで書院に入ると、虎之介が切り出した。

「志茂が死んだぞ」

政重は、動揺するより先に目を細めた。

「おまえが殺めたのではあるまいな、虎之介」

政重は志茂を、下総にある井上家の領内に匿っていた。一切を虎之介に任せてあったが、病など死を思わせる兆候は聞いていない。

「そんなこと、するかよ。付けていた下女の話を聞いた医者の見立てでは、卒中だそうだ」

妻への哀悼。つい働かせた総目付としての勘で古い友人を疑った後悔。どちらを先に思うべきかと政重が考えていると、「ただ」と虎之介が続けた。

「俺は志茂に毒を送った。おまえが島原へ行っている間にな」

政重の身体が勝手に動いた。虎之介に飛びかかり、押し倒し、襟首を摑んだ。

「卒中は本当だ」

虎之介は政重の目を見据えて言った。

「俺の毒なら眠るようにして死ぬ。だいたいキリシタンは自害しない」

「おまえが自害を勧めたのは確かではないか」

政重は怒鳴った。騒ぎを聞いて家の者が駆けつけてくるかもしれないが、我慢できなかった。

「虎之介、なぜそんなことをした」

「おまえこそ、志茂をどうするつもりだったんだ」

問い返されて政重は窮した。

「ずっと志茂を隠して、総目付なんて大役を務めていられると思っていたのか」

政重は上体を起こした。身体に力が入らず、尻から畳にへたり込んだ。

「なぜ、毒の話を明かした」

「暇が欲しい。こんな俺なぞ抱えていたくねえって思ってほしかった」

虎之介も起き上がり、襟元を直した。

「志茂を匿っているうちに疲れちまった。世間にばれたら、それこそおまえも志茂も生きていられないだろうからな。俺なりに尽くしてきた井上家がなくなっちまう不安は、なかなかに堪えた。志茂が死んで、糸が切れたみてえだ」

ぷつん、てな。寂しげに虎之介は添えた。

「おまえも、俺の元を去るのか」

こんな情けない声になるのか、と政重は己（おのれ）に呆（あき）れた。

「済まねえが、そう願いたい。志茂に毒を送るなんて俺も随分おかしくなっちまった。おまえに仕えるのは、もう無理だ」

「俺は」政重は呻（うめ）いた。「どうすればよかったのだ。家族のため、兄のために生きていたかっただけなのに、誰もいなくなった。その上、おまえまでいなくなってしまうのか。どうしてこうなってしまった」

虎之介は深く、長い息を吐き、それから言葉を紡（つむ）いだ。

「人間はたくさんいて、立場も生い立ちも思うことも、ばらばらだ。けれど天下はひとつだけ。無理があると思わないか」

「ばらばらであるゆえ束ねる力が必要なのだ」

だから役目に精励している、と政重は言いたかった。虎之介は悲しげに首を振った。

「そんな力はこの世にねえんだ。いちばんの証（あか）しは井上政重、おまえだ」

「俺のことはどうでもいい」政重は声を荒らげた。「束ねられねば、戦さが起こる。遠くは大坂、近くは島原表」

「その戦さは必要だったのか」

政重は言葉に詰まった。戦わずして豊臣家を従わせる道はあったかもしれない。島原と天草の一揆について原因を求めれば、人を人とも思わぬ苛政が主であり、信心は従となる。

「こうも思わねえか。もし政（まつりごと）の見通しが異なっていたら、兄上とおまえは争っていた、と。天下はひとつ、将軍はひとりだけだからな。幸い、兄上が存命の間は見通しを異にすることはなく、弟のほうは天下の話に関われない御目付に過ぎなかった」

虎之介は、政重の胸を何度もよぎった嫌な想像を、あやまたず言葉にした。

それにだ、と虎之介は続ける。

「キリシタンに立ち返ってもなお、志茂はこの屋敷に留まっていた。信心を異にする夫の屋敷に。露見すれば殺されるって不安に耐えて」

「女ひとりでは生計が立たぬからだ。江戸にいる息子にも会いたかろう」

政重の言に、虎之介は鼻で笑った。

「そんな理由で我意を曲げる志茂じゃねえことは、おまえがいちばんよく知っているはずだ」

若いころ、志茂は腿を触った男を殴り、志茂を守ろうとした兄を怒鳴りつけた。志茂は侮りも憐憫も全身で拒絶し、自分の足で立とうとしていた。安住の地を求め、会いたい誰かに会う。そのために危険が生ずるとしても躊躇しないだろう。その志茂は、いたかったから政重の元にいたのだ。虎之介はそう言っていた。

「殿、おまえには分かっている。天下なんて言葉は嘘っぱちだ。一統による泰平はまやかしだ。ばらばらの人間を束ねようとするから無理が出る。だが、束ねられずとも人は一緒に生きていられる。一統されるべき天下。徳川の威。ばらばらの人間。忠義。信心。おまえを独りにさせたのは、どれだ。この世に必要なのは、不要なのは、何だ」

分かった、と政重は言った。

「人を束ねる力など世にはない、と言ったな。虎之介」

「言った」

虎之介は愁眉を開いて頷いた。悪いな、と政重は思った。

「ないなら得るまでよ。嘘っぱちの天下でも、ある限りは天下を束ねる徳川の権が存在する名分になる。まやかしの泰平でも、まやかしが続く間は戦さがない。ひとつの天下と永遠の泰平を強いる力が、徳川家には必要なのだ」

やっぱり人間はばらばらだな。虎之介は寂しげに呟き、井上家を去った。


島原の処置がひと段落したのち。老中と総目付、主要三奉行が集う評定の場でキリシタンの取り締まりが議された。

禁制の再徹底、江戸での捜索の強化、密告者への公儀からの報奨金。政重は以上を建議し、採用された。問責を恐れた諸大名は捜索に励み、天下一円で多数のキリシタンが見つかった。厳しい拷問や火刑、斬首が相次ぐ。

政重はなし崩しで禁制を指揮するようになり、たちまち畏怖と嫌悪の対象となった。松倉勝家と志茂が死んだ翌年の初夏。奥州伊達家の領分で三名の伴天連が相次いで捕縛された。ひとりはポルトガル人、残り二名は日本人だった。

彼らは江戸に送られ、評定の場に引き出されて詮議を受けた。詮議はたびたび行われ、一度は将軍も出御したが、伴天連たちは仲間の居所を言わず、棄教の勧めも聞き入れなかった。

処分を一任された政重は、まず三人を小日向の井上家下屋敷に移し、次いでポルトガル人の転び伴天連、沢野忠庵を呼んだ。

「三名の伴天連を捕縛した。沢野どのには例のごとく、かの者らに転ぶよう勧めてもらいたい」

いつも対面している書院で、政重は用件を告げた。沢野はキリシタンを転ばせる役目で、徳川の禄を食んでいる。説得の場には政重も何度か立ち会っていた。

「微力を尽くしまする」

赤い髪で髷を結い、海老色の小袖と羽織を着た忠庵は、達者な日本語で答えた。声には力が、灰色の瞳には光がなかった。

「ところで」

政重は手元に置いてあったキリシタンの経典を持ち上げた。没収品の蔵から取り寄せたものだ。

「かいざる、とは何であったかな」

付紙を挟んであった場所を開き、問う。政重は沢野にラテン語を学び経典を読みこなそうと試みていた。

「カイザルはローマ国の皇帝でござる」

沢野は小さな声で答えた。

「ほう。では〝皇帝のものは皇帝に、デウスのものはデウスに〟とは」

「キリシタンは主君に忠を尽くし、デウスには信心を捧ぐべし、という意にて」

ふむ、と政重は合点し、分厚い経典を閉じた。

「沢野どののおかげで、儂もずいぶんラテン語を読めるようになった。しかし字だけ読めても、経典の意は難解すぎて合点がゆかぬ。世界の丸きこと、日月の欠けたる因。それらを理詰めで解いたそなたらが、なぜにかくも理に合わぬ教えを信ずるのか。儂は不思議でならぬ」

「ではなぜ、経典を読もうと思われたのか」

問うた沢野の声に僅かながら力が籠った。キリシタンであった過去を愚弄されていると思ったのかもしれない。

「なに、役目柄よ」

心にもないことを答えてから、政重の胸に自嘲が湧いた。

本当に知りたいのは経典の字句ではない。キリシタンの教えの何が政重の人生を歪めてしまったのか、だ。

「まあよい」

政重は話を打ち切った。沢野に聞いても、経典の意をことごとく理解しても、分からないものは分からないだろう。

「沢野どのには今日からひとりずつ、捕らえた伴天連が転ぶよう説得していただく。ついてこれよ」

政重は沢野を、相変わらず殺風景な庭に連れ出した。草を抜くほか何の手も入れなかったのが幸いして、面倒もなく三つの座敷牢を建てることができた。

「ここだ、沢野どの」

母屋に最も近い座敷牢の前で政重は立ち止まった。番人を下がらせ、中を覗き込む。太い木格子の向こうに男が座っていた。長い潜伏とここ数か月の虜囚の日々を経てなお、その目は火でも宿しているかのように輝いている。

「きみだったのか。カスイ」

沢野は呻いた。

これは、と牢内の男が顔を上げる。

「フェレイラどのか。いや、お久しゅうござる」

捕縛した三人の伴天連のひとり、岐部ペイトロ渇水の声は快活にすら聞こえた。

「ラテン語で話そう。日本人には理解できない」

沢野忠庵は動揺していたが、以前に政重が指示したやり方を忠実に守った。相手の安心感を誘うためだ。指示した当時こそ取り締まる側にラテン語を解する者などいなかったが、政重がラテン語をそれなりに聞き取れるようになった今では、嘘だ。

「懐かしいな。ラテン語の教え方であんたと問答したことを覚えてますか。有馬のセミナリオで」

岐部渇水は囚人と思えぬ陽気な笑みを見せた。

「そうだったかな。きみのことはよく知っているつもりだが、逐一の思い出は忘れてしまった」

「なんだ、冷たいな。そうそう、俺はローマで司祭になったんです。その前にはエルサレムにも行きました。日本に残るなって言ってくれたフェレイラどののおかげです」

「それは光栄だ」沢野は寂しげな笑顔を作った。「だがきみの功績は全て、きみのものだよ」

「フェレイラどのはポルトガルの出身ですよね。あそこはいいところでした。リスボアと、あと通った幾つかの街しか知らないのですが、叶うことならまた——」

渇水、と沢野は叫んだ。

「聞いてくれ。私は信仰を棄てた。きみも棄てたまえ。そうすれば生きられる。日本人がどんな方法を使うか、きみもイエズス会の会報や何かで知ってるだろう。私は直(じか)に見せつけられたし、この身でも受けた。死ななかったのは神の奇跡、いや」

そこで沢野は口ごもった。

「ねえ、フェレイラどの」

岐部の声は親しげで、柔らかかった。信徒を牧するという伴天連には、さような器量が要(い)るらしい。

「本当は信仰を棄てていないんじゃないか」

「なぜ、そう言えるのだ」

「あんたとの付き合いは数年くらいだが、そんな悲しそうな眼は見たことがない」

おお、と沢野は顔を両手で覆(おお)った。

「違うのだ、渇水。私は棄てた。確かに棄てた」

沢野は言いつのる。

棄てなくて構わぬのだがな、と政重は思っていた。信心を人前で示さず、教えを説かず、足元の全てを踏めばよい。誰も内心を覗き見るなどできぬのだから。自分が妻の心を知らなかったように。

「私は様々な拷問を受けた」

沢野忠庵は震える声で言った。

「つらかった。だが耐えられた。人のため受難を耐えられたキリストに比べれば、私の苦痛など何ほどでもない。すると日本の獄吏(ごくり)は方法を変えた。彼らは私の前でクリスチャンたちの指を折り、焼き鏝（ごて）で肌を焼き、臑（すね）を砕き、水に沈めた」

むごいことをするものだ、と政重は他人事（ひとごと）のように思った。実際、沢野を転ばせたのは別の者だ。

「獄吏は告げた。私がコロブと言うまでクリスチャンたちを責め続けると。私を救えるのは神だけだ。だがあの時、彼らを救えたのは少なくとも神ではなかった。私が神に背を向けキリストに唾（つば）せねば、彼らは殺されていた」

「俺はあんたを責めたいんじゃないんだ、フェレイラどの」

渇水は首を振った。

「もし嫌じゃなければ、日本のクリスチャンのために祈ってくれ。ついでにさ、もし時間があったらでいいから、俺のために祈ってくれ。そして俺は死ぬその瞬間まで、あなたの苦しみを神がみそなわしくださるよう、祈るよ」

自分が沢野忠庵であることを忘れたらしい南蛮（なんばん）人は崩れ落ちた。座敷牢の前で土を摑み、ただ泣いている。

「そうだ、マンショは覚えていますか。小西彦七（こにしひこしち）。セミナリオの生徒です。俺は会えてないけど、あいつも日本に帰ってるそうです。俺も日本で多少は信徒の支えになれたと思います。あなたが蒔（ま）いてくださった種は立派に芽吹き、今も元気に枝葉を伸ばしているんですよ」

まだ伴天連がいるのか。政重はその勇気に感心し、まだ日本を乱す気かと憎悪も覚えた。

以後十日にわたり、政重は沢野忠庵に説得させた。岐部ペイトロ渇水はじめ伴天連三人は転ばなかった。

政重は獄吏を呼び、穴吊りを命じて三人の身柄を託した。

穴吊りは、囚人に「ナンマンダブ」という合図を教え、こめかみの血管を切り、逆さ吊りにして頭を穴に入れる。苦痛と暗闇の恐怖もさることながら、意識が朦朧として志操が乱れる。頭に下がった血は傷から抜けるため、気絶もできない。手荒い真似を好まぬ政重が唯一、有効と考える拷問だった。

一昼夜でふたりの司祭が「ナンマンダブ」と呻いた。岐部ペイトロ渇水は転ばず、別に捕えられて共ども穴吊りとなった同宿ふたりを励まし続けた。獄吏は岐部を引き上げ、焼き鏝で責めて殺した。肉が焼ける臭いに参ったようで、同宿たちは転んだ。

岐部ペイトロ渇水が死んですぐ、将軍はポルトガル船の来航禁止を裁可した。交易船でたびたび伴天連を密航させ、また援助を続けていたためだ。以後の来航者は斬首、船は破却と決まった。長崎に停泊中のポルトガル船は布告を受けて逃げるように退去した。

交易は平戸に商館を構えるオランダが独占することとなったが、その後ろ盾となってポルトガル排斥を主導したのは政重だった。

翌年、キリシタンなら一六四〇年と数えるらしい寛永十七年。政重は都合一万石まで加増され、大名に列した。また総目付と兼任で、新設のキリシタン奉行に任じられた。禁教を名目として徳川将軍の威令を天下におよぼす重職だった。

秋、政重は長崎へ下った。交易再開を願って来航したポルトガル船の破壊と乗員の斬首を見届け、次いで平戸へ向かった。オランダ商館に立ち寄り、キリシト生誕を元年とする暦年が刻まれていると因縁をつけ、新築されたばかりの蔵の破却を命じた。

日本での庇護者から下された意外な命令に戸惑うオランダ人たちに、政重は宣告した。

「儂は好んで貴公らの肩を持っているわけではない。徳川将軍の臣として、日本にとって都合のよい交易先を求めるのみにて。そなたらも、よくよく自重するがよい」

うまく日本人を籠絡できたと思っていたらしいオランダ人商館長の顔は、蒼褪めていた。

三年後の寛永二十年は、政重にとって忙しい年となった。

まず正月、捕らえていた伴天連五名、同宿など四名を長崎で処刑した。出島へ移したオランダ人たちに見せつけ、彼らから南蛮諸国へ「日本に来れば死ぬ」と伝わることを狙った。

夏には筑前にて上陸したばかりの伴天連四名、修道士一名、同宿五名を捕らえた。こちらは老中たちに詮議させたあとで小日向の下屋敷に移し、沢野忠庵とともに自ら尋問に当たって全員を転ばせた。国内に残るキリシタンの希望を断つためだ。

その過程で、日本に残る伴天連はただひとりであるという供述を得た。

小西マンショ彦七、という名らしい。九州の産で大名の血を引き、ローマで伴天連になった。無事に日本に到着したという報せを最後に、消息は途絶えている。

「おそらく、小西はまだ生きておりまするな。最近に詮議されたキリシタンが、さよう名乗る伴天連に会うたと申しておりまする」

下屋敷の書院で、政重が信頼する若い下僚が広げた記録を確かめながら言った。

小西マンショの名に政重は覚えがあった。たしか総目付に就任した年、日本に潜入した司祭だ。となれば、もう十年以上も隠れおおせている。なかなかに狡猾な仁らしい。

「大名の血族ということは、かの小西行長の孫ではありますまいか」

孫まで徳川に歯向かうとは、と嘆じてから下僚は続けた。

「対馬宗家のご先代が、たしか行長の娘を娶ってお子を生しておりまする。関ヶ原の直後、母子ともどもに離縁となり、以後の行方は知れませせぬ」

「人探しの手掛かりにはならぬな」

政重は首を振り、手元の扇子を弄んだ。

「まあよい。キリシタンを片っ端から捕らえて尋問すれば、いずれ見つかろう」

あとひとり。政重は声に出さず呟いた。

小西とやらを捕らえれば、全てが終わる。原城のごとき乱は絶え、全き泰平の天下が顕現する。

かくて年が明ける。世は寛永二十一年、キリシト生誕以来一六四四年を迎えた。

二

摂津国の東に、茨木の地はある。

実り豊かで、また京、難波、播磨以西へ至る道が交差する要衝にあたる。世が戦国であったころは争乱が絶えなかったという。

春の夕暮れを迎えたいま、そこには手入れの行き届いた田が広がり、街道沿いには炊事の煙をたなびかせる商家が立ち並んでいる。泰平そのものの景色に点在する大小の古城だけが、かつての名残を留めていた。

「原城（はらのじょう）、には似てねえか」

小西彦七は、ふと呟いた。

葛籠（つづら）を背負って歩く小径（こみち）は、古城がうずくまる丘の麓（ふもと）に差しかかっている。大きさも様相もひどく違っていたが、丘陵を切り削った曲輪（くるわ）と物々しい石垣は生々しい記憶を呼び起こした。

原城が陥落し、もう六年が経（た）っていた。

総攻めの日、彦七は益田四郎と城内を駆け回り、脱出と表向きの棄教を説いて回った。殺到する寄せ手によって陸の逃げ道が早々に塞（ふさ）がれると、海へ行けと叫んだ。石垣を下り、速い潮流に身を任せれば逃げられる。そう教えてくれた益田源介（げんすけ）は、末（すえ）とすでに逃れていた。

夕刻には本丸の門が破られた。四郎は死を覚悟した一揆勢を集めて防戦を指揮し、彦七は逃げたい者を海へ送り出した。

城内はいたるところで火が上がり、逃げ惑う人々は次々と討たれた。つかの間、天下の片隅に生まれたクリスチャン国の滅亡は、血と炎による禍々（まがまが）しい赤色に彩られていた。

はるかローマの修練院、石壁の部屋での霊操（れいそう）。そこで見た景色にそっくりだった。こんな光景はまっぴらごめんだと思って日本に帰ってきたが、結句、定まった未来は変えられなかったのだろうか。

彦七は激しく首を振った。幻覚の中で、懐かしい人々は悉（ことごと）く土の塵（ちり）に変えられていた。だが現実は違う。末と源介は生死こそ不明だが、とりあえず原城からは逃れた。慶三郎は悲しすぎる結末を迎えたが、座して土に変えられたのではなく、自ら道を選んだ。彦七に何ができたか知る由（よし）もない。だが彦七が帰ってこなければ、現実は別の形になっていたかもしれない。

——念仏を唱えろ。逃げろ。デウスさまはお赦しになる。

彦七は叫び、本丸を走り回った。気力を失った人々を立たせ、二ノ丸以下から逃げ延びてきた人々の手を引き、海へ送った。夜闇に塗り込められた沖合には、軍船の群れが焚く明かりが漁火のごとく輝き、塞いでいた。それでも逃亡できる見込みがあるのは海しかない。彦七は神に祈った。その名を騙り、その教えを棄てよと叫びながら、憐れなキリシタンの助命が神の計画に入っているよう、入っておらずとも慈悲を賜るよう、祈った。

夜が明けた。一斉に上がった喊声が城を揺らし、本丸攻めは再開された。

「司祭すら逃げ出す城に留まる必要はなし。そう思うてくれる者がおるかもしれませぬ」

四郎はそんな表現で脱出を促し、彦七は数瞬ためらってから承諾した。告解を申し出ると四郎は首を振った。

「我は天人。我に赦しを与うるは、ただ我ひとりのみ」

敢然と言い放った四郎を照らす朝の陽は、不思議なほど白く澄んでいた。

歓声、悲鳴、発砲の音を背後に聞きながら、彦七は石垣沿いの細い階段を走った。降りた狭い砂浜は白い波に覆われ、遠くでは大小の兵船が遊弋していた。まだ冷たい海に飛び込むとちょうど潮が引くところで、波に身を任せているだけで原城はぐんぐん離れていった。半ば溺れつつだったが、兵船から突き出される熊手を何とかすり抜け、どこかの浜に流れ着いた。

陽は高く昇っていた。辺りに人気はなく、怖いくらいに静かだった。しばらく自失したまま、濡れた砂の上に寝っ転がっていた。

——まだ俺は生きている。

そう気付いてから身体を起こし、寒さに震えながら立ち上がった。

それから六年。彦七はクリスチャンが隠れ住む村を巡り、秘跡を授け続けた。取り締まりはかつてないほど厳しく、旅は難渋を極めた。縄打たれる信徒たちを物陰に潜(ひそ)んで見送ったのは一度や二度ではない。訪れた先では残らず棄教していたこともあったし、彦七自身も何度か捕(つか)まりかけた。

「まだ俺は生きているぞ」

茨木に佇(たたず)む古城を見上げ、彦七はかつてと同じ言葉を声に出した。命ある限り、信徒がいる限り、彦七の旅は続く。そのために日本に帰ってきたのだ。

道を行く。並んでいた町家はやがて絶え、田畑が現れる。陽は落ち、名残のような薄明も去る。黒い空に浮かび上がった月の明かりを頼りに歩く。里山の麓辺りには、まばらな人家の影が蹲(うずくま)っていた。

ひときわ屋根の大きい庄屋宅に、彦七は一夜の宿を乞(こ)う体(てい)で訪(おとな)いを入れた。戸を開けてくれた下男も、とりあえず土間へと招いてくれた中年の庄屋も、娘らしき若い女も、心なしかやつれて見えた。ここ数年は飢饉(ききん)続きだから、庄屋ほどの身代(しんだい)でも食える物が減っているのだろう。彦七は再び原城の景色を思い出した。

「お泊めするのは構わぬが、飯は出せぬぞ」

棘(とげ)の混じった庄屋の言葉を聞きながら、彦七は黙って見渡す。家は造りが大きく、仕切りを置かず広々としている。天井は張っておらず、大きな屋根には梁(はり)が縦横に渡されている。太い柱はどれも立派で、継ぎ目もない。日用の品は棚や長押(なげし)にしまわれていて、見当たらない。真ん中に切られた炉(ろ)では小さな火が揺らめき、奥には立派な仏壇があった。

「あそこには、何を入れておられますか」

仏壇の脇にある作り付けの戸棚を指差す。庄屋、娘、下男。一同が顔を強張らせるさまを見届けてから、彦七は右手で十字を切った。

「ご安堵めされ。私は司祭でござる」

仏壇を構えるクリスチャンはたいてい、近くの戸棚に聖具を隠している。あるいは梁を余分に渡したり、日用の道具を並べ、十字架を象る。試しに指摘し、驚きや狼狽、怯えを見せれば、その者がクリスチャンである証しとなる。

別のやり方はないものか、と思わないでもないが、お互いおいそれと信心を明かすわけにはいかないから、仕方がない。

「司祭さまとは。これは失礼をいたしました」

庄屋は慇懃に詫び、彦七を客間へ上げてくれた。

「秘跡をお授けするため、諸国を巡っております。こちらの村にもキリシタンがおられると聞き、参った次第です」

いかにも司祭らしい口振りで彦七は告げた。庄屋は「ああ」と呻き、左右に座る娘と下男は哀しげに目を伏せた。

「当村、かつては村人のほとんどがキリシタンでございました。高山右近さまのご領分でありましたゆえ」

庄屋は言った。高山右近は信心篤いクリスチャンの大名として知られていたが、棄教を拒んで改易された。彦七がマカオへ旅立った司祭追放のときにルソンへ追放され、そこで死んだ。

「それが、いつの間にかこのご時世、当村も詮議が厳しゅうなり申した。手前は庄屋として手を尽くし、何とか信心をごまかしておりましたが」

そこで庄屋の声が震えた。

「この年明け、お代官に絵踏を命じられ申した。踏めばこれまでの信心を不問とし、年貢の未納も帳消しにするとのこと。もはや逃れる術もなく、手前どもを含めて当村の者ことごとく、キリシトのお顔をば踏み奉ってございます」

彦七は身を硬くした。転んだ庄屋には、もはや司祭を匿う理由はない。

「あの戸棚にしまってあったマリヤさまの像も、もうございませぬ。いまさら何のご詮議かと、あなたさまはお代官の手代かと、先ほどはいろいろ心配してしまいましてな」

訥々とした庄屋の声が、彦七にはむしろ不気味に聞こえた。

「今度は司祭さまがご安堵くだされ」

庄屋は彦七に向かって口の端を吊り上げた。微笑んだらしい。

「手前もキリシトを憎んだわけではございませぬ。教えこそ棄て申したが、司祭さまをお代官に密告するつもりなどございませぬ」

「教えを取り戻したいとお考えですか、庄屋どの」

彦七は安堵しつつ身を乗り出した。

「心から悔ゆれば罪は赦されまする。むろん教えを棄てたことも」

似たような話を原城でも説いた。そのときは思いつきだったが、その後に村々を巡る中である書物に出会った。「痛悔の利益」という印刷物で、まだキリスト教が黙認されていた長崎で、イエズス会が作った。

告解ができなくても、心から悔いれば大罪も赦される。書物は大意、そのようなことを説いていた。司祭不足の中で作られた書物らしかったが、経緯はどうでもよかった。彦七は筆写した一部を持ち歩き、必要に応じてさらに写しを作って滞在先に置いていった。

「庄屋どのがお許しくだされば、私は数日、この村に留まります。もし信心を取り戻したい村人がおられたら、私が告解を聴いて差し上げます。紙を下されれば、赦しを得られる罪の悔い方も書き残しまする」

「それは、ありがたきこと」

庄屋は目に涙を浮かべ、それから迷うように俯いた。棄教は大きな罪だ。本当に赦されるものか、どこまで悔ゆれば赦されるかと悩んでいるのかもしれない。

やがて、庄屋は決心したように顔を上げた。娘に夕餉の支度を命じ、自身は下男を連れて土間へ降りた。言葉の聞こえぬ小声の会話を短く交わし、下男は外へ出ていった。

「下男を走らせました。朝には教えを慕う村人が参りましょう。今宵ばかりは、どうかお寛ぎくださいませ」

彦七の前に戻った庄屋は笑みを浮かべていた。

出されたのは薄い粥と香の物。飢饉の中、かつ秋の蓄えが尽きる春にできる限りのもてなしであろう。彦七はありがたくいただき、綿の入った夜着を与えられ、身を横たえた。

「起きぬか」

ぞんざいな声で目を覚ます。陣笠を被った中年の男が、彦七の顔を覗き込んでいた。

彦七は不思議と落ち着いていた。いつの間にか、来(きた)るべき日への覚悟ができていた。ゆっくり身体を起こし、大きく伸びをし、夜着を脇にどけてから胡坐(あぐら)をかいた。

役人は彦七の不遜(ふそん)さを咎(とが)めず、手にした鞭(むち)を弄(もてあそ)びながら振り向いた。警杖(けいじょう)を携えた土足の捕吏たちに囲まれ、庄屋と娘、下男の三人が肩をすぼめて座っていた。

「伴天連ありしと訴え出たるは殊勝なり。褒美(ほうび)の銀二百枚は追って遣(つか)わすゆえ、楽しみにしておれ」

密告されたらしい。銀三十枚で売られたイエスより高値だ、と彦七は可笑(おか)しくさえ思った。

「庄屋どの」と彦七は問うた。「いちおう伺いたい。銀二百枚、どう使われる」

「それだけあれば、村の者が秋まで食えまする」

とても信じるに足りない。だが、いまさら人を疑う気にもなれなかった。

「では、銀は必ず村のためにお使いくだされ。おい、そこの役人」

彦七は司祭らしい口調をかなぐり捨てた。座ったまま、寛ぎついでの戯(たわむ)れのように足をぐにゃぐにゃと動かす。

「銀二百枚は密告への褒美だよな」

「そうだが」

役人は話が見えぬと言いたげに目を眇(すが)めた。

「なら、密告されたあとで俺が死ぬとか逃げるとか何かあっても、褒美が出ることは変わらねえな」

「逃げられては困るが、褒美はその通り」

「褒美はたしか将軍直々の御触れ。違背しないな」

「それも、その通り」

「聞いてよかった」

彦七は遊ばせていた足で素早く床を蹴り、脱兎のごとく駆け出した。とっさのことで動けない捕吏どもの前をかすめ、開け放してあった戸口から外へ飛び出す。うまく虚を衝くことができた。彦七はほくそ笑みながら走り、そして立ち止まった。

「だめか」

外にも捕吏がうじゃうじゃいて、彦七はあっという間に囲まれてしまった。

「おぬしは江戸へ送られる。総目付の井上筑後守さまが直々に詮議なさる。ゆえに斬らぬ」

よたよたと追いかけてきた役人が、縄でぐるぐる巻きにされた彦七に告げた。普段はあまり身体を動かしていないらしく、その肩は激しく上下している。

「ただ暴れるとなれば、多少は荒っぽいこともせねばならぬ」

それからしばらく、暴れてもいない彦七は鞭でさんざんに打擲された。

三

広く真っ直ぐな道、堀と川、ひしめく家屋、重厚な塗り塀、厳かに光る甍、壮麗な寺社。

彦七が初めて訪れた江戸は、いかにも天下の主府らしい偉容を見せていた。

できれば思うがままに町を歩いてみたかったが、叶わない。手と足を縛られ、男ふたりに担がれた罪人用の竹駕籠に押し込まれている。周りは手代どもと、鞭を携えた役人に囲まれていた。

道は人と、護送される伴天連への罵声で騒々しい。邪宗の悪僧、善人を惑わす生臭坊主、寺社を毀つ罰当たり、南蛮の代官、人売り、人食い、逆賊、羅刹、畜生、鬼、天魔。人々は彦七に様々な悪口をぶつけ、石を投げ、唾を吐きかけた。

「通せ、通さぬか」

護送の役人も言葉では狼藉を咎めるが、止めようとはしない。

キリスト教は日本で、泰平を乱す邪悪な教えと思われている。ひどく嫌われているとは彦七も知っていたが、これほどの悪意をいっぺんにぶつけられたことがなく、戸惑った。

――おじいさまも、こんなだったのだろうか。

伝え聞いただけの話をふと思い起こした。祖父の小西行長は、関ヶ原の戦さで敗れて斬首される前、市中を引き回されたという。

神の御心が、いまさら彦七には不思議だった。祖父は豊臣家を奉ずる君臣の義、その孫は神を奉ずる信仰の義、それぞれの形で徳川家に抗う羽目になった。商人の子から身を起こして豊臣家の柱石となった祖父は、それなりの傑物だっただろう。孫のほうには器量も何もない。義などと堅苦しい言葉を聞けば青菜に塩を振ったようにしおれてしまうし、天下の為政に参与せんという気概など欠片もない。

「突き詰めて、俺は何をしたかったんだろうな」

いまさら彦七は首を傾げた。小西家遺臣たちの暴発を止め、弾圧厳しい日本へ帰り、蜂起した信徒のために原城へ行った。逃亡を恥じる気位など持ち合わせてもいないのに、わざわざ面倒に首どころか全身を突っ込んでいる。

「伴天連よ」

摂津茨木からの付き合いになった役人が竹駕籠に顔を近付けてきた。自然、彦七は見上げる恰好になった。

「おぬしに味方はおらぬ。きつい拷問に遭う前に転んだほうが身のためだぞ」

役人のいやらしい口調に彦七は腹が立った。

「俺に味方がいないなら、あんたはなんだ。味方の陰に隠れてふんぞり返ってる能無しか」

たぶん生来の彦七は、この役人のように他人を踏みつけてくるやつらの顔を踏み返してやりたい性格だったのだろう。そう気付く前に司祭になれたのは幸運だった。恨みに追い立てられる人生は面倒な気がする。微力であっても、踏まれた人々を支える役目のほうが甲斐がある。

「囚人の分際で減らず口を」

役人は手にしていた鞭で、竹駕籠を打ち始めた。担ぐ駕籠かきも邪魔に思ったのか「堪えてくだされ」と哀願したが、役人は彦七の身に届かぬ鞭を振るい続ける。

この愚かな男のためにも祈らねば。殊勝なことを考えた彦七自身は、いかなる祈りも通じぬと思える囚われの身になってしまった。クリスチャンを片っ端から捕まえ、拷問で棄教させるか殺している徳川の公儀に何をされるか、考えるだけでも身が凍る。齢四十を超えて思うことではないが、痛いのは嫌だ。

さりとて棄教するつもりはない。祖父を討った徳川に屈するのは癪だし、だいたい、彦七が何を思ってどうしていいようが、他人に迷惑をかけていないのだから文句を言われる筋合いはない。

ならば逃げるしかないが、手足を縛られ竹駕籠に押し込まれている。脱出の秘策などもちろんない。神は鷹揚な金主などではないから、原城の折りのごとき奇跡を何度も垂れ給うとも思えない。

「困ったな」

彦七がため息をついているうちに、竹駕籠は江戸の市中を抜けた。鄙びた景色の中を行くと、屋敷が現れた。大きさはそこそこ、質素な板塀を巡らせ、その向こうにくすんだ瓦屋根を幾つか覗かせている。見るからに古ぼけた風情で、ぽつねんと佇んでいる。ただ、侘びや寂びといった風情とは違う。たったひとりで道に迷っている幼子のように見えた。

その屋敷の門を、竹駕籠はしずしずと潜った。

連行された屋敷は、塀の内も素っ気なかった。

増築を繰り返したらしい母屋、家士や下人が使っているらしい長屋、厩。何に使っているか分からない掘っ立て柱の小屋が寄り集まっている。石も木もない殺風景で広い庭を挟み、野ざらしの座敷牢が三つ。

手足の縄を解かれた彦七は、牢の一つに放り込まれた。木格子の壁を吹き抜ける風は冷たく、風が止めばうっすら異臭が立ち上る。前に捕らわれていた人々がつけていったのだろう。

夕刻、膳で出された食事に彦七は目を瞠った。味噌を塗って香ばしく焼いた魚の切り身、真っ白に澄んだ米の飯、青菜の汁。さらには清酒。

毒でも入っているかと訝ったが、それなら食わずともただちに殺されるはずだ。ままよとばかりに平らげる。食うにすら事欠く潜伏の日々を送っていたから、出された膳の味はたいそう沁みた。

腹や胸をさすり、それから息を詰めて時を待ったが、身体は痛みも苦しさも感じない。先にやってきた眠気に誘われるまま、横になった。

翌朝は蒲鉾(かまぼこ)と焼き味噌、粥が出た。やはり平らげてから彦七なりに覚悟を決めて拷問か詮議の呼び出しを待った。だが何の沙汰(さた)もない。

昼食を摂るヨーロッパの風習でも知っているのか、昼も膳が出た。新鮮な刺身、白い米、吸い物。他にやることもなく、彦七はただ食べ続けた。

夕餉には牛肉が出た。獣の臭いと脂気を好まぬ日本の流儀しか知らない料理人が奮闘したのか、味噌とたっぷりの葱(ねぎ)でしっかり煮込んである。彦七は初めて口にする味だったが、なかなかにうまい。生きてるといいことがあるもんだ。感心しながら食べ終わり、箸(はし)を膳にぱちりと置く。

そこでやっと、囚人らしからぬ豪勢な食事の意図が分かった。たぶん、生への執着(しゅうちゃく)を覚えさせようとしているのだろう。

「莫迦(ばか)ばかしい」

ひとり口にし、ごろりと横になった。誰かに諭されずとも、彦七の全身には生への執着が満ち満ちている。

「小西、出よ」

翌日の朝餉(あさげ)のあと、やってきた侍が牢の鍵を開けた。

霧のような細い雨が降っていた。彦七は両手を前で縛られ、侍に連れられて母屋の書院に移された。誰も何も話さず、開け放された障子(しょうじ)から雨音だけが響いた。

ややあって、白い胴服を羽織った男が部屋に入ってきた。灰色の髪と顔の皺(しわ)は老いを思わせたが、背筋は伸び、足取りは確かで重々しい。壮年の老人としか言いようのない奇妙な男が床の間を背にして腰を下ろすと、侍は平伏して辞去した。

「この屋敷にはの」

ふたりきりになると、男は唐突に言った。

「かつて、儂の全てがあった。といっても大層なものではない。妻、子、朋友、時折り訪ねてくれる兄、蔵米二百俵。たったそれだけだ。卑しいながら役をもらっておった儂は、それだけを守りたくて励んでおった」

そうそう、と男は続けた。

「いずれは徳川の天下を支えたい、などと兄に向こうて大言を吐いたのは、この部屋よ。あの日もちょうど雨であった。それから三十年経った今、儂は大名にお取立てを賜り、微力ながら徳川の天下をお支えしておる」

自慢めいた問わず語りに、彦七は不快を覚えた。

「大した出世だ。よかったじゃねえか。こっちは徳川のおかげで、何もかも失っちまった」

ほう、と男は唸った。

「なら小西、そなたと儂は同じじゃ」

「何が言いてえんだ」

「儂も子のほか、先に申した全てを失った。妻は離縁して死に、朋友は去り、兄は儂が汚名を着せた。振り返れば、役目に邁進するあまり手放してしまうたようなものだ」

「あんたの事情は、俺の知ったこっちゃねえ」

「聞いてもらう。小西マンショと申したか、おぬしは日本に残る最後の伴天連なのだ。おぬしを転ばせるか殺せば、儂が守りたいものを失ってまで望んだ天下は、ようやく全きものとなる」

「俺は、転ばねえし死なねえ」

彦七は言い放った。この期に及んで莫迦げた決意とは自覚しているが、隠す必要もない。

男は笑った。さも可笑しそうな、だがどこか虚ろな笑い方だった。

「さて始めようか、最後の伴天連どの。儂は公儀総目付、キリシタン奉行、井上筑後守政重なり」

男はそう宣言した。

四

「先に申しておく」

開け放した障子から雨音が沁みる書院で、井上政重は静かに告げた。

「まず儂は、おぬしに転んだほうがよかろうと勧める。応ぜざれば残念ながら、拷問を用いねばならん。それでも転ばざれば死罪。さよう心得よ」

「はいよ」

両手を前で縛られて座る彦七は、あえて不遜に聞こえるよう答える。井上は鷹揚に頷いただけだった。そこには生まれつきの大名が持っていそうな根拠のない気位ではなく、叩き上げた苦労人らしい重厚さがあった。

「ところで出した飯は、うまかったかね。料理人にはよくよく言いつけておったのだが」

「うまかった。これは心より礼を言う」

刺身や牛肉の味を思い出しながら彦七は答えた。生きているがゆえの喜びも、この井上とやらにとっては説得の道具なのだろう。

「それは重畳（ちょうじょう）。ところで小西マンショよ。そなたは身の不幸を嘆（なげ）いたことはないのか。世が世なら対馬（つしま）の大名であったかもしれぬというのに」

茨木で捕らえられたときに尋問で、隠す必要を感じなかった彦七は身の上を素直に話している。その調書を井上は見ているらしい。

「ぜんぶ、いまさらだ。寒いか腹が減ったときくらいは思うけど」

薄幸の見本のような短い人生を送った母だけは何とかならなかったかと思うが、彦七は自身の境遇を嘆くつもりがない。小西の血筋を尊ぶ視線の煩（わずら）わしさはともかく、育ててくれた源介一家は彦七に何の苦労もさせなかった。

「巡り巡ってエウロパへ渡り、司祭（パードレ）となれた。キリシタンとしては上々であったということかの」

司祭叙階を、井上は出世か何かと取り違えているらしい。蔵米二百俵と言ったか、足軽に毛が生えたほどの身代から大名になった井上は、その過程でものの見方が歪んでしまったのかもしれない。

「司祭になるのは大変だが、身分が偉くなったわけじゃねえ」

誰しも地位や名誉に汲々（きゅうきゅう）としているわけではない。付け加えれば、彦七はもっと大雑把（おおざっぱ）だ。

「エウロパに留まろうとは思わなんだか」

「そりゃ帰国は怖かったよ。熱湯攻めや火焙（ひあぶ）りの話は詳しく伝わっていたからな。けど、帰ってくるって約束もしちまったしな」

　ふむ、と井上は思案するように目を泳がせた。

「伴天連どもはなぜ日本に来る。教えを弘(ひろ)めよ、とキリシトが申したゆえか」

「よく知ってるな、経典でも読んだのか」

　彦七はまぜっ返したが、井上は意に介さぬ様子で「なぜだ」と重ねてくる。

「知らねえ。他人のことは俺には分からねえ」

　よく考えれば別の理由も見つかったかもしれないが、彦七には考える気が起きなかった。人の自由な魂が日本へ行けと各人に命じているのかもしれない。だが日本では身勝手という意も含む自由という言葉を、キリスト教国での語感から説くのはさすがに迂遠(うえん)に思えた。

「そなた、確かコンパニヤ門徒であったの。ならば岐部ペイトロなる者を知っておろう」

　彦七は口をつぐむ。岐部渇水が無事に日本に帰っていることは、どこかの村で聞かされていた。そのときは飛び上がって喜んだが、お互い潜伏する身では連絡など取りようもなく、再会は果たせていない。だから渇水について知ることは少ないが、何が捜索の手掛かりになるか分からないから、下手なことは言えぬと思った。

「隠さずともよい。なぜなら岐部はとうに捕縛され、五年前に死んでおる」

　彦七は息を呑んだ。井上は淡々(たんたん)と続ける。

「岐部は転ばなんだ。儂が命じた穴吊りにも耐えた。だが焼き鏝で責められて死んでしもうた」

「てめえ！」

　彦七が飛びかかろうと腰を上げたとき、すでに井上は脇差(わきざし)を抜いていた。座ったままで、抜刀の手つきさえ見えなかった。

「儂とて武士の端くれでの。若いころには及ばぬが、鍛錬は欠かしておらぬ。座れ、小西」

言う通りにするしかない。彦七は歯噛みしながら膝を折り、井上を睨めつける。

「そなた、フェレイラなる伴天連に学んでおったらしいの。かの者も転んだ。今日は病で伏せっておるが江戸に家を持ち、儂をよう助けてくれる」

脇差を納めながら井上は言った。

「そうそう、ペドロ・マルケス、ジュゼッペ・キアラの両名は知っておるか。これらも転び伴天連で、もとはコンパニヤ門徒じゃ」

彦七は首を振る。顔も知らぬ司祭より、ローマを目指した日々の記憶がぐるぐると脳裏をよぎった。あのときは三人いたのに、いまは彦七ひとりだけになってしまった。

「それは残念。この両名も転び、いまは江戸に住んでおる。知己であれば会わせてやってもよかったのだが」

哀れなものよ、と大袈裟に井上は嘆じた。

「転ばざる岐部は、異教徒と申したか、その我らに焼き殺された。転んだ伴天連はのうのうと暮らしておる。フェレイラは妻も娶っておる」

再び渇水の名を出され、彦七は耐え切れなくなった。俯くと器を傾けたように涙が零れた。

「そのまま聞け。儂がキリシタン詮索に携わってから、死んだ者は二千を超える。全てを儂が命じたわけではないが、さように乱暴な行いを咎めもしておらぬ。なぜか分かるか」

「分かるものか」

彦七は声を絞り出した。

「頼む。もうやめてくれ。キリシタンを殺さないでくれ。日本に、徳川の世にいさせてやってくれ」

「それが、できぬのだ」

涙が止まらず顔を伏せたままの彦七の耳に、冷厳とした声が聞こえた。

「転ばぬキリシタンは死罪。かくすれば人死には最も少のうなる。さよう儂は信じておる」

井上は言い放った。

「島原表（おもて）で何人死んだか知っておるか。まったき皆殺し（なでぎり）はできなんだが、二万はゆうに超えよう。再び乱を許せば、また二万人が死ぬ。二千を殺して他のキリシタンを皆、転ばせたほうが、ずっとましであろう」

「詭弁（きべん）だ」

彦七は顔を上げた。止まらぬ涙が半白髪の男の冷たい顔を滲（にじ）ませた。

「全てのキリシタンは、あんたらが殺したんだぞ」

「そこよ、小西。一つ教えてくれぬか。デウスは万能なのであろう。なれば、なぜ日本のキリシタンを助けぬ。岐部ペイトロを、そしておぬしを助けぬ」

「デウスは関係ねえ」

彦七は井上政重を睨（にら）みつけた。

「キリシタンを殺したのは、おまえら徳川の公儀だ。お前らが禁制をやめれば終わる」

「一揆の因となった信心を許すわけにはゆかぬ。それが天下の安寧（あんねい）を保つ公儀の責務」

「邪魔でもねえ人たちを勝手に邪魔と決めつけて、命を奪う世の何が安寧だ」

彦七は叫んだ。

「徳川に天下を統(す)べる資格はねえ。誰かを踏みつけにして支える世なんて、まともじゃねえ」

「同感だ」

井上は妙な返事をした。

「だが、世から戦さを滅した者もまた、徳川しかおらぬのだ。徳川では不足、さりとて代わりもあらじ。ならば徳川が天下の主にふさわしゅうならねばいかん」

「話が通じねえな」

「奇遇だな。儂も似たようなことを思っておった」

井上は彦七の目を覗き込んだ。

「いちおう聞いておく。小西、転ぶか」

「転ばねえ。あんたらの理屈には従えねえ」

祖父の仇(かたき)は、かくも卑劣だった。絶対に屈せられぬ。彦七は決めた。

強情よの、と井上は大袈裟に嘆じて手を叩いた。音もなく襖(ふすま)が開く。さっきの侍が平伏している。

「こやつを責めよ。いつも通りに」

井上は顎をしゃくって命じると、さっさと立ち上がって部屋を出ていってしまった。その足音には少しだけ、不快げな響きがあった。

侍は彦七を立たせ、乱暴な手つきで書院から連れ出した。雨に濡れながら庭を横切り、掘っ立て柱の離れに行く。

離れの中は冷たく、薄暗い。饐えた湿気と様々な色の人間の体液を思わせる悪臭が立ち込めている。天井の梁からは数本の綱がぶら下がり、鉄棒を突っ込まれた奥の炉だけが生き物のように真っ赤に熾っていた。人間の全身を突っ込めそうな大樽は表面が湿っていて、水を満たしたばかりなのだろうと思わせた。

待っていた獄吏たちは、彦七の衣服を剝いで下帯一枚にした。縛り直した両手首を梁から垂れる綱に結わえる。

それから、彦七は棒切れでさんざんに打擲された。皮膚が破れ、血が飛び散る。彦七は暴れ、喚き散らして痛みをごまかしていたが、そのうち喉が嗄れる。体力もあっという間に尽きてしまい、ただ打たれ、呻いた。

意識が朦朧としてきたころ、小屋に淡い光が射し込んだ。彦七が顔を上げると、引き戸が開いていて、井上政重の姿があった。垣間見えた下界は雨に煙り、昼よりずっと暗い。夕刻ごろか、と見当をつけた。

井上は、肩で息をしながら目礼する獄吏たちを「ご苦労」と短く労い、彦七の前に立って眺め回してきた。

「ひどい怪我だの。大事ないかね」

「ないわけないだろ」

言い返すだけで彦七の全身に激痛が走った。

「責め苦はまだまだ用意してある。どれだけ耐えても、最後におぬしは穴吊りにされる。頭に血が上って心気朦朧となり、口が勝手に念仏を唱えてしまう。それまでの我慢は全部が全部、無駄となる」

ぜんぶ。井上は三度(みたび)、今度は味わうようにゆっくり繰り返した。

「何の罪もねえ俺を痛めつけていいと思ってんのか。日本の神仏だって許しゃあしねえぞ」

言ってやると、「いまさら構わぬ」と妙な答えがあった。

「儂などどうでもよい。それより、日本のキリシタンを助けぬデウスの酷薄さを思うがよい。むろん小西、おぬしも助けぬ。こはデウスの全能ならざる、または存在せぬ証し。信ずるに足らぬ」

井上は薄ら笑いを浮かべて顔を近付けてきた。

「だから、転べ」

ささやきは、妙に甘い声色だった。

「転んでしまえ。デウスを信じても利益(りやく)なし。転べばおぬしは一生を安楽に暮らせる」

「転ばねえ」

全身の痛みに耐えながら彦七は否(いな)んだ。

「もう日本には俺しか司祭がいないんだろ。俺が転べば、日本の信徒は救われない」

皆、そう思っていた。木村(きむら)セバスチアンも、ミゲル・ミノエスも、岐部渇水も。彦七ひとりが屈してはいられない。

「なるほど。ならば転ばずともよい」

井上は諾(うべな)ってきた。

「転んだふりをしておれ。証文だけ書き、信心を表に出さず、ひっそり暮らせ。徳川の権がおぬしを守る。非力なデウスの法力から、遠きローマの本山の責めから。おぬしがついた嘘ごとな」

「どうして俺を殺さない」

「確かに殺せば面倒はない。だが、最後の伴天連が転んだと聞けば、並みのキリシタンどもは信ずる気力を失おう。おぬしを殺すより早くキリシタンは立ち枯れ、かくて天下は治まる」

聞かされた答えは、痛みと疲労にふやけた彦七の頭に留まらない。ただ一つ分かったことがある。

井上は、人を人として見ていない。個々の人間は道具と、群衆は統治の対象と見做している。

「誰が転ぶか、莫迦」

意地だけで否んだ。井上は踵を返し、棒打ちが再開された。

夜も更けたころ、獄吏たちは痛めつけた彦七の身体を水樽に沈め、立たせた喉元くらいに水面を調整してから引き上げた。両手を釣られたままの彦七は、つま先と顎を上げて立っているしかない。傷口どころか骨まで沁みる冷たさに責められ、一睡も叶わず時を過ごした。夜明けとともにやって来た獄吏は、震える彦七を樽から引きずり出し、剝がした衣服とまとめて座敷牢に放り込んだ。彦七は這い、寝ころんだまま衣服に袖を通し、冷え切った両腕を抱いて寒さをしのいだ。

もう何の食事も出ない。隅の水甕まで這ってゆけば渇きだけはしのげたが、水は濁り、臭かった。とうぜん腹を壊し、便所代わりの真っ黒な穴の傍らが寝床になった。

拷問は一日おきに行われた。温情ではなく、責め苦で死なぬ程度の体力を回復させせられているだけだ。水に沈められ、洗濯板の親玉みたいな板に端座させられ、何度か焼き鏝も当てられ、牢に戻される。空腹と痛みに耐える日々はすぐに数えられなくなった。

「話せるかの」

井上政重の声で彦七は目を覚ました。気絶していたらしい。腕から吊るされていて、そのままでいると肩が抜けてしまうが、もう足に力が入らない。

「拷問はの、効くか効かぬか本当は分からぬ。困ったことだ」

しゃあしゃあと井上は言った。

「ところがだ。もし痛めつけた者が転べば、拷問はやはり効ありと思われる。懇ろに説けば転んだ者、どれだけ責めても転ばぬ者にまで、無益な苦痛を与えてしまったかもしれぬのに」

「だったらやめてくれよ」

舌が動かず、うまく言えたか分からない。井上のため息が聞こえた。

「困ったことだが、さっき申した通りだ。拷問が効くか効かぬかは責めてみねば分からぬ。で、儂は確かめに参った。どうだ小西、転ぶか」

どれだけ力を振り絞っても、彦七の頭は俯き加減より上がらない。霞む視界は二刀を差した政重の腰の辺りから動かない。

「儂が申すまでもないが、おぬしには手足に十本の指があり、爪がある。歯は二十八と智歯。これらを折ったり剝がしたり抜いたりもできるが、なかなかに面倒での。おぬしの一言だけで、儂らも手間が省ける」

人間の身体はよくできている。悪寒を覚えながら彦七は感心した。どれだけ意識が薄くなっても、痛覚は衰えないし、痛覚への想像も逞しいままだ。

「吊られっぱなしで腕が痛え。うまく話せねえ」

井上が獄吏に何事かを命じた。身体を支えていた力が失せ、彦七は落っこちるように自分の血や唾が濡らす床に倒れた。吊り縄を解かれても手首は縛られたままだ。肘と膝をもぞもぞと動かして四つん這いになると、それだけで息が上がった。全身はずっと震えている。

「どうだ、小西」

井上の声が降ってくる。彦七は言葉にならぬ呻きを漏らす。「聞こえぬ」と井上は舌打ちし、次いで衣擦れの音がした。しゃがんだらしい。彦七は必死で頭を上げる。目の前に井上の腰の辺りがあった。

また呻く。

「分からぬ、はっきり申せ」

井上が身体を寄せてくる。

「コロ――」

彦七は声を絞り出した。ますます井上の身体が寄ってくる。

「殺す！」

一度きりの機会に、彦七は全身の微かな力を振り絞った。四つん這いになっていた身体と、縛られたままの手を伸ばす。目の前の脇差を摑んで引き抜き、そのまま井上を押し倒す。奪った脇差の刃は吸い込まれるように井上の首にぴたりとくっついた。

「誰も動くな、動けば井上を殺す」

彦七は司祭らしからぬ物騒な言葉を叫んだ。

「井上っ。俺を放免しろ」

主を人質に取られた獄吏たちに、動く様子はなかった。

「早く放免しろ。でないとその首、掻っ切るぞ」

「やるがよい」

井上の声は水牢の水面より静かだった。獄吏たちが息を吞む音が聞こえた。

「だが儂を殺せば、おぬしも斬られる。無駄だ」

まあ、と井上は続ける。

「おぬしは儂を殺したほうがよかろうな。どうせ死ぬのだから、その前に痛めつけられた恨みくらい晴らしてみてはどうか」

彦七を見返す井上の目には、光がなかった。

「お前、まさか」

ふと彦七は問うた。

「死に場所を探してたんじゃないだろうな」

井上は虚ろな目を僅かに眇めた。

「さようなつもりは微塵もないが、伴天連が日本から消えれば我が事は成る。つまりおぬしで、儂の役目は終わり。いまさら永らえたい命ではない」

彦七は深く息を吐いた。ぐるりと体を回転させ、井上の隣に寝っ転がる。

「殺さぬのか」

井上の声に、ああ、と彦七は応じた。

「絶望しているのはキリシタンだけじゃねえ、おまえもだろう」

思えば莫迦ばかしい誓いを立てたものだ、と己に呆れた。彦七は絶望した人の生を支えたくて、日本に帰ってきたのだ。いまさら誓いを破るのは癪だった。

それまでじっとしていた侍ふたりが躍りかかり、彦七の手から脇差を奪った。それからは散々に殴られ、蹴られた。

「おぬしは莫迦だな」

立ち上がって衣服を直した井上は、それだけ言って出ていった。

五

天は、どこまでも青い。

白い陽に焙られた下界は暑く、風は乾いていた。

彦七は庭に引き出されていた。久しぶりに衣服の着用を許されたが、上体には腕ごと隙間なく、縄をきつく巻かれている。たいそう息苦しい。爪を失い、あらぬ方向に指が曲がった両手は痺れ以外の感覚がない。足は元のまま残されたが、今日という日を歩くためだったと今さら思い知った。歯は奥歯から数本だけ抜かれた。例の一言を言わせるためだ。

周囲には白っぽく干からびた地面が広がり、目の前には二本の柱が立っている。その高所に渡された横木からは太い綱が垂らされ、下には穴があった。

「準備万端だな」

減らず口を叩いた彦七は、「黙れ」と背後から怒鳴られ、頭を平手で二度打たれた。思わずよろめく。背後に獄吏がふたりいることをすっかり忘れていた。

彦七は口をつぐみ、改めて見回した。

風はない。陽は眩しく、辺りは荒涼としている。かつてローマで再会した岐部渇水に教えてもらった景色、キリストが磔刑に処されたゴルゴタの丘に似ているかもしれない。自分と救世主を並べるのはおこがましいが、誉れと思おう。

もちろん彦七が佇むのはエルサレムの近郊ではない。江戸、小日向にある井上家下屋敷の庭だ。

彦七は、これから穴吊りにされる。司祭をはじめ多くの聖職者が、棄教するか命を落とした刑だ。

穴を挟んだ彦七の前に、井上政重がいる。周囲に配下の侍たちを立たせ、自身は黙然と床几を使っていた。

獄吏が剃刀で彦七の両のこめかみを切った。よく研がれてあったものか痛みはない。血が膨らみ、ゆっくり頬を伝う感触だけがあった。

木枠からぶら下がった綱で足首を縛られ、ぐいと引かれた。上体も縛られて棒切れと化していた彦七は、為す術もなく倒れた。背が、次いで頭が浮き、逆さに吊られた身体は振り子のように揺れる。頭上には黒々とした穴がある。

全身の血が嘔吐感となって頭に押し寄せてきた。気絶できれば楽だが、こめかみの傷から血が抜けてゆくから意識が途切れることはないという。腹の臓物は上体に巻かれた縄が支えているらしいが、重さが胸にのしかかってつらい。

「小西マンショよ」

そこでやっと、井上政重が口を開いた。

「苦しゅうなれば、転ぶと申せ。もしくは念仏を唱えよ。それだけでおぬしは死なずに済む」

「俺を殺すな、井上」

そう言うだけで、かなりの体力が必要だった。

「これ以上、罪を重ねるな」

「おぬしらは、これ以上日本を乱すな」

井上は苦々しく言い、顎をしゃくった。

綱が軋み、彦七の身体は暗い穴に呑み込まれていった。悪臭が鼻を衝く。念の入ったことに、底には汚物が溜められているらしい。次いで蓋がかぶせられ、光が絶えた。

「どうだ、つらかろう。転ぶか」

足元から井上の声が降ってきた。

「うるせえ」

彦七は穴の中から言い返す。

「では、そこで死ね。徳川が統べる天下のために」

井上の言葉に、離れゆく足音が続いた。

「これは、きついな」

もはや憚ることなく、彦七は弱音を吐いた。

ワアワアと叫び、身体を揺する。何を言ってもどう動いても、闇と苦痛と悪臭しかない世界は揺るがない。押し寄せてくる孤独は言い知れぬ不安となり、彦七の精神を責め立てた。

「渇水さんの大雑把さがうらやましいな」

穴吊りに数日耐えたという岐部渇水への称賛は、そんな表現になった。渇水ほどの意志の強さは持ち合わせていない。まだ耐えられるが、いずれ耐えがたくなるのは自明に思えた。

ナンマンダブ。あるいはナマダブとつづめてもいいだろう。そう言えば助かる。嘘でないことは転び伴天連の存在が証明している。

自分はそもそも弱い人間だった。ひょっとすると、これまで穴吊りにされた人々の中でいちばん早く敗(ま)けてしまうかもしれない。仕方ない。仕方ないのだ。痛いのも怖いのも嫌だし、暑いのも寒いのも、飢えも渇きも嫌だ。できれば楽をしたいという性根は、彦七なりに陶冶(とうや)に努めたが変わらなかった。

思い返せば、楽な人生ではなかった。父に捨てられ、母を守れず、孤児となった。拾われた家臣やその周りの者たちに小西家再興なる夢より儚(はかな)い希望を押し付けられた。彦七なりに小西の人々のためと思って出国し、命懸けでローマまで行った。思ったより長い年月を経て帰ってからは、捕縛に怯(おび)えながら人目を忍ぶ旅を強いられた。考えもなく原城へ入ってしまったが、どれだけ人の役に立てたか分からない。密告され、さんざん拷問を受け、今は穴吊りにされている。

小西家など知ったことではなかった。あの憎き井上政重によれば、彦七が死ぬか教えを棄てれば天下は治まるという。家も天下も、引き受けた覚えなどない。他人は彦七に勝手な期待を寄せてばかりだ。他人のために尽くした彦七は誰にも守られなかった。

もう、たくさんだ。余生くらいは自分の幸せのために使ってもいいだろう。考えているうちに口が勝手に開き、声帯が震えた。

「万事叶いたまい」

出てきた言葉は、全く彦七の意に反していた。

「天地を創りたもう御親デウスと、その御一人子、我らの御主ゼス・キリシトをまことに信じ奉る」

習い性というやつか。唱えながら彦七は不思議に思った。勝手に出てきた使徒信条は、学んだラテン語でもポルトガル語でもなく、日本の語だった。母に教えられ、意味も分からぬまま子供のころから唱えていた。

「この御子、聖霊の御奇特をもって童貞マリヤより生まれたもう」

唱えていると、彦七の身体に僅かだが力が湧いた。遠くなっていた思考が再び戻ってくる。

彦七は独りではなかった。

父に捨てられ母を失った彦七を、源介と絹の夫妻ほど大切にしてくれた人はいなかった。

慶三郎は鬱屈を抱きながらも彦七に付き合ってくれた。最後はちょっとおかしくなってしまったが、それほどに真面目で不器用な慶三郎は、思い返せば大事な友だった。

末は、たぶん彦七を生かしてくれている。帰ってくるという約束をしていなければ、日本へ帰らなかったかもしれない。

木村セバスチアンがいた。原マルチノがいた。岐部渇水が、ミゲル・ミノエスがいた。もし再会したら殴ってしまうかもしれないが益田甚兵衛がいた。できればもっと前に知りあっておきたかった益田四郎がいた。

様々な人に守られ、導かれ、無力な彦七は生きてこられた。おかげで性に合わない選択はせずに済んだ。恨み言はいくらでも言えるが、後悔はない。

「信じ奉る」

もう一度、彦七は声に出した。面倒ばかりでうすら寒くもあるこの世は、それでも生きるに足ると教えられて彦七は育ったのだ。

教えてくれた人々を、もっとたくさんの人を、絶望の淵から救いたくて、彦七は日本に帰ってきた。クリスチャンが日本にいる以上、立ち止まってはいられない。

死んでいる場合ではない。

暗闇の中、その思いだけを彦七は摑み続けた。

「生きておるか、小西」

キリシタン奉行、井上政重の声が降ってきた。吊るされてどれくらい経っただろう。蓋の隙間から射す仄(ほの)かな外光が二度失せたことは覚えている。

「ああ」彦七は言った。「生きてるよ」

「どうだ。転ばぬか。楽にならぬか」

自由な選択を装って井上は誘う。悪魔(てんぐ)の所業(しょぎょう)だ。

「俺を転ばせて、伴天連を全滅させたあんたは、加増でもされるわけか」

からかう。井上は「くだらん」と吐き捨てた。

「伴天連がいなくなれば、残るキリシタンどもはいずれ立ち枯れる。乱の芽は絶え、天下の安寧が始まる。どれほど保(も)つかは儂も知らぬが、まず百年は安泰であろう」

「そのために俺を殺し、罪を重ねるのか」

ふん、と井上は鼻を鳴らした。

「これまで儂は数多のキリシタンを殺してきた。おぬしひとりが増えたところで何も変わらん」

「人を殺したっていう呵責はあるんだな」

「いまさらなのだよ！」

井上は吼えた。

「我が身も含めて、儂には守るものがない。天下の他に執心すべきものがない」

「――赦すよ」

彦七は言った。

「何を言っている」

「赦す。そう言った。おまえの罪は俺が赦す」

砂の軋む音がした。

「聞いた限り、おまえは悔いている。あとは改めるだけだ。悔ゆればデウスは赦す。天国への門は開かれる」

「血迷うたか。儂はキリシタンづれではない」

「なら、俺が赦す。誰が赦さずとも。いや、おまえをいちばん赦してないのは、おまえ自身だろう。だから代わりに、俺が赦してやる」

「赦されるものかっ」

井上が怒鳴った。

「赦されてなるものか。何も守れなかった俺が、かくも人倫に外れた俺が、どうして赦される」

井上は己の呼び方が変わっていた。

「さような無理が通れば、それこそ人の世は立たぬ。俺は断罪されねばならぬ。引き換えに天下は盤石に、また平らかとなるのだ」

「立派だよ、あんたは」

彦七の言葉に嘘はない。だいたい、嘘をつく気力はもうない。

「だから、もう少しだけ踏ん張ってくれ。もうやめてほしいんだ。信心を禁じるのを、人を殺すのを。簡単なことだろ、やめるだけなんだから。絶望するな、井上」

逆さ吊りの暗闇の中、彦七は説き続ける。叫んだつもりだった声は、もうか細くなっている。

「今からでもおまえは赦される。悔いているのだから。どうしたらいいか分からないけど、罪を償え。もう人を殺すな。改めろ。まず俺から始めろ。俺を生かし、放免しろ」

「おぬし、生きてなんとする」

「言ってるだろ。おまえを赦す」

彦七は声を振り絞った。

「俺は、おまえみたいな人を赦すために、日本に帰ってきたんだ。よりよく生きようとすればするほど、罪を重ねてしまう人を」

「俺を赦したのちは、どうする」

「キリシタンの元を回るだけだ。ああ、それと」

声がかすれてきた。

「俺は不細工だが、こんな面でも見せなきゃいけねえ相手がいる。そいつにも会いに行く」

急に視界が白い霧に包まれた。霧は凝り、ある形を結んだ。幼子を抱いた聖母マリアだ。マリアは像のごとく祭壇の中にあった。彦七のそばには母がいた。手を合わせ、穏やかな顔で聖母の像に祈りを捧げている。どたばたと足音がしたほうを振り返ると、男が泣き崩れていた。その隣で黒髪の艶やかな女が目を丸くし、間で小さな娘が朗らかに笑っている。ここは教会堂らしい。懐かしさが眩しさに、暖かさに変わる。

「まだだっ」

幻覚をぶち破るつもりで彦七は叫んだ。見えたものは全部、諦めへの誘いだ。浸っている場合ではない。すぐそばに、救わねばならぬ者がいるのだ。

「井上、おまえを赦す。赦されたいと思うならば、すぐに赦す」

「俺を、赦す」

呻き声に、「ああ」と彦七は応じた。

「俺が、赦す。だからもう、やめよう。お互いに」

もう言葉が続かない。意識も淡くなっていく。

それから、どれくらい時が経ったか。

——引き上げよ。

聞こえた声に、彦七は呆れた。

ちょっと遅かったぞ井上、という減らず口はもう出てこなかった。胸から鼓動の感触が失せたばかりだった。

終章　世の終わりまで

一

熱帯の暑気と玲瓏な歌声が、小さな会堂に満ちていた。

ミサを司式するイエズス会士フィリポ・マリノは、聖歌をうたう数十名の信徒たちと声を揃えながら、つい涙を零した。

今年、一六四七年。念願だった東インド海域への赴任が叶ったマリノは、ダイヴェト（現ベトナム）に入国した。王都ドンキンへ行くつもりだったが、その辺りを支配する貴族がイエズス会司祭を追放した直後であるため、とりあえず王国中部の港町ホイアンに建つ小さな教会に落ち着いた。旅装を解いたのは十日ほど前だ。

そして今日、当地で初めてミサを司式している。

ふと、故郷を思い出した。イタリア半島の片隅にある小さな村で、丘の中腹を通る街道沿いに石造りの家が並んでいた。眩しい陽光と冷涼な風が特徴で、ワインとオリーブ、塩漬けの豚肉がさかんに作られていた。教会の鐘が人々の生活を緩やかに律し、日曜のミサでは集ってうたう。謝肉祭には仮装とご馳走を愉しみ、四旬節は静かに慎み、復活祭を厳かに祝った。

ダイヴェトでは、泥混じりの川の水と蒸れ立つ熱気で米を養っている。草を葺いた高床の家屋が佇み、山々の色は濃く、深い。人々の顔つき、肌の色も含めて、全てがヨーロッパと違う。

だが、歌声の清らかさは同じだった。人の魂と神の恵みとはどこであろうと不変であるという事実は、マリノの胸をひどく震わせた。

ミサが終わると、共同での食事の準備が始まった。食材を携えた者たちは厨房へ行き、そうでない者たちは会堂で大小の輪を作ってあれやこれやと話し込む。教会は信徒どうしが互いを兄弟と認め合い、絆を確かめ合う場でもある。マリノは説教壇に立ったまま、満ち足りた思いで様子を眺めていた。

所在なさげに独り佇んでいた男が、マリノに近付いてきた。

「司祭さまはポルトガル語を話せますか」

訊いてきた男は背が高く、髪が赤かった。目尻には細かな皺が幾つも刻まれていたが、顔の造作そのものは引き締まっている。船乗りだろう、とマリノは直感した。厳しい潮風に磨かれた男たちは、たいていそんな顔をしている。

「ええ」

マリノは微笑みながら応じた。語学には多少の自信がある。

「育った言葉はイタリア語ですが、ポルトガル語はイエズス会の実質的な共通語ですからね。もちろんラテン語も。日本語も多少は話せます」

男は「日本語」と反芻し、目に微妙な光を宿した。

「ローマでともに学んだ友人が、日本人だったのです。それで興味を持ちまして。イエズス会では日本語の研究も進んでいて、教材には困りません」

マリノはにこやかに説明した。

「マンショ・コニシという人をご存じですか」

「知っているも何も」男の問いにマリノは驚くしかなかった。「当会の司祭です。そしてそのマンショが私の友人なのです」

修練院で同室だったマンショ・コニシは、マリノにとって誇りだった。貴族の血を引き、日本での司祭追放に同行して出国、はるばるローマまでやって来た。司祭に叙階されるとすぐ、激しい弾圧を省みず母国のクリスチャンのために帰国していった。勇気溢れる行動ながら、深刻そうな表情は一度も見せなかった、最後まで飄然たる態度を保ち、夕暮れどきに家に帰る子供のような顔で船に乗っていた。

日本では殉教がうち続き、以前から潜伏していた司祭も、新たに渡航した司祭も、片っ端から捕まってしまった。友人マンショはいつの間にか、神の兵士として日本で活動する最後の司祭となり、以後の情報はほとんど途絶している。安否が気掛かりでならなかった。

「司祭さまにこの話をできるのは神の御恩寵と言うべきか」

「彼を知っているのですか」

マリノは赤毛の船乗りに、すがりつくような勢いで訊いた。

「はい。そして、彼の現状も知りました。イエズス会のどなたかにお伝えしたくて、この教会へ参った次第です」

ガスパール・ピント。男はそう名乗った。ポルトガルの改宗者だった両親の元に生まれ、面倒を逃れて東インド海域を流浪しながら育った。日本の長崎にも長く住んでいて、そのころにマンショに出会ったという。

「少年だったころ、私は司祭を志していました」

ガスパール・ピントは、自分についての話を続けた。怪しいものではない、と説明したいのだろう。焦れる思いを抑えながらマリノは黙って話を聞いた。

「ですが流れ者の改宗者の子には道が拓けず、けっきょくは貿易商だった父を手伝って船乗りになりました。いまはオランダ東インド会社の船に乗っています」

世界の矛盾を押し固めたようなガスパールの経歴にマリノは同情した。

かつてユダヤ教徒であった改宗者は、おうおうにして異端審問官の疑いと周囲の蔑視に出くわす。イエズス会の創設に関わり二代目の総長も務めたライネス師は改宗者だったが、彼のように公正な処遇を受けられる者は、残念ながらそう多くない。

オランダはカトリック教会と袂を分かったカルヴァン派が主体で、国民の信仰を問わない。出資者にも社員にもユダヤ人がいる東インド会社は、改宗者の煩わしさがなお少ないのだろう。

「私は会社の仕事で去年から一年ほど、長崎のデジマにいました。この夏に立った貿易風で長崎を出航し、東インドの各地を巡り、イエズス会の教会がある当地に着いたのは昨日のことです」

そこでガスパールは哀しげな顔をした。

「マンショのことは長崎のブギョウ、ええと司令官ですね、彼から聞きました。だから、間違いないと思います」

公権力の側から聞いたという経緯は、マリノに不穏な予感を覚えさせた。さらに思いを巡らす前に、ガスパールの言葉が続いた。

「パードレ・マンショ・コニシは、殺されました。禁教を指揮する日本の大臣に捕らわれ、その邸宅で逆さに吊られたそうです」

マリノは絶句した。ガスパールも押し黙る。

会堂は騒がしい。ミサ後の食事を待つ信徒たちは楽しげに話している。司祭と船乗りのふたりだけが、見つからない言葉を探し、どう言えばよいか分からぬ感情に揺さぶられていた。

丸い地球には果てがない。交易、戦争、逃亡、移住、あるいは奴隷狩り。様々な理由で人は移動し、地域や人々は否応なく繋がりつつある。その流れに抗うがごとく、日本は国を閉ざした。外国人の入国も自国民の出国も禁じ、交易も厳重に管理した。

その日本で最後の司祭が死んだという事実は、人数の点でより大きな問題に直結している。

最盛期には四十万人を数えたという日本のクリスチャンは、完全に孤立してしまった。世界からも、司祭を通じてもたらされるべき救いの諸手段からも。秘跡にも説教にもあずかれぬ彼らに、神は天国の門を開き給うのだろうか。

受難、という言葉がマリノの脳裏に浮かんだ。

「私は、マンショに感謝しているのです」

ガスパールが沈黙を破った。

「少年のころ、私はいささか自尊心を失っていました。改宗者なのだから面倒は仕方ない、と。ですがマンショは、反逆者の孫という血筋を矜りにしていました。生まれのまま自らの足で立てと教えてくれた」

「だから、あなたも強くなった。ゆえに今日まで生きてこられた。そういうことでしょうか」

マリノが問うと、ガスパールは首を振った。

「私は強くありません。いまの私があるのは単なる偶然です。ですが、もう少しだけ自らを信じ、恃(たの)んでもいいのではないか。誰に憚(はばか)る必要もない。思うがままに生きてよい。マンショはたぶん、それを私に教えてくれたのです。おかげで私は、気の荒い船乗りどもとも一緒にやっていけるくらいにはなりました」

「ピントさん」

「ガスパールと」

「では、ガスパール。あなたの船はいつ出ますか」

「明後日の引き潮で」

「なら、今日はこの教会に泊っておいでなさい。私はマンショの話をしたい。あなたからもマンショの話を聞きたい」

世界の片隅でひとりの男が死んだ。英雄でも聖者でも何でもないから、イエズス会の名簿や断片的な記録のほか、その名が歴史に残ることはない。

だからといって、マンショ・コニシの存在が消えるわけではない。

苦手な干し葡萄(ぶどう)をパンからほじり出していた姿、どこか不機嫌そうな普段の表情、表裏のない笑い、危険な母国へ帰る背中。彼の姿はマリノの脳裏にありありと焼き付いている。

だから、目の前にいる船乗りの話を聞きたかった。マンショが確かにこの地上にいた証(あか)しを集めたかった。

「そして、ともに日本のために祈りましょう」

祈るしかできない自分の無力が、マリノには腹立たしかった。だが、世界のどこかで誰かが祈らなければ、本当に日本のクリスチャンは孤独になる。それは残酷に過ぎる。自死を戒めるべき司祭としてはおかしな考えだと思うが、そんな世は生きる甲斐がなさすぎる。

喜んで、とガスパールは言ってくれた。

二

明暦三年の初冬、肥前大村家の領内で、ひとりのキリシタンが捕縛された。

詮議すると次から次へとキリシタンが見つかり、捕縛者は六百八名の多数にのぼった。転んだ九十九名は放免されたが、詮議の過程で七十八人の牢死者を出し、四百十一人が死罪を命じられた。

翌年、改元して万治元年の七月二十七日。肥前の各所で処刑が行われた。キリシタン奉行を退いたばかりの井上筑後守政重は、新任の奉行、北条安房守氏長とともに長崎へ下向し、百二十三人の斬刑、十三人の吊るし殺しを見届けた。

その夜、政重は宿舎にしていた長崎奉行所の一室に、北条の訪問を受けた。

「それがし、お恥ずかしながら戦さを知り申さぬ。あれほどの人死にを見たのは初めてにて」

北条の顔は蒼褪めていた。政重の知るところでは貫禄も才覚も充分だったが、人死にを見ていい気がしない程度には、ものの観じ方もまっとうなのだろう。

「儂もそれほど戦さは知らぬよ」

政重はそう応じた。より正確には、記憶がどこか霞んでいる。すでに齢七十四となり、心身の衰えは否めない。長く務めたキリシタン奉行は、氏長という後任が立ってくれたおかげで無事に退くことができた。もろもろの申し送りが済めば、安心して致仕できる。

「ところでこたびの件、探せばまだまだキリシタンが見つかりそうなところを、井上どのが詮議打ち切りを決められたと聞きましたが」

北条は詰めるように声色を変えた。政重は悪びれず「さよう」と答えた。

「これ以上キリシタンが見つかれば、大村どのは失政の責めを免れぬ。お取り潰しなどという大事になれば、天下が揺らぐ」

七年前、それまで将軍であった家光が薨じた。四代将軍となった家綱は幼年であったが、代替わりの混乱に乗じた牢人どもの謀叛は未然に防がれた。営々と整えられてきた公儀の仕組みと老臣たちの補佐で、世は平穏に治まっている。

政重が望んだ通り、天下には安寧が訪れていた。

「キリシタンご禁制を司る井上どのがキリシタンを見逃すとは、解せませぬ」

なおも北条は問いを重ねる。

「キリシタンを見逃したつもりはない」

政重は言った。部屋の隅では行灯が仄かな光を放っている。

「もはやキリシトの教えを説く伴天連はおらぬ。時さえあれば、キリシタンは皆、転ぶ。それをことごとく捕らえ、殺してしまえば、誰が田畑を耕すのだ。捜索の中断を申したるは長崎奉行のほうであったが、儂もよい考えと思い、賛同した」

「なるほど、合点が行き申した」

北条は膝を叩いた。

「それがしがキリシタン奉行の職務にあたって井上どのから承りしお言葉によれば、キリシタンの詮議で拷問に頼るは悪しきこと、まずは理を説き、情を掬って転ばせるべし、と」

「確かに、儂はさよう申した」

「また井上どのは、それまでキリシタンは家族親類もろとも牢に入れておったところを、一人ひとりを吟味の上で、要あらば捕らえるべしと改められた」

「さよう」

「振り返れば、此度の大量検挙は、十四年前に美濃辺りで二十余人を捕縛、六人を牢死させて以来でござる」

「そうであったかな」

良く調べているな、と政重は感心した。

「同年、井上さまのお屋敷で小西マンショなる者が死に、日本に伴天連は絶えましてございます。これをもって井上どのは、キリシタン禁制に峻厳のみならず、寛恕も併せ用いるよう改められたと推察するが、いかがでござるか」

「北条どのは、夢想が得意なご様子」政重はつい苦笑した。「ひとつ、物語なんぞ書いてみてはいかがか」

近ごろ、笑い話や軍記ものの刊本が相次いで出版され、文字を読める庶民にも楽しまれている。それも泰平ゆえ、などと政重は思っていたが、北条は「お戯れを」と顔をしかめた。

「そろそろ寝たい。最後に申しておくが」

政重が告げると、北条は姿勢を改めた。

「キリシタンご禁制は神君東照宮(とうしょうぐう)さま以来、天下の祖法なり。ゆめお忘れあるな」

「承りましてございます。また、長きお役目、ご苦労さまでございました」

後任のキリシタン奉行は、前任者を敬するように平伏してくれた。

翌日、政重は供を連れず、独り長崎奉行所を出た。馬に跨(また)り、近隣の山へ分け入る。初秋の陽光が木々の葉に透け、馬を行かせる小径(こみち)には柔らかな木漏(こも)れ日の欠片(かけら)が落ちていた。

一刻半ほどすると、山間(やまあい)の小さな寺に着いた。寺男に訪(おとな)いを入れ、板敷の寺坊に上げてもらう。開け放たれた障子(しょうじ)から眺める庭は質素で、植え木は手入れが行き届いていた。出された白湯(さゆ)をすすっていると黒衣の僧が入ってきた。

「久しいの、御坊。お達者であったか」

湯の碗(わん)を両手で持ったまま問う。四十絡(がら)みの相貌(そうぼう)をした僧は、端座(たんざ)すると静かに目礼した。

「儂はキリシタン奉行を退いた。そのことを伝えに参った」

「さようでございましたか」

僧は、そつのない微笑みを政重に向けた。

「後任は北条安房守どのと申す。儂などよりはるかに器量ある仁にて」

「それは、ようございました」

「ときに御坊。檀家(だんか)からキリシタンは出ておらぬだろうの」

僧はじっと政重を見つめてから、笑った。

「檀家たちの葬儀は、拙僧が仏式にて行っておりまする。代官さまもご承知のことにて」

寺は浄土宗を旨とし、近隣五十戸ほどを檀家としている。政重は「さて」と言い、碗を置いた。

「暇乞いのついでに、一つ教えてくれぬか。御坊はなぜキリシタンを匿う」

かつて長崎市中で見つかったキリシタンの係累を追う中で、檀家がまるまるキリシタンであるというこの寺を見つけた。あえて、摘発せずに捨て置いた。いつのことか覚えていないが、政重を赦すと言ってくれた、ただひとりの男を殺してしまったあとのことだ。

「当寺を開山したる先代からですな」

僧は、隠す素振りも見せずに答えた。

「先代は昔、肥後に開いた小さな寺をキリシタンに焼かれ、これを恨みながら流浪しておりました。やがて肥後でキリシタンが禁じられ、八代で磔にされる女子供を見たそうです」

「そこで、ご先代の恨みが晴らされたわけか」

「違いまする」

僧は静かに首を振った。

「罪なき女子供の磔を見て、先代の目から涙が、口からは経が勝手に零れたそうです。刑せられるキリシタンも、キリシタンを憎む己も人なれば、あまねく衆生を救うと誓われた阿弥陀仏に救うていただきたい、と」

聞く政重の胸に、見てもいない景色がありありと浮かんだ。似たような措置は幾度も指揮し、目の当たりにもしている。

「ゆえにこの寺は先代から、キリシタンを浄土宗徒と偽って助けておるわけか」

「さようです。その秘を明かせるお相手がキリシタン奉行の井上さまだけであるとは、まこと不思議なご縁ですが」

政重は顎を撫でて考えた。

「キリシタンの開祖ゼズスなる者は、デウスと人を和解させるため磔にされたという。八代の磔は、少なくともご先代とキリシタンが和解するきっかけになったということかの」

「愚なる拙僧、異教の信心は分かりかねまする」

慎重な答えが、政重にはむしろ好ましく思えた。

「昔、儂を赦すと言うてくれた伴天連がおった。数多の人を殺めた儂をの」

なぜだか今日は口数が多い、と政重は内心で自嘲した。

「そやつすら殺めてしもうた儂を、み仏なら救うてくださるかの」

「井上さまは、赦しも救いも求めておられませんでしょう」

「御坊には嘘がつけぬな」

政重は素直に感心した。

天下の内から排斥すべき者を作り出し、やっと世は泰平を迎えた。世の定めとして、徳川の世はいずれ終わる。そのあとか、あるいは遠き未来か。いつか、全ての人を包む真の泰平が到来するかもしれない。「いまだ」と、あの伴天連は叫びたかったのだろう。「いつか」にしてしまったのは政重だ。

僧は黙している。微かな蟬の声が、ひどく暑かった夏の終わりを感じさせた。

「儂も老いた。あと数年で命も尽きる。そのあとは無間地獄、あるいはキリシタンの申すインヘルノとやらで、永遠の責め苦を受けるのだろうな」

僧はゆっくり両手を上げ、合掌した。

「この寺のあるは、井上さまのおかげでございます」

政重は破顔した。赦されざる罪の他にも、どうやら何かを遺せたらしかった。

三

天草上島の片隅に、谷間のような細長い入り江がある。

最奥には大小二十軒足らずの家が集まり、小さな漁村を営んでいる。

村の暮らしは貧しい。潮風が米も野菜も駄目にしてしまうから、漁しか生計がない。魚を獲り、そのまま海伝いに近隣というほど近くもない町へ行き、僅かな米や味噌に換える。

陸路は険しい山道一本きりで、外界との往来はほとんど途絶している。かつて目と鼻の先でキリシタンが蜂起したおりも、一揆勢が原城に籠ったころにようやく話が伝わったほどだ。

年の瀬を迎えた村に、例年通り代官所の船がやって来た。浜に上がった役人たちは仰々しく幕を巡らせ、村人を集めて銅板を踏ませる。

絵踏は、この時期の恒例だった。

「次」

帳面を携えて銅板の脇に立った役人が呼ばわると、冬の潮風に凍えながら並んでいた村人はひとりずつ前へ出る。名を申告し、砂まみれの裸足で銅板を踏み、逃げるように帰ってゆく。

「よろしい。次」

声に応じて、枯れ枝のごとき風貌の老人がよろよろと進み出た。

「源介(げんすけ)でございます」

老人は呻(うめ)くように告げ、もう砂まみれになっている銅板をぺたりと踏んだ。すぐにどかねばならないが、その足は震え、歩みも遅々としている。

続いて、末(すえ)が進み出る。

「早くせよ、婆(ばば)あ」

役人に言われてむっとしたが、逆らっても仕方がない。足腰こそまだしっかりとしているものの、齢は六十を超えた。「末です」と短く名乗り、右足を上げた。

そして身体が固まった。足元で銅板が砂まみれになっている。今日まで何度も踏まれていたものらしく、つるつるになった大小ふたつの人型だけが浮かんでいた。たぶん元は、幼いゼズスを抱いた童貞(ビルゼン)マリヤを浮き彫りにしていたのだろう。

年に一度、足の裏で一瞬だけ絵か銅板に触れればよい。それだけのことが、なかなかできない。上げた足を下ろしたとき、胸に鋭い痛みが走った。

次、と怒鳴る役人に追い立てられ、末は源介と連れ立ってその場をあとにする。

末たちがこの村に居ついて二十年ほどが経つ。海に飛び込んで原城から逃れ、一昼夜ほど潮に流され、さっき絵踏を強いられた浜に打ち上げられた。凍えて死なずにすんだのも、摑(つか)み合った手を離さずに済んだことも、奇跡だったのだろう。

村は当時から貧しく、またよそ者を寄せつけぬ陰気さがあったが、素性(すじょう)を話すと空き家をあてがってくれた。以来、村人の世話を受けながら暮らしている。

「夜が来る前に、ごはんをすませておきましょう」

ほうぼうが傷んだ小さな家で末は言い、竈(かまど)に火を熾(おこ)す。源介は裏庭の井戸でひたすら水垢離(みずごり)をしていた。老父が冷たさに卒倒せぬか耳を澄ませながら、末は僅かな米を炊き、干魚(ひざかな)を焙(あぶ)った。ふたりで夕餉(ゆうげ)を食べ終えたころには、陽が沈もうとしていた。

末は魚油の明かりを灯(とも)し、源介は白い帷子(かたびら)と黒染めの羽織(はおり)に衣服を改めた。

やがてぽつぽつと、村人が家にやって来た。密(ひそ)やかな声や小さく戸を叩く音がするたびに末は黙って出迎え、招き入れた。

狭い家が人でいっぱいになると、源介は作り付けの棚の前に立って戸を引いた。村人たちは感じ入ったように小さな声やため息を漏らす。

白磁(はくじ)の像が、淡い光に浮かび上がった。中国(からくに)で焼かれ、幼子を抱いた慈母観音(じぼかんのん)を象(かたど)っている。今日のような日だけ、村人からはマリヤさまと呼ばれる。

源介は像に向かって端座した。昼間と違って背筋は伸びている。末はその傍(かたわ)らに座り、木椀(もくわん)と水を張った盥(たらい)を置いた。

「今日の絵踏はつらいことでござった」

集まった人々に向かって、源介は背中越しに言った。老いがその声をかすれさせていたが、言葉はしっかりしている。

「おのおのがたも内心ですでに悔(く)いてはござろうが、デウスさまのお赦しを賜るため、改めてマリヤさまにお取り成しを頼み申しましょうぞ」

所狭しと座っていた村人たちは、源介の所作(しょさ)に合わせて一斉に手を合わせた。

村は、密かにキリシタンの信仰を守り続けている。だから源介と末を匿ってくれた。教えに詳しい源介は次第に尊敬を受け、いまでは司祭に代わって村人の信心を扶(たす)ける役となっていた。

「ではこれより、洗礼(バウチズモ)を行いまする」

人々に向き直った源介は厳かに宣言し、二組の夫婦が源介の前に膝を進めた。

一組は中年ほどの齢恰好(としかっこう)をしている。もう一組は若く、妻のほうは眠った赤子を抱いていた。明かりの魚油を灯(とも)した家の内も、集まった大人たちも魚臭い。赤子だけが甘い乳の香りを放っていた。

「代父母(アニマのおやご)どの。お子の名を何とされるか」

源介の問いに、年嵩(としかさ)の夫婦が顔を上げる。

「この者らともよう相談いたしまして」

霊魂(アニマ)の父は若夫婦に目を向けながら言った。

「マンショといたしとうござる」

はるか昔、赤子の祖父が洗礼を受けたポルトガル人司祭(パードレ)にあやかったという。

末の身体が震えた。

同じ名を持ち、一緒に育った男は、とうに死んでいる。もう何年も前、踏絵を強いにやってきた役人から、刑死した日本最後の伴天連としてその名を聞いた。また顔を見せるという約束だけが、末の中でずっと、所在なさげに佇んでいた。

「おかしゅうございますでしょうか」

霊魂の父が不安げな顔をした。この男自身は司祭を見たことすらなく、正しい名付けになっているか不安らしい。

「ちっとも、おかしゅうございませぬよ」

どうやら言葉が出ないらしい源介に代わり、末が答えた。

「マンショ。まこと善きお名前と存じまする。きっと直く、強い子に育ちましょう」

洗礼の名はそれほど種類があるわけではない。目の前の赤子と、また顔を見せると言っていた男の洗礼名が同じであるのは偶さかだ。分かってはいるが、溢れる感情は抑えきれなかった。知っているマンショと同じく、直く強い子に育ってほしいと心から願った。

「ねえ、父さま」

末が顔を向けた先で、源介は耐えるように唇を噛んでいた。その生真面目なさまがどこか可笑しくて、末はつい笑ってしまった。いつか、小西彦七に出会った父を見たときも、自分はこんな風に笑っていたのだろうか。あるいは、彦七に笑わせられたときも。

「では、マンショや」

咳払いしてから、源介がそっと呼んだ。呼ばれたと気づいたわけではあるまいが、赤子は小さくうなり、すぐにぐずつき始めた。源介は椀を手にして、傍らの盥から水を掬った。

「マンショや。それがし、御父と御子と聖霊の御名をもって、汝を洗い奉る。アメン」

源介は厳かな手つきで椀を傾けた。母に抱かれた赤子の額に、洗礼の水が滴る。

わっ、と赤子が泣く。水とも涙とも唾ともつかぬ雫が飛び散った。

皆、笑い声を漏らした。密かな儀式であるから押し殺したような声だったが、生まれたばかりの新たな兄弟に天国への門が開かれた喜びは久しぶりの、そして心底からの笑いとなっていた。

よろしいかな、と誰かが言い、持ってきたらしい細い酒瓶を掲げる。数個しかない碗を使って回し飲みが始まった。声は密やかなまま、明るく和やかな気配が広がってゆく。マンショだけは、まだ弾(はじ)けるように泣きわめいている。

　末はそっと家を出た。

　夜闇に蹲(うずくま)る貧しい漁村を抜け、浜に出た。いつもの責め立てるような潮風が、いまはない。穏やかな波音がさざめき、月明かりが寄せては返していた。夜空は仄かに明るく、左右にせり上がって入り江を造る山が黒く浮かぶ。

　長崎を思い起こした。村は遥(はる)かに小さく、賑(にぎ)やかさにもほど遠いが、山に挟まれた細い入り江という地形はかつて暮らした町にそっくりだった。

　あのころ、長崎のそこかしこに十字架を掲げた教会があった。歌声が流れ、祈りがあった。海を越えて様々な人が、物がやってきた。天国を説く教えも海の向こうから来た。

　当時といまでは、全てが異なる。

　けれども、と末は思った。

　生を紡(つむ)ぐことは、なんとかできそうだ。信心を隠し、ときには偽り、かりそめでも教えに背(そむ)き、過(あやま)ちを犯し、悔い、改め、どうしようもない仕儀に落ち込み、身を屈(かが)め、息を潜(ひそ)め、身を寄せ合い、親を送り、子を迎えて、それでもここで、生きてゆく。

　――我は世の終わりまで、常に汝らと共にあるなり。

　蘇(よみがえ)ったゼズスさまが言われたという言葉を、末は信じている。受難に等しい辛苦(しんく)をいとわず、約束通り海を越えて帰ってきてくれた男が、確かにいた。マンショなる赤子にも出会えた。

「ここで生きていますからね、わたしたちは」

　末の声は、全てがやってきた海へ流れていった。

●参考文献

CD&DVD版　洋楽渡来考／皆川達夫　監修・解説／財団法人日本伝統文化振興財団
キリシタン版『サカラメンタ提要　付録』――影印・翻字・現代語文と解説――／高祖敏明 編著／雄松堂書店
文語訳　新約聖書　詩篇付／岩波書店
長崎版　どちりな　きりしたん／海老沢有道 校註／岩波書店

取材協力――長崎県

本書は、二〇二一年四月から二〇二三年六月にわたって、『河北新報』『静岡新聞』『南日本新聞』『長崎新聞』『琉球新報』など各紙に順次掲載された作品を大幅に加筆修正したものです。

作品の中に、現在において差別的表現ととられかねない箇所がありますが、作品全体として差別を助長するものではないことと、また作品が江戸時代を舞台としていることなどに鑑み、当時通常用いられていた表現にしています。

〈著者略歴〉

川越宗一（かわごえ　そういち）

1978年鹿児島県生まれ、大阪府出身。龍谷大学文学部史学科中退。2018年、『天地に燦たり』で第25回松本清張賞を受賞しデビュー。19年刊行の『熱源』で第9回本屋が選ぶ時代小説大賞、第162回直木賞を受賞。その他の著書に、『海神の子』『見果てぬ王道』（以上、文藝春秋）がある。

装 丁——芦澤泰偉
装 画——影山　徹

パシヨン

2023年7月7日　第1版第1刷発行

著　者　川越宗一
発行者　永田貴之
発行所　株式会社ＰＨＰ研究所

東京本部　〒135-8137　江東区豊洲5-6-52
文化事業部　☎03-3520-9620（編集）
普及部　☎03-3520-9630（販売）
京都本部　〒601-8411　京都市南区西九条北ノ内町11

PHP INTERFACE　https://www.php.co.jp/

組　版　株式会社PHPエディターズ・グループ
印刷所
製本所　図書印刷株式会社

ISBN978-4-569-85486-1